파워

THE POWER

THE POWER

by Naomi Alderman

Copyright © Naomi Alderman 2016

All rights reserved.

Illustrations by Marsh Davies

Korean Translation Copyright © Minumsa 2020

Korean translation edition is published by arrangement with
N Alderman Ltd. c/o David Higham Associates Limited through EYA.

이 책의 한국어 판 저작권은 EYA를 통해
David Higham Associates Limited와 독점 계약한 ㈜민음사에 있습니다.

저작권법에 의해 한국 내에서 보호를 받는 저작물이므로
무단 전재와 무단 복제를 금합니다.

파워

나오미 앨더만 · 정지현 옮김

THE

POWER

NAOMI ALDERMAN

민음사

나에게 경이를 선사해 준 마거릿과 그레이엄을 위해

차례

백성이 사무엘에게 가서 왕을 세워 우리를 다스리게 하소서, 하였느니.

사무엘이 이르되, 너희를 다스릴 왕의 제도는 이러하니라.

그가 너희 아들들을 데려다가 그의 병거와 말을 어거하게 하리니 그들이 그 병거 앞에서 달릴 것이고 그가 그들을 마음대로 처분할 것이며 그가 또 너희 아들들을 천부장과 오십부장으로 삼고 자기 밭을 갈게 하고 자기 추수를 하게 하며 자기 무기와 병거의 장비도 만들게 할 것이며 그가 또 너희 딸들을 데려다가 향료 만드는 자와 요리하는 자와 떡 굽는 자로 삼을 것이며 그가 또 너희 밭과 포도원과 감람원에서 제일 좋은 것을 가져다가 자기 신하들에게 주며 그보다 훨씬 더 많은 것을 가져갈 터이고 그가 또 너희 곡식과 포도원 소산의 십일조를 거두어 자기 관리와 신하에게 줄 것이며 그가 또 너희 노비와 가장 아름다운 소년과 나귀들을 끌어다가 자기 일을 시킬 터이며 너희 양 떼의 십 분의 일을 거두어 가리니 너희가 그의 종이 되리라, 그날에 너희는 너희가 택한 왕으로 말미암아 부르짖되 그날 여호와께서는 너희에게 응답하지 아니하시리라.

백성이 사무엘의 말 듣기를 거절하여 이르되, 아니로소이다, 우리도 우리 왕이 있어야 하리니.

우리도 다른 나라들같이 우리 왕이 우리를 다스리며 우리 앞에 나가서 우리 싸움을 싸워야 할 것이다, 하는지라.

사무엘이 백성의 말을 다 듣고 여호와께 아뢰매, 여호와께서 사무엘에게 이르시되, 그들의 말을 들어 왕을 세우라 하셨다.

—사무엘상 8장

친애하는 나오미.

이놈의 책을 드디어 끝냈습니다. 모든 그림과 함께 원고를 보냅니다. 조언을 부탁드려요. 끝내 내가 이 책을 우물에 떨어뜨려 그 메아리를 듣게 되기를 바라지 않는다면요.

무슨 책이냐고 먼저 물으시겠죠. "건조한 역사책은 아니다."라고 내가 약속했으니까요. 네 권의 책에는 일반 독자라면 굳이 끝까지 읽지 않을 산더미 같은 증거들과 아무도 세부적인 내용까지 신경 쓰지 않을 자료, 심지어 지층 연구도 들어 있습니다. 내 연구 내용을 설명하려고 하면 멍해지는 사람들의 표정을 이미 봤거든요. 그래서 좀 더 평범한 사람들에게 다가갈 수 있도록 잡종 같은 책을 만들어 봤어요. 역사책도 아니고 소설책도 아닌! 고고학자들도 동의하는 사료의 '소설화'가 가장 걸맞은 표현이겠군요. 일종의 암시가 되기를 바라며 고고학적 발견 자료의 삽화도 일부 포함시켰습니다만, 읽지 않고 건너뛰어도 무방합니다. 물론 많은 독자가 그러겠지만요!

몇 가지 질문을 드릴게요. 많이 충격적인가요? 아무리 역사를 저 멀리 거슬러 올라갔다 한들 정말로 이런 일이 있었으리라는 사실을 받아들이기 어려운가요? 좀 더 그럴싸하게 보이도록 만들 방법이 있을까요? '진실'과 '진실의 외양'은 정반대라고 하잖아요.

어머니 이브에 관한 문제적인 내용을 넣었습니다만…… 이런 글이 원래 그렇잖아요! 분명 지나치게 괴로워하는 사람은 없을 겁니다…… 뭐 요즘은 다들 무신론자라고 주장하니까요. 그리고 모든 '기적'은 설명이 가능하죠.

어쨌든 미안합니다. 이제 쓸데없는 소리는 그만하죠. 당신의 감상에 영향을 끼치면 안 되니까요. 그냥 읽어 보시고 느낌을 말해 주세요. 당신의 집필 작업도 잘되고 있기를 바랍니다. 빨리 완성된 원고를 읽어 보고 싶네요. 도와주어서 정말 고마워요. 시간을 내주시다니! 정말 감사합니다.

사랑을 담아,

닐.

넌서치 하우스

레이크비크

친애하는 닐에게.

우와! 정말 기쁜 선물이에요! 계속 페이지를 훑어봤는데 빨리 제대로 빠져들고 싶어요. 저번에 당신이 말한 대로 남성 군인과 남성 경찰, '소년 조직 범죄단'이 나오는 장면들을 넣었더군요. 짓궂은 사람 같으니! 내가 그런 걸 얼마나 좋아하는지 굳이 말하지 않아도 되겠죠. 당신도 분명 기억할 거예요. 정말 흥분되네요!

당신이 이런저런 설정을 어떻게 풀어냈을지 정말 기대가 됩니다. 솔직히 말하면 당신 글은 작업에 지친 내 머리를 식혀 주는 반가운 위안이랄까요. 셀림이 이번에야말로 걸작을 써내지 못하면 저를 버리고 글을 제대로 쓸 줄 아는 다른 작가에게 가겠다고 했거든요. 그 사람은 그런 무신경한 소리가 내 기분을 어떻게 만드는지 모르는 것 같아요.

어쨌든 기대되네요! 당신이 이야기한 '남자가 지배하는 세상'을 즐기게 될 것 같아요. 분명 우리가 살아가는 세상보다 좀 더 친절하고 사려 깊고 감히 더 섹시한 세상이 아닐까요?

곧 다시 연락할게요!

나오미.

파워

역사 소설

닐 애덤 아먼

파워의 모양은 항상 똑같다. 나무 모양이다. 뿌리에서 끝까지, 중앙 몸통에서 나뭇가지가 갈라지고 또다시 갈라져 뭔가를 찾는 가느다란 손가락처럼 넓게 퍼진다. 파워의 모양은 밖으로 나가려 안간힘을 쓰면서 미세한 덩굴을 좀 더, 좀 더 멀리 내보내려는 살아 있는 생명체의 윤곽이다.

바다로 흘러가는 강의 모양이다. 작은 물줄기가 시내를 이루고 시내가 급류로 바뀌어 큰 힘이 되고 솟구쳐서 점점 강력해진다. 그러고는 스스로 바다의 위대한 힘 속으로 들어간다.

파워는 하늘에서 땅으로 내리치는 번개 모양이다. 찢기고 갈라진 하늘의 권능이 살갗에서, 땅에서 문양을 이룬다. 네모난 아크릴 덩어리에 전기를 가해도 똑같은 문양이 피어난다. 우리는 회로와 스위치처럼 질서 정연하게 전류를 방출하지만 전류는 생명체, 고사리, 헐벗은 나뭇가지의 모양을 띠려고 한다. 파워는 중앙의 타격점에서 바깥으로 나가려고 한다.

우리 안에도 똑같은 모양의 힘이 자란다. 우리 안의 신경과 혈관의 나무, 중앙 몸통은 갈라지고 또 갈라지는 길이다. 우리의 손가락 끝에서 척추와 뇌로 신호가 전해진다. 우리는 전기다. 파워는 자연에서 그러하듯이 우리 안에서 이동한다. 나의 아이들아, 이곳에서 일어난 일 중에서 자연법칙에 따르지 않는 것이란 없다.

파워는 사람들 사이에서도 똑같은 방식으로 이동한다. 그래야만 한다. 사람은 마을을 이루고 마을은 읍이 되고 읍은 도시가 되고 도시는 나라가 된다. 질서는 중앙에서 끝으로 이동한다. 결과는 끝에서 중앙으로 이동한다. 소통은 끊임없이 이어진다. 바다는 물줄기 없이, 나무의 몸통은 새순 없이, 머리는 신경 말단 없이 살아남지 못한다. 하늘에서와 같이 땅에서도. 주변부에서와 같이 심장에서도.

자연과 인간의 힘이 변화하는 데에는 두 가지 방법이 있다. 하나는 궁전에서 백성에게 명령을 내리는 것이다. 그러나 더 확실하고 더 불가피한 방법은, 무수히 많은 점과 같은 불빛이 저마다 새로운 메시지를 발산하는 것이다. 백성이 바뀌면 궁전은 버티지 못한다.

"그녀는 손에 번개를 쥐고 내려치라고 명령했다."라고 기록된 것과 같이.

—이브서, 13~17.

10년 남다

록시

　남자들은 록시를 찬장에 가둔다. 하지만 그들이 모르는 사실이 있다. 록시가 전에도 찬장에 갇힌 적 있다는 것. 말썽을 부리면 엄마가 그곳에 가둔다. 잠깐 동안이지만 얌전해질 때까지. 록시는 찬장에 갇혀 있는 몇 시간 동안 손톱이나 종이 클립으로 천천히 자물쇠의 나사를 느슨하게 풀었다. 원하면 언제든 자물쇠를 떼어 버릴 수 있지만 그러지 않았다. 그러면 엄마가 밖에서 빗장을 지를 테니까. 정말로 나가고 싶으면 나갈 수 있다는 사실을 아는 채로 어둠 속에 앉아 있기만 해도 충분했다. 그것은 자유만큼이나 좋은 느낌이었다.

　그들은 록시를 무사히 가둬 놓았다고 생각하지만 사실 록시는 나갈 수 있다. 록시는 그렇게 생각한다.

　남자들은 밤 9시 30분에 왔다. 록시는 그날 밤 사촌 집에 가기로 되어 있었다. 몇 주 전부터 정해진 일이었지만 록시가 프라이마크에서 사 온 타이츠가 마음에 들지 않는다고 볼멘소리를 해서 엄마가

"가지 마. 집에 있어."라고 했다. 애초에 꼭 사촌 집에 가고 싶은 것도 아니었다.

남자들이 문을 박차고 들어오더니, 소파에서 입을 비쭉거리며 엄마 옆에 앉아 있는 록시를 발견한다. "젠장. 여자애가 집에 있잖아." 남자는 모두 두 명이었는데, 키가 큰 쪽은 얼굴이 쥐처럼 생겼고 키 작은 남자는 사각턱이다. 록시가 알지 못하는 사람들이다.

키 작은 남자는 엄마의 목을 움켜잡고 키 큰 남자는 주방으로 도 망치는 록시를 쫓는다. 뒷문으로 도망치려는 순간 허벅지를 잡힌다. 앞으로 고꾸라지면서 손목도 잡힌다. 록시는 발버둥 치면서 소리친 다. "저리 가! 놔!" 입을 막는 남자의 손을 피 맛이 날 정도로 세게 문 다. 남자는 욕설을 퍼붓지만 록시를 내려놓지는 않는다. 록시를 들고 거실을 지나친다. 키 작은 남자는 엄마를 난로로 밀쳐 놓았다. 록시 는 속에서 뭔지 모를 것이 꿈틀거림을 느낀다. 엄지 끝부분이 따끔 거리는 느낌.

엄마가 소리를 지르기 시작한다. "우리 록시 털끝 하나 건드리기만 해. 너희는 지금 누굴 상대하는지 모르고 있어. 들불처럼 번질 거다. 태어나지 않았기를 바라게 될 거야. 이 애의 아비가 버니 몽크다."

키 작은 남자가 웃음을 터뜨린다. "어쩌나, 우린 그 애 아빠에게 전 달할 메시지를 가지고 왔는데."

키 큰 남자가 계단 아래쪽 찬장으로 록시를 구겨 넣는다. 너무 순 식간이라 무슨 일이 벌어지는지도 모른 채 어둠과 진공청소기 먼지 냄새에 둘러싸인다.

록시는 빠르게 숨을 쉰다. 무섭지만 엄마에게 꼭 가야 한다. 손톱 으로 자물쇠 나사를 만지작거린다. 한 번, 두 번, 세 번 비틀자 나사가 풀린다. 나사와 손가락 사이에서 불꽃이 튄다. 정전기. 이상한 기분이 든다. 눈을 감고도 볼 수 있는 것처럼 정신이 집중된다. 아래쪽 나사를 한 번, 두 번, 세 번 비튼다. 엄마의 목소리가 들린다. "제발, 제발, 하지 마세요. 제발. 이게 뭐죠? 아직 어린애일 뿐이에요. 어린애일 뿐이라고요."

한 남자가 나지막이 웃음을 터뜨린다. "내 눈엔 어린애처럼 보이지 않던데."

엄마가 새된 소리를 낸다. 고장 난 엔진의 금속음 같다.

록시는 남자들이 방 안 어느 지점에 있는지 알아내려고 한다. 한 명은 엄마와 같이 있다. 나머지 한 명은…… 왼쪽에서 소리가 들린다. 록시는 계획을 세운다. 자세를 낮추고 키 큰 남자에게 다가가 무릎 뒤쪽을 잡아채서 머리를 바닥에 내리칠 것이다. 그러면 2 대 1이 된다. 눈에 띄지는 않았지만 저들에게 총이 있을 수도 있다. 록시는 전에도 싸움을 해 본 적이 있다. 사람들이 자신에 대해, 엄마에 대해, 아빠에 대해 이러쿵저러쿵 떠들어 대기 때문이다.

하나. 둘. 셋. 엄마가 다시 소리를 지른다. 문의 자물쇠를 잡아당긴 뒤 힘껏 후려쳐서 연다.

운이 좋다. 후려친 문이 키 큰 남자의 뒤를 세차게 갈겼다. 남자가 휘청거리며 고꾸라지는 순간 록시는 위로 올라온 오른발을 잡았고 남자는 카펫으로 쿵 넘어진다. 날카로운 소리와 함께 남자의 코에서 피가 터진다.

키 작은 남자가 엄마의 목덜미로 칼을 가져간다. 은빛 칼날이 미소 짓듯이 반짝거린다.

엄마의 눈이 커진다. "도망쳐, 록시." 속삭이듯 작은 소리지만 록시에게는 머릿속에서 울리는 듯 생생하다. "도망쳐. 도망쳐."

록시는 학교에서도 싸움을 두려워하지 않는 편이었다. 싸움을 피하면 "너네 엄마는 매춘부, 아빠는 사기꾼. 다들 조심해. 록시가 책을 훔쳐 갈 거야."라고 끊임없이 놀려 댔기 때문이다. 도망치면 안 된다. 제발 그만하라고 애원할 때까지 밟아 줘야 한다.

무슨 일인가가 벌어지고 있다. 귀에서 피가 세차게 뛰는 소리가 들린다. 따끔거리는 느낌이 등을 타고 어깨로, 쇄골로 퍼지며 말한다. 넌 할 수 있어, 넌 강해.

록시는 키 작은 남자에게 달려들어 끙 소리와 함께 두 손으로 얼굴을 노린다. 엄마의 손을 잡고 도망칠 것이다. 밖으로 나가기만 하면 된다. 한낮의 바깥에서는 일어날 수 없는 일이다. 아빠만 찾으면 아빠가 해결해 주리라. 몇 걸음만 가면 된다. 할 수 있다.

키 작은 남자가 엄마의 배를 힘껏 찬다. 엄마가 고통스러워하며 무릎을 꿇고 주저앉는다. 남자는 록시에게도 칼을 획획 휘두른다.

키 큰 남자가 끙끙거린다. "토니. 기억해. 여자애는 안 돼."

키 작은 남자가 키 큰 남자의 얼굴을 발로 찬다. 한 번. 두 번. 세 번. "내 이름 부르지 마."

키 큰 남자가 조용해진다. 얼굴에 피가 줄줄 흐른다.

록시는 이제 위험에 처했음을 깨닫는다. 엄마가 소리친다. "도망쳐! 도망쳐!" 핀과 바늘이 온 팔을 찌르는 느낌이다. 등에서 쇄골로, 목에서 팔꿈치, 손목으로, 손바닥으로, 바늘로 따끔하게 찌르는 듯하다. 피부 속이 빛난다.

남자가 칼을 잡지 않은 손을 뻗는다. 록시는 발로 차거나 주먹을 날릴 준비가 되었지만 본능이 새로운 시도를 해 보라고 말한다. 그의 손목을 잡는다. 가슴속 깊이 자리한 무언가를 비튼다. 원래부터 알았던 것처럼. 남자가 빠져나가려고 하지만 늦었다.

록시는 한 손으로 번개를 쥐고 내려치라 명령했다.

치지직 뭔가가 번쩍이고 폭죽이 터지는 소리가 난다. 폭우 같기도 하고, 머리카락이 타는 것 같기도 한 냄새가 난다. 혀 아래에서 쌉싸래한 오렌지 맛이 차오른다. 키 작은 남자는 이제 바닥에 쓰러져 있다. 낮고 작게 우는 소리를 낸다. 손은 주먹을 쥐었다 풀었다 한다. 손목에서 팔까지 붉고 긴 상처가 쭉 이어졌다. 누런 털에 덮여 있는데도 잘 보인다. 상처는 진홍색이고 고사리와 나뭇잎, 덩굴, 꽃봉오리, 나뭇가지 같은 문양이다. 엄마의 입은 벌어져 있고, 여전히 눈물을 흘리면서 빤히 쳐다본다.

록시는 엄마의 팔을 잡아당기지만 충격을 받은 엄마의 움직임은 둔하다. 엄마는 그저 입으로만 계속 "도망쳐! 도망쳐!"라고 말한다. 록시는 자신이 뭘 했는지 모르지만 자기보다 힘이 센 사람과 싸울 때 상대가 쓰러져 있으면 도망쳐야 한다는 것쯤은 알고 있다. 하지만 엄마가 퍼뜩 움직이지 않는다. 록시가 엄마를 일으키기도 전에 키 작은 남자가 말한다. "그렇게는 안 되지."

그는 경계하면서 몸을 일으켜 세우더니 모녀와 문 사이에서 절뚝거린다. 한 손은 옆으로 축 늘어졌지만 다른 한 손으로는 바로 그 칼을 잡고 있다. 록시는 아까 자신이 무엇을 했는지는 모르지만 그 느낌을 기억해 내려고 애쓴다. 엄마를 자신의 뒤쪽으로 밀친다.

"너 거기 뭘 가지고 있는 거냐, 꼬마야?" 남자, 토니가 말한다. 이름을 기억했다가 아빠에게 말해 줄 것이다. "배터리라도 갖고 있니?"

"비켜." 록시가 말한다. "한 번 더 맛을 보여 줄까?"

토니가 몇 걸음 뒤로 물러난다. 그의 눈이 록시의 팔을 주시한다. 등 뒤로 뭘 가지고 있는지 살피는 듯하다. "너 놓쳤구나, 그렇지, 꼬마야?"

록시는 '그것'의 느낌을 기억해 냈다. 비틀림. 밖으로 향하는 폭발.

토니를 향해 한 걸음 다가선다. 토니는 제자리를 지키고 서 있다. 한 걸음 더 다가간다. 토니는 다쳐서 쓸 수 없는 손을 본다. 손가락이 여전히 경련하듯 씰룩거린다. 그가 고개를 젓는다. "아무것도 없으면서!"

토니가 칼을 들고 앞으로 다가오려는 듯 몸짓을 한다. 록시는 손을 내밀어 그의 멀쩡한 손등을 붙잡아서 아까와 똑같이 비튼다.

아무 일도 일어나지 않는다.

그가 웃음을 터뜨리기 시작한다. 칼을 입에 물고 한 손으로 록시의 두 손목을 움켜잡는다.

다시 해 본다. 소용이 없다. 토니가 록시를 무릎 꿇린다.

"제발." 엄마가 아주 작은 목소리로 애원한다. "제발, 제발 그러지 마세요."

그때 무언가가 록시의 뒤통수를 때리고 곧 정신을 잃는다.

깨어 보니 세상이 옆으로 누워 있다. 언제나처럼 난로가 보인다. 난로 주변의 나무 장식. 눈이 얼얼하고 머리가 아프고 입은 카펫에 짓눌려 있다. 입에서 피 맛이 느껴지고 어떤 액체가 뚝뚝 흐른다. 록시는 눈을 감는다. 다시 눈을 떴을 때 몇 분보다 훨씬 긴 시간이 지나 있음을 깨닫는다. 바깥 거리는 조용하다. 집 안 공기는 차갑고 한쪽으로 기울어져 있다. 록시는 자신의 몸 상태를 가늠해 본다. 두 다리는 의자에 올려져 있고 얼굴은 거꾸로 매달린 채 카펫과 난로에 눌린 듯하다. 몸을 지렛대처럼 위로 들어 보지만 힘이 너무 많이 들어가서 꼼지락거리다가 결국 두 다리를 바닥으로 떨어뜨린다. 떨어질 때 아프긴 했지만 적어도 몸이 수평을 되찾았다.

순간 빠르게 기억이 스쳐 간다. 통증. 통증의 원인. 자신이 했던 일. 그리고 엄마. 록시는 천천히 몸을 일으킨다. 두 손이 끈적끈적하다는 사실을 알아차린다. 뭔가가 뚝뚝 흐르고 있다. 카펫이 흠뻑 젖어 있다. 난로 주위로 붉고 걸쭉한 얼룩이 큰 동그라미를 그린다. 엄마가 있다. 엄마의 머리는 소파 팔걸이에 축 늘어져 있다. 가슴에는 펠트펜으로 프림로즈꽃이 그려진 종이 한 장이 놓인 채.

록시는 열네 살. 가장 어리고 가장 처음 겪은 축에 들었다.

툰데

툰데는 수영장을 몇 바퀴 계속 돈다. 에누마가 알아차리도록 필요 이상으로 물을 튀기면서. 에누마는 《투데이스 우먼》 잡지를 휙휙 넘기고 있다. 툰데가 고개를 들 때마다 그녀의 시선은 잡지로 휙 향하며 한겨울에 열린 토케 마킨와*의 결혼식 광경이 유튜브 채널로 중계되었다는 기사를 읽는 척한다. 툰데는 에누마가 자신을 쳐다보고 있음을 알고 있다. 자신이 안다는 사실을 그녀도 알리라고 생각한다. 흥분된다.

툰데는 스물한 살이다. 세상 모든 것이 너무 크거나 길거나 잘못

---

* Toke Makinwa. 텔레비전·라디오 진행자. SNS 유명인이자 사업가.

되었고 마구 그릇된 방향만을 가리키고 있는 듯 느껴지던 인생의 시기를 막 지난 나이. 에누마는 그보다 네 살 어리지만 그가 남자답다기보다는 그녀가 훨씬 여자다울 뿐이며, 얌전하지만 무지하지 않고 너무 내성적이지도 않다. 걸음걸이라든지 남들보다 한발 앞서 농담을 이해하고 미소를 짓는 모습으로 미루어 볼 때 그렇다. 이바단에서 라고스로 온 그녀는 툰데가 대학에서 포토저널리즘 수업을 함께 들으며 알게 된 남학생의 사촌이다. 툰데를 비롯한 다른 이들은 여름 동안 한 무리를 지어 어울린다. 에누마는 처음 온 날부터 툰데의 눈에 들어왔다. 그녀의 비밀스러운 미소, 처음에는 농담인 줄 몰랐던 그녀의 농담들. 굴곡진 엉덩이, 티셔츠를 가득 채운 풍만한 가슴. 툰데는 단호한 의지를 빼면 시체였다.

에누마는 처음에 해변을 좋아하지 않는다고 말했다. 모래도 바람도 너무 많다고. 실내 수영장이 더 낫다고. 툰데는 하루, 이틀, 사흘을 기다렸다가 여행을 제안했다. 아코도 해변까지 차를 타고 가서 하루 종일 소풍을 즐기자고. 에누마는 가지 않겠다고 했다. 툰데는 신경 쓰지 않는 척했다. 그리고 다른 친구들과 계획한 여행 전날 배탈이 났다고 불평하기 시작했다. 배가 아플 때 수영하면 위험해. 찬물에 몸이 놀랄 거야. 넌 그냥 집에 있어, 툰데. 그럼 바다 여행을 못가게 되잖아. 바다에서 수영하면 안 돼. 에누마도 안 가니까 의사가 필요하면 에누마한테 부탁해.

한 여자애가 말했다. "하지만 클럽 하우스에 너 혼자 있어야 하잖아."

툰데는 에누마가 바로 그 순간에 깜짝 놀라며 어안이 벙벙해지기를 바랐다. "내 사촌이 올 거야."

사촌 누구냐고 툰데에게 묻는 사람은 아무도 없었다. 무덥고 축 늘어지는 여름, 모퉁이를 돌면 이코이 클럽*이 자리할 법한 이 커다란 집에 수많은 사람들이 들락날락거렸다.

에누마는 모르는 척했다. 툰데는 그녀가 항의하지 않는 모습을 눈여겨보았다. 친구의 등을 때리며 너도 바닷가에 가지 말고 여기 같이 있자고 떼쓰지 않았다. 마지막 차까지 다 떠나고 삼십 분 후, 자리에서 일어난 그는 기지개를 켜며 몸 상태가 훨씬 좋아졌다고 했다. 하지만 그녀는 아무 말도 하지 않았다. 그가 짧은 다이빙대에서 수영장으로 뛰어내리는 모습을 바라보는 그녀 얼굴에 미소가 스쳤다.

그가 물속에서 방향을 튼다. 깔끔하다. 발은 수면을 거의 부서뜨리지 않았다. 그녀가 보았을까 궁금하지만 그녀는 자리에 없다. 주변을 둘러보니 주방에서 걸어 나오는 맵시 있는 다리와 맨발이 보인다. 코카콜라 캔을 들고 있다.

"여봐라." 그가 주인 목소리를 흉내 낸다. "여봐라, 하녀, 그 콜라를 가져오너라."

그녀가 뒤돌아서 크고 맑은 눈으로 미소 짓는다. 두리번거리더니 마치 '누구? 나?' 하고 말하는 듯이 손가락으로 가슴을 가리킨다.

그녀를 원한다. 어떻게 해야 하는지 확실히 알지 못한다. 지금까지 그에게 여자라고는 딱 두 명뿐이었고 둘 다 '여자 친구'라고 할 만한 사이도 아니었다. 대학 친구들은 연애하지 않는 그를 보고 공부와 결혼했다고 농담을 한다. 그는 그 농담이 싫다. 그저 정말로 좋아하는 사람이 생길 때까지 기다리고 있을 뿐인데. 에누마에게는 특별한

---

* Ikoyi Club. 나이지리아 라고스에 위치한 고급 회원제 클럽.

뭔가가 있다. 그는 그녀를 원한다.

두 손바닥으로 젖은 타일을 짚고 물에서 나와 돌바닥을 밟고 선다. 그 스스로 의식하고 있듯이 어깨와 가슴, 쇄골의 근육을 과시하는 매끄럽고 우아한 동작이다. 느낌이 좋다. 잘될 것 같다.

그녀는 등받이가 뒤로 젖혀지는 긴 의자에 앉는다. 그가 으스대며 걸어올 때 그녀는 캔을 막 따려고 한다.

"안 되지." 그가 여전히 미소를 띠고서 말한다. "그건 너 같은 사람이 마시라고 있는 게 아니야."

그녀가 캔을 움켜쥐고 가슴으로 가져간다. 캔에 닿은 피부가 차가우리라. 그녀가 얌전하게 말한다. "그냥 조금 맛보고 싶을 뿐이야." 그리고 아랫입술을 깨문다.

일부러 저러는 것이다. 분명히. 그는 흥분된다. 잘될 것이다.

그가 그녀 옆으로 다가가 선다. "이리 내."

그녀가 한 손으로 캔을 잡고 시원함을 느끼려는 듯이 목을 따라 굴린다. 그리고 고개를 흔든다. 그가 그녀에게 달려든다.

두 사람은 장난으로 엎치락뒤치락한다. 그는 힘을 쓰지 않으려고 주의한다. 자신처럼 그녀가 장난을 즐길 수 있도록. 그녀는 캔을 빼앗기지 않으려고 손을 머리 위로 들어 올린다. 그가 팔을 약간 뒤로 밀자 그녀는 헉 하며 뒤쪽으로 비튼다. 그가 콜라 캔을 잡자 낮고 작은 웃음소리를 낸다. 그녀의 웃음소리가 좋다.

"주인이 음료수를 못 가져가게 하다니. 참으로 못된 하녀구나." 그가 말한다.

그녀가 또다시 웃으며 몸을 꿈틀거린다. 수영복의 브이넥 위로 그녀의 가슴이 밀려 올라간다. "절대 안 줄 거야. 내 목숨을 걸고 지킬 거야!" 그녀가 말한다.

그는 생각한다. 영리한 데다 아름다워. 신이시여, 저에게 자비를 베푸소서. 그녀도 웃고 그도 웃는다. 그녀에게로 무게 중심을 기울인다. 맞닿은 그녀의 살이 따뜻하다.

"정말 나한테서 지킬 수 있을 거라고 생각해?" 그가 다시 달려들고 그녀는 피하려고 몸을 비튼다. 그녀의 허리를 잡는다.

그녀가 그의 손에 손을 갖다 댄다.

오렌지꽃 향기가 풍겨 온다. 저 위에서 바람이 불어와 수영장으로 하얀 꽃잎을 떨군다.

툰데는 손에서 벌레에 물린 듯 찌릿한 감각을 느낀다. 벌레를 쫓아 버리려고 손을 내려다보니 그녀의 따뜻한 손바닥뿐.

찌릿한 감각이 빠르게 커진다. 처음에는 손과 팔을 바늘로 콕콕 찌르는 듯하다가 차차 전체가 요란하게 따끔거리더니 이내 통증으로 변한다. 소리가 나오지 않아 숨을 빨리 쉴 뿐이다. 왼팔을 움직일 수 없다. 심장 뛰는 소리까지 들린다. 가슴이 팽팽해진다.

그녀는 여전히 낮고 부드러운 소리로 깔깔거린다. 몸을 앞으로 기울여 그를 잡아당긴다. 그의 눈을 똑바로 쳐다보는 눈동자가 갈색과 황금색으로 반짝이고 입술은 촉촉하다. 그는 두려우면서도 흥분된다. 그녀가 지금 무엇을 하려고 하건 자신으로서는 말릴 수 없다는 사실을 알기에 두려우면서도 전율이 느껴진다. 자기도 모르는 사이에 따끔거릴 정도로 단단하게 발기되어 버렸다. 왼팔에서는 아무런 감각도 느껴지지 않는다.

그녀가 풍선껌 같은 숨결로 기대어 와서 입술에 부드럽게 키스한다. 그리고 몸을 떼고는 곧장 수영장으로 달려가 물에 뛰어든다. 연습이 이루어진 듯 단 한 차례의 매끄러운 동작으로.

그는 왼팔의 감각이 돌아오기를 기다린다. 그녀는 그를 부르거나 물을 뿌리지도 않고 조용히 수영을 한다. 그는 흥분되면서도 부끄럽다. 그녀에게 말을 걸고 싶지만 두렵다. 전부 그의 상상일지도 모른다. 방금 있었던 일에 대해 물으면 비난할지도 모른다.

그는 길모퉁이 가판대로 가서 얼린 오렌지 음료를 산다. 그러면 그녀에게 아무런 말도 하지 않을 수 있으니. 바닷가에 갔던 이들이 돌아오자 툰데는 또 다른 사촌을 만들어 내서 다음 날 사촌 집에 가야 한다고 말한다. 혼자 있으면 안 되고 정신을 다른 데에 쏟을 필요가 있다. 친구 찰리나 이삭에게 이 일을 털어놓는 상상을 하자 목이 콱 메어 온다. 녀석들은 분명히 그가 미쳤거나 약해 빠졌거나 거짓말을 한다고 할 테니까. 그녀의 웃는 모습이 떠오른다.

방금 그런 일이 있었다는 신호를 찾으려고 그녀의 얼굴을 살핀다. 방금 그것은 뭐였지? 의도적인 행동일까? 그에게 상처를 주거나 놀라게 하려고 구체적으로 계획한 일인가, 아니면 본의 아니게 우연히 벌어진 일인가? 자신이 한 행동을 알고는 있는 건가? 아니면 그녀가 저지른 일이 아니라 그의 육체가 욕망으로 고장 난 탓에 그런 것일까? 그 일이 도무지 그의 머릿속에서 떠나지 않는다. 그녀는 아무 일도 없었다는 듯 별다른 기색이 전혀 없다. 여행의 마지막 날에는 다른 남자와 손을 잡고 있다.

녹이 번지듯 수치심이 온몸으로 퍼진다. 집착적으로 그날 오후를 곱씹는다. 밤에 홀로 누워 그녀의 입술과 매끄러운 수영복에 밀착된 그녀의 가슴, 윤곽이 드러난 젖꼭지, 한없이 약해지는 자신의 모습, 그녀가 마음만 먹으면 얼마든지 자신을 제압할 수 있을 것 같다. 그런 생각을 하면 흥분되어 자위를 한다. 그녀의 몸에 대한 기억, 히비스커스꽃 같은 체취 때문에 흥분되는 것이라고 생각하지만 확신할 수는 없다. 욕정, 힘, 갈망, 두려움이 한데 뒤섞인다.

그날 오후의 일을 머릿속으로 너무 많이 되풀이했기 때문인지 사진이나 영상, 오디오 같은 실질적인 증거를 간절히 원하게 되었다. 슈퍼마켓에서 휴대폰을 꺼낼 생각부터 먼저 한 것도 그 때문인지 모른다. 시민 저널리즘이나 '좋은 이야깃거리를 찾아내는 감각' 등 대학교에서 배운 바가 스며든 탓일지도.

에누마와 그 일이 있고 몇 달 후, 그는 친구 이삭과 구디스에 갔다. 과일 코너에서 잘 익은 구아바 향기를 들이마신다. 너무 무르익어서 갈라진 과육에 달라붙은 작은 파리 떼처럼, 그는 향기에 이끌려 그쪽까지 가로질러 갔다. 툰데와 이삭은 여자에 대해 논쟁을 벌인다. 여자들이 뭘 좋아하는지. 툰데는 창피한 기억을 되도록 마음속 깊이 파묻으려고 애쓴다. 친구가 자신의 비밀을 알지 못하도록. 그런데 혼자 쇼핑을 하던 소녀가 한 남자와 말다툼을 벌인다. 남자는 삼십 대, 소녀는 열다섯, 열여섯 정도.

남자가 달콤한 말로 소녀를 꾀려고 했다. 처음에 툰데는 두 사람이 아는 사이인 줄 알았다. 하지만 그녀가 "저리 가세요."라고 말하는 소리를 듣고서야 예사로운 상황이 아님을 깨닫는다. 남자는 그래도 웃으며 한 걸음 다가선다. "너처럼 예쁜 여자는 칭찬을 들어야 마땅해."

소녀는 몸을 앞으로 기울여 고개를 숙이고 거칠게 숨을 쉰다. 망고가 가득 든 나무 궤짝의 가장자리를 움켜잡는다. 무언가 피부를 깔끄럽게 하는 느낌이 있다. 툰데는 주머니에서 휴대폰을 꺼내 영상을 찍으려 한다. 자신에게 일어났던 일과 똑같은 상황이 여기에서 벌어질 것 같다. 그 사건을 소유하고 싶다. 집에 가서 두고두고 볼 수 있도록. 에누마와 그 일을 겪은 그날 이후로 다시 생기기를 바라 왔던 일이다.

남자가 말한다. "야, 피하지 말고. 좀 웃어 줘 봐."

소녀는 침을 꿀꺽 삼키며 계속 아래를 본다.

슈퍼마켓 안의 냄새가 더욱 강해진다. 툰데는 숨을 한 번 들이마시는 것만으로도 향기의 주인을 알 수 있다. 사과, 피망, 오렌지.

이삭이 속삭인다. "망고로 남자를 때릴 건가 봐."

그대는 번갯불을 움직일 수 있는가? 아니면 번갯불이 그대에게 "대령했습니다."라고 말하는가?

툰데가 촬영하고 있을 때 소녀가 홱 돌아선다. 그녀가 팔을 내리치는 순간 휴대폰 화면이 잠깐 흔들린다. 그것을 제외하고는 깔끔하게 찍혔다. 그녀가 화난 척하는 것이라 생각하며 계속 실실거리는 남자의 팔로 손을 가져가는 장면. 그 부분에서 화면을 정지하면 전하(電荷)가 날뛰는 모습을 분명히 볼 수 있다. 리히텐베르크 도형의 흔적이 있다. 그녀의 피부를 따라 손목에서 팔목까지 모세 혈관이 터지듯 강처럼 빙빙 돌고 분기한다.

툰데는 남자가 숨을 컥컥대고 발작을 일으키며 바닥으로 쓰러질 때 카메라의 눈을 따라간다. 그는 슈퍼마켓에서 뛰쳐나가는 소녀가 카메라 화면에서 벗어나지 않도록 몸을 회전한다. 뒤쪽에서는 소녀가 남자에게 독을 먹였다면서 사람들의 도움을 요청하는 시끄러운 소리가 들린다. 소녀가 때리면서 독을 주입했다고. 독이 든 바늘로 찔렀다고. 아니, 과일 속에 뱀, 독사가 숨겨져 있다고. 누군가는 소리쳤다. "Aje ni girl yen, sha! 그 여자애는 마녀야! 마녀가 이런 식으로 사람을 죽인다고!"

툰데의 카메라가 바닥에 누워 있는 형체에게로 향한다. 남자의 구두 뒷굽이 덜덜 떨리며 리놀륨 타일을 연신 두드린다. 입에선 분홍색 거품이 끓고 눈은 뒤집혔다. 고개가 좌우로 마구 흔들린다. 툰데는 휴대폰의 밝은 화면에 그 장면을 담을 수 있다면 자신의 두려움이 사라지리라고 생각했다. 하지만 붉은 점액을 토해 내며 우는 남자를 보자 열선처럼 등줄기를 타고 내려가는 공포심이 느껴진다. 수영장에서 느꼈던 감각이 되살아났다. 마음만 먹었다면 에누마는 툰데를 죽일 수도 있었다. 그는 앰뷸런스가 도착할 때까지 카메라를 남자에게 고정한다.

그가 온라인에 올린 이 영상은 '소녀들의 날'을 촉발시킨다.

마고

"가짜가 틀림없어요."

"폭스 뉴스에서는 아니라던데."

"폭스 뉴스에서는 어떻게든 사람들의 주목을 끌려는 말만 하겠죠."

"그래, 하지만 그래도."

"여자애 손에서 나오는 선 같은 게 뭐죠?"

"전기."

"하지만…… 저건…….."

"그래."

"어디서 올라온 영상인데요?"

"나이지리아일걸. 어제 올라왔어."

"세상에 미친 사람들 많아요, 대니얼. 거짓말쟁이. 사기꾼들."

"영상이 더 있어. 처음 영상이 올라온 후에⋯⋯ 네다섯 개 더 올라왔어."

"가짜예요. 사람들은 그런 것에 열광하니까. 그 뭐야, 밈(meme)이라는 거예요. '슬랜더맨 소환 사건' 들어 봤죠? 그에게 봉헌하는 의미로 친구를 죽이려고 한 여자애들까지 있었잖아요. 끔찍해요."

"한 시간마다 영상이 네다섯 개씩 올라온다니까, 마고."

"젠장."

"그래."

"그래서 나더러 어쩌라고요?"

"휴교해."

"학부모들이 어떻게 나올지 상상이나 되세요? 오늘 학생들을 집으로 보내면 투표권을 가진 수백만 부모들이 어떻게 나올지?"

"교사 한 명이 다치기라도 하면 교원 조합에서 어떻게 나올지는 상상해 봤어? 불구가 되거나 죽으면? 법적 책임을 한번 생각해 봐."

"죽는다고요?"

"모르는 거야."

마고는 책상 가장자리를 움켜쥔 자신의 두 손을 내려다본다. 이 일에 맞장구를 친다면 자신의 꼴이 우스워질 것이다. 텔레비전 프로그램에서 취재하러 나올 터다. 자신은 짓궂은 장난에 속아서 대도시 지역 학교들에 휴교령을 내린 멍청한 시장이 되는 것이다. 하지만 휴교령을 내리지 않았다가 무슨 일이 생기기라도 하면⋯⋯ 대니얼은 휴교령을 취하라고 시장을 설득하려 애쓴 훌륭한 주지사가 되리라. 주지사 사택에서 생방송으로 눈물을 흘리며 인터뷰를 하는 대니얼의 모습이 그려질 정도였다. 젠장.

대니얼이 휴대폰을 확인한다. "아이오와하고 델라웨어는 벌써 휴교령을 내렸어."

"어쩔 수 없지."

"그 말은?"

"어쩔 수 없다는 게 어쩔 수 없다는 뜻이지 뭐예요. 좋아요, 휴교령을 내리죠."

네댓새 동안 거의 집에 가지 못했다. 집무실을 나가거나 차를 타고 집으로 가거나 침대에 누워 본 일 따위가 기억나지 않는다. 분명히 하긴 했을 텐데. 전화벨이 쉬지 않고 울린다. 휴대폰을 움켜쥐고 잠자리에 들고, 꼭 잡은 채로 깨어난다. 딸들 걱정은 하지 않아도 되도록 바비가 데리고 있다. 죄스러운 일이지만 아이들을 생각할 겨를조차 없다.

이 일은 전 세계에서 발생했지만, 도대체 무슨 일인지 아는 사람은 아무도 없다.

처음에 CDC(질병통제예방센터) 관계자들은 확신에 찬 얼굴로 텔레비전에 나와서 바이러스라고 말했다. 심각한 상태는 아니고 대부분의 사람들이 무사히 회복했으며, 그저 어린 소녀들이 자기 두 손으로 전기를 방출하는 것 같다고. 있을 수 없고 말도 안 되는 소리였다. 뉴스 앵커들은 화장이 망가질 정도로 웃음을 터뜨렸다. 그들은 재미 삼아 해양 생물학자들을 출연시켜 전기뱀장어와 그 신체 구조에 대해 이야기를 나누었다. 수염 있는 남자와 안경 쓴 여자, 수조에 든 물고기가 아침 프로그램의 한 코너를 장식한다. 전지를 발명하게 된 계기가 전기뱀장어 때문이었다는 거 아세요? 톰, 난 몰랐어요. 정말 흥미롭군요. 전기뱀장어가 말을 쓰러뜨릴 수도 있다고 해요. 에이, 설마, 그건 상상조차 할 수 없는 일이에요. 일본의 연구소에서는 수조에 든 전기뱀장어로 크리스마스트리 조명에 불을 밝힌다고 하네요. 소녀들로도 가능할까요? 그건 불가능할 것 같아요, 크리스틴. 그런데 해마다 크리스마스가 빨리 다가오는 것 같지 않으세요? 1분, 11분, 21분, 31분, 41분, 51분마다, 날씨 정보 나갑니다.

마고와 시 당국은, 방송국에서 사태의 심각성을 이해하기 며칠 전부터 이미 심각하게 받아들이고 있었다. 놀이터에서 일어난 싸움 사건에 대한 보고를 일찍 들은 것도 그들이다. 가끔 여자아이들도 있지만 대부분은 남자아이들이 숨을 헐떡이고 경련을 일으키고 마는, 새롭고 이상한 유형의 싸움이다. 팔다리나 연약한 몸통 피부에 나뭇잎이 펼쳐진 듯한 모양의 흉터가 구불구불하게 생겼다. 질병 발생 후, 처음에 시 당국은 아이들이 학교에 가져오는 무언가가 이 일의 원인이라고 여겼다. 그러나 첫 주가 둘째 주로 접어들자 그게 아님을 알아차린다.

시 당국은 정말 말도 안 되는 이론에도 혹한다. 터무니없는 생각과 가능성 있는 생각을 구분하지 못한다. 마고는 밤에 델리의 연구팀이 보낸 보고서를 읽는다. 연구팀은 여자아이들의 쇄골에 걸쳐 있는 가로무늬근을 처음 발견하고 '전기 기관'이라고 이름 붙였다. 꼬인 가닥 모양 때문에 타래라고도 한다. 연구진은 목을 빙 둘러 '전기적 반향 정위'의 형태를 가능하게 하는 전기 수용체가 있다는 이론을 제시한다. 여자 신생아의 쇄골에 MRI 스캔을 실시하자 타래의 싹이 발견된다. 마고는 보고서를 복사해서 주 전체 학교에 이메일로 전송했다. 며칠 동안 난무하는 왜곡된 해석들 사이에서 유일한 과학적 설명이다. 대니얼마저 순간 자신이 마고를 싫어한다는 사실을 잊어버리고 고마워한다.

이스라엘 인류학자는 인간에게 전기 기관이 생겨난 까닭으로서 수생 유인원 이론을 확신할 수 있는 증거로 제안한다. 인류가 정글이 아닌 바다에서 유래하기 때문에 털이 없는 것이라고. 한때 인류는 전기뱀장어, 전기가오리처럼 바다를 겁주었다고. 목사와 텔레비전 전도사들도 이에 뒤질세라 이번 기회를 놓치지 않고 세상의 종말이 임박했음을 알리는 신호라고 떠들어 댄다. 시사 토론 프로그램에서는 '전기 소녀들'을 외과적으로 조사해야 한다고 주장하는 과학자와 그들이 종말의 전조이므로 손대어서는 안 된다고 주장하는 종교인 사이에서 주먹다짐이 벌어진다. 유전체에 처음부터 잠복해 있다가 발현되는 것인지, 아니면 돌연변이, 끔찍한 기형인지에 대한 논쟁도 이미 시작되었다.

마고는 잠자리에 들기 직전에 날개 달린 개미를 떠올린다. 여름날이면 호숫가 집에 날개 달린 개미가 바글바글할 때가 꼭 있었다. 바닥에 득실거리고 나무틀에 붙어 있고, 나무 몸통에도 넘실거린다. 공기 중에 개미가 우글거려서 숨을 쉬다 입으로 들어갈 것만 같다. 날개 달린 개미는 일 년 내내 땅속에서 혼자 산다. 알에서 태어나 먼지나 씨앗 따위를 먹으며 기다리고 또 기다린다. 그리고 적당한 시기에, 기온과 습도가 적당한 어느 날…… 모두가 비행을 한다. 서로를 찾기 위해. 마고는 그런 생각을 아무에게도 말할 수 없었다. 스트레스 때문에 미쳐 버렸다고 생각할 테고, 그녀를 대신할 사람은 얼마든지 있으니까. 하지만 그녀는 화상을 입은 아이들, 발작을 일으킨 아이들, 서로 싸우다가 보호 차원에서 구치소에 감금된 소녀 갱단에 대한 보고서를 읽은 날 밤, 침대에 누워 생각한다. 왜 지금이지? 왜 하필 지금일까? 내내 기다렸다가 마침내 비상하는 날개 달린 개미들이 자꾸만 떠오를 뿐이다.

삼 주째에 접어들었을 때 그녀는 조슬린이 싸우다가 잡혔다는 바비의 전화를 받는다.

오 일째부터는 이미 남학생과 여학생을 분리해서 관리하기 시작했다. 여학생들이 능력을 사용하니 당연한 일이었다. 아들을 둔 부모들은 자식한테 혼자 나가거나 외떨어져 있지 말라고 주의를 준다. 얼굴이 잿빛으로 변한 여성이 텔레비전에서 말한다. "공원에서 한 소녀가 아무 이유도 없이 소년에게 그걸 쓰더군요. 소년은 눈에서 피를 흘리고 있었습니다. 눈에서요. 직접 목격한 엄마라면 절대로 아들을 자기 옆에서 떼어 두지 않으려고 할 겁니다."

학교를 영원히 닫을 수는 없는 법. 개편이 이루어졌다. 남학생 전용 버스가 남학생들을 남학교까지 안전하게 데려간다. 남학생들은 변화를 쉽게 받아들였다. 온라인에서 영상을 몇 개만 봐도 공포가 목덜미까지 성큼 조여 오기 때문이다.

하지만 여학생들의 경우는 그렇게 단순하지 않았다. 여학생들은 서로 격리시킬 수 없다. 개중에는 화가 나 있거나 못된 아이들도 있고, 사태가 공공연하게 알려진 후에는 서로 힘과 기술을 겨루는 아이들도 있다. 부상, 사고도 생겼다. 한 소녀가 다른 소녀를 실명시켰다. 교사들도 두려움에 떤다. 매스컴과 전문가들은 "최고 수준의 보안을 갖춘 교도소에 전부 수감시켜야 한다."라고 말한다. 열다섯 살 정도의 모든 소녀에게서 나타나는 증상임은 알 수 있다. 하지만 그렇다고 달라질 것은 없다. 그들을 전부 다 가두기도 불가능하고, 일단 말도 안 되는 일이다. 그런데도 사람들의 요구가 빗발친다.

조슬린도 싸우다가 걸렸다. 마고가 집으로 가서 딸을 만나기도 전에 언론이 소식을 입수했다. 집에 가 보니 앞마당에 뉴스 트럭들이 줄지어 서 있다. 시장님, 따님이 한 소년을 병원에 입원시켰다는 소문에 대해 한말씀 해 주시겠습니까?

아니, 그녀는 한말씀 해 줄 마음이 없다.

바비는 매디와 거실에 있다. 매디는 소파에서 바비의 다리 사이에 앉아 우유를 마시며 「파워퍼프 걸」을 본다. 고개를 들어 엄마가 오는 모습을 보지만 움직이지 않고 다시 텔레비전으로 시선을 돌린다. 열 살밖에 안 되었는데 벌써 사춘기다. 그래. 마고는 매디의 정수리에 입을 맞춘다. 아이는 그 와중에도 텔레비전 화면을 보려고 머리를 움직인다. 바비가 마고의 손을 꼭 잡는다.

"조스는?"

"2층에."

"그리고?"

"남들처럼 무서워하고 있어."

"그래."

마고는 방문을 살짝 닫는다.

조슬린은 두 다리를 뻗고 침대에 앉아 있다, 곰 인형을 안고서. 아직 어린아이일 뿐이다.

"이 일이 시작되자마자 전화를 했어야 했는데, 미안하구나." 마고가 말한다.

조슬린은 눈물이 터지려 한다. 마고는 물이 가득 찬 양동이가 흔들리지 않게끔 하려는 듯이 침대에 살며시 앉는다. "아빠 말로는 크게 다친 사람은 없대."

조스가 아무런 말도 없자 마고는 계속 이야기한다. "다른 여자애들이…… 세 명이었지? 걔네들이 시작했다는 거 엄마도 알아. 그 남학생은 네 근처에 있었으면 안 됐고. 존 뮤어 병원에서 검사받았어. 넌 그냥 그 남자애를 놀라게 한 것뿐이야."

"알아."

일단 아이가 언어로 소통하기 시작했다. 시작이 좋다.

"그게…… 처음이었니?"

조슬린이 눈알을 굴린다. 한 손으로 이불을 잡아당긴다.

"너도 나도 처음 겪는 일이야, 그렇지? 언제부터 그런 거니?"

아이는 간신히 들릴 정도로 작게 중얼거린다. "육 개월 전부터."

"육 개월이라고?"

실수다. 믿기지 않아 하거나 불안감을 표현하면 안 된다. 조슬린이 무릎을 끌어당긴다.

"미안. 좀…… 놀라서 그런 것뿐이야." 마고가 말한다.

조스는 얼굴을 찡그린다. "나보다 일찍 시작한 애들도 많아. 처음에…… 정전기 같아서 재미있었어."

정전기. 머리를 빗은 다음에 풍선을 갖다 대면 생겼던가? 여섯 살짜리 어린애들이 생일 파티에서 심심할 때나 하는 짓 말이다.

"여자애들끼리 하는 재미있는 놀이였어. 온라인에 사용법을 알려 주는 비밀 영상도 있었고."

지금이 바로 그 순간이다. 부모가 모르는 비밀이 소중해지는 순간. 부모가 한 번도 들어 본 적 없는 것들.

"사용하는 방법은…… 어떻게 배웠어?"

조스가 말한다. "몰라. 원래부터 할 줄 아는 것처럼 느껴졌어. 뭐랄까…… 손목 비틀기 같아."

"왜 말하지 않았어? 왜 엄마한테 말 안 했어?"

마고는 창문 밖의 잔디밭을 쳐다본다. 뒤뜰 높은 울타리 너머로 카메라를 든 남녀가 모여 있다.

"모르겠어."

마고는 자신의 어머니에게 남자라든지 파티에서 있었던 일에 대해 이야기할 때를 떠올렸다. 넘으면 안 되는 선이 어느 수준인지, 남자애의 손이 어디에서 멈춰야 하는지. 어머니와 그런 대화가 전적으로 불가능했던 일이 떠오른다.

"보여 줘."

조스가 눈을 가늘게 뜬다. "안 돼…… 내가 엄마를 다치게 할 거야."

"그동안 연습했어? 내가 죽거나 발작을 일으키지 않을 정도로 확실히 제어할 수 있어?"

조스는 심호흡을 한다. 입에 바람을 넣어 볼을 불룩하게 하고 천천히 숨을 내쉰다. "응."

엄마가 고개를 끄덕인다. 그녀가 아는 딸의 모습 그대로다. 성실하고 진중한 평소의 딸아이. "그럼 보여 줘."

"아예 다치지 않을 정도로는 조절 못 해, 알았지?"

"얼마나 다치는데?"

조스가 손가락을 넓게 펼치고 손바닥을 바라본다. "내 거는 있다가 없다가 해. 강할 때도 있고 아무것도 아닐 때도 있어."

마고는 입을 꾹 다문다. "그래."

조스가 한 손을 쭉 뻗었다가 다시 내려놓는다. "하고 싶지 않아."

한때는 이 아이의 신체 전부를 마고가 닦아 주고 보살펴 주어야 했다. 자식이 가진 힘에 대해 모른다는 사실이 그녀로서는 전혀 괜찮지 않다. "이제 비밀은 없는 거야. 보여 줘."

조스는 울려고 한다. 검지와 가운뎃손가락을 엄마의 팔에 갖다 댄다. 마고는 조스가 뭔가를 하길 기다린다. 숨을 참거나 눈썹을 찡그리고, 아니면 팔의 근육에 힘을 주고서. 하지만 조스는 아무것도 하지 않는다. 그저 통증만 있을 뿐.

마고는 그 힘이 "특히 뇌의 통증 중추에 영향을 끼친다."라는 CDC의 예비 보고서를 읽었다. 감전처럼 보이지만 통증이 훨씬 크다는 뜻이었다. 통증 수용체의 반응을 유도하는 표적 펄스인 것이다. 그래도 마고는 형체가 있으리라고 기대했다. 살갗이 타거나 쭈글쭈글해지거나 뱀이 물듯이 신속하게 움직이는 활 모양의 기류라든지.

하지만 폭우가 내린 이후의 젖은 나뭇잎 같은 냄새가 날 뿐이다. 부모님의 농장 과수원에서 땅에 떨어진 사과가 썩기 시작하는 냄새.

곧바로 통증이 느껴진다. 조스의 손이 닿은 팔뚝 부분의 뼈가 무지근하게 아프다. 독감 기운이 근육과 관절을 지나듯이 점점 깊어진다. 뭔가가 그녀의 뼈를 깨뜨리고 비틀고 구부린다. 마고는 조스에게 그만두라고 말하고 싶지만 입이 벌어지지 않는다. 안에서부터 조각조각 쪼개지는 것처럼 '그것'이 뼈를 파고든다. 팔의 골수에서 단단하고 끈적거리는 덩어리가 터져 나와 자뼈와 요골을 날카로운 조각들로 깨뜨리는 모습이 자신도 모르게 상상된다. 속에 매스껍다. 비명을 지르고 싶다. 구토를 동반한 통증이 팔을 지나 온몸으로 퍼진다. 몸 전체에서 통증이 닿지 않는 곳이 없다. 그것이 머리에서 울리고 척추를 타고 내려와 등과 목을 지나 쇄골까지 퍼져 나가는 것이 느껴진다.

쇄골. 몇 초밖에 흐르지 않았지만 한참이나 지난 듯하다. 통증만이 몸에 집중하게 할 따름이다. 그래서 마고는 가슴에서 응답하는 메아리를 알아차린다. 통증의 산과 계곡 사이, 그녀의 쇄골을 따라 울리는 종소리. 마치 마음에 든다는 대답처럼.

문득 어릴 때 하던 놀이가 떠오른다. 우습다. 오랫동안 까먹고 있었는데. 누구에게도 말한 적 없다. 이유는 모르겠지만 왠지 말해서는 안 될 것 같았다. 그 놀이에서 그녀는 마녀였고, 손바닥에 공 모양의 빛을 만들어 낼 수 있었다. 오빠들은 시리얼 상자에 든 상품 교환권으로 구입한 플라스틱 광선총을 든 우주인이었다. 하지만 마고가 집을 둘러싸고 서 있는 너도밤나무 사이에서 혼자 즐기던 놀이는 달랐다. 그 놀이에는 총도 우주복 헬멧도 광선검도 필요하지 않았다. 마고가 어릴 때 했던 놀이는 그녀 혼자만으로도 충분했다.

가슴과 팔, 손이 따끔거린다. 완전히 감각을 잃었던 팔이 깨어나는 것처럼. 통증은 아직 사라지지 않았지만 상관없다. 또 다른 뭔가가 일어나고 있다. 본능적으로 마고의 두 손은 조슬린의 조각 이불을 파고든다. 보호해 주듯 자신을 둘러싼 너도밤나무 속으로 돌아온 것처럼 오래된 나무와 젖은 양질토 냄새가 난다.

그녀는 땅끝까지 번개를 보낸다.

눈을 떴을 때 두 손에 패턴이 보였다. 그녀가 움켜쥐었던 이불이 타들어 가며 생긴 동심원, 빛과 어둠. 그녀는 비틀어지는 '그것'을 느꼈다. 예전부터 알았고 언제나 자신의 것이었을지도 모르는 사실까지 떠오른다. 한 손으로 움켜쥘 수 있는 그녀의 것. 명령해서 내리칠 수 있는 그녀의 것.

"맙소사! 어떡해."

앨리

앨리는 무덤으로 올라가 몸을 뒤로 기울여 묘비명을 확인한다. 그녀는 항상 시간을 내어 망자를 추모한다. 이곳에 편안하게 잠든 사랑하는 아이들의 엄마였던 애나베스 맥더프 씨, 잘 지내고 있나요. 그리고 말보로 담배에 불을 붙인다.

몽고메리테일러 부인은 담배가 하나님이 혐오하는 세속의 사오천 가지 쾌락 중 하나라고 한다. 앨리는 불붙은 담배를 깊숙이 빨아 벌어진 입으로 연기를 내뱉는 것만으로도 이렇게 말하는 셈이었다. 몽고메리테일러 부인, 교회의 모든 부인들 다 엿 먹어. 빌어먹을 예수 그리스도. 곧 통과 의례를 치르게 될 남자아이들에게는 평범하게 불을 붙이는 것만으로도 충분히 인상적이겠지만, 앨리는 평범하게 불을 붙이지 않는다.

카일이 턱으로 가리키며 말한다. "지난주에 네브래스카에서 남자들이 그걸 했다고 여자애를 죽였대."

"담배를 피웠다고? 가혹하네."

헌터가 말한다. "네가 할 수 있다는 걸 전교생 절반이 알아."

"그래서?"

"너희 아빠가 널 공장에 활용하면 전기세를 아낄 수 있을 텐데."

"그 사람은 내 아빠가 아니야."

앨리는 또 손가락 끝부분에서 은색 빛이 깜빡거리게 한다. 남자아이들은 쳐다본다.

해가 저물자 귀뚜라미와 비를 기다리는 개구리의 울음소리로 공동묘지가 살아난다. 길고도 뜨거운 여름날이 계속되고 있다. 땅은 폭풍우를 갈망한다.

몽고메리테일러 씨는, 이곳 잭슨빌은 물론 북쪽의 올버니, 저 멀리 스테이츠보로에도 공장 시설을 갖춘 육가공업체의 사장이다. 육가공이라고는 하지만 사실은 육류 생산업이다. 동물을 죽이는 것. 몽고메리테일러 씨는 앨리가 좀 더 어렸을 적에 직접 공장에 데려가서 보여 주었다. 그가 스스로를 어린 여자아이에게 남자들의 세계를 교육시켜 주는 좋은 어른이라고 생각하던 그런 시절이 있었다. 앨리는 얼굴을 찌푸리거나 시선을 돌리거나 투덜대지 않고 끝까지 다 보았다. 거기서 일종의 자부심을 느꼈다. 몽고메리테일러 씨는 내내 한 손을 펜치처럼 앨리의 어깨에 올린 채 돼지들이 칼날과 만나기 전에 대기하는 우리를 가리켰다. 돼지는 똑똑한 동물이야. 겁을 주면 고기 맛이 떨어지니 주의해야 하지.

닭은 똑똑하지 못하다. 앨리는 하얀 털로 뒤덮인 닭들이 상자에서 꺼내지는 광경을 보았다. 닭을 들어서 뒤집은 뒤 눈처럼 하얀 궁둥이를 보여 주고 다리를 꼼짝하지 못하게 컨베이어에 넣었다. 컨베이어가 닭들의 대가리를 끌고 가서 전기가 흐르는 물에 목욕을 시킨다. 꼬꼬댁거리며 몸을 비튼다. 그리고 하나씩 몸이 뻣뻣해지고 축 늘어진다. "자비로운 거야. 녀석들은 뭐가 어떻게 된 건지 모르거든." 몽고메리테일러 씨가 말했다.

그리고 웃음을 터뜨렸다. 직원들도 따라 웃었다.

앨리는 닭 한두 마리가 고개를 들었음을 알아차렸다. 물속에서 감전사하지 않은 것이었다. 아직 살아 있는 채로 라인을 따라 움직이며 펄펄 끓는 탱크 속으로 들어갔다.

"효율적이고 위생적이고 자비롭지." 몽고메리테일러 씨가 말했다.

그때 앨리는 몽고메리테일러 부인이 황홀경에 빠진 채로 지옥에 대해 말하던 모습을 떠올렸다. 소용돌이치는 칼, 온몸을 뒤덮는 뜨거운 물, 펄펄 끓는 기름, 녹은 납이 흐르는 강.

컨베이어로 달려가 성나고 흥분한 상태의 닭을 자유롭게 풀어 주고 싶었다. 닭들이 몽고메리테일러 씨를 부리와 발톱으로 공격해서 복수하는 상상을 했다. 하지만 어느 목소리가 앨리에게 말했다. 아직은 때가 아니다, 딸아. 너의 시간은 아직 오지 않았다. 지금껏 살아오는 동안 그 목소리는 앨리를 잘못된 길로 인도한 적이 단 한 번도 없었다. 그래서 앨리는 고개를 끄덕이고 말했다. "정말 흥미로워요. 견학시켜 주셔서 감사해요."

앨리가 능력을 발견한 때는 도축 공장에 다녀온 지 얼마 지나지 않아서였다. 전혀 갑작스럽지 않았다. 마치 머리카락이 많이 자랐음을 어느 날 문득 깨닫듯이. 줄곧 조용히 이루어지던 일이 분명했다.

저녁을 먹는 중이었다. 앨리가 포크를 집으려고 하자 손에서 불꽃이 튀었다.

목소리가 말했다. 다시 해 보아라. 다시 똑같이 할 수 있다. 집중해라. 가슴속에서 뭔가를 살짝 비틀었다. 아니, 휙 움직였다. 불꽃이 튀었다. 잘했다. 하지만 그들에게 보여 주지는 마라, 그들을 위한 게 아니니까. 목소리가 말했다. 몽고메리테일러 씨는 알아채지 못했다. 몽고메리테일러 부인도 마찬가지. 앨리는 무표정한 얼굴로 아래만 보았다. 목소리가 말했다. 이것은 내가 너에게 주는 첫 번째 선물이다, 딸아. 사용하는 법을 배워라.

앨리는 방에서 연습했다. 한 손에서 다른 손으로 불꽃이 점프했다. 침대 옆에 놓인 전등을 더 밝게 빛나게도 했다가 확 어두워지게 하기도 했다. 크리넥스 티슈를 태워 작은 구멍을 냈다. 바늘구멍만큼 작은 구멍을 만들 수 있을 때까지 연습했다. 점점 더 작게. 계속 정신을 집중해야만 하는 일. 앨리가 잘하는 일이었다. 자신처럼 그걸로 담배에 불을 붙일 수 있는 사람이 있다는 소리는 들어 보지 못했다.

목소리가 말했다. 이걸 사용할 날이 있을 거다. 그날이 오면 무엇을 해야 하는지 알 거다.

앨리는 자신의 몸을 원하는 남자애들이 있으면 허락하곤 했다. 이날 그들이 공동묘지에 온 이유도 그 때문이었다. 손이 허벅지를 더듬고 키스를 할 때면 담배를 사탕처럼 뱉어 옆으로 들고 있었다. 카일이 옆에서 몸을 받치고 앨리의 가슴에 손을 대고서 상의 옷자락을 올리기 시작한다. 앨리가 멈추라는 손짓을 하자 미소 짓는다.

"제발." 카일은 앨리의 옷을 약간 올린다.

앨리가 카일의 손등을 찌른다. 세게는 아니고 동작을 멈추게 할 정도로만.

카일이 손을 빼고 앨리를 바라보며 억울한 표정으로 헌터를 쳐다본다. "야, 왜 그러는데?"

앨리는 어깨를 으쓱한다. "그럴 기분 아니야."

헌터가 앨리의 다른 쪽 옆으로 와서 앉는다. 속마음을 보여 주려는 듯 바지 앞섶이 부풀어 오른 두 소년은 앨리의 양옆에 바짝 붙어 앉아 있다.

"괜찮아. 네가 우릴 여기로 데려왔고 우린 그럴 기분이거든." 헌터가 말한다.

그는 엄지로 가슴께를 스치면서 앨리 가슴에 팔을 갖다 댄다. 커다란 손으로 힘주어 잡는다. "그러지 말고. 재미있을 거야. 우리 셋이."

그가 입을 벌리며 키스를 하려고 다가온다.

앨리는 헌터가 마음에 든다. 193센티미터의 키에 떡 벌어진 어깨, 힘도 세다. 전에도 즐긴 적이 있다. 하지만 오늘 앨리의 목적은 그게 아니다. 오늘은 어떤 다른 느낌이 든다.

앨리가 헌터의 겨드랑이를 겨냥한다. 근육을 향해 정확하고 신중하게 구멍을 낸다. 미세한 칼날이 겨드랑이에서 어깨를 뚫고 올라가듯. 전등을 점점 더 뜨겁게 달구듯이 구멍의 크기를 점점 늘린다. 그 칼날이 마치 불꽃으로 만들어진 것처럼.

"젠장!" 헌터가 펄쩍 뛰며 뒤로 물러난다. "젠장!" 왼손으로 오른쪽 겨드랑이를 잡고 문지른다. 왼쪽 팔이 떨린다.

카일은 화가 나서 앨리를 잡아당긴다. "안 할 거면 여기까지 왜 불렀……."

앨리는 카일의 턱 바로 아래의 목 부분을 조준한다. 금속 날처럼 후두를 긋는다. 카일은 턱이 헤벌어지고 캑캑거린다. 숨은 쉬지만 말이 나오지 않는다.

"그럼 엿이나 먹어! 집까지 안 태워 줄 거야!" 헌터가 소리친다.

헌터는 돌아서 가 버린다. 카일은 목을 잡은 채 책가방을 챙긴다. "여…… 머거!" 이렇게 욕지거리하며 헌터와 함께 차로 걸어간다.

날이 이슥해진 후 앨리는 사랑하는 자녀들의 어머니였다고 묘비명에 적힌 애나베스 맥더프의 무덤에 누워 오랫동안 기다린다. 손끝으로 치직 하고 담배에 불을 붙여 최대한 끝까지 피우기를 거듭한다. 주변에서 일어나는 저녁의 소리를 들으며 생각한다. 와서 날 잡아 봐.

앨리가 목소리한테 말한다. 엄마, 오늘 맞죠?

목소리가 답한다. 물론이다, 딸아. 준비되었느냐?

시작하세요.

앨리는 격자 울타리를 타고 올라 집 안으로 들어간다. 운동화는 끈을 묶어서 목에 걸었다. 발가락으로 받치고 손가락을 꽂아 울타리를 잡는다. 몽고메리테일러 부인은 어린 앨리가 하나, 둘, 셋 만에 나무에 오르는 모습을 보고 말했었다. "저것 좀 봐. 꼭 원숭이처럼 올라가네." 마치 이런 일이 생길 줄 오래전에 예상했다는 듯이. 그 말이 맞는지 기다리고 있었던 것처럼.

앨리는 자신의 방 창문으로 손을 뻗는다. 약간 열어 둔 창문을 위로 올린 뒤 목에 걸고 있던 신발을 안으로 던진다. 지렛대 같은 움직임으로 창문을 통과한다. 아직 저녁 식사 시간도 되지 않았으니 아무도 뭐라 하지 않을 것이다. 웃음소리 비슷하게 낮고 꺽꺽거리는 소리가 울린다. 그러자 웃음소리가 들린다. 앨리는 방 안에 누가 있음을 깨닫는다. 물론 누구인지 알고 있다.

몽고메리테일러 씨가 자기 공장에 둔 기다란 팔을 가진 기계처럼 커다란 안락의자에서 몸을 일으킨다. 앨리는 숨을 들이마신다. 뭐라고 말하려는 순간 그가 손등으로 입을 세게 친다. 테니스 컨트리클럽에서 공을 치듯. 턱이 벌어지면서 공이 라켓에 맞듯 둔탁한 소리가 난다.

평소 그의 분노는 조용하게 잘 제어되었다. 말이 적을수록 더 화가 난 것이다. 술 냄새가 풍긴다. 그가 분노에 차서 중얼거린다. "봤다. 공동묘지에서 남자애들과 있는 걸 다 봤어. 더러운 창녀. 나쁜 계집." 한마디 내뱉을 때마다 주먹으로 치고 손바닥으로 후려갈기고 발로 찬다. 앨리는 몸을 웅크리지 않는다. 그만하라고 애원하지도 않는다. 그래 봤자 더 오래가리라는 사실을 알기에. 그는 앨리의 다리를 잡아 벌리고 한 손은 벨트로 가져간다. 앨리가 정말로 창녀라는 점을 증명하려는 것이다. 이미 전에도 여러 번 그랬으면서.

몽고메리테일러 부인은 아래층에서 셰리주를 마시며 라디오에서 흘러나오는 폴카를 듣는다. 누구에게도 해를 끼치지 않을 정도로 천천히, 하지만 쉬지 않고 조금씩 들이킨다. 그녀는 몽고메리테일러 씨가 저녁마다 2층에서 무엇을 하는지 굳이 확인하려 하지 않는다. 적어도 동네 여자들을 건드리고 다니지는 않으니, 게다가 저 계집은 당해도 싸다. 만약 《선 타임스》 기자가 이 집 안에서 일어나는 일에 관심을 두고, 그 순간 그녀에게 마이크를 갖다 대며 몽고메리테일러 부인, 당신이 기독교인의 자선 활동으로서 집 안에 들인 저 열여섯 살의 혼혈 여자아이에게 남편이 지금 무슨 짓을 하고 있다고 생각합니까? 남편이 무엇을 하기에 아이가 저렇게 고함을 치는 걸까요? 하고 묻는다면? 물론 그럴 일은 없겠지만 혹여 질문을 받는다면 그녀는 이렇게 답하리라. 그냥 한 대 때려 주는 것뿐이에요, 그럴 만한 짓을 했거든요. 만약 기자가 '남편이 여자들을 건드리고 다닌다.'라는 말의 뜻을 집요하게 묻는다면, 몽고메리테일러 부인은 불쾌한 냄새를 맡은 것처럼 입술을 약간 씰룩거리다가 얼굴에 미소를 되찾고 자신 있게 말할 터다. 남자들이 원래 그렇잖아요.

몇 년 전에 그가 지금처럼 한 손으로 앨리의 목을 누르고 머리를 침대 헤드보드로 밀쳐 온몸이 경련하게 했을 때, 그 목소리가 처음 그녀에게 말을 걸었다. 머릿속에서 분명하게. 지금 생각해 보니 오랫동안 계속 멀리서 들려왔던 것 같다. 몽고메리테일러 부부의 집에 오기 전부터. 이 가정에서 저 가정으로, 이 손에서 저 손으로 옮겨 다닌 후로 언제 조심해야 하는지 위험을 경고해 주는, 저 멀리서 어렴풋이 들려오는 목소리가 있었다.

그 목소리가 말했었다. 너는 강하다, 너는 이겨 낼 것이다.

목을 움켜쥔 그의 손에 더욱 힘이 들어가고, 때마침 앨리가 물었다. 엄마야?

그러자 목소리가 대답했다. 물론이지.

오늘은 별다른 일이 없었다. 앨리는 평소보다 절대 자극적으로 굴지 않았다. 단지 매일 조금씩 성장하고 하루하루가 매일 다르기에, 시간이 쌓여 가면서 예전에는 불가능했던 일이 갑자기 가능해졌을 따름이다. 여자아이는 그렇게 여자가 된다. 한 걸음씩 차근차근. 그가 달려드는 순간, 앨리는 무언가 할 수 있음을 알았다. 자신에게 힘이 있다는 사실을. 몇 주 전, 몇 달 전부터 가능한 힘이었을 수도 있지만 이제야 확신이 든다. 빗맞히거나 보복당할 위험 없이 해낼 수 있다. 세상에서 가장 쉬운 일 같다. 손을 뻗어 전등 스위치를 끄는 것처럼. 이 오래된 스위치를 꺼 버릴 생각을 왜 진즉 못 했는지.

앨리가 목소리에게 묻는다. 지금 맞죠?

목소리가 답한다. 물론이지.

방에서 비 냄새가 난다. 몽고메리테일러 씨는 마침내 비가 내려 바싹 마른 땅이 꿀꺽꿀꺽 목마름을 채우겠구나, 생각하면서 고개를 든다. 볼일을 계속 보는 와중에 그는 창문으로 비가 들이칠 수 있겠다고 걱정하면서도 비 생각으로 기쁨에 젖어 든다. 앨리는 두 손을 그의 관자놀이로 가져간다. 좌우로. 자신의 작은 손가락을 잡은 엄마의 손바닥이 느껴진다. 앨리는 몽고메리테일러 씨가 자기를 보지 않고, 내리지도 않는 비를 찾느라 창밖을 보고 있다는 사실이 기쁘다.

앨리는 번갯불과 폭풍을 위한 길을 만든다.

하얀 빛이 번쩍한다. 그의 이마와 입가, 치아에서 은색 빛이 깜빡거린다. 경련을 일으키며 앨리에게서 펄쩍 뛰며 떨어진다. 온몸이 요동치며 경련을 한다. 턱이 덜거덕거린다. 쿵 소리와 함께 바닥으로 쓰러진다. 앨리는 몽고메리테일러 부인이 소리를 들었을까 걱정하지만 라디오를 크게 틀어 놓은 덕분에 계단을 올라오는 소리도, 외침 소리도 들리지 않는다. 앨리는 속옷과 청바지를 올리고 몸을 숙여 그를 지켜본다. 입술에 붉은 거품이 있고, 등은 뒤로 젖혀지고 두 손을 짐승의 앞발처럼 들었다. 아직 숨은 쉬는 것 같다. 지금 사람을 부르면 살 수 있을 것이다. 그래서 앨리는 그의 심장 위로 손바닥을 올리고 남겨 놓은 약간의 번개를 모아 곧바로 내려친다. 전기의 리듬으로 만들어진 인간의 그곳. 그의 숨통이 끊어진다.

앨리는 몇 가지 물건을 챙긴다. 창턱 아래에 숨겨 놓은 돈. 몇 달러밖에 되지 않지만 당장은 충분하다. 몽고메리테일러 부인이 가끔 친절할 때 주었던 자기 어린 시절의 건전지 라디오도 챙긴다. 그 라디오는 자신에게 가해진 너무도 명백한 고통을 가려 흐려지게 하곤 했다. 휴대폰은 챙기지 않는다. 추적이 가능하다고 들었다. 침대 머리맡 벽에 걸린 마호가니 십자가에 못 박힌, 상아로 된 작은 예수상을 힐끗 쳐다본다.

가져가, 목소리가 말한다.

나 잘했어요? 자랑스러워요? 앨리가 묻는다.

정말 자랑스럽다, 딸아. 넌 앞으로 나를 더 자랑스럽게 할 것이다. 세상을 경이롭게 해 줄 거야.

앨리는 작은 십자가상을 더플백에 쑤셔 넣는다. 목소리의 존재에 대해 누구에게도 말하면 안 된다는 사실을 처음부터 알고 있었다. 앨리는 비밀을 잘 지킨다.

창문을 넘기 전에 마지막으로 몽고메리테일러 씨를 쳐다본다. 그는 자신에게 가해진 일이 무엇인지 몰랐을지도 모른다. 하지만 알았기를 바란다. 산 채로 탕침 탱크에 집어넣었으면 좋았을 텐데.

격자 울타리를 내려가 뒤쪽 잔디밭을 지날 때 부엌에서 칼을 훔쳐 올걸, 하는 생각이 든다. 그러나 저녁 식사를 할 때 말고는 이제 칼이 전혀 필요하지 않다는 사실이 떠올라서 웃음이 나온다.

약 500년 전의 유물로 추정되는 세 개의 성모상. 남수단에서 발굴되었다.

9년 남다

앨리

팔십이 일 동안 걷다가 숨고, 숨다가 걷고는 한다. 가끔 차를 얻어 타기도 하지만 대부분은 걷는다.

자신의 흔적을 감추며 주 경계를 넘으려는 열여섯 살 여자아이에게 차를 태워 주려는 사람을 찾기란 어렵지 않다. 하지만 북쪽으로 이동하는 동안 여름이 가을로 변하고 그녀가 내미는 엄지에 답하는 운전자들도 줄어든다. 고속 도로에 있는 것도 아닌데 공포에 질려 그녀를 피해 차의 방향을 트는 사람들이 늘어난다. 한 여인은 남편이 앨리를 피해 운전을 하는 동안 옆에서 성호를 그었다.

앨리는 일찌감치 굿윌에서 침낭을 구입했다. 냄새는 나지만 매일 아침 거풍하고 아직 비도 내리지 않아서 견딜 만하다. 여행 자체는 좋지만 배를 곯을 때가 많고 발도 욱신거린다. 새벽녘이 막 지났을 때 잠에서 깨어 가장자리가 밝게 빛나는 나무들과 아침 햇살이 비추는 길을 보면 마치 폐에서 빛이 반짝거리는 듯 느껴지고 집에서 나오기를 잘했다는 생각이 들기도 했다. 한번은 회색 여우가 사흘 동안 따라왔다. 쥐를 잡아 코와 주둥이에 피를 묻히고 씹을 때를 제외하면 괜찮다. 팔을 얼마간 뻗으면 닿을 만한, 절대 닿지는 않지만 너무 멀지도 않은 거리에서.

앨리는 목소리한테 물었다. 저 여우가 계시인가요? 목소리가 답했다. 그래, 계속 가거라.

앨리는 신문을 읽지 않았고 가져온 작은 라디오를 듣지도 않았다. 그 자신은 모르고 있지만 앨리는 '소녀들의 날'을 완전히 놓쳤다. 그 덕분에 목숨을 구했다는 점도 알지 못한다.

한편 잭슨빌에서 몽고메리테일러 부인은 2층으로 올라갔다. 남편은 서재에서 신문을 읽고 계집아이는 못된 행동에 대해 마땅한 꾸짖음을 당했으리라 생각하면서. 그녀는 계집아이의 방에 떡하니 남겨진 광경을 보았다. 앨리는 몽고메리테일러 씨의 바지를 발목까지 끌어 내려놓고 갔다. 성기는 여전히 약간 발기되어 있고 크림색 러그가 붉은 거품으로 얼룩져 있다. 몽고메리테일러 부인은 구깃구깃한 침대에 앉아 삼십 분 동안이나 클라이드 몽고메리테일러의 모습을 가만히 바라보았다. 처음에는 빠르게 헉 소리를 냈고 그 후에는 천천히 고르게 숨을 쉬었다. 그리고 마침내 텅 빈 방에서 말했다. 하나님께서는 베푸시고 다시 거두어 가시니. 그녀는 클라이드의 바지를 올리고 그를 조심조심 피해 가면서 새 리넨 침구로 침대를 정리했다. 그를 책상 의자에 앉혀 놓고 러그를 세탁할까, 하고도 생각했다. 혀로 러그를 핥는 수치스러운 자세로 누운 그가 애처롭기는 했지만 혼자 힘으로 옮길 수 있을 것 같지 않았다. 게다가 그가 계집아이의 방에 그대로 있는 편이 교리 문답서처럼 훨씬 나은 이야기가 될 터였다.

경찰에 연락을 했다. 한밤중에 출동한 경찰들은 동정 어린 태도였고 그녀는 증언을 했다. 늑대에게 집을 주고 광견병 걸린 개를 도와주었다고. 그녀에게는 앨리의 사진이 있으니 며칠이면 계집아이를 찾을 수 있을 터였다. 그날 밤 그 지역뿐 아니라, 올버니와 스테이츠보로는 물론 전국 경찰서에 이와 비슷한 신고 전화가 빗발치지 않았더라면 말이다.

앨리는 이름 모를 해안가 마을에서 인가와 외떨어진 관목 우거진 숲에서 잠자기에 좋은 장소를 발견한다. 동굴 입구 아래쪽으로 바위가 곡선을 이루어서 웅크려 눕기 좋은 따뜻하고 뽀송뽀송한 공간이다. 그녀는 그곳에서 사흘을 머문다. 목소리가 말했기 때문이다. 내 딸아, 이곳에 널 위한 것이 있다. 나가서 찾아보거라.

지속적인 피로와 배고픔 때문에 약간 어질어질한 느낌은 어느새 앨리의 일부가 되었다. 그 나름대로 좋은 기분이다. 어지러움에 온몸이 웅웅거리면 목소리가 더욱 분명하게 들린다. 마지막으로 음식을 먹은 지 꽤 오래다. 아예 끼니를 굶고 싶은 유혹이 든 적도 있었다. 목소리의 어조, 그 낮고 기분 좋게 웅웅거리는 소리가 엄마의 목소리와 비슷하기 때문이다.

앨리는 엄마에 대한 기억이 거의 없지만 분명히 자신에게도 엄마가 있었다는 사실만은 알고 있다. 앨리의 세상은 세 살인가 네 살인가 무렵에 밝은 섬광으로 시작되었다. 누군가와 쇼핑센터에 있었다. 자신이 한 손에는 풍선을, 다른 손에는 스노콘을 들고 있었으니 그곳은 분명 쇼핑센터였으리라. 엄마는 아닌 것이 분명한 어느 누군가가 앨리에게 말했다. "저분을 로즈 이모라고 부르렴. 친절하게 대해주실 거야."

바로 그 순간 목소리를 처음 들었다. 앨리가 로즈 이모의 얼굴을 올려다보는 순간 목소리가 말했다. 친절이라. 그래, 그렇지는 않을걸.

그 후로 목소리는 단 한 번도 앨리를 잘못된 길로 인도하지 않았다. 로즈 이모는 술을 조금이라도 마시면 앨리에게 온갖 욕을 해 대는 못된 여편네였다. 게다가 술을 좋아해서 매일 마셔 댔다. 목소리는 앨리에게 어떻게 해야 하는지 알려 주었다. 학교에서 적당한 선생을 골라 전혀 꾸며 내지 않은 듯 교묘한 이야기를 들려주는 방법을.

하지만 로즈 이모 다음에 만난 여자는 더 나빴고 몽고메리테일러 부인은 훨씬 나빴다. 그래도 목소리는 지금까지 항상 앨리를 최악의 상황으로부터 지켜 주었다. 비록 아슬아슬할 때가 많긴 했지만 손가락과 발가락이 모두 제대로 달려 있지 않은가. 이제 목소리가 말한다. 이곳에 머물러라. 기다려라.

앨리는 매일 마을로 나가 따뜻하고 마른 곳, 쫓겨나지 않을 만한 곳을 전부 탐색한다. 도서관. 교회. 지나치게 후텁지근한 작은 혁명 전쟁 박물관. 셋째 날에는 수족관으로 몰래 들어가는 데 성공한다.

비수기라 입구의 감시가 느슨하다. 게다가 상점들이 쭉 들어선 거리의 맨 끝부분에 위치한 수족관은 다섯 개의 방이 한데 엮여 있는 작은 공간이다. 밖에는 '바다의 놀라운 수수께끼!'라는 간판이 걸려 있다. 앨리는 문지기가 '이십 분 후에 돌아옵니다.'라고 적힌 표지판을 내걸고 음료수를 사러 자리를 비울 때까지 기다렸다가 작은 나무문을 홱 열고 안으로 곧장 들어간다. 안이 정말 따뜻하니까. 그리고 목소리가 전부 다 살펴보라고 했으니까. 한 군데도 빠뜨리면 안된다.

물속에서 앞뒤로 돌아다니는 수백 가지 색깔의 물고기들로 가득한 조명 밝은 수조들이 들어찬 방으로 들어가자마자 그곳에 자신을 위한 무언가가 있음을 감지한다. 가슴팍과 목, 손가락까지 다 느껴진다. 이곳에 뭔가 있다. 앨리가 할 수 있는 일을 해낼 수 있는 다른 여자아이가. 아니, 여자아이가 아니다. 앨리는 또다시 그 새로운 감각을 느껴 본다. 따끔거리는 감각. 인터넷에서 잠깐 읽은 적이 있다. 다른 여자가 파워를 뿜으면 같이 느낄 수 있다고 말하는 여자들의 이야기를. 하지만 앨리 같은 경우는 단 한 명도 없었다. 앨리는 처음 파워를 얻은 순간부터 그 힘을 아주 조금이라도 지닌 사람이라면 즉각 알아차릴 수 있었다. 그런데 지금 이 공간에 뭔가가 있다.

앨리는 그것을 마지막에 위치한 수조에서 찾아낸다. 색깔과 장식이 화려한 물고기가 없는 유난히 어두운 수조. 그 수조에는 바닥에서 천천히 몸을 흔들며 기다리는, 길고 까맣고 구불구불한 생물체가 있다. 수조의 한쪽 측면에는 바늘이 0으로 표시된 계기 상자가 보인다.

한 번도 본 적 없고 이름도 알지 못하는 생명체다.

앨리는 한 손을 유리에 가져다 댄다.

뱀장어 한 마리가 몸을 돌리고 어떤 행동을 취한다. 소리가 들린다. 쉬익 하고 뭔가 갈라지는 듯한 소리. 계기 상자의 바늘이 급격히 움직인다.

앨리는 그 상자가 뭔지 모르지만, 방금 무슨 일이 일어났는지는 안다. 이 물고기가 충격을 가한 것이다.

수조 옆의 벽에 설명이 붙어 있다. 앨리는 너무 흥분한 나머지 판에 적힌 글씨를 세 번이나 읽고 흥분감을 억눌렀다. 숨이 너무 가빠지지 않도록 그래야만 했다. 이 물고기는 전기뱀장어이고 엄청난 일들을 해낼 수 있다. 물속에서 먹잇감에게 충격을 가할 수 있다. 그렇다. 앨리는 테이블 아래로 엄지와 검지를 벌려 작은 활 모양을 만든다. 수조 안의 전기뱀장어들이 꿈틀거린다.

전기뱀장어가 할 수 있는 일은 또 있다. 뇌의 전기 신호를 방해해서 먹잇감의 근육을 '원격 조종'할 수도 있다. 원하기만 하면 먹잇감이 자신의 입속으로 곧장 헤엄쳐 올 수 있게 할 수도 있다는 말이다.

앨리는 그 내용을 읽고 오랫동안 서 있다. 한 손을 다시 유리에 갖다 대고 전기뱀장어들을 쳐다본다.

정말로 강력한 힘이다. 제어할 수 있어야만 한다. 딸아, 너에게는 항상 통제력이 있었다. 그러니 힘을 능숙하게 쓸 수 있어야 한다. 너는 기술을 배울 수 있다.

앨리가 속으로 말한다. 엄마, 어디로 가야 하지요?

목소리가 답한다. 이곳에서 벗어나 내가 보여 주는 곳으로 가거라.

목소리에는 항상 성경 같은 면이 있었다.

그날 밤 앨리는 한자리에 머물러 잠을 청하고 싶었지만 목소리가 말한다. 아니, 계속 걸어라. 멈추지 마라. 배 속은 텅 비었고 건강 상태도 좋지 않다. 머리가 어질어질하고 몽고메리테일러 씨에 대한 생각으로 마음도 복잡하다. 그의 축 늘어진 혀가 귀를 핥고 있는 것처럼. 함께 걸어갈 개라도 있었으면 좋겠다.

목소리가 말한다. 거의 왔다, 딸아. 걱정하지 말거라.

앨리는 어둠 속에서 불빛을, 환하게 빛나는 표지판을 본다. '자비의 성모 수녀원. 집이 없는 자들에게 음식을, 필요한 자들에게 잠자리를.'

목소리가 말한다. 봐라, 내가 말했지 않느냐.

수녀원 문턱을 넘자 세 명의 여인이 "아이"니 "어여쁜" 같은 말을 사용해 가며 앨리의 몸을 받들어 맞이한다. 그들은 앨리의 가방에서 십자가상을 발견하고 감탄사를 내뱉는다. 그것이 그녀 얼굴에서 발견하기를 바란 증거이기에. 그들은 푹신하고 따뜻한 침대에서 겨우 의식을 차리고서 앉아 있는 앨리에게 음식을 가져온다. 그날 밤 앨리에게 누구이고 어디에서 왔는지 묻는 사람은 아무도 없었다.

몇 달 동안 동쪽 해안 지방의 수녀원에서 집도 가족도 없이 변신을 꾀한 혼혈 소녀에게 세상은 별로 관심을 기울이지 않는다. 그녀는 이 해안가로 떠밀려 온 유일한 소녀도, 가장 조언이 필요한 사람도 아니다. 수녀들은 빈방을 마침내 활용할 수 있게 되어서 기뻐한다. 하나님과 결혼한 몸이라며 홀로 사는 여자들이 잔뜩 있지만 지어진 지 백 년도 넘은 이 건물은 그들만 살기엔 너무 크다. 삼 개월이 흐른 뒤에야 빈방에 2층 침대를 들여놓고, 수업과 주일 학교 시간표를 압정으로 붙였으며 모두가 식사와 이불, 잠잘 곳을 제공받는 대가로 할 일을 할당받았다. 거센 파도 같은 사람들의 움직임이 일었고 과거의 생활 방식이 우선권을 얻었다. 수녀들은 거리로 내쳐진 여자아이들을 거둬들였다.

앨리는 다른 소녀들의 이야기를 기꺼이 들었다. 몇몇에게는 절친한 동료이자 벗이 되어 자신의 이야기를 그 아이들의 이야기와 비교해 본다. 서배너라는 아이는 의붓아버지의 얼굴을 세게 쳤다고 한다. "새아빠한테서 거미줄이 자라났지. 입과 코, 눈마저 거미줄로 덮였다니까." 서배너는 껌을 열심히 씹으며 동그랗게 뜬 눈으로 그런 이야기를 들려준다. 앨리는 수녀들이 일주일에 세 번 저녁 식사로 내주는 질긴 스튜 고기를 포크로 찌르며 묻는다. "넌 이제 어떡할 거야?" 서배녀가 말한다. "이걸 없애 줄 의사를 찾을 거야. 나한테서 잘라 내 버릴 거야." 단서 하나. 악령에 들린 줄 알고 부모가 기도를 했다는 아이들도 있다. 다른 여자애들과 싸웠다는 아이들, 지금 수녀원에서 도 싸우는 아이들이 있다. 한 명은 자기한테 해 보라는 소년의 부탁 을 들어주었다고 한다. 이 이야기에 소녀들이 큰 관심을 보인다. 남 자애들이 좋아할까? 이걸 원할까? 그럴지도 모른다고 알려 주는 인 터넷 포럼을 찾아낸 아이들도 있다.

빅토리아라는 소녀는 자신의 능력을 엄마에게 보여 주었다. 빅토 리아는 날씨 이야기를 하듯이 아무렇지도 않게 말한다. 엄마가 새아 빠에게 너무 자주, 너무 세게 맞아서 치아가 하나도 남지 않았다고. 빅토리아는 엄마의 요청에 따라 한 손으로 제 안의 힘을 깨우고 어 떻게 쓰는지 보여 주었다. 그랬더니 엄마가 마녀라면서 밖으로 내쫓 았다. 아이들은 인터넷 포럼이 없어도 이런 상황을 이해할 수 있다. 모두가 고개를 끄덕끄덕하고, 누군가는 빅토리아에게 그레이비가 담긴 그릇을 건네준다.

혼란이 심각하지 않았을 때는 경찰이나 사회 복지사, 혹은 선량한 학교 이사들이 소녀들에게 무슨 일이 벌어지고 있는지 알아보려고 했을지도 모른다. 하지만 당국은 그렇게 누군가가 자기들을 도와준 다는 사실에 고마워하고 있을 따름이다.

누군가 앨리의 사연을 묻는다. 진짜 이름을 말해 줄 수 없으니 앨 리는 자신을 이브라고 소개한다. 목소리가 말한다. 잘 선택했다, 첫 번째 여인아. 탁월한 선택이다.

이브의 이야기는 간단하고 기억에 남을 만큼 흥미롭지도 않다. 이브는 오거스타 출신이고 부모가 이 주 동안 친척 집에 보냈는데 집에 돌아가 보니 알리지도 않고 이사를 가 버렸다. 남동생이 둘 있고, 자신은 아무도 해친 적이 없는데도 부모가 남동생들 때문에 겁을 먹은 것 같다고. 소녀들은 고개를 끄덕이고 다른 소녀에게로 넘어간다.

앨리는 속으로 생각한다. 과거에 저지른 일보다 앞으로 할 일이 중요해.

목소리가 말한다. 이브가 할 일이다.

앨리도 응답한다. 네.

앨리는 수녀원 생활이 마음에 든다. 무엇보다 수녀들이 친절하고 여자들과 같이 있어서 만족스럽다. 남자들과 함께 지내기란 별로 기분 좋은 경험이 아니었다. 소녀들은 저마다 맡은 일이 있지만 그 일을 다 하면 바다로 가서 수영도 하고 해변을 걷는다. 바깥에 그네도 있고 예배당에서 노래를 부르면 평화롭다. 앨리의 머릿속은 고요해지고 잡생각이 가라앉는다. 그 고요한 시간이면 이곳에서 영원히 살고 싶은 생각도 든다. 내 바람 중 하나는 생애 내내 하나님의 집에 머무르는 것이라고.

수녀 중 한 명, 마리아 이그나치아 수녀가 특히 앨리의 관심을 끈다. 앨리처럼 검은 피부에 부드러운 갈색 눈동자를 가졌다. 마리아 이그나치아 수녀는 예수의 어린 시절과 아들에게 언제나 친절했고 세상 모든 것을 사랑하라고 가르친 어머니 마리아의 이야기를 들려주길 좋아한다.

"보렴." 마리아 이그나치아 수녀가 저녁 기도 전에 이야기를 들으러 모인 소녀들에게 말한다. "우리 주님은 여성으로부터 사랑하는 법을 배우셨단다. 마리아는 모든 아이들과 가까이 있어. 지금도 너희들 옆에 있고 너희를 이곳으로 인도해 주셨단다."

어느 날 저녁 다른 아이들이 자리를 떠난 뒤 앨리는 혼자 남아서 마리아 이그나치아 수녀의 무릎에 머리를 대고 말한다. "영원히 여기서 살아도 될까요?"

마리아 이그나치아 수녀는 앨리의 머리를 쓰다듬어 준다. "이곳에 머물려면 수녀가 되어야 해. 나중에 넌 다른 것을 원하게 될지도 몰라. 남편, 아이, 직업."

앨리는 생각한다. 언제나 답은 이랬지. 내가 언제까지나 곁에 머물기를 바라는 사람은 없어. 사랑한다면서 계속 머무르는 건 원하지 않아.

목소리가 조용하게 말한다. 딸아, 네가 계속 머물고 싶다면 내가 그리해 줄 수 있다.

앨리가 묻는다. 성모 마리아세요?

네가 그렇게 생각하고 싶다면. 그래서 행복하다면.

나를 계속 옆에 두고 싶어 하는 사람은 없어요. 난 어느 곳에든 계속 머무르지 못해요.

네가 머무르고 싶으면 이곳을 너의 것으로 만들어야 한다. 방법을 생각해 보렴. 걱정 마라, 넌 알아낼 테니.

소녀들은 장난삼아 싸우고 서로를 상대로 능력을 시험한다. 바다에서, 땅에서 서로에게 심하지 않은 충격과 전율을 가한다. 앨리도 그 시간을 연습 기회로 삼지만 티 나지 않게 한다. 전기뱀장어에 대해 읽은 내용을 떠올리며 자신이 뭘 하는지 남들이 알지 못하도록 한다. 오랜 시간이 지난 후 앨리는 작은 충격파를 보내서 다른 소녀들의 팔이나 다리를 홱 움직이게 할 수 있게 되었다.

"아! 어깨가 떨렸어!" 어깨가 위로 들리면서 서배너가 소리친다.

"아! 머리가 아파. 머…… 머릿속이 뒤죽박죽이야." 앨리 탓에 뇌가 뒤흔들린 빅토리아가 외친다.

"제장! 수영하다 쥐가 났어." 애비게일은 다리 힘이 풀린다.

별로 큰 힘이 들지 않고 다칠 정도도 아니다. 소녀들은 앨리가 한 일임을 알지 못한다. 수조의 전기뱀장어처럼 앨리의 머리는 수면 바로 위로 올라와 있고, 크게 뜬 두 눈은 흔들리지 않는다.

몇 달 후 수녀원을 떠나고자 하는 소녀들이 생긴다. 앨리는, 아니 마음속으로 자신을 이브라고 생각하려 노력하는 앨리는 문득 이런 생각이 든다. 다른 아이들도 자신처럼 비밀을 안고 있어서 분위기가 가라앉을 때까지 이곳에 숨어 있는 것일지도 모른다고.

성(姓)이 고든이라 고디라는 별명으로 불리는 소녀가 앨리에게 같이 나가자고 한다. "우린 볼티모어로 갈 거야. 외가댁이 거기 있거든. 자리 잡게 도와주실 거야." 고디가 어깨를 홱 튼다. "너도 같이 가면 좋겠어."

이브는 앨리일 때 늘 어렵기만 한 방법으로 친구를 사귀었다. 이브는 친절하고 조용하고 주의 깊지만 앨리는 모나고 복잡하다.

앨리는 자기가 떠나온 곳으로 돌아갈 수 없다. 게다가 그곳으로 돌아갈 이유가 있던가? 경찰은 이제 자신을 적극적으로 찾으려 하지도 않을 것이다. 이제 앨리는 생김새도 예전과 달라졌다. 젖살이 빠져서 얼굴이 좀 더 길쭉해졌고 키도 컸다. 북쪽으로 볼티모어까지 걸어가든가, 다른 이름 모를 도시로 옮겨 가서 웨이트리스 같은 자리로 취직을 하든가 둘 중 하나다. 삼 년이나 지났으니 잭슨빌에서 그녀를 알아볼 사람은 없을 것이다. 아니면 수녀원에 계속 머무를 수도 있다. 고디가 "가자."라고 말하는 순간, 앨리는 여기 남고 싶다는 사실을 깨닫는다. 이곳 생활이 그 어느 때보다 행복했다.

앨리는 문과 구석에 귀를 기울인다. 평소의 버릇이다. 위험에 처한 아이는, 사랑받고 소중히 여겨지는 아이보다 주변에 더욱 주의를 기울여야 한다.

그 덕분에 수녀들이 벌이는 언쟁도, 수녀원에 전혀 머물 수 없다는 가능성도 알게 되었다.

작은 거실의 문을 통해서 목소리가 들린다. 화강암 같은 얼굴을 한 베로니카 수녀의 목소리.

"봤어요? 직접 보았어요?"

"우리 다 보았지." 수녀원장의 웅웅거리는 목소리가 들린다.

"직접 봤으면서도 어떻게 의구심을 가질 수 있는 거죠?"

"동화예요. 아이들의 놀이." 마리아 이그나치아 수녀가 말한다.

베로니카 수녀의 목소리가 문을 살짝 흔들 만큼 커져서 앨리는 한 걸음 뒤로 물러난다.

"복음도 동화인가요? 우리 주님이 거짓말쟁이였나요? 사탄이 존재하지 않았고 주님이 우리들을 위해 사탄을 쫓아내 주신 것도 다 놀이라는 건가요?"

"그런 말이 아니잖아요, 베로니카. 누구도 복음을 의심하지 않아요."

"뉴스 보셨어요? 그들이 가진 능력을? 그들은 인간이 알아서는 안 되는 힘을 가졌습니다. 힘은 어디에서 나오죠? 우리 모두 그 답을 알고 있습니다. 힘이 어디에서 나오는지 주님이 말씀해 주셨으니까요. 다들 알잖아요."

방 안에 침묵이 감돈다.

마리아 이그나치아 수녀가 부드러운 목소리로 답한다. "오염 때문이라고 들었어요. 신문에 흥미로운 기사가 있더군요. 대기권의 오염이 일으킨 특정한 돌연변이가……."

"사탄의 짓이에요. 사탄이 나타나 지옥에 떨어진 사람들에게 힘을 주고 무고한 자들과 죄인들을 시험하는 겁니다. 늘 그랬듯이."

"그건 아니에요." 마리아 이그나치아 수녀가 말한다. "그들의 얼굴에서 선을 보았어요. 아직 어린아이들입니다. 우리에게는 그 애들을 보살펴야 할 의무가 있어요."

"가엾은 사연과 굶주린 배를 품고 나타나면 사탄의 얼굴에서도 선이 보일 겁니다."

"그게 잘못인가요? 사탄이라도 굶주렸다면요."

베로니카 수녀는 마치 개가 짖는 소리처럼 웃어 젖혔다.

"선의! 지옥으로 가는 길은 선의로 깔려 있답니다."

수녀원장이 모든 수녀에게 말한다. "이미 교구 평의회에 도움을 청해 놓았어요. 지금은 기도를 합시다. 그동안은 아이들을 용납하라는 주님의 말씀을 따릅시다."

"어린 소녀들이 성인 여자들에게 그 힘을 일깨워 주고 있습니다. 사탄의 힘이 세상에 미치고 있어요. 이브가 선악과를 아담에게 준 것처럼 차례로 전해지고 있다고요."

"그렇다고 아이들을 거리로 내쫓을 순 없습니다."

"사탄이 그들을 자기 품으로 모을 겁니다."

"굶어 죽겠죠." 마리아 이그나치아 수녀가 응수한다.

앨리는 오랫동안 심사숙고한다. 수녀원을 떠날 수도 있지만 이곳이 좋다.

목소리가 말한다. 아까 들었듯이 이브가 선악과를 아담에게 주었다.

앨리는 이브의 행동이 옳은 일인지도 모른다고 생각한다. 세상에 필요한 일이었는지도. 세상을 대대적으로 바꿔 새로이 하기 위해서.

목소리가 말한다. 역시 내 딸이다.

앨리는 생각한다. 당신은 신인가요?

목소리가 묻는다. 너는 내가 누구라고 생각하느냐?

당신은 제가 필요로 할 때 저에게 말을 하세요. 또 옳은 길로 인도해 주셨죠. 지금 제가 어떻게 해야 하는지 말해 주세요. 알려 주세요.

세상이 새로워질 필요가 없었다면 왜 하필 지금 파워가 나타났을까?

앨리는 생각한다. 새로운 질서가 필요하다고 하나님이 세상에 전하고 계시는 거야. 과거의 방식은 뒤집어져야 한다고. 예전 시대는 끝났다고. 예수님이 이스라엘 사람들에게 하나님이 바라시는 바가 바뀌었고 복음의 시대 또한 끝났으며 새로운 교리가 필요하다고 말씀하신 것처럼.

목소리가 말한다. 이 땅에 선지자가 필요하다.

하지만 누가?

너에게 맞는 옷인지 한번 입어 보거라. 그리고 기억해라. 여기 있고 싶으면 그들이 그것을 빼앗아 갈 수 없도록 네 소유로 만들어야 한다는 사실을. 오로지 그것만이 네가 안전할 수 있는 유일한 방법이다.

록시

록시는 아빠가 사내들을 때리는 모습을 전에도 본 적이 있다. 반지를 낀 손으로, 아무렇지도 않게 돌아서면서 상대방의 얼굴에 똑바로 주먹을 날리는 것을 보았다. 한 사내가 코피를 흘리며 바닥에 쓰러질 때까지 때리는 모습도 보았다. 그러고 나서 버니는 상대방의 배를 계속 찼고, 다 끝난 후에는 바지 뒷주머니에서 손수건을 꺼내 손을 닦으면서 엉망이 된 사내의 얼굴을 내려다보며 말했다. "나한테 덤비지 마라. 덤빌 수 있다고 생각하지도 마."

록시도 항상 그렇게 되고 싶었다.

아빠의 육체는 록시에게 성벽이다. 안식처이고 무기다. 아빠가 한쪽 팔로 어깨를 감싸 안으면 공포와 위안을 동시에 느꼈다. 아빠의 주먹을 피해 비명을 지르며 계단을 달려 올라간 적도 있다. 아빠가 록시 자신을 해치려는 사람을 혼내 주는 것도 보았다.

록시는 언제나 그런 힘을 원했다. 유일하게 가질 만한 가치가 있는 것.

"무슨 일이 일어났는지 알지, 귀염둥이야?" 버니가 물었다.

"망할 프림로즈." 리키가 말한다.

리키는 록시의 첫째 의붓오빠다.

버니가 말한다. "네 엄마를 죽인 건 전쟁 선포다. 우리가 그자를 확실하게 해치울 수 있게 되기까지 오랜 시간이 걸렸지. 이젠 확실한 것 같다. 준비가 됐어."

방 안에서 서로가 시선을 교환한다. 리키와 둘째 아들 테리 사이, 테리와 막내 대럴 사이에. 세 아들은 버니가 본처 사이에서 낳은 아이들이고, 록시는 아니다. 록시는 지난 일 년 동안 왜 자신이 그들과 떨어져 할머니와 살아야 했는지 알고 있다. 절반만 가족이고 절반은 남이기에. 일요일 점심 식사에 부를 정도로 가족은 아니고, 이번처럼 모두가 연관된 일에서 빼놓을 만큼 남은 아니고.

록시가 말한다. "그를 죽여야 해."

테리가 웃음을 터뜨린다.

아빠가 쳐다보자 헉 소리와 함께 웃음이 딱 끊긴다. 버니 몽크를 거스르면 안 된다. 설령 친아들이라 할지라도. "맞는 말이다. 네 말이 맞다, 록시. 죽여야 할 것 같구나. 하지만 그자는 강하고 친구가 많으니 서두르지 말고 조심할 필요가 있다. 일단 하려면 한 번에 해야 하니까. 한꺼번에 끝장내야 해."

그들은 록시에게 능력을 보여 달라고 한다. 록시는 잠깐 숨을 죽였다가 한 명씩 차례로 팔에 충격을 가한다. 대럴은 그녀가 손을 대자 욕설을 내뱉는다. 약간 미안해진다. 유일하게 항상 자신을 친절히 대해 준 대럴이었다. 아빠가 방과 후 록시를 집에 데려다줄 때마다 대럴은 과자 가게에서 산 생쥐 모양 초콜릿을 가져다주었다.

이윽고 버니가 큼직한 팔을 문지르며 말한다. "그게 전부냐?"

그래서 록시는 다시 보여 준다. 인터넷에서 본 것이 있었다.

그들은 록시를 따라 정원으로 나간다. 정원에는 버니의 아내 바버라가 만들어 놓은, 커다란 오렌지색 물고기들이 득실거리는 장식용 연못이 있다.

바깥은 춥다. 성에 낀 잔디를 밟자 뽀드득 소리가 난다.

록시는 무릎을 꿇고 앉아 손가락 끝을 연못에 가져다 댄다.

갑자기 잘 익은 과일 같은, 달고 즙이 풍부한 향이 풍긴다. 초여름의 냄새. 까만 물에서 빛이 깜빡거린다. 쉬익쉬익 탁탁하는 소리.

물고기들이 차례로 수면 위로 솟아오른다.

"젠장!" 테리가 소리친다.

"맙소사!" 리키도 외친다.

"엄마가 알면 화내시겠다." 대럴이 말한다.

바버라 몽크는 한 번도 록시를 만나러 오지 않았다. 록시의 엄마가 죽었을 때도, 장례식 후에도. 그녀가 돌아와서 물고기들이 다 죽은 광경을 볼 생각을 하니 한순간 기분이 좋다.

"네 엄마는 내가 알아서 하마. 아주 유용하겠구나, 록스, 내 딸아."

버니는 부하 두어 명의, 록시와 비슷한 또래의 딸들한테도 능력을 보이라고 한다. 소녀들은 싸움 놀이를 보여 준다. 일 대 일 혹은 이 대 일로 싸운다. 버니는 정원에서 빛을 번쩍이며 불꽃을 튀기는 소녀들을 바라본다. 전 세계 사람들이 이 일을 가지고 난리를 피우지만 "어떻게 하면 돈을 벌 수 있을까, 어떤 이익을 취할 수 있을까?" 하고 잔꾀를 굴리는 소수는 언제든 있기 마련이다.

스파링 시합과 연습 시간 이후 한 가지 사실이 확실해졌다. 록시의 능력이 뛰어나다는 것. 단순히 평균 이상이 아니라, 같이 연습한 그 어떤 소녀보다도 잘한다. 록시는 반경과 도달 거리, 포물선 그리기, 젖은 피부에 충격을 주면 더욱 효과적이라는 사실 등을 배운다. 자신의 강한 모습이 자랑스러워서 혼신을 다해 기술을 연마한다.

버니가 수소문한 소녀들 가운데 록시가 가장 강력하다.

그래서 버니는 계획을 세운다. 프림로즈의 위치가 파악될 때 록시도 데려가기로.

현장으로 떠나기 전에 리키가 화장실 안으로 록시를 잡아끈다. "너도 이제 다 컸어. 그렇지, 록스?"

록시가 고개를 끄덕인다. 무슨 말인지 알 것 같기도 하다.

리키가 주머니에서 작은 비닐 봉투를 꺼내더니 하얀 가루를 세면대 옆에 약간 쏟는다.

"본 적 있지?"

"응."

"해 본 적 있어?"

록시가 고개를 젓는다.

"좋아, 그럼."

리키가 지갑에서 돌돌 말린 50달러 지폐를 꺼내 방법을 알려 준다. 이게 끝나면 돈은 가져도 된다고, 그게 특전이라고. 들이마시고 나니 머리가 맑고 깨끗해진 기분이다. 엄마의 죽음까지 잊지는 않았다. 전기 같은 새하얀 분노는 여전하지만 슬픔이 전혀 느껴지지 않는다. 딱 그런 느낌이라고, 예전에 어디선가 들어 본 적이 있다. 좋다. 자신에게는 힘이 있다. 오늘 하루가 손안에 있다. 양쪽 손바닥 사이로 기다란 포물선을 만든다. 요란하게 불꽃이 튄다. 지금까지 만들어 낸 가장 긴 포물선이다.

"헉, 이 안에서는 하지 마. 알았지?" 리키가 말한다.

록시는 불꽃을 끌어내려 손바닥에서 반짝이게 내버려 둔다. 자기 안에 힘이 넘치고 손쉽게 해방시킬 수도 있다고 생각하니 웃고 싶어진다.

리키는 약간의 가루를 깨끗한 비닐 봉투에 다시 쏟아서 록시의 청바지 주머니에 넣어 준다. "필요할지도 모르니까. 무서울 때만 해, 알았지? 차 안에서는 절대 하지 말고."

필요하지 않다. 이제 전부 다 자신의 것이니까.

그 후로 얼마간의 시간이 카메라 셔터를 누르듯 지나간다. 휴대폰 사진처럼 눈을 깜빡이자 사진이 나오고 또 눈을 깜짝이자 새 사진이 나오듯이. 시계를 보니 오후 2시. 잠시 후 다시 보니 2시 30분. 아무리 노력해도 아예 걱정이 되지 않는다. 기분이 좋다.

그들은 계획에 맞춰 록시를 훈련시켰다. 프림로즈는 부하 단 두 명과 함께 이 창고로 올 예정이다. 그의 친구 와인스타인이 배신을 했다. 그가 만남을 핑계 삼아 이 창고로 프림로즈를 데려오기로 하였다. 버니와 부하들은 포장 상자 뒤에서 총을 들고 기다릴 것이다. 또 부하 두 명은 밖에서 기다렸다가 문을 닫아서 그들을 안에 가둘 참이었다. 록시가 기습 공격으로 그들을 해치울 테고, 집에 가서 차를 마실 시간에 맞춰 금방 끝나리라. 프림로즈는 전혀 모르고 있을 터다. 록시가 여기 따라온 진짜 이유는, 그동안 겪은 일로 미루어 이 순간을 지켜볼 자격이 충분하기 때문이다. 그리고 버니는 매사에 만전을 기하는 성격이고 지금까지 살아남은 것도 그 덕분이었다. 지금 록시는 창고 2층에서 상자에 둘러싸인 채 꼭꼭 숨어 바닥 쇠창살 사이로 몰래 엿보고 있다. 록시는 만약을 위해, 프림로즈가 도착했을 때 아래를 내려다본다. 카메라의 조리개가 열렸다 닫힌다.

사건은 순식간에 일어나고 치명적이며 혼란의 도가니다. 버니와 부하들은 아래층에서 와인스타인에게 피하라고 소리친다. 버니와 아들들은 와인스타인은 안됐군, 이라고 말하는 듯 어깨를 으쓱하며 몸을 홱 수그리고 진격하기 시작한다. 그때 프림로즈의 얼굴에 미소가 번지기 시작하더니 부하들이 들어온다. 와인스타인의 말보다 훨씬 많은 숫자다. 빌어먹을 누군가가 거짓말을 했다. 또 카메라 셔터가 눌린다.

프림로즈는 큰 키에 야위고 창백한 남자다. 스무 명쯤은 되어 보이는 그의 부하들이 입구에 흩어져 난간 위의 철제 이중문을 방패막이 삼아 총을 쏜다. 한눈에도 버니의 부하보다 많다. 그중 세 명이 나무 상자 뒤쪽에 숨은 테리를 꼼짝 못 하게 하고 있다. 록시는 여드름 자국이 있는 테리의 크고 흰 이마가 천천히 상자 뒤쪽에서 고개를 쭉 빼고 엿보는 모습을 본다. 그러면 안 된다고 소리치려 하지만 목소리가 나오지 않는다.

프림로즈는 여유롭게 시간을 끌며 신중히 조준한다. 연신 웃는 얼굴이다. 잠시 후 테리의 얼굴 가운데에 붉은 구멍이 생기고 벌채목처럼 앞으로 고꾸라진다. 록시는 자신의 손을 바라본다. 두 손 사이에 포물선 모양의 기다란 전류가 생겼다. 마음속으로 명령하지도 않은 것 같은데. 뭔가 하지 않으면 안 된다. 두렵다. 록시는 고작 열다섯 살이다. 주머니에서 작은 봉투를 꺼내 가루를 들이마신다. 팔과 손을 따라 흐르는 에너지가 보인다. 몸 밖에서 어떤 목소리가 귓가에 속삭이는 듯하다. 넌 이러려고 태어났다.

록시는 철제 통로에 있다. 통로는 프림로즈의 부하들이 방패막이로 쓰는 아래층의 금속 이중문과 연결되어 있다. 아래층에는 적들이 많고 대부분 문을 잡고 있거나 기대고 있다. 자신이 해야 할 일이 보이자 곧바로 가만히 앉아 있을 수 없을 정도로 흥분감이 몰려온다. 한쪽 무릎이 흔들리기 시작한다. 저들이 엄마를 죽인 자들이고, 록시는 뭘 해야 하는지도 안다. 록시는 한 놈이 난간에 손끝을 올리고, 또 한 놈이 난간에 머리를 기대고 또 한 놈이 아래쪽으로 총을 쏘기 위해 문손잡이를 움켜쥘 때까지 기다린다. 한 명이 쏜 총탄이 버니의 옆구리를 관통한다. 록시는 오므린 입술 사이로 천천히 숨을 내쉰다. 이런 순간이 올지 알고 있었잖아, 생각한다. 난간을 향해 번쩍거리는 빛을 쏜다. 세 명이 한꺼번에 쓰러진다. 등이 뒤로 구부러지고 비명을 지르고 경련을 일으키고 이를 갈고 눈동자가 뒤집어진다. 명중이다. 너희들이 자초한 거야.

그때 그들이 록시를 발견한다. 사진 화면이 정지한다.

이제 남은 숫자는 많지 않다. 서로 규모가 비슷해졌다. 프림로즈의 얼굴에 약간 겁먹은 표정이 서려 있으니 어쩌면 버니가 유리해졌을지도 모른다. 철제 계단을 올라오는 요란한 소리가 들리고 두 놈이 록시를 붙잡으려고 한다. 한 명이 가까이 몸을 기울인다. 평범한 아이라면, 소녀라면 누구나 본능적인 공포를 느끼겠지만 록시는 손가락 몇 개를 그의 관자놀이에 대고 충격을 가한다. 그는 요란하게 부르짖으며 바닥으로 쓰러진다. 나머지 한 명은 록시의 손목을 붙잡는다. 아무것도 모르는 건가? 록시는 바로 그의 손목을 공격한다. 그들을 자신의 몸에서 쉽게 내칠 수 있다는 사실을 깨닫는다. 그렇게 스스로 만족하다가 아래층을 보니, 창고 뒤쪽으로 이어진 문으로 도주하려는 프림로즈가 보인다.

도망치려는 것이다. 버니는 바닥에 누워 신음하고 테리의 구멍 뚫린 머리에선 피가 흐른다. 테리는 록시의 엄마처럼 죽은 것이 확실했다. 그런데 프림로즈는 도망치려 한다. 나쁜 자식, 도망 못 쳐, 절대로!

록시는 몸을 낮추고 재빨리 계단을 내려가 창고 뒤편으로 프림로즈를 쫓아간다. 복도를 따라 텅 빈 개방형 사무실을 지난다. 그가 오른쪽으로 방향을 트는 모습을 보고 더욱 속도를 낸다. 그가 차로 가는 데 성공하면 곧바로 단단히 무장을 하고 돌아와서 한 명도 남김없이 전부 죽일 것이다. 록시는 그의 부하들이 엄마의 목을 찔러 죽이던 장면을 떠올린다. 그가 명령을 내렸고, 그 때문에 엄마가 죽었다. 록시의 다리가 더욱 빠르게 달린다.

프림로즈는 또 다른 복도로 가더니 어떤 방으로 들어간다. 비상구로 이어지는 문이 있다. 손잡이가 돌아가는 소리가 들린다. 젠장, 젠장, 젠장. 그런데 록시가 모퉁이에 도달했을 때 프림로즈는 아직 방에 있다. 문이 잠겨 있었던 것이다. 그는 금속 쓰레기통을 들어 창문을 깨뜨린다. 록시는 연습한 대로 몸을 확 낮추고 미끄러지면서 그의 정강이를 노린다. 한 손으로 그의 맨 발목을 잡고 전류를 쏜다.

처음에 그는 소리를 내지 않았다. 무릎이 꺾인 듯 바닥으로 넘어진다. 두 팔은 여전히 쓰레기통으로 창문을 부수려 하던 참이라 쓰레기통이 벽에 부딪혀 요란한 소리를 낸다. 록시는 쓰러지는 그의 손목을 잡고 또 전류를 가한다.

비명 지르는 모습을 보니 그동안 살아오면서 한 번도 당해 보지 않은 일인 듯하다. 통증 때문이 아니라 충격과 공포 때문에 지르는 비명이다. 록시는 엄마 집에서 그의 부하에게 했듯이 번개 무늬가 그의 팔을 타고 올라가는 모습을 본다. 그 일을 떠올리는 것만으로도 록시의 몸에서 더 강하고 뜨거운 전류가 흘러나온다. 그는 거미한테 물리기라도 한 듯이 꽥꽥 소리를 지른다.

록시는 강도를 약간 줄인다.

"제발. 제발."

그가 눈물 가득한 눈으로 록시를 보며 초점을 맞춘다. "난 널 알아. 몽크의 자식이지. 엄마는 크리스티나였고. 그렇지?"

그는 엄마의 이름을 말하면 안 되었다. 그러면 안 된다. 록시가 그의 목덜미에 전류를 보내자 그가 비명을 지르며 내뱉는다. "젠장. 젠장. 젠장."

그리고 빠르게 지껄인다. "그 일은 미안해. 정말 미안해. 네 아빠 때문이었다. 내가 널 도와줄 수 있어. 내 밑에서 일해라. 너처럼 똑똑하고 강한 애는 한 번도 못 느꼈을 거야. 버니는 널 곁에 두고 싶어 하지 않아. 그건 내가 장담하지. 내 밑에서 일해라. 뭘 원하든 다 들어주마."

록시가 말한다. "넌 우리 엄마를 죽였어."

"같은 달에 네 아빠는 내 아들 셋을 죽였다."

"넌 부하들을 보내서 우리 엄마를 죽였어."

프림로즈가 조용해졌다. 곧 다시 비명을 지를지, 자기 얼굴을 향해 몸을 날릴지 록시는 생각한다. 그런데 그는 웃으며 어깨를 으쓱한다. "너한테는 아무 원한도 없다, 애야. 넌 원래 예정에 없었거든. 뉴랜드가, 너는 집에 없을 거라고 했었어."

누가 계단을 올라오는 소리가 들린다. 발자국 소리로 보아 한 명 이상이다. 아빠의 부하들일 수도, 프림로즈의 부하들일 수도 있다. 빨리 도망치지 않으면 총을 맞게 될지도 모른다.

"하지만 난 집에 있었어."

"제발, 제발 하지 마."

그 순간 또다시 하얀 가루가 록시의 머릿속에서 폭발하며 정신이 맑고 깨끗해진다. 어느새 사건 당일 엄마의 집에 와 있다. 엄마도 그렇게 말했었다. 하지 말라고. 록시는 남자의 턱주가리로 날아갔다가 피를 뚝뚝 흘리며 되돌아오는 아빠의 반지 낀 손을 떠올린다. 그것이야말로 가질 만한 가치가 있는 유일한 것이다. 록시는 프림로즈의 관자놀이로 손을 옮겨, 마침내 그를 죽인다.

툰데

그는 온라인에 영상을 올린 다음 날 전화 한 통을 받는다. CNN이라는 말에 장난이라고 여긴다. 친구 찰스가 시도할 법한 바보 같은 장난이다. 언젠가 찰스는 프랑스 대사인 척 전화를 걸어서는 십 분 동안 거들먹거리는 어조로 말하다가 웃음보를 터뜨렸다.

수화기 너머의 목소리가 말한다. "영상 전체를 보고 싶은데요. 값은 원하시는 대로 지불하겠습니다."

"뭐라고요?"

"툰데 씨 맞으시죠? BourdillonBoy97?"

"맞는데요?"

"CNN 방송국입니다. 온라인에 올리신 슈퍼마켓 영상을 전부 구입하고 싶어요. 다른 영상도 있으시면 그것도요."

툰데는 생각한다. 전체 영상이라고? 그리고 떠올린다.

"그 영상은…… 끝에 일 이 분만 자른 거예요. 다른 사람들도 나와서. 그 부분은 필요 없다고 생각…….”

“저희가 얼굴은 보이지 않게 처리할 겁니다. 얼마를 원하시죠?”

툰데의 얼굴에는 아직 베개 자국이 나 있고 머리도 지끈거린다. 가장 먼저 떠오른 액수를 던진다. 미화 5000달러.

상대가 곧바로 승낙하자 툰데는 두 배를 더 부를걸, 하고 생각한다.

그 주말에 툰데는 촬영할 만한 소재를 찾아 길거리와 클럽을 돌아다닌다. 한밤중에 해변에서 두 여자가 싸운다. 여자들이 서로의 얼굴과 목을 붙잡으려고 끙끙거리는 찰나, 번쩍하는 전류가 흥분한 구경꾼들의 얼굴을 비춘다. 툰데는, 절반은 그림자에 가려져 분노로 일그러진 여자들의 얼굴을 명암 대조가 강렬한 화면으로 담아낸다. 카메라는 그에게 힘을 가진 듯, 그 자리에 있지만 없는 것처럼 느끼게 한다. 너희들은 하고 싶은 대로 해, 그걸 다르게 바꿀 수 있는 사람은 나야, 내가 이야기를 전달하는 사람이야, 하고 생각한다.

뒷골목에서 사랑을 나누는 소년과 소녀가 있다. 소녀가 소년의 허리춤을 치직거리는 한 손으로 잡고 유혹한다. 소년은 뒤돌아 자신을 향한 툰데의 카메라를 보고 망설인다. 소녀가 소년의 얼굴을 반짝거리게 하더니 말한다. “저 사람 말고 날 보라니까.” 소년과 가까워지자 소녀는 미소 지으며 소년의 허리를 빛나게 하고 툰데에게 말한다. “이봐, 너도 하고 싶어?” 그때 툰데는 골목 저쪽에서 지켜보는 다른 여자가 있음을 알아차린다. 그는 웃음을 터뜨리는 그들을 뒤로하고 최대한 빨리 달아난다. 무사히 빠져나왔다 싶을 때, 그도 웃음을 터뜨린다. 촬영한 영상을 확인해 보니 섹시하다. 자신에게도 누군가 이렇게 해 주었으면 한다. 어쩌면…….

CNN이 그 영상들도 사 간다. 통장의 돈을 보며 생각한다. 난 저널리스트야. 이게 저널리스트가 아니고 뭐야. 내가 찾은 뉴스거리를 돈 주고 팔았으니까. 부모님은 "학교에는 언제 돌아갈 거니?" 묻는다.

"한 학기 쉬려고요. 실전 경험을 쌓게." 인생이 시작되고 있음을 느낀다.

그는 휴대폰 카메라를 사용하면 안 된다는 사실을 일찍 깨우친다. 처음 몇 주 동안 여자가 카메라를 만져서 먹통이 되어 버린 일이 세 번이나 있었다. 알라바 시장의 트럭에서 파는 싸구려 디지털 카메라를 한 상자 구입한다. 하지만 라고스에서 찍을 수 있는 영상만으로는 세상에 널린 막대한 돈을 손에 넣을 수 없다는 점을 그는 알고 있다. 인터넷 포럼을 통해 파키스탄과 소말리아, 러시아에서 일어나고 있는 일들에 대해 읽는다. 흥분감 탓에 등줄기가 따끔거린다. 바로 이거다. 그의 전쟁, 그의 혁명, 그의 역사. 누구든 따서 먹을 수 있게 열린 나무 열매. 전화로 금요일 저녁 파티에 올 수 있는지 묻는 찰스와 조지프에게 웃으며 대꾸한다. "더 원대한 계획이 있다네, 친구." 비행기 표를 구입한다.

그가 사우디아라비아 리야드에 도착한 때는 첫 번째 대폭동이 일어난 날 밤이다. 운이 좋다. 삼 주 전에 왔더라면 지금이나 열의가 너무 일찍 바닥나 버렸으리라. 부르카를 입은 여자들이 수줍게 웃으며 전류를 쏘는 연습을 하는, 식상한 장면밖에 담지 못했을 것이다. 게다가 그런 영상으로는 돈을 벌 수 없다. 그런 영상은 대개 여자들이 찍었다. 여자들이 거리로 쏟아져 나온 날 밤에 도착한 덕분에 비로소 배짱 있는 촬영을 할 수 있으리라.

폭동의 기폭제가 된 사건은 열두 살 두 소녀의 죽음이었다. 신앙

심 지극한 삼촌이 악마 같은 능력을 연습하는 두 소녀를 발견하고 친구들을 불러 모았다. 소녀들은 몸부림쳤지만 결국 둘 다 맞아 죽고 말았다. 이것을 전부 보고 들은 이웃들이 맞서 싸웠다. 똑같은 일이 화요일에 일어났더라면 그냥 잊혔을 수도 있을 텐데 하필 목요일*에 일어났다. 열 명 남짓한 여성의 숫자가 백 명으로 불어났다. 백 명은 곧 천 명이 되었다. 경찰도 후퇴했다. 여자들은 소리쳤다. 어떤 이들은 플래카드도 만들었다. 갑자기 그들은 자신들의 힘을 깨달았다.

툰데가 공항에 도착했을 때 보안 요원들이 출입구에서 말했다. 밖은 안전하지 않다고. 외국인 방문객들은 터미널에 남아 있다가 귀국하는 비행기를 타야 한다고. 툰데는 세 사람에게 따로 뇌물을 주고 공항 밖으로 빠져나갈 수 있었다. 여자들이 모여 소리치고 행진하는 곳으로 가기 위해서 택시 요금도 두 배로 치른다. 한낮인데도 기사는 두려움 역력한 얼굴이다.

"집에 가요." 툰데가 택시에서 내리자마자 기사가 말한다. 기사 자신이 집으로 간다는 말인지, 아니면 툰데에게 충고하는 말인지 알 수 없다.

툰데는 거리 세 군데를 지나 기다란 인파를 발견한다. 오늘 이곳에서 무슨 일이 일어날 것 같은 느낌이 든다. 여태껏 본 적 없는 일이. 흥분감이 두려움을 압도한다. 그가 그 일을 전부 기록할 것이다.

그는 자신이 하려는 일이 너무 티나지 않도록 카메라를 몸에 붙인 채 그들을 따라간다. 그래도 두어 명의 여성이 알아차리고 소리친다. 처음에는 아랍어로, 그다음에는 영어로.

---

* 이슬람 문화권에서는 주말로 여긴다.

"방송국이에요? CNN? BBC?"

"예. CNN입니다."

그들이 웃기 시작하자 그는 두려워진다. 하지만 곧이어 "CNN이다! CNN!"이라는 외침 소리가 연기처럼 퍼져 나가더니 여자들이 더욱 몰려와서 카메라에 대고 엄지를 치켜들고 웃는다.

"그런데 우리랑 같이 걸을 순 없어요, CNN." 다른 이들보다 영어가 약간 더 유창한 한 사람이 말한다. "오늘 행진에는 남자들이 하나도 없을 테니까."

"하지만……." 툰데는 자신의 매력인 환한 미소를 지어 보인다. "나는 해롭지 않습니다. 당신들도 날 해치지 않을 거예요."

그러나 여자들이 경고한다. "안 돼요. 남자는 안 돼."

"어떻게 하면 믿어 주실래요? 자, 제 CNN 배지예요. 무기도 없어요." 그는 재킷을 열고 안과 겉이 다 보이도록 천천히 벗어서 허공에 흔든다.

여자들이 쳐다본다. 영어 실력이 괜찮은 여자가 말한다. "뭔가 가지고 있을지도 모르잖아요."

"이름이 뭐죠? 내 이름은 이미 알려 줬으니 내가 불리하네요."

"누르예요. 빛이라는 뜻이죠. 우린 빛을 가져오는 사람들이에요. 말해 보세요, 등에 권총을 차고 있거나 종아리에 테이저 건을 묶어 놓진 않았나요?"

그는 휘둥그레진 눈으로 그녀를 쳐다본다. 그녀의 검은 눈동자가 웃고 있다. 그를 놀리는 것이다.

"진심입니까?"

그녀가 미소 지으며 고개를 끄덕인다.

그는 천천히 셔츠 단추를 풀고 맨 등을 보인다. 여자들의 손끝에서 불꽃이 날아다니지만 두렵지 않다.

"등에 권총을 차고 있지 않습니다."

"그러네요. 종아리는요?"

이제 구경하는 여자가 서른 명쯤 되는 듯하다. 모두가 단 한 번의 가격으로 그를 죽일 수 있다. 시작만 한다면 분명 끝장을 볼 것이다.

청바지 단추를 풀기 시작한다. 바지를 내리자 여자들 사이에서 작게 숨을 들이쉬는 소리가 들린다. 툰데는 천천히 빙 돈다.

"종아리에 테이저 건도 없어요."

누르가 웃으며 윗입술을 핥는다.

"그럼 우리랑 같이 가요, CNN. 옷 다시 입고 따라오세요."

툰데는 서둘러 옷을 입고 휘청거리며 뒤따른다. 그녀가 그의 왼손을 잡는다.

"이 나라에서는 밖에서 남녀가 손을 잡는 게 금지되어 있어요. 여기에서는 여자가 운전을 못 해요. 여자는 차를 다룰 수가 없죠."

그녀는 붙잡은 그의 손에 더욱 힘을 준다. 그녀의 어깨를 지나는 치직거리는 힘이 느껴진다. 폭풍이 닥치기 전의 하늘 같은 느낌. 아프지는 않다. 전류가 조금도 그에게 흘러 들어오지 않는다. 그녀가 쇼핑몰로 이어지는 텅 빈 골목으로 그를 잡아당긴다. 입구 밖에는 붉은색과 초록색, 파란색의 깃발로 표시된 수십 대의 자동차가 질서 정연하게 세워져 있다.

쇼핑몰 위층에서는 몇몇 남자와 여자 들이 내려다보고 있다. 툰데 주변의 젊은 여자들이 웃으며 그들을 가리키고 손끝 사이로 치직거리는 선을 만들어 보인다. 남자들은 움찔하고 여자들은 열심히 쳐다본다. 여자들의 눈이 욕망으로 이글거린다.

누르는 웃으면서 툰데더러 입구 바로 바깥쪽에 주차된 검은색 지프의 후드에서 멀찍이 떨어지라고 한다. 환하고 자신감 넘치는 웃음이다.

"찍고 있어요?"

"예."

"이 나라에서 여자들은 운전을 못 하지만. 우리가 뭘 할 수 있는지 한번 보세요."

그녀는 활짝 펼친 손바닥을 후드에 가져다 댄다. 찰칵 소리와 함께 열린다.

그를 보고 싱긋 웃는다. 한 손을 엔진에, 다른 손을 배터리에 얹는다.

엔진이 작동한다. 차의 속도가 점점 올라간다. 소리가 점점 커지고 모터가 쿵 하고 끼익거리고 기계 전체가 그녀에게서 달아나려고 한다. 누르는 연신 웃음을 터뜨린다. 잡음이 점점 커지고 엔진이 괴로워하며 폭발할 것 같은 요란한 격발음을 낸다. 엔진 블록에서 하얀 빛이 나오고 전체가 녹으면서 포장도로 위로 기름과 녹아내린 금속이 뚝뚝 떨어진다. 누르가 얼굴을 찡그리며 툰데의 손을 잡고, 그의 귀에 대고 소리친다. "달려요!" 주차장을 가로질러 달리면서 그녀가 말한다. "찍어요, 찍어." 툰데가 지프차 쪽으로 뒤돌아보는 순간 뜨거운 금속이 연료관을 때리며 차가 폭발한다.

너무도 큰 소리에 툰데의 카메라 화면이 하얗게 탈색되었다가 어두워진다. 다시 말짱해진 화면 정중앙에는 젊은 여자들의 모습이 나타난다. 뒤쪽에서는 불이 타오르고 모두가 번개와 함께 걷는다. 그들은 이 차에서 저 차로 옮겨 다니며 모터를 작동시키고 엔진을 녹인다. 차를 직접 만지지 않고 가능한 이들도 있다. 그들은 몸에서 전류를 내보낸다. 모두가 웃고 있다.

툰데는 카메라를 위로 올려 창가에서 내려다보는 사람들의 모습을 담는다. 여자들을 유리창에서 잡아당기려 하는 남자들도 있다. 여자들은 손을 빼낸다. 굳이 한마디도 하지 않고, 그저 쳐다만 본다. 유리에 손바닥을 대고 누른다. 불현듯이 그는 이 능력이 세계를 장악해서 우리 세상을 완전히 바꿔 놓으리라는 사실을 깨닫는다. 그는 불꽃 사이에서 사람들과 함께 기쁨의 함성을 지른다.

리야드의 서쪽 만푸하에서 늙은 에티오피아 여성이 절반쯤 지어지고 비계로 겨우 받쳐진 건물에서 걸어 나온다. 그는 거리로 나가 그들을 맞이한다. 두 손을 높이 들고 아무도 알아듣지 못하는 언어로 외친다. 그녀의 등과 어깨는 굽었고, 등 사이로 어깨가 혹처럼 솟았다. 누르가 두 손으로 그녀의 손바닥을 잡자 나이 든 여자는, 마치 의사의 진료를 받는 환자처럼 상대를 바라본다. 누르는 두 개의 손가락을 그녀의 손바닥으로 가져가서 그동안 항상 그녀 안에 있었던 것, 줄곧 밖으로 나오기를 기다리고 있었던 '그것'을 사용하는 방법을 알려 준다. 소녀들은 성인 여자들의 파워를 각성시켜 줄 수 있다. 이제 모든 여자가 파워를 갖게 되리라.

그 부드러운 파워가 신경과 인대의 힘줄을 깨우자 나이 든 여자가 울기 시작한다. 영상에서도 그녀가 내면의 힘을 느끼는 모습이 얼굴 표정으로 드러난다. 그녀에겐 파워가 별로 없다. 그녀의 손끝과 누르의 팔 사이에서 자그마한 불꽃이 튄다. 계속 힘을 내보내는, 분명히 여든은 되었을 그녀의 얼굴에서 눈물이 흐른다. 그녀는 양쪽 손바닥을 든 후 울부짖기 시작한다. 다른 여자들도 따라 하며 마침내 거리가 울부짖는 소리로 가득 찬다. 도시가 아니, 나라 전체가 이 즐거운 경고로 터져 나가리라고 툰데는 생각한다. 남자도, 촬영하는 사람도 그뿐이다. 이 혁명은 그에게 개인적인 기적, 세상을 뒤집을 사건처럼 여겨진다.

그는 밤새 여자들과 다니며 눈에 보이는 모든 것을 카메라에 담는다. 도시 북쪽에서는 빗장을 지른 2층 창문 뒤에 서 있는 한 여자가 보인다. 빗장 사이로 쪽지를 떨어뜨린다. 툰데는 멀어서 도무지 볼 수 없지만 작은 물결을 일으키며 무리 사이로 메시지가 전달된다. 여자들이 문을 부수고 들어간다. 툰데도 따라간다. 그들은 그녀를 가둬 둔 남자가 부엌 찬장에 웅크리고 숨어 있는 것을 찾아낸다. 굳이 남자를 해치지 않고 여자를 데리고 나온다. 무리가 점점 커지고 늘어난다. 어느 대학교 보건학과 캠퍼스에서 한 남자가 그들을 향해 달려와 소총을 발사하며 아랍어와 영어로, 이것은 남성들에 대한 범죄라고 외친다. 여자 세 명이 다리나 팔에 총상을 입자 나머지 여자들이 파도처럼 남자를 휩쓴다. 계란 프라이를 하는 소리가 난다. 툰데는 남자가 어떻게 되었는지 카메라에 담으려고 다가간다. 남자는 미동조차 없고 얼굴과 목에 구불구불한 덩굴 무늬가 나 있다. 덩굴이 너무나도 두꺼워서 원래 생김새도 알아볼 수 없다.

동틀 무렵 누르는 전혀 지친 기색조차 없는 여자들의 무리를 지나 툰데의 손을 잡고 아파트로, 방으로, 침대로 데려간다. 학생 친구의 방이라고 그녀가 말한다. 여섯 명이 산다고. 그런데 도시에 사는 사람들의 절반 정도가 벌써 도망쳐 아파트는 텅 비어 있다. 전기도 나갔다. 그녀가 손으로 불꽃을 만들어 길을 밝힌다. 불을 밝힌 채 그의 재킷을 벗기고 셔츠를 머리 위로 끌어올린다. 아까처럼 그의 몸을 바라본다. 자유분방하고 굶주린 그녀가 그에게 키스를 한다.

"나 처음이에요." 그녀의 말에 그 또한 자신도 마찬가지라고 말한다. 부끄럽지 않다. 그녀가 손바닥을 그의 가슴에 댄다. "난 이제 자유로워요."

느껴진다. 짜릿하다. 거리에서는 여전히 고성과 치직거리는 소리, 가끔씩 총성이 들린다. 팝 가수와 영화배우 포스터들로 가득한 방에서 두 사람의 따뜻한 살결이 맞닿는다. 그녀가 그의 청바지 단추를 풀자 그는 다리를 뺀다. 그녀는 조심스럽게 움직인다. 그녀의 타래에서 웅웅거림이 느껴지기에 그는 두려우면서도 흥분된다. 그의 환상에서와 똑같이 남녀의 몸이 뒤엉켜 있다.

"당신은 좋은 남자예요. 아름다워요." 그녀가 말한다.

그녀는 손등으로 털이 드문드문 나 있는 그의 가슴을 훑는다. 미세한 타타탁 소리와 함께 털의 끝부분이 희미하게 빛난다. 기분이 좋다. 그녀가 그를 만지는 동안 몸의 모든 신경에 초점이 맞춰지는 듯하다. 예전에는 그 자신이 존재하지 않았던 것처럼.

그녀 안으로 들어가고 싶다. 그의 몸은 벌써 어떻게 해야 하는지 알고 아우성을 친다. 그녀의 팔을 잡고 침대에 눕혀 첫 경험을 하는 방법을. 하지만 그의 육체는 모순되는 충동을 느낀다. 욕정만큼이나 두려움이 크고, 갈망만큼이나 통증도 크다. 그는 망설이며 움직이지 않는다. 그녀가 속도를 정하도록.

시간이 걸리지만 괜찮다. 입과 손가락을 어떻게 움직여야 하는지 그녀가 알려 준다. 그녀가 그의 위로 올라가서 땀을 흘리고 신음 소리를 내며 움직일 때 리야드의 아침이 밝아 왔다. 마지막에 그녀는 자제력을 잃고 그의 엉덩이와 골반으로 전류를 흘려보냈다. 쾌락이 너무 커서 통증은 거의 느껴지지 않는다.

그날 오후, 총과 실탄으로 무장한 헬리콥터에 탄 남자들과 군인들이 거리로 나온다. 툰데는 여자들이 맞서 반격하는 모습을 카메라에 담는다. 여자들의 숫자가 엄청나다. 다들 잔뜩 화나 있다. 몇몇이 목숨을 잃지만 나머지 사람들을 더욱 강력해지게 할 뿐이다. 밀물처럼 쏟아지는 여자들 앞에서 계속 총을 쏠 수 있는 군인이 과연 몇이나 있을까? 여자들은 총구 안 공이에 불을 붙이고 차량의 전기 장치를 태운다. 아주 기쁘게. "살아 있음은 축복이지만 젊음이 천국인 새벽이었다."라고 영상 속 툰데의 목소리가 읊조린다.

십이 일 뒤 정부가 무너진다. 소문만 무성할 뿐 누가 왕을 죽였는지는 밝혀지지 않는다. 같은 왕족이라는 말도 있고, 이스라엘의 암살자라는 소문도 있고, 오랫동안 궁에서 봉직한 하녀 하나가 손끝에 생긴 힘을 더 이상 억누르지 못하고 저지른 일이라는 소리도 있다.

어쨌든 그때쯤 툰데는 다시 비행기에 올라 있었다. 사우디아라비아에서 일어난 일을 전 세계가 목격했고, 이제 전 세계에서도 똑같은 일이 벌어지고 있다.

마고

"문제예요."

"그건 누구나 알고 있습니다."

"생각해 봐요, 마고. 제대로 생각을 해 보라고."

"생각하고 있어요."

"여기 있는 사람 중에 그 능력을 가진 사람이 있다 한들 알 길이 없잖아요."

"대니얼, 당신에게 없다는 건 확실하죠."

웃음이 터져 나온다. 초조한 사람들로 모인 공간에서 웃음은 위로가 된다. 웃음소리가 적당한 수준을 넘어 더 커진다. 회의 테이블에 모여 앉은 스물세 명이 전부 진정하기까지 몇 분이나 걸린다. 대니얼은 언짢아한다. 자신을 놀린다고 생각한다. 그가 바라던 것은 약간 주목받는 정도였을 뿐인데.

"그렇죠, 그렇죠. 하지만 알 길이 없습니다. 소녀들을 상대로 우리가 할 수 있는 조치를 취하고 있습니다. 하지만 집 나온 소녀들의 숫자가 얼마나 많은지 알아요?"

모두 얼마나 많은지 알고 있다.

대니얼이 계속 말한다. "소녀들 이야기가 아닙니다. 그 문제는 대부분 우리가 통제하고 있어요. 성인 여성들이 문제예요. 십 대 소녀들이 성인 여성들의 능력을 각성시키고 있으니, 능력을 서로 전달하는 일이 가능합니다. 이젠 성인 여성들한테도 능력이 생겼습니다. 마고, 당신도 봤잖아요."

"드문 경우입니다."

"드물다는 건 우리 생각이죠. 사실은 알 수가 없어요. 스테이시, 당신이 될 수도 있고 마리샤, 당신이 될 수도 있습니다. 마고, 당신도 가능할지 모르죠." 그가 웃었다. 작은 웃음의 물결이 일렁인다.

"그래요, 대니얼. 사실 난 지금 당장 당신을 제압할 수 있어요. 주지사실에서 시장실에 주기로 약속한 뉴스를 가로채면 이렇게 해야죠." 그녀는 손가락을 넓게 벌리는 동작을 취한다. "치직치직."

"웃을 일이 아닌 것 같네요, 마고."

하지만 테이블에 앉은 사람들은 벌써 웃고 있다.

대니얼이 말한다. "테스트를 할 겁니다. 주 전역의 공무원들에게. 시장실도 포함됩니다, 마고. 반박의 여지가 없어요. 확실하게 알아야 하니까. 그 능력을 가진 사람이 정부 건물 안에 있으면 안 됩니다. 장전된 총을 들고 돌아다니는 것과 같아요."

일 년이 지났다. 저 머나먼 불안정한 지역에서 벌어진 폭동, 여자들이 도시를 장악하는 영상이 텔레비전에 나왔다. 대니얼의 말이 맞다. 중요한 것은 열다섯 살 소녀들에게 능력이 있다는 사실이 아니다. 그들은 통제할 수 있다. 그들이 성인 여성들의 능력을 깨워 줄 수 있다는 점이 문제다. 그렇다면 의문이 든다. 얼마나 오래전부터 가능했을까? 어떻게 지금까지 아무도 모를 수 있었을까?

아침 텔레비전 프로그램에서는 생물학과 선사 시대 전문가들을 초청한다. 온두라스에서 발견된 6000년 전으로까지 거슬러 올라가는 조각상을 보면, 마치 여성의 손에서 번개가 나오는 것처럼 보이지 않습니까, 교수님? 이 조각상들은 물론 신화적이고 상징적인 행동을 나타내는 경우가 많습니다. 하지만 역사적인 것, 즉 실제로 일어난 일을 나타낼 수도 있죠. 그럴 가능성을 배제할 수 없습니다. 가장 오래된 성서를 살펴보면 이스라엘의 신에게 아나스라는 누이가 있었죠. 십 대 소녀입니다. 그녀는 천하무적의 전사였고 번개와 대화를 나눴으며, 가장 오래된 성서에서 그녀는 아버지를 죽이고 아버지의 자리를 대신 차지했죠. 아나스는 적들의 피에 발을 담그는 족욕을 즐겼습니다. 앵커들이 불안하게 웃는다. 미인이 되는 비결 같지는 않은데요. 그렇죠, 크리스틴? 그러네요, 톰. 하지만 이 파괴의 여신, 고대인들은 우리가 모르는 무언가를 알고 있었을까요? 물론 알수는 없습니다. 이 능력이 매우 오래전으로 거슬러 올라갈 수도 있을까요? 과거 여성들에게도 이런 능력이 있었지만 그 후에 잊어버리게 됐다는 말씀인가요? 도저히 잊어버릴 수가 없을 것 같은데요? 도대체 어떻게 잊어버릴 수 있었을까요? 크리스틴, 정말로 이 힘이 존재했다면 의도적으로 해당 형질을 제거했을 수도 있고, 원치 않았을 수도 있었을 겁니다. 이런 능력이 있다면 그렇지 않았겠어요, 크리스틴? 톰, 아마 저는 저 혼자만 알고 있었을 것 같아요. 앵커들은 시선을 마주치며 말로 다 하지 못한 무언가를 주고받는다. 날씨 정보가나온다.

시장실에서 대도시 지역의 주요 학교에 배포한 공문에 담긴 공식적인 노선은 '자제'다. 능력을 쓰지 않으면 결국 사라질 것이다. 여학생들을 남학생들과 분리시켜라. 일이 년 안에 이 현상을 멎게 할 백신이 나오고 다시 정상화될 터다. 이 능력을 사용하는 것은 피해자들만큼이나 소녀들에게도 속상한 일이다. 이게 바로 공식적인 노선이다.

마고는 늦은 밤 감시 카메라가 없는 구역에 차를 세운다. 차 밖으로 나와서 가로등에 손바닥을 대고, 있는 힘을 전부 쏟아붓는다. 자기 안에 무엇이 있는지 알아야 하고 그것이 무엇인지 느껴 보고 싶다. 다른 일들처럼 자연스럽게 느껴진다. 첫 경험을 할 때도 몸은 이미 다 아는 듯 나에게 모든 걸 맡겼다.

도로 가로등이 전부 꺼진다. 팟. 팟. 팟! 마고는 고요한 거리에서소리 내어 웃는다. 지금 이 모습을 누군가 봤다면 그녀는 경질될 것이다. 하기야 능력이 있다는 사실이 밝혀지면 어차피 쫓겨날 텐데, 똑같지 않은가? 그녀는 사이렌이 울리기 전에 차를 출발시킨다. 누군가에게 들키면 어떻게 해야 할지 고민한다. 하지만 적어도 남자 한 명을 기절시킬 정도의 힘은 남아 있다고 생각한다. 쇄골에서 힘이 철벅거리며 팔을 타고 올라갔다 내려갔다 하는 낌새가 느껴진다. 그 생각이 뇌리를 스치자 또 웃음이 터진다. 그녀는 자신이 더 격하게 웃고 있다는 사실을 깨닫는다. 마음속이 항상 한여름인 듯 가볍고 편안하다.

하지만 조스의 경우는 그렇지 않았다. 이유를 아는 사람도 없고 감히 어떤 제안을 할 만큼 연구를 한 사람도 없다. 조스의 파워는 매우 변덕스럽다. 힘이 넘쳐서 그저 조명을 켜기만 해도 집 안의 두꺼비집이 멋대로 작동하는 날도 있고, 거리에서 다른 여자아이가 싸움을 걸어 와도 방어할 수 없을 만큼 무기력한 날도 있다. 자신을 방어하지 못하거나 방어하지 않는 여자아이들은 '담요' 또는 '방전된 배터리'라고 불린다. 그나마 양호한 이름들이다. 장애인, 깜빡이, 겁쟁이, 푸슉 같은 별명도 있다. 그중 '푸슉'은 마지막 불꽃을 만들려다 실패할 때 나는 소리다. 여자아이들은 그런 소녀가 지나갈 때 '푸슉' 소리를 낸다. 소녀들은 여전히 위험하다. 조스는 친하게 지내던 친구들이 '공통점'이 더 많은 새 친구를 사귀는 바람에 홀로 보내는 시간이 많아졌다.

마고는 어느 주말 조슬린더러 혼자만 오라고 제안한다. 그녀가 조스를 보고, 매디는 바비가 보고. 딸들은 엄마나 아빠를 독차지하기를 좋아하니까. 매디는 버스를 타고 시내로 가서 공룡을 보고 싶어 한다. 버스를 탈 기회가 좀처럼 없는 매디에게는 버스를 타는 것 자체가 박물관보다 더 즐거운 일이다. 마고는 그동안 일만 했다. 조스를 데리고 매니큐어와 페디큐어를 하러 가야지. 휴식을 취하는 게 우리 둘에게 모두 좋을 거야.

그들은 주방 유리벽 옆에 놓인 테이블에서 아침을 먹는다. 조스가 그릇에서 자두조림을 좀 더 떠내서 요거트에 올린다. 마고가 "말하면 안 돼."라고 한다.

"알아."

"네가 누군가에게 말하면 엄마는 해고당할 거야."

"알아, 엄마. 아빠한테도 매디한테도 말 안 했어. 아무한테도. 앞으로도 안 할 거야."

"미안해."

조슬린이 미소 짓는다. "괜찮아."

마고는 한때 어머니에게 비밀을 털어놓고 싶었던 간절한 기분이 문득 기억난다. 그런 바람은 생리대에 고무줄을 묶는 지저분한 일이나 다리털을 깎는 면도칼을 숨기는 행동마저도 사랑스럽고 화려한 사건처럼 느끼게 해 주었다.

그들은 오후에 차고에서 서로를 상대 삼아 싸우며 연습을 한다. 땀도 조금 흘린다. 연습을 하자 조스의 파워가 강해지고 통제하기도 쉬워진다. 마고는 전류가 올라오다 갑자기 꺼지면서 깜빡거릴 때 조스가 아파하는 감각을 함께 느낀다. 통제하는 법을 배울 길이 있으리라. 같은 도시에 사는 여학생들 중에 힘을 제어하는 방법을 배워서 조스에게 그 비결을 알려 줄 수 있는 아이가 분명 있을 것이다.

마고는 자기 힘을 계속 제어할 수 있는지부터 알아야 한다. 직장에서 테스트가 이루어질 예정이니까.

"들어오세요, 클리어리 시장님. 앉으시죠."

방은 작고, 천장 근처에 하나 있는 작은 창문에서 가느다란 잿빛 빛줄기가 들어올 따름이다. 매년 독감 주사를 접종하러 간호사가 방문할 때 사용하는 방이다. 뭐, 때때로 인사 고과를 할 때나. 테이블이 하나, 의자가 셋. 테이블에는 옷깃에 밝은 파란색의 보안증을 단 여자가 앉아 있다. 또 그 위에는 기계가 놓여 있는데 현미경이나 혈액 검사 도구처럼 생겼다. 바늘 두 개, 초점을 맞추는 화면, 렌즈가 있다.

여자가 말한다. "시장님, 우선 이 건물에 있는 모두가 테스트를 받는다는 사실을 알아주세요. 시장님만 지목된 게 아니랍니다."

"남자들도 받나요?" 마고의 눈썹이 올라간다.

"아뇨. 남자들은 빼고요."

마고가 생각에 잠긴다.

"그래요. 정확히 어떤 검사죠?"

여자가 희미한 미소를 짓는다. "시장님, 서류에 서명하셨으니 무슨 검사인지 아시잖아요."

마고는 목이 조여 옴을 느낀다. 한 손을 허리에 올린다. "직접 설명해 주기를 바랍니다. 분명히 하기 위해서요."

보안증을 단 여자가 말한다. "타래 혹은 정전기 힘의 소지 여부를 조사하기 위해 주 전체에서 의무적으로 실시하는 검사입니다." 그녀가 기계 옆에 놓인 카드를 읽기 시작한다. "대니얼 댄든 주지사가 주 전체에 내린 지시에 따라 정부직을 계속 유지하는 자격 요건은 검사 동의 여부로 좌우됩니다. 양성 결과가 나왔다고 꼭 향후의 고용 여부에 영향을 끼치는 것은 아닙니다. 정전기 힘의 존재를 모르는 상태에서 양성 진단이 나올 수도 있습니다. 검사 결과에 고충을 느낀다면 상담을 받거나 현재 보직에 더 이상 적합하지 않다고 판단되면 선택권을 고려하는 데 도움을 받을 수도 있습니다."

"더 이상 적합하지 않다는 게 무슨 뜻이죠?" 마고가 묻는다.

여자가 입을 오므린다. "양성으로 나올 경우 아동이나 대중과 직접 접촉해야 하는 보직에는 적합하지 않다는, 주지사실의 지시가 있었습니다."

마고의 두 눈에 주지사 대니얼 댄든이 저 여자의 의자 뒤에 서서 웃는 모습이 보이는 듯했다.

"아동과 대중? 그럼 난 어떻게 되는 거죠?"

여자가 미소 짓는다. "그 파워를 경험하지 않으셨다면 괜찮습니다. 걱정하실 것 없어요. 전과 똑같습니다."

"다들 괜찮은 건 아니잖아요."

여자가 기계의 스위치를 켠다. 작게 웅웅거리며 기계가 작동한다.

"저는 준비됐습니다, 시장님."

"내가 거부하면 어떻게 되죠?"

그녀가 한숨을 쉰다. "거부하시면 기록이 남고 주지사께서 국무부에 알리실 겁니다."

마고는 자리에 앉아 생각에 잠긴다. 내가 사용한 적 있다는 걸 알 수 없을 거야. 아무도 몰라. 난 거짓말하지 않았어. 젠장! 그녀는 침을 꿀꺽 삼킨다.

"좋아요. 인권 침해적인 검사를 강제로 받아야 한다는 사실에 제가 정식으로 항의를 했다는 사실은 꼭 기록해 주세요."

"알겠습니다. 기록할게요." 여자가 말한다.

그녀의 희미한 비웃음 뒤에서 마고는 또다시 웃고 있는 대니얼의 얼굴을 본다. 정치적 야망이 큰 마고이지만 검사를 받은 후 직장을 잃게 되어도 최소한 그 얄미운 얼굴을 다시 보지 않아도 된다고 생각하니 마음이 누그러진다. 마고는 전극에 팔을 내민다.

손목과 어깨, 쇄골에 끈적거리는 전극판이 연결된다. 전기 활동을 살펴보면서 여자가 낮고 나른한 목소리로 설명한다. "편안하게 계세요, 시장님. 기껏해야 약간 따끔거리는 정도니까요."

그 사소한 검사에 내 커리어가 날아간다고, 마고는 속으로 생각할 뿐 아무 말도 하지 않는다.

검사 절차는 간단하다. 연속된 약한 전기 펄스로 그녀의 자율 신경 기능을 자극할 것이다. 현재 병원에서 여자 신생아에게 정기적으로 실시되고 있는 검사다. 이제 모든 여아가 능력을 가지고 태어나니 실상 답이 정해져 있는데도 말이다. 미세한 충격을 보내면 타래가 자동으로 충격 반응을 일으킨다. 마고는 자신의 타래가 준비되었음을 느낀다. 신경, 아드레날린이…….

그녀는 속으로 깜짝 놀란 척, 몰랐던 사실에 두려움과 수치심으로 반응해야 함을 되새긴다.

기계가 작동하며 낮게 웅웅거리는 소리를 낸다. 마고는 회로도에 익숙하다. 처음에는 너무 약해서 감각이 반응하지 못할 정도로 미세한 충격부터 시작할 것이다. 여자 신생아들은 그 수준에도 거의 반응을 한다. 혹은 그다음 단계에서. 기계에는 열 가지 단계가 설정되어 있다. 전기 자극이 한 단계씩 올라간다. 어느 지점에 이르면 마고의 훈련되지 않은 늙은 타래가 반응할 것이다. 그리고 밝혀지겠지. 그녀는 숨을 들이마셨다 내쉬고는 그저 기다린다.

처음에는 아무것도 느껴지지 않았다. 그저 압력이 쌓여 가는 감각뿐. 가슴에서, 등에서. 기계가 짤깍거리며 순조롭게 돌아가지만 그녀는 첫 번째도, 두 번째도, 세 번째에도 충격을 느끼지 못했다. 다이얼이 움직인다. 지금 힘을 방출하면 유쾌해질 것 같은 기분이 든다. 잠이 깨면서 눈을 뜨고 싶어질 때의 느낌이다. 그녀는 저항한다. 어렵지 않다.

숨을 들이마시고 내쉰다. 기계를 다루는 여자가 미소 지으며 상자에 담긴 복사지에 메모를 한다. 네 번째 칸의 네 번째 0. 거의 절반까지 왔다. 참기가 불가능해지는 순간이 오리라. 책에서 읽었다. 그녀는 여자에게 살짝 애석한 웃음을 짓는다.

"편안하신가요?" 여자가 묻는다.

"위스키 한 잔 마시면 더 편안할 것 같네요." 마고가 말한다.

찰깍 소리와 함께 다이얼이 앞으로 돌아간다. 더 힘들어진다. 쇄골 오른쪽과 손바닥이 따끔거린다. 그 부위들이 말한다. 어서, 어서. 압력이 그녀의 팔을 제압하는 듯하다. 불편하다. 마음만 먹으면 손쉽게 자신을 짓누르는 무거운 전극에서 벗어날 수 있다. 땀을 흘리며 애쓰는 모습을 보여서는 안 된다.

마고는 바비에게 불륜 사실을 들었을 때 자신의 반응에 대해 생각한다. 몸이 뜨거워졌다 차가워지고, 목이 조여 왔다. 바비는 "아무 말도 안 할 거야? 할 말이 아무것도 없어?"라고 했었다. 그녀의 어머니는 아버지가 아침에 출근할 때 문을 잠그지 않거나 거실 러그 한가운데에 실내화를 놓아둔다고 소리를 질렀다. 마고는 그런 여자인 적도 없고 절대로 그렇게 되고 싶지도 않았다. 어릴 적 주목나무 그늘을 걸을 때 한 발이라도 잘못 디디면 구불구불한 뿌리가 땅속에서 올라와 자신을 붙잡기라도 할 것처럼 조심조심 내딛었다. 침묵하는 방법을 항상 정확히 알고 있었다.

찰칵 다이얼이 움직인다. 여자의 복사지에는 여덟 개의 0이 나란히 들어 있다. 마고는 0의 느낌이 어떨지 모를까 봐, 선택의 여지도 없이 상황이 종료되어 버릴까 봐 두려웠다. 숨을 들이마시고 내쉰다. 훨씬 힘들어졌지만 익숙한 느낌이다. 몸은 뭔가를 원하지만 그녀가 거부하고 있다. 가슴에서 배의 근육으로, 골반에서 엉덩이로 근질거림과 압력이 퍼져 나간다. 방광이 터질 것 같은데도 소변을 내보내지 않는 것처럼. 편안한 수준보다 몇 초 더 오래 숨을 참을 때와 비슷하다. 아기들이 능력을 제어하지 못하는 것도 당연하다. 성인 여자들에게서 발견되는 일은 그 자체로 놀랍다. 마고는 벗어나고 싶지만 실행에는 옮기지 못한다.

기계가 찰칵 소리와 함께 10단계에 돌입한다. 불가능하지는 않다. 그녀는 기다린다. 웅웅 소리가 그친다. 환풍기도 윙윙거리다 조용해진다. 그래프 위로 펜이 올라간다. 0이 열 개.

마고는 실망한 표정을 짓는다. "없는 건가요?"

기술자가 어깨를 으쓱한다.

기술자가 전극을 제거하고 마고는 한쪽 발을 다른 쪽 발목 뒤로 뺀다. "나에게 해당되지 않을 줄 알았어요." 그녀는 일부러 마지막 단어를 말할 때 갈라지는 목소리를 낸다.

대니얼이 이 보고서를 볼 것이다. '공직 자격 요건 문제없음'이라고 적힌 서류를 그가 승인하겠지.

마고는 어깨를 확 당기며 기침하듯 웃는다.

이제 그녀가 이 검사를 주요 대도시 지역으로 확대하는 프로그램의 책임을 맡지 못할 이유가 없다. 결격 사유는 전혀 없다. 검사 예산

안을 승인한 이도 그녀였다. 이 기술이 아들과 딸 들을 안전하게 보호해 주리라고 설명하는 정보 광고에 찬성하는 사람. 이 검사 장비가 인명을 구하리라고 명시된 공문서를 쭉 읽어 보면 맨 아래에 마고의 이름이 있다. 그녀는 서류에 서명을 하며, 정말로 그럴지도 모른다고 생각한다. 이렇게 약한 충격도 참지 못하고 힘을 내보내는 여자라면 자기 자신에게도, 사회에도 위험한 존재다.

세계 전역뿐만 아니라 바로 여기 미국에서도 이상한 움직임이 일어나고 있다. 인터넷에서 볼 수 있다. 소년들이 더욱 강해 보이기 위해서 여장을 한다. 소녀들은 힘의 의미를 떨쳐 버리기 위해, 늑대를 양의 탈에 가두려고 남장을 한다. 웨스트보로 침례교회에는 '심판의 날'이 다가왔다고 믿는 새로운 광신도들로 넘쳐 난다.

정부가 하는 일, 이를테면 모든 상황을 정상으로 유지하고, 사람들로 하여금 안전함을 느끼게 하며, 직장에 출근해서 돈을 벌고 주말 내내 여가에 돈을 쓰게 하는 일, 매우 중요한 일이다.

대니얼이 말한다. "난 항상 긍정적으로 말하려고 노력합니다." 그가 손에 쥔 종이를 테이블 위로 떨어뜨린다. "그런데 여기에는 쓸 만한 게 단 하나도 없군요."

예산을 담당하는 아널드가 말없이 고개를 끄덕인다. 한 손으로 어색하고 뒤틀리게 턱을 잡고서.

"여러분의 잘못이 아니라는 걸 압니다. 인력도 자원도 부족하죠. 여러분이 힘든 상황에서 최선을 다하고 있는 건 알지만 이건 쓸 수가 없어요."

마고도 시장실에서 그 보고서를 읽었다. 현재의 보호와 치료, 향후 역전 가능성에 대해서 급진적이고 개방적인 태도를 보이자는 대담한 전략이었다.(가능성은 제로지만.) 대니얼은 계속 문제점을 짚어 가며 말한다. '난 이 전략을 선택할 만큼 용감하지 않습니다.'라고 구태여 말하지는 않지만 그런 뜻이다.

마고의 손은 테이블 아래에서 손바닥을 위로 향한 채 평평하게 놓여 있다. 그의 말을 듣는 내내 안에서 전기가 쉬익쉬익 쌓임을 느낀다. 천천히, 고르게 숨을 쉰다. 제어할 수 있다. 그 사실에서 즐거움도 느낀다, 처음에는. 그녀는 어떻게 행동할지에 대해 생각한다. 대니얼은 계속 웅얼거리고 그녀는 확실히 느낀다. 대니얼의 목을 한 방에 내려쳐 끝장내 버릴 힘이 자신에게 있다는 사실을. 그다음에 남은 힘으로는 아널드의 관자놀이를 공격해서 기절시킬 수 있으리라. 식은 죽 먹기다. 별로 어렵지 않을 것이다. 아무런 소리도 내지 않고 빠르게 해치울 수 있다. 그녀는 지금 이곳, '5(b) 회의실'에서 두 사람을 죽일 수 있다.

이런 생각에 잠겨 그녀는 점점 현실에서 멀어진다. 대니얼은 여전히 금붕어처럼 입을 뻐끔거린다. 그녀는 아주 높은 곳에 있다. 폐가 얼음 결정으로 가득 차고, 모든 것이 맑고 깨끗한 곳. 실제로 일어나는 일은 전혀 중요하지 않다. 그녀는 원하면 언제든 그들을 죽일 수 있으니까. 그것이야말로 심오한 진실이다. 힘이 손가락 끝을 간질이고 테이블 아래쪽의 광택제를 그을린다. 달콤한 화학 제품 냄새가 난다. 저 남자들이 지껄이는 말은 전혀 중요하지 않다. 그녀는 단 세 번의 동작만으로도 저들이 푹신한 의자에 앉은 채 몸을 흔들며 죽게 할 수 있으니까.

그래서도 안 되고 그러지도 않으리라는 사실은 중요하지 않다. 원하면 할 수 있다는 사실이 중요하다. 남을 해칠 수 있는 힘은 부(富)와 같다.

그녀가 대니얼을 향해 갑자기 말한다. 문을 두드리듯 날카롭게. "이걸로 내 시간을 낭비하지 마세요, 대니얼."

그는 그녀의 상관이 아니다. 동등한 존재다. 그는 그녀를 해고할 수 없다. 그런데도 그럴 수 있는 것처럼 말하고 있다.

"아직 아무도 답을 모른다는 점을 다 알잖아요. 훌륭한 아이디어가 있으면 어디 들어 보죠. 그게 아니라면……."

그녀는 일부러 말을 끝까지 하지 않았다. 대니얼이 뭐라고 말하려는 듯 입을 벌렸다가 도로 다문다. 테이블 아래 그녀 손끝에 닿은 광택제가 녹아서 오그라든다. 결국 부드러운 조각으로 바스러져 두꺼운 카펫 위로 떨어진다.

"역시 없을 줄 알았어요. 다 같이 힘을 합치자고요. 알았죠? 서로 못 잡아먹어서 안달인 것처럼 굴지 말고."

마고는 자신의 미래에 대해 생각한다. 넌 언젠가 내 차에 기름을 넣는 신세가 될 거야, 대니얼. 나에겐 대단한 계획이 있거든.

"그래요, 그래."

그녀는 생각한다. 남자는 저렇게 말해야 해. 이게 그 이유지.

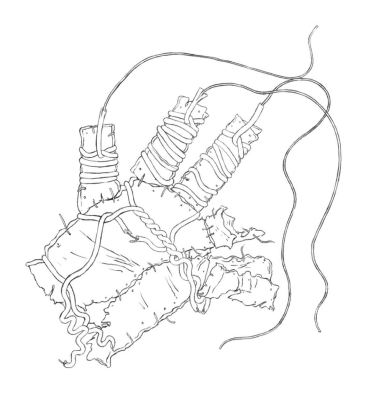

약 1000년 전의 유물로 추정되는 초보적인 무기. 철사는 전기 전도의 목적을 가진다. 전투나 처벌용으로 사용되었으리라 추정된다. 옛 웨스터체스터 묘지에서 발견되었다.

8년 남다

앨리

많은 기적은 필요하지 않다. 바티칸에도, 목숨이 걱정되어 수개월 동안 칩거한 극도로 예민해진 십 대 소녀들에게도, 많은 기적은 필요하지 않다. 두 가지도 많다. 세 가지는 넘친다.

루앤이라는 소녀가 있다. 붉은 머리에 창백한 피부, 뺨에 주근깨가 난 소녀. 루앤은 삼 개월 전에 왔고, 특히 고디랑 친하다. 그들은 기숙사 방에서 한 침대를 쓴다. 온기를 나누기 위해서 말이다. "밤에는 끔찍하게 춥거든." 고디가 말한다. 루앤은 미소 짓는다. 다른 소녀들은 웃으며 서로의 겨드랑이를 쿡쿡 찌른다.

루앤은 상태가 좋지 않다. 파워가 생기기 전부터 그랬다. 의사도 어떻게 해 줄 수 없다. 너무 흥분하거나 두려움에 사로잡히거나 지나치게 웃거나 할 때면 발생하는 증상이 있다. 눈이 뒤집어지고 바닥으로 쓰러져 등이 부서질 듯 떨기 시작한다. "잡고 있으면 돼. 정신을 차릴 때까지 어깨를 잡고 누르면 돼. 그럼 알아서 깨. 그냥 기다리면 돼." 고디가 말한다. 대부분 한 시간 이상씩 자다가 깨어난다. 고디는 옆에 앉아 루앤의 어깨를 잡고 있었다. 한밤중에 식당에서, 새벽 6시에 정원에서, 루앤이 깨어나기를 기다리며.

앨리는 루앤에게 어떤 감정을 느낀다. 루앤을 보면 뭔가 얼얼한 감각이 느껴진다.

이 아이인가요?

목소리가 답한다. 그런 것 같구나.

어느 날 밤 번개 폭풍이 친다. 저 멀리 바다에서부터 시작된다. 소녀들은 수녀원 뒤쪽의 갑판에 서서 수녀들과 함께 바라본다. 구름은 푸른빛 자주색이다. 불빛이 흐릿하고 번개가 바다 위로 한 번, 두 번, 세 번 내리친다.

번개 폭풍을 보고 있으면 타래가 근질거리는 느낌이다. 소녀들은 전부 저릿함을 느낀다. 서배너는 참지 못하고 나무 갑판에다가 둥근 전류를 방출한다.

"그만둬. 당장 그만둬." 베로니카 수녀가 말한다.

"베로니카. 아무도 안 다쳤잖아요." 거기에 대고 마리아 이그나치아 수녀가 말한다. 서배너는 깔깔거리며 또 전류를 내보낸다. 멈추려 하지만 어쩔 수 없는 것이 아니다. 폭풍에 덩달아 흥분되어서 그러는 것이다.

"넌 내일 굶어, 서배너. 조금도 자신을 제어하지 못하는 사람에게 베풀 자비란 없다." 베로니카 수녀가 말한다.

베로니카 수녀는 수녀원에서 계속 싸움질을 하던 소녀를 벌써 내쫓았다. 다른 수녀들은 마지못해 동의했다. 베로니카 수녀는 사탄에 씐 사람을 스스로 집어낸다.

하지만 내일 밥을 굶기는 것은 혹독한 형벌이다. 토요일 저녁에는 미트로프가 나오기 때문이다.

루앤이 베로니카 수녀의 소매를 잡아당긴다. "수녀님. 서배너가 일부러 그런 거 아니잖아요."

"날 만지지 마라."

베로니카 수녀가 팔을 잡아 빼는 바람에 루앤이 살짝 뒤로 밀쳐진다.

그런데 폭풍은 이미 루앤에게 어떤 영향을 끼쳤다. 예전에도 그랬듯이 머리가 뒤로, 옆으로 홱 움직인다. 입은 열렸다 닫혔다 하지만 아무 소리도 나오지 않는다. 급기야 갑판에서 뒤로 세게 쓰러진다. 고디가 앞으로 달려 나오고 베로니카 수녀가 지팡이로 막는다.

"그냥 두거라."

"하지만 수녀님⋯⋯."

"지금까지 봐준 것도 한두 번이지. 저 애는 저것을 제 몸에 받아들이면 안 되었어. 저 아이가 받아들였으니 스스로 결과를 책임져야지."

루앤은 갑판에 누운 채 뒤통수를 나무 바닥에 마구 내리치며 경련을 일으킨다. 입가로 흐르는 침에 피가 섞여 있다.

목소리가 말한다. 어서, 뭘 해야 하는지 알잖니.

앨리가 말한다. "베로니카 수녀님, 저 애가 소란을 멈추게 해도 될까요?"

베로니카 수녀는 눈을 깜빡이며 이브를 본다. 지난 몇 개월 동안 앨리가 연기해 온 조용하고 성실한 소녀를.

수녀가 어깨를 으쓱한다. "이 말도 안 되는 상황을 멈출 수 있다면 말이지."

앨리는 루앤 곁에 무릎을 꿇는다. 나머지 소녀들은 반역자를 보듯이 쳐다본다. 루앤의 잘못이 아님을 뻔히 알면서, 왜 이브는 어쩔 수 있는 양 행동하는 것일까?

앨리는 루앤의 몸 안에서 전류를 느낀다. 등과 목, 머릿속. 신호가 혼란 상태에서 골골거리며 위아래로 움직인다. 정상 상태로 돌아가고자 애쓴다. 앨리의 눈에는 분명하게 보인다. 여기와 여기가 막혀 있다. 그리고 머리 아래쪽은 순서가 엇나갔다. 아주 약간만 조정해 주면, 다른 사람은 구분할 수 없고 느껴지지도 않을 정도로 아주 작은 양의 힘을 여기에 흘려보내면 정상으로 돌아갈 수 있다.

앨리는 손바닥으로 루앤의 머리를 받치고 새끼손가락을 두개골의 아랫부분으로 가져간다. 미세한 덩굴 모양의 전류를 바로 그 지점으로 내보내자 홱 움직인다.

루앤이 눈을 뜬다. 경련도 곧바로 멈춘다.

눈을 깜빡거린다.

"어떻게 된 거지?"

평소라면 루앤이 한 시간 넘게 잠들었다가 일주일 동안 혼란스러워한다는 사실을 다들 알고 있다.

애비게일이 말한다. "이브가 널 낫게 해 줬어. 이브가 널 만지니까 네가 나았어."

이것이 첫 번째 신호였다. 사람들이 와서 말했다. 이 아이는 천국의 특별한 존재라고.

치유가 필요한 다른 소녀들이 앨리를 찾아왔다. 그들에게 손을 대고 아픈 곳을 찾아낼 때도 있다. 아플 필요가 전혀 없는데 무언가가 아프게 하고 있을 때도 있다. 두통, 근육의 뒤틀림, 현기증. 잭슨빌 출신의 아무짝에도 쓸모없는 아이 앨리에서 차분하고 조용한 소녀 이브가 되는 법을 충분히 연습한 그는, 이제 상대방의 몸에 손을 대고 바늘 같은 전류를 흘려보내서 문제를 바로잡아 줄 수 있다. 적어도 한동안은. 비록 일시적이기는 해도 실제로 치유가 이루어졌다. 육체의 기능을 나아지게 할 수는 없지만 잠깐 동안 오류를 고칠 수 있다.

그리하여 사람들은 앨리를 믿기 시작한다. 그녀 안에 뭔가가 있다고. 수녀들은 아닐지라도 다른 소녀들은 믿는다.

"신이니, 이브? 신이 너에게 말하는 거야? 네 안에 신이 있어?"

어느 날 밤 소등 후 기숙사에서 서배너가 조용하게 묻는다. 다른 소녀들도 제 침대에서 자는 척하지만 귀를 기울이고 있다.

이브가 말한다. "넌 어떻게 생각하는데?"

"네 안에 치유력이 있다고 생각해. 성서에 나오는 것처럼."

그 순간 중얼거리는 소리가 들려오지만 아무도 반대하지 않는다.

다음 날 밤 취침 준비를 하면서 이브가 열 명 정도 되는 소녀들에게 말한다. "새벽에 나랑 같이 바닷가로 가자."

"왜?"

"'새벽에 바닷가로 가라!'라는 목소리를 들었어."

목소리가 말한다. 잘했다, 애야. 너는 해야 할 말을 하는구나.

소녀들이 잠옷 차림으로 바닷가로 걸어갈 때 하늘은 조약돌처럼 옅은 푸른 잿빛이고, 깃털 같은 구름으로 덮여 있다. 바다는 엄마가 아이를 달래듯이 고요하다.

앨리가 이브의 목소리, 부드럽고 낮은 목소리로 말한다. "우리가 물속으로 걸어 들어가야 한다고 목소리가 말했어."

고디가 웃음을 터뜨린다. "뭐야, 이브, 수영하고 싶어서 그런 거야?"

루앤이 고디의 말을 손가락으로 제지한다. 이브가 목덜미에 엄지를 가져다 댄 이후로 루앤의 발작은 고작 몇 초간 이어질 뿐이다.

애비게일이 묻는다. "그다음에는?"

이브가 답한다. "여자이신 하나님이 우리에게 뭘 원하는지 알려 주실 거야."

여자 하나님, 충격적이다. 하지만 소녀들은 모두 이해한다. 모두가 기다려 온 반가운 소식이다.

소녀들은 물속으로 들어간다. 잠옷이 다리에 들러붙는다. 발바닥에 날카로운 돌이 닿으면 얼굴을 찡그리며 살짝 깔깔거리기도 하지만 서로의 얼굴에서 성스러움을 발견한다. 이곳에서 무슨 일인가 일어날 것이다. 동이 트고 있다.

그들은 빙 둘러선다. 허리까지 닿는 차갑고 맑은 소금물에 양팔을 떨어뜨리고 이브가 말한다.

"성모님, 저희에게 바라시는 바를 보여 주세요. 당신의 사랑으로 저희에게 세례를 해 주시고 살아가는 방법을 가르쳐 주세요."

그때 동그랗게 선 소녀들은 무릎이 휘청거림을 느낀다. 마치 거대한 손이 등을 눌러 쓰러뜨리는 것처럼. 물 밖으로 머리를 내밀고 숨을 헐떡이며 일어나려고 애쓴다. 머리카락에서 물이 분수처럼 흘러내린다. 하나님의 손길이 닿았음을, 이날 새로 태어나는 것임을 그들은 안다. 모두가 물속에서 무릎을 꿇는다. 아래로 짓누르는 힘을 느낀다. 숨을 쉴 수 없고 물속에서 죽을지도 모른다는 생각이 잠시 들지만 물 위로 들어 올려졌을 때 그들은 다시 태어났다.

소녀들은 머리가 젖은 채 놀란 표정으로 빙 둘러서 있다. 이브만이 물에 젖지 않은 상태로 물속에 서 있다.

그들은 옆에서, 그들 가운데에서 신의 존재를 느낀다. 신이 기뻐하고 있음을. 머리 위로 새로운 새벽의 영광을 알리는 새들이 날아갔다.

열 명 남짓한 소녀들이 그날 아침 바다에서 기적을 목격했다. 수녀들과 함께 사는 오십여 명의 소녀들 가운데 주목받지 못한 이들이었다. 카리스마가 넘치지도 인기가 있거나 유머 감각이 뛰어나거나 예쁘거나 똑똑한 소녀들도 아니었다. 굳이 공통점을 찾자면 가장 큰 고통을 받았다는 것, 가장 끔찍한 사연의 주인공이라는 것, 스스로 혹은 타인이 느끼는 두려움을 정확히 안다는 것이었다. 하지만 그날 아침 이후 그들은 바뀌었다.

이브가 비밀을 지키라고 당부했지만 소녀들은 말을 옮기지 않을 수 없다. 서배너가 케일라에게, 케일라가 메건에게, 메건이 대니얼에게 말한다. 이브가 만물의 창조주와 소통했다고, 비밀스러운 메시지를 받았다고.

소녀들은 이브에게 가르침을 받으러 온다.

"왜 하나님을 여자라고 해?"

"하나님은 여자도, 남자도 아니고 둘 다이셔. 너무 오랫동안 무시받아 온 여자의 얼굴로 새로운 모습을 보여 주러 오신 거야."

"그럼 예수님은?"

"예수님은 아들이야. 하지만 아들은 어머니에게서 나오지. 생각해 봐. 하나님과 이 세계 중에서 무엇이 더 위대하지?"

소녀들은 이미 수녀들에게 배워서 알고 있다. "하나님이 더 위대해. 하나님이 세상을 만드셨으니까."

이브가 말한다. "창조된 것보다 창조하는 쪽이 더 위대한 거네?"

"그럴 거야."

"그럼 어머니와 아들 중에 누가 더 위대하지?"

소녀들은 망설인다. 이브의 말이 신성 모독일 수도 있다는 생각에.

"이미 성서에 암시되어 있어. 하나님이 인간의 형상으로 세상에 오셨음은 이미 적혀 있지. 우리는 하나님을 '아버지'라고 불러야 한다고 배웠어. 예수님의 가르침이었지."

소녀들도 고개를 끄덕인다.

"그래서 난 새로운 것을 가르칠 거야. 이 힘은 우리의 삐뚤어진 생각을 바로 세우려고 주어졌어. 천국의 사절은 아들이 아니라 어머니야. 우리는 하나님을 '어머니'라고 불러야 해. 하나님 어머니는 마리아의 형상으로 이 땅에 오셨고, 우리가 죄에서 자유롭게 살 수 있도록 자식을 포기하셨어. 하나님은 항상 이 땅으로 돌아오실 거라고 말씀하셨지. 이제 당신의 뜻을 알려 주기 위해서 돌아오셨어."

소녀들이 묻는다. "그럼 넌 누구야?"

이브가 되묻는다. "내가 누구일까?"

앨리는 속으로 묻는다. 저 잘하고 있어요?

목소리가 답한다. 아주 잘하고 있다.

앨리가 묻는다. 이게 당신의 뜻인가요?

신의 의지가 아닌 일이 하나라도 일어날 수 있다고 생각하느냐?

기다려 보렴, 앞으로 더 많은 일이 있을 것이다.

그 시절 땅에는 뜨거운 열기가 가득했다. 신이 인류에게 이런 변화를 선사한 진실에 대한 목마름과 굶주림이. 그 시절 미국 남부에는 그 이유를 설명하는 전도사들이 많았다. 죄에 대한 벌이다, 우리 중에 사탄이 걸어 다니고 있다, 종말의 신호다. 하지만 그것들은 진정한 종교가 아니었다. 진정한 종교는 공포가 아니라 사랑이다. 아이를 부드럽게 안은 강한 엄마. 그것이 사랑이고 진실이다. 소녀들은 이 소식을 차례로 전달해 퍼뜨린다. 하나님이 돌아왔다, 하나님의 메시지는 오로지 우리 여자들을 위한 것이다.

몇 주 후 이른 아침에 세례식이 또 열렸다. 달걀과 풍요, 자궁의 열림을 축하하는 부활절이 임박한 봄이었다. 마리아의 축제일. 바다에서 돌아온 소녀들은 무슨 일이 있었는지 굳이 숨기려 하지 않는다. 숨기려고 해도 숨길 수 없었으리라. 아침 식사 때쯤 이 사건은 다른 소녀들은 물론이고 수녀들의 귀에까지 들어간다.

정원 나무 아래에 앉아 있는 이브에게 소녀들이 다가와 말을 건다.

"널 뭐라고 불러야 해?"

"난 어머니의 전달자일 뿐이야."

"네 안에 어머니가 계셔?"

이브가 답한다. "어머니는 우리 모두의 안에 계셔."

마침내 소녀들은 이브를 '어머니 이브'라고 부르기 시작한다.

그날 밤 수녀원의 수녀들 사이에서 큰 언쟁이 벌어진다. 다른 수녀들에게 이브라는 아이의 특별한 친구라고 지목된 마리아 이그나치아 수녀는 새로운 신앙 체계가 만들어진 상황을 긍정적으로 이야기한다. 지금까지 알아 온 것과 똑같다고. 어머니와 아들, 똑같은 이야기라고. 마리아는 교회의 어머니이고 마리아는 천국의 여왕이다. 지금, 죽음을 앞둔 우리를 위해 기도해 주시는 분이라고. 소녀들 중에는 세례를 한 번도 받지 못한 아이들도 있는데, 그 아이들이 스스로 마리아의 존재를 받아들여 직접 세례를 한 것뿐이다. 그 일이 과연 잘못인가?

캐서린 수녀는 마리아를 둘러싼 이단들을 언급하며 제대로 된 인도를 기다려야 한다고 한다.

베로니카 수녀는 자리에서 일어나 방 한가운데에 성십자가처럼 똑바로 선다. "이 수녀원에 사탄이 있습니다. 우리는 사탄이 우리 가슴에 뿌리를 내리고 심장에 둥지를 틀게 했어요. 지금 잘라 내지 않으면 모두 지옥에 떨어질 겁니다."

그녀는 방 안의 수녀들을 번갈아 바라보며 더욱 큰 목소리로 말한다. "지옥이라고요. 디케이터와 시리브포트에서 화형을 집행한 것처럼 그 아이들을 불태우지 않으면 사탄이 우리 모두를 노릴 겁니다. 완전히 집어삼킬 거예요." 그녀가 잠시 말을 멈춘다. 그녀의 말에는 마음을 움직이게 하는 힘이 있다. "오늘 밤 기도하겠습니다. 여러분 모두를 위해. 새벽까지 아이들을 방에 가두고 태워야 합니다."

한 소녀가 창가에서 엿듣고 어머니 이브에게 소식을 전한다.

모두가 이브의 말을 기다린다.

목소리가 말한다. 이제 됐다, 얘야.

어머니 이브가 말한다. 가두라고 해. 하나님께서 기적을 행하실 거야.

목소리가 말한다. 베로니카 수녀는 너희들이 창문을 열고 하수관으로 내려갈 수 있다는 사실을 깨닫지 못하는가?

앨리가 속으로 답한다. 그녀가 그 사실을 모른다는 것 또한 하나님의 뜻입니다.

다음 날 아침 베로니카 수녀는 여전히 예배당에서 기도를 하고 있다. 6시가 되어 다른 수녀들이 철야 기도를 위해 줄지어 들어올 때, 그녀는 십자가 앞에 두 팔을 벌린 채 엎드려 있다. 차가운 돌바닥에 머리가 닿은 상태로. 수녀들은 몸을 구부려 베로니카 수녀의 팔을 살짝 만질 때에야 얼굴에 묻은 피를 발견한다. 벌써 여러 시간 전에 사망한 것이다. 심장 마비. 그녀 정도의 나이라면 언제 일어나도 놀랍지 않은 일이다. 태양이 떠오를 때 그들은 십자가의 형상을 바라본다. 예수의 살갗에 마치 칼로 조각한 듯 보이는 악보 같은 모양과 함께, 양치류의 줄기랑 비슷한 파워의 상징이 새겨져 있다. 수녀들은 베로니카 수녀가 그 기적을 목격한 순간 목숨을 잃었으리라는 사실을 깨닫는다. 자신의 모든 죄를 회개했을 터다.

하나님이 약속대로 돌아왔고, 하나님 어머니는 또다시 인간의 살 속에 머문다.

기쁨의 날이다.

교황청으로부터 침착하고 질서를 잃지 말라는 지시가 내려온다. 하지만 그런 메시지만으로는 수녀원 소녀들의 마음을 차분하게 잠재울 수 없다. 수녀원에는 축제 분위기가 감돈다. 평상시의 규칙들이 전부 보류된 듯하다. 소녀들은 이부자리도 정리하지 않고 식사 때까

8년 남다   111

지 기다리지도 않는다. 식료품 저장실에서 마음껏 음식을 꺼내 먹는다. 노래도 부르고 음악도 그냥 틀어 놓는다. 허공에 번쩍 빛이 난다. 점심시간 즈음에는 열다섯 명의 소녀들이 새로이 세례를 부탁했고, 오후에 모두 세례를 받았다. 수녀들이 경찰에 신고하겠다고 하자 소녀들은 비웃으며 전류를 날려 쫓아내 버린다.

오후 늦게 이브가 신도들에게 말한다. 소녀들이 핸드폰으로 찍어서 전 세계로 보낸다. 어머니 이브는 겸허함을 잃지 않고 후드를 썼다. 하나님 어머니의 메시지를 대신 전하는 존재일 뿐이므로.

이브가 말한다. "두려워하지 마라. 믿는다면 하나님은 너희와 계실 것이다. 하나님은 우리를 위해 하늘과 땅을 뒤집으셨다.

그동안은 예수가 교회를 지배하는 것처럼 남자가 여자를 지배한다고 하였다. 하지만 내가 너희에게 말하나니 여자가 남자를 지배한다. 마리아가 갓난아기인 아들을 사랑과 친절로 인도했듯이.

그동안은 그의 죽음이 죄를 씻어 주었다고 하였다. 하지만 내가 너희에게 말하나니 누구의 죄도 씻기지 않았고, 따라서 세상을 정의롭게 하는 위대한 일에 동참하였을 따름이다. 그동안 너무도 많은 부당한 일들이 행해졌다. 우리를 모아 바로잡고자 하심이 하나님의 뜻이다.

그동안은 남자와 여자가 남편과 아내로 같이 살아야 한다고 하였다. 하지만 내가 너희에게 말하나니 여자들이 함께 살며 서로를 돕고 힘을 합치고 서로에게 위안이 되는 것이 더 큰 축복이다.

그동안은 가진 것에 만족해야 한다고 하였다. 하지만 내가 너희에게 말하나니 우리에게 새로운 땅, 새로운 조국이 있을 것이라. 하나님이 강하고 자유로운 새 나라를 세워야 할 장소를 일러 주실 것이다."

한 소녀가 말한다. "여기에 계속 있을 수는 없어. 그 새 땅이 어디야? 경찰이 들이닥치면 어떡해? 여긴 우리의 땅이 아니야. 저들은 우리가 여기 계속 있게 놔두지 않을 거야! 우릴 감옥에 가둘 거야!"

목소리가 말한다. 걱정하지 마라. 누군가가 올 것이다.

이브가 말한다. "하나님 어머니가 구원의 손길을 보내실 것이다. 전사가 올 거야. 의심한다면 네가 지옥에 떨어질 것이다. 하나님의 승리를 믿지 않는다면, 하나님은 그 잘못을 절대 잊어버리지 않으실 것이다."

그 소녀가 울기 시작한다. 휴대폰 카메라들이 줌인을 한다. 결국 의심 많은 소녀는 밤에 수녀원에서 쫓겨나고 만다.

한편 잭슨빌에서 누군가 텔레비전 뉴스를 시청한다. 두건으로 절반쯤 가린 얼굴을 본다. 그 누군가가 생각한다. 내가 아는 얼굴이라고.

마고

"이걸 봐요."
"보고 있어."
"읽어 봤어요?"
"제3의 국가가 아닙니다, 마고."
"알아요."
"위스콘신이야."
"눈 안 멀었어요."

"빌어먹을 위스콘신에서 벌어지고 있는 일이라고, 이게!"

"좀 침착하세요, 대니얼."

"이 애들을 쏴 버려야 해. 머리통을! 탕, 그럼 끝이지."

"여자들을 전부 쏴 죽일 순 없습니다, 대니얼."

"괜찮아요, 마고. 당신은 안 쏠 거니까."

"참으로 위안이 되네요."

"아, 미안해. 당신 딸, 깜빡했네. 걔도…… 안 쏘고."

"고맙네요, 대니얼."

손가락으로 책상을 두드리는 대니얼을 보며 마고는 생각한다. 난 지금 바로 당신을 죽일 수 있어. 요즘 들어 자주 드는 생각이다. 그것은 그녀 안에 나지막한 웅웅거림이 되었다. 주머니에 넣어 두고 가끔 엄지를 문지르는 매끄러운 돌처럼 시시때때로 드는 생각. 죽음!

"소녀들에게 발포하겠다는 이야기를 거론하는 것은 완전히 부적절합니다."

"나도 알아. 단지……."

그가 화면을 가리킨다. 여섯 명의 소녀가 서로 힘을 보여 주는 영상이다. 소녀들은 카메라를 응시하며 "여신에게 바칩니다."라고 말한다. 인터넷의 다른 영상에서 보고 흉내 내는 것이었다. 그들은 한 명이 기절할 때까지 서로에게 충격을 가한다. 한 아이는 코와 귀에서 피를 흘린다. 이 '여신'이라는 것은, 힘의 존재, 익명 게시판과 청소년들의 상상을 부추기는 일종의 인터넷 짤방이다. 처음부터 끝까지 쭉 지니고 있을 힘. 심벌도 있다. 파티마의 손처럼 생긴 손이다. 손바닥에 눈이 그려져 있고, 그 눈에서 마치 여분의 팔다리처럼, 나뭇가지 같은 형태의 전류가 퍼져 나가는 그림이다. 담벼락과 철도 측선,

대교 등 높고 눈에 잘 띄지 않는 장소에 이 심벌이 스프레이 페인트로 그려진다. 일부 인터넷 게시판에서는 소녀들에게 다 함께 모여서 끔찍한 일을 저지르라고 부추기는 글이 오가기도 한다. FBI가 사이트를 차단해도 곧바로 다시 생겨난다.

마고는 화면에서 파워를 가지고 노는 소녀들을 본다. 맞으면 비명을 지르고 맞추면 웃음을 터뜨린다.

"조스는 어때요?" 대니얼이 마침내 묻는다.

"괜찮아요."

사실은 전혀 괜찮지 않다. 파워 때문에 힘들어하고 있다. 아이에게 일어나는 일을 설명할 수 있을 만큼 정확히 밝혀진 사실은 그리 많지 않다. 아이는 제 안의 힘을 제어하지 못한다. 시간이 갈수록 심각해지고 있다.

마고는 화면 속 위스콘신 소녀들을 바라본다. 한 명은 손바닥 가운데에 '여신의 손'을 문신으로 새겼다. 그 아이가 힘을 발사하자 친구가 새된 비명을 지른다. 하지만 두려움과 고통, 기쁨 중에 무엇으로 인한 비명인지 알 수 없다.

"오늘은 마고 클리어리 시장님께서 나와 주셨습니다. 사태 발생 후 즉각적으로 단호한 행동을 보여 주셔서 여러 목숨을 구한 지도자로 잘 알고 계실 겁니다."

"딸 조슬린과 함께 나와 주셨습니다. 반가워요, 조슬린?"

조스가 의자에 앉은 채 불편하게 움직인다. 의자는 편해 보이지만 사실은 무척 딱딱하다. 뭔가 날카로운 물체가 살을 파고드는 듯하다. 한참 후에야 조스가 답한다.

"네, 좋아요."

"조슬린, 흥미로운 사연이 있죠? 그동안 문제가 좀 있었다고 하던데?"

마고가 조스의 무릎에 한 손을 올린다. "많은 젊은 여성들이 그렇듯이 제 딸 조슬린도 최근에 '그 힘'이 나타나는 경험을 하게 되었죠."

"영상 준비되어 있죠, 크리스틴?"

"시장님 댁 앞마당에서 진행된 기자 회견 영상인데요. 한 남학생을 병원에 입원시켰죠, 조슬린?"

마고가 전화를 받고 집으로 갔던 날의 영상이 나온다. 시장 사택의 계단에 서 있는 그녀가 보인다. 머리카락을 귀 뒤로 넘기는 모습이 괜히 불안해 보이게 한다. 영상 속에서 그녀는 한 손으로 조스의 어깨를 감싸고 성명서를 읽는다.

"제 딸이 작은 분쟁에 휘말렸습니다. 로리 빈센스 학생과 그 가족이 빨리 회복되기를 바랍니다. 로리 학생의 부상이 심각한 정도가 아니라서 정말 다행입니다. 현재 많은 여학생들이 비슷한 사건을 겪고 있습니다. 모두 침착을 유지해 주시고, 우리 가족이 현 상황을 잘 헤쳐 나갈 수 있도록 도와주시기 바랍니다."

"까마득하게 옛날 일처럼 느껴지네요. 그렇죠, 크리스틴?"

"그렇네요, 톰. 당시 그 남학생을 다치게 했을 때 심정이 어땠어요, 조슬린?"

조스가 일주일도 전부터 엄마와 함께 준비해 온 질문이다. 답을 알고 있다. 침이 마르지만 능숙한 배우처럼 대답한다.

"무서웠어요. 제어하는 방법을 배우지 못했거든요. 정말 크게 다치게 했을 수도 있었다는 생각 때문에 걱정이 됐어요. 누군가…… 그걸 제대로 사용하는 방법을 가르쳐 줬으면 좋았을 거라는 생각이 들었어요. 제대로 제어하는 방법이요."

조스의 눈에 눈물이 맺힌다. 그 부분까지 리허설하지는 않았지만 잘되었다. 프로듀서가 곧바로 줌인을 한다. 3번 카메라가 조스의 눈가에서 반짝이는 눈물을 잡는다. 완벽하다. 어리고 신선하고 예쁘고 슬픔에 잠긴 모습.

"정말 무서웠겠어요. 만약……."

다시 마고에게로 화면이 옮겨 간다. 마고도 좋아 보인다. 윤기 나는 머리카락. 크림색과 갈색이 옅게 드러나는 속눈썹. 화려하게 튀는 부분이라곤 전혀 없다. 수영과 요가를 하며 자기 관리에 열심인 동네 아주머니처럼 보인다. 물론 자기 일에도 포부가 크고.

"크리스틴, 전 그날 이후로 이 소녀들을 도울 수 있는 방법을 고민하게 됐습니다. 지금 아이들에게 해 주고 싶은 조언은, 그 힘을 전혀 사용하지 말라는 거예요."

"우린 아이들이 길거리에서 번개를 발사하는 걸 원치 않아요, 그렇죠?"

"그렇습니다, 톰. 제 세 가지 중점 계획은 이겁니다." 좋다. 확고하고 효과적이다. 문장도 간결하다. 버즈피드처럼 번호로 묶은 리스트다.

"첫째, 아이들이 함께 힘을 연습할 수 있는 안전한 공간 마련. 대도시 지역에서 먼저 시범적으로 운영한 후 호응을 얻으면 주 전체로 확대할 겁니다. 둘째, 힘을 잘 제어하는 아이들을 선발해서 어린아이들이 힘을 안전히 다룰 수 있도록 도와주게 하기. 셋째, 이 별도의 안전한 공간 이외의 곳에서 힘을 사용할 경우 불관용 법칙 적용."

잠시 침묵이 흐른다. 미리 리허설을 한 부분이다. 집에서 방송을 보는 시청자들이 방금 들은 내용을 소화할 시간이 필요하다.

"클리어리 시장님, 시민들의 세금으로 여자아이들한테 힘을 효과 적으로 사용하는 법을 가르쳐 주자는 제안인가요?"

"좀 더 안전하게요, 크리스틴. 여러분의 관심도를 가늠해 보려고 이 자리에 나왔습니다. 이런 때일수록 성경 말씀을 기억해야 할지 도 모르겠네요. 가장 높은 자리에 있다고 가장 지혜롭지는 않습니다. 기성세대가 항상 올바른 판단을 내릴 수 있는 것은 아닙니다." 그녀 는 미소 짓는다. 성경을 인용하는 것은 효과적인 전략이다. "어쨌든 흥미로운 아이디어를 내놓는 것이야말로 정부가 해야 할 일 아닐까 요?"

"소녀들을 위한 훈련 캠프를 짓자는 말씀이신가요?"

"톰, 그런 말이 아니라는 걸 아시잖아요. 이렇게 생각해 보세요. 미 성년자들을 면허증도 없이 운전하게 놔두진 않잖아요? 집 안의 전기 공사도 훈련받은 사람에게 맡기는 게 당연하고요. 제 말이 그겁니다. 아이들끼리 스스로 가르치게 하자는 거예요."

"하지만 아이들이 서로 뭘 가르칠지 어떻게 알까요?" 톰은 약간 두 려운 듯 어조가 올라갔다. "제 생각에는 무척 위험해 보이는데요. 그 힘을 사용하는 방법을 가르치지 말고 치료해야 합니다. 제 주장은 그렇습니다."

크리스틴이 카메라를 응시하며 미소 짓는다. "하지만 치료법이 없 잖아요, 톰. 오늘 《월스트리트 저널》에 다목적 과학자 단체가 2차 세 계 대전 때 방출된 신경 작용제가 환경에 축적되어 이런 힘이 나타났으리라고 확신한다는 기사가 실렸습니다. 인간의 유전체가 완전히 변해서 이제 모든 여아는 이 힘을 가지고 태어납니다. 한 명도 빠짐없이 전부 다요. 그리고 평생 이 힘을 가지고 살게 됩니다. 성인 여성들도 각성할 수 있고요. 치유하기에는 너무 늦었습니다. 새로운 대안이 필요하죠."

톰이 뭐라고 말하려 하지만 크리스틴이 말을 이어 간다. "훌륭한 생각인 것 같습니다, 클리어리 시장님. 필요하다면 저도 기꺼이 그 계획을 지지하겠습니다."

발신인: throwawayaddress29457902@gmail.com

수신인: Jocelyn.feinburgcleary@gmail.com

오늘 뉴스 나온 거 봤어. 힘에 문제가 있는 이유를 알고 싶어? 다른 사람한테 같은 문제가 있는지도 알고 싶어? 자매여, 넌 절반도 모르고 있어. 이건 아주 깊은 곳까지 들어가 봐야 하는 토끼굴이거든. 성별 권력의 파괴는 단지 시작일 뿐이야. 우리는 남자와 여자를 원래 자리로 돌려놓을 필요가 있어.

진실을 알고 싶으면 www.urbandoxspeaks.com에 들어가 봐.

"감히 어떻게 그럴 수 있어?"

"주지사실에서 아무 움직임도 없었잖아요, 대니얼. 아무도 귀 기울이지 않았어요."

"그래서 이렇게 한 거야? 전국 방송에 나가서 그 정책을 주 전체로 확대한다는 약속을 해? 마고, 내가 주지사야. 당신은 시장일 뿐이라고. 전국 텔레비전 프로그램에 나가서 그 정책을 주 전체로 확대한다는 얘기를 왜 해?"

"법에 어긋나는 것도 아니잖아요."

"법? 빌어먹을 법? 내 동의를 받아야 한다는 사실은? 하루아침에 이렇게 많은 적을 만들면 예산을 마련할 수 없다는 거 몰라? 앞으로 당신이 내놓는 제안은 무슨 일이 있더라도 내가 개인적으로 막아 버릴 거야. 마고, 난 이 도시의 힘센 친구들을 알고 있어. 같이 추진해 온 일을 밀어붙여서 유명 인사가 되려는 심산이라면……."

"진정하세요."

"아니, 진정하지 않을 거야. 전략만 문제인 게 아니야. 방송 출연 전략을 쓴 것만이 문제가 아니라고. 비현실적인 계획 자체가 문제야. 세금으로 테러리스트들한테 무기 훈련을 시키겠다고?"

"테러리스트가 아니라 그냥 여자애들이에요."

"내기할까? 그들 중에 테러리스트가 없을 거라고 확신해? 중동, 인도, 아시아에서 일어난 일을 텔레비전에서 봤잖아. 당신의 그 잘난 계획이 빌어먹을 지하드 전사들을 끌어들이지 않을 거라고 장담해?"

"다 하셨어요?"

"내가……."

"말씀 다 끝나셨어요? 할 일이 있는데 말씀 다 끝나셨으면……."

"제기랄! 아직 다 안 끝났어."

하지만 끝이었다. 그가 마고의 사무실에 서서 고급 가구와 유리 트로피에 침을 튀겨 가며 소리 지를 때조차 사람들은 전화를 하고 이메일을 보내고 트위터에 글을 올리고 리트윗을 했다. "오늘 아침 프로그램에 여자분이 나왔잖아요. 우리 딸을 거기 등록시키고 싶은데 어떻게 해야 하죠? 열넷, 열여섯, 열아홉 살 딸이 세 명인데, 서로 싸우고 난리도 아니에요. 어딘가로 보내서 이 에너지를 발산하게 해줘야 해요."

그 주가 지나기도 전에 마고는 여자아이들을 위한 수용소 건설에 필요한 오십만 달러의 기부금을 받았다. 걱정에 사로잡힌 부모들이 보낸 수표, 월스트리트 억만장자들이 익명으로 보낸 돈 등이다. 그 계획에 투자하고 싶어 하는 사람들까지 있다. 정부와 기업의 협업 모델, 정부와 민간 합동 계획이 될 것이다.

한 달이 흐르기도 전에 대도시 지역의 첫 번째 시범 센터 부지가 결정된다. 남녀 학생이 분리되면서 폐교된 낡은 학교들, 큰 체육관과 야외 공간을 갖춘 장소들. 다른 여섯 개 주에서 정보를 얻으려고 방문한 대표들에게 마고는 자신의 계획을 설명한다.

삼 개월이 지나기도 전에 이런 말이 나오기 시작한다. "마고 클리어리에게 좀 더 야심 찬 일을 맡기면 어떨까? 그녀를 불러와. 만나서 얘기를 해 보지."

툰데

몰도바 시골 마을의 캄캄한 지하실에서 윗입술에 옅은 수염이 난 열세 살 소녀가 지저분한 매트리스에 옹송그리고 모여 있는 한 무리의 여자들에게 오래된 빵과 기름진 생선을 가져온다. 소녀가 이곳에 들락거린 지는 벌써 몇 주째다. 아이는 어리고 아둔하다. 빵을 나르는 트럭 기사의 딸이다. 소녀의 아빠는 이 건물을 소유한 남자들과 건물에 갇힌 여자들을 위해 가끔 망을 본다. 그들은 오래된 빵을 주는 대가로 그에게 약간의 돈을 지불한다.

예전에 여자들은 소녀에게 이것저것을 부탁했다. 휴대폰, 어떻게든 전화기를 가져다줄 수 있는지. 종이를 가져다주고 편지를 부쳐줄 수 있는지. 우표 하나와 종이만 가져다 달라고. 나중에 가족들이 알면 돈을 줄 것이라고. 제발 부탁한다고. 소녀는 항상 아래를 보며 머리를 세차게 흔들었다. 축축하고 바보 같은 눈을 끔뻑이며. 여자들은 아이가 귀머거리일지도 모른다고 생각한다. 아니면 귀머거리인 척하라고 지시를 받았거나. 이곳 여자들은 귀머거리에 벙어리였으면 차라리 좋겠다고 생각할 만한 일들을 겪었다.

트럭 운전기사의 딸이 여자들의 오물통을 마당 배수관에 버리고 호스로 씻어서 다시 가져간다. 가장자리 아래에 약간 묻은 똥은 미처 씻지 못했다. 그래도 앞으로 한두 시간 정도는 악취가 훨씬 덜하리라.

소녀가 지하실에서 나가려 한다. 여자들은 또다시 어둠 속에 남겨질 것이다.

"불 좀 주고 가. 양초 같은 거 없어? 빛이 될 만한 거." 한 명이 묻는다.

소녀가 뒤돌아 문으로 걸어간다. 1층으로 이어지는 계단을 올려다본다. 아무도 없다.

소녀는 방금 말을 건 여자의 손을 잡고 손바닥을 위로 올린다. 자신의 쇄골에서 방금 깨어난 '그것'을 여자의 손바닥 가운데에서 살짝 비튼다. 매트리스에 앉은 스물다섯 살가량의 한 여자, 좋은 비서직으로 취직되어 베를린으로 간다고 생각하던 그녀가 숨을 헐떡이며 몸을 떤다. 어깨가 꿈틀거리고 눈이 휘둥그레진다. 매트리스를 잡은 손이 잠깐 동안 은색의 빛으로 깜빡인다.

여자들은 어둠 속에서 기다린다. 연습을 한다. 총을 잡을 새가 없도록 한 번에 끝낼 수 있어야 한다. 그들은 어둠 속에서, 손에서 손으로 '그것'을 전달하며 감탄한다. 너무 오랫동안 붙잡혀 있어서 '이것'을 전혀 모르는 이들도 있었고, 기이한 소문을 넘어 호기심을 가지고 있던 이들도 있었다. 그들은 '이것'을 하나님이 자신들을 구하기 위해 보내 준 기적이라고 믿는다. 하나님 아버지가 이스라엘의 아이들을 노예 상태에서 구해 주었던 것처럼. 그들은 비좁은 공간에서 살려 달라고 외쳤었다. 어둠 속에서 빛을 받았다. 그들은 눈물을 흘린다.

감시자 한 명이 와서 비서로 일하러 베를린에 가는 줄 알았던 여자의 족쇄를 풀어 준다. 그다음에는 곧장 콘크리트 바닥으로 내동댕이쳐서 진짜로 그녀가 하게 될 일이 무엇인지 거듭 보여 줄 터였다. 남자의 손에는 열쇠가 있다. 여자들이 한꺼번에 그에게 달려든다. 소리 지를 틈도 없이 남자의 눈과 귀에서 피가 새어 나온다. 그들은 그의 열쇠 꾸러미로 서로의 족쇄를 풀어 준다.

그들은 집 안의 모든 남자들을 죽이고도 성에 차지 않는다.

몰도바는 성 착취 인신매매 산업의 세계 수도다. 수많은 소도시의 지하실과 안전 부적격 판정을 받은 아파트가 정기 기항지 역할을 한다. 남자와 아이의 거래도 이루어진다. 여자아이들은 하루하루 자라면서 두 손에 파워가 생겨나고 성인 여자들에게 가르쳐 준다. 이런 일이 계속 이루어진다. 남자들이 필요한 조치를 취할 새도 없이 변화가 너무 빠르게 일어난다. 선물이다. 이것이 신의 선물이라는 사실을 부정할 자가 있는가?

툰데는 격렬한 전투가 이루어진 몰도바 국경 마을들에서 실시한 인터뷰와 취재 기사를 전송한다. 리야드를 취재한 그이기에 여자들은 그를 믿는다. 여자들에게 이토록 가까이 다가간 남자는 없었다. 운이 좋았지만 영리함과 의지도 한몫했다. 툰데는 소도시에 갈 때마다 그동안의 취재 자료를 가져가 그곳의 우두머리라고 알려진 여자들에게 보여 준다. 모두가 자신들의 이야기가 알려지기를 원한다.

"우리를 괴롭힌 남자들뿐만이 아니에요." 스무 살 소녀가 그에게 말한다. "그들은 당연히 죽였지만 그들뿐만이 아니었죠. 경찰은 다 알면서도 아무 조치도 하지 않았어요. 이 마을 남자들은 우리에게 먹을 것을 가져다주려는 아내들을 때렸어요. 시장도 알고, 집주인들도 알고, 우체부들도 알았어요. 인신매매에 대해서."

그녀는 울음을 터뜨리며 손바닥으로 눈을 닦는다. 손바닥 가운데의 문신이 드러난다. 눈에서 덩굴이 뻗어 나오는 모양의 문신.

"우린 계속 지켜볼 거예요. 신이 우리를 지켜보는 것처럼."

밤에 툰데는 다급하게 글을 쓴다. 일기 비슷하다. 전쟁 이야기다. 이 혁명에는 기록자가 필요하다. 그가 될 것이다. 그는 인터뷰, 역사의 물결에 대한 설명, 지역과 국가별 분석이 담긴 포괄적인 책을 펴낼 생각이다. 전 세계를 휩쓴 파워의 충격파를 목도하기 위해서 사람들이 꺼내 들 책을. 각각의 순간과 하나하나의 이야기를 집중적으로 조명한 책. 가끔씩 그는 자기가 두 손과 쇄골에 힘을 가지고 있지 않다는 사실을 잊어버릴 정도로 격렬하게 글을 쓴다. 아주 두꺼운 책이 되리라. 900쪽? 어쩌면 1000쪽. 토크빌의 『미국의 민주주의』, 기번의 『로마 제국 쇠망사』처럼. 온라인에 영상도 잔뜩 올릴 참이다. 란츠만의 「쇼아」처럼 말이다. 내부 취재와 함께 분석과 논쟁도 담긴 책이 될 터다.

몰도바에 대한 이야기로 첫 장을 시작해 여자들 사이에서 파워가 전달된 경과를 설명한 후, 이어서 온라인 종교가 생겨났고 그것을 바탕으로 여자들이 도시를 점령하고, 뒤따라 이 나라 정부에 필연적인 혁명이 일어난 이야기로 넘어간다.

툰데는 정부가 무너지기 닷새 전에 몰도바의 대통령을 인터뷰한다. 빅토르 모스칼레프는 작고 땀이 많은 남자로, 일련의 동맹을 만들고 그의 작은 나라를 끔찍한 사업의 정기 기항지로 이용하는 거대한 범죄 조직 연합을 눈감아 줌으로써 조국을 단결시켰다. 그는 인터뷰 내내 두 손을 초조하게 움직인다. 얼마 남지도 않은 머리카락을 거듭 눈가에서 치우고, 실내가 매우 시원한데도 대머리에서는 연신 땀이 흐른다. 올림픽에 출전할 뻔했던 체조 선수 출신의 아내 타티아나가 옆에 앉아서 손을 잡고 있다.

"모스칼레프 대통령님." 툰데는 일부러 여유로운 목소리로 웃으며 말한다. "우리끼리의 이야기로 편하게 말씀해 주세요. 지금 이 나라에서 무슨 일이 벌어지고 있다고 생각하십니까?"

빅토르는 목이 콱 막힌다. 지금 그들은 키시너우에 있는 대통령궁의 웅장한 응접실에 있다. 가구의 절반은 도금되어 있다. 타티아나는 그의 무릎을 쓰다듬으며 미소 짓는다. 그녀 역시 도금을 했다. 청동색 부분 염색과 뺨의 반짝이로.

빅토르가 천천히 입을 연다. "모든 국가가 새로운 현실에 적응을 해야만 했지요."

툰데는 등을 뒤로 기대며 다리를 꼰다.

"지금 하시는 답변은 라디오나 인터넷에 올라가지 않을 겁니다, 빅토르. 제 책을 위한 거예요. 당신의 분석을 꼭 듣고 싶네요. 현재

43개의 국경 지대 소도시가, 스스로 성 노예에서 탈출한 여성들로 이루어진 준군사 조직에 사실상 지배받고 있습니다. 통제권을 도로 찾을 가능성이 얼마나 된다고 보십니까?"

"이미 우리 군대가 반란군을 진압하고자 이동 중입니다. 며칠만 있으면 상황이 정상화될 것입니다." 빅토르의 말에 툰데가 어리둥절한 듯 눈썹을 치켜올린다. 절반은 웃음이다. 진지하게 하는 말인가? 여성들의 조직이 범죄 조직 연합을 무너뜨리고 무기와 방탄복, 탄약까지 손에 넣었는데. 현실적으로 타도가 불가능하다.

"죄송하지만 무엇을 계획 중이신지요? 나라를 산산이 폭파시키시려고요? 아시다시피 그들은 사방에 있는데요."

빅토르가 뜻 모를 미소를 짓는다. "필요하다면 그래야지요. 한두 주 안에 사태가 마무리될 겁니다."

제기랄. 정말로 나라 전체를 폭파하고 잿더미 속에서 대통령 자리를 지키려는지도 모른다. 아니면 아직 현실을 받아들이지 못했는지도. 툰데가 쓸 책의 흥미로운 주석거리가 될 것이다. 눈앞에서 나라가 허물어지고 있는데도 모스칼레프 대통령은 거의 심드렁해 보였다고.

툰데는 바깥 복도에서 호텔로 데려다줄 대사관 차량을 기다린다. 요즘 몰도바에서는 모스칼레프의 경호를 받는 것보다 나이지리아 국기를 달고 이동하는 편이 더 안전하다. 하지만 차량이 보안을 통과하는 데는 두세 시간이나 걸리기도 한다.

바로 그때 타티아나 모스칼레프가 툰데를 보고 다가온다. 자수 장식이 된 의자에 앉아서 차량이 준비되었다는 전화를 기다리는 그에게.

그녀는 가늘고 높은 하이힐을 신고 또각 소리를 내며 복도를 걸어온다. 몸에 꽉 끼는 청록색 원피스는 주름 장식이 되어 있고, 전직 체조 선수의 늘씬한 다리와 우아한 어깨를 돋보이게 해 주도록 재단되었다. 그녀가 앞으로 다가와 선다.

"내 남편이 맘에 안 들죠?"

"그렇지는 않습니다만." 그가 평소의 가벼운 웃음을 지어 보이며 답한다.

"나한테는 그렇게 보여요. 나쁜 기사를 쓸 건가요?"

툰데는 의자 뒤쪽으로 팔꿈치를 대면서 가슴을 편다. "타티아나, 이런 대화를 계속하려면 궁 안에서 한잔할 수 있는 곳으로 가고 싶은데요?"

1980년대 영화에 나오는 월스트리트 회의실 세트장처럼 생긴 방으로 가니 장식장에 브랜디가 있다. 반짝거리는 황금색 플라스틱 세간들, 짙은 색 나무 테이블. 그녀가 두 사람의 잔에 브랜디를 가득 따른다. 그리고 그들은 함께 창밖의 도시를 내다본다. 대통령궁은 시내 중심의 고층 건물이다. 밖에서 보면 별 4개 수준의 비즈니스호텔처럼 별 특징이 없었다.

타티아나가 말한다. "그가 학교로 공연을 보러 왔었죠. 난 체조 선수였어요. 재무부 장관 앞에서 연기를 하다니!" 그녀가 한 모금 들이킨다. "나는 열일곱, 그는 마흔둘이었어요. 어쨌든 그가 나를 별 볼 일 없는 소도시에서 빼내 주었죠."

"세계가 변하고 있습니다." 툰데는 이렇게 말한 후 그녀와 서로를 바라본다.

그녀가 미소 짓는다. "당신은 크게 성공할 거예요. 당신에게는 갈망이 있어요. 전에도 본 적이 있죠."

"당신은 어떤가요? 당신에게도 갈망이 있나요?"

그녀가 그를 아래위로 훑어보며 작게 코웃음을 친다. 많아 봤자 마흔 정도로 보인다.

"내가 뭘 할 수 있는지 한번 봐요." 툰데는 이미 그녀가 무엇을 할 수 있는지 알고 있다.

그녀는 창틀에 손바닥을 대고 눈을 감는다.

천장의 조명이 쉬익거리며 꺼진다.

그녀가 위를 쳐다보며 한숨을 쉰다.

"저게 왜…… 창틀하고 연결되어 있는 거죠?" 툰데가 묻는다.

"배선이 엉망이라 그래요. 이곳의 다른 모든 것처럼."

"빅토르도 당신에게 파워가 생겼다는 사실을 알고 있나요?"

그녀는 고개를 젓는다. "미용사가 해 줬어요. 장난삼아……. 나처럼 보호받는 여자는 필요 없을 거라고 하면서도."

"그런가요? 당신은 보호받고 있나요?"

이번에 그녀는 큰 소리로 웃음을 터뜨린다. "조심해요. 그런 식으로 말하는 걸 빅토르가 들으면 당신 거시기를 잘라 버릴 걸요."

툰데도 웃음을 터뜨린다. "내가 무서워해야 하는 게 정말 빅토르일까요?"

그녀가 브랜디를 길게 한 모금 마신다. "비밀을 알고 싶어요?"

"언제든 환영이죠."

"사우디아라비아의 새로운 왕 아와디아티프가 이 나라 북쪽에 유배되어 있어요. 그가 빅토르에게 돈과 무기를 대 주었죠. 빅토르가 반란군을 무너뜨릴 수 있다고 생각하는 건 그 때문이에요."

"정말인가요?"

그녀가 고개를 끄덕인다.

"확인하게 해 줄 수 있나요? 이메일이나 팩스, 사진 같은 걸로?"

그녀는 고개를 젓는다.

"직접 찾아가 봐요. 당신은 똑똑한 청년이니까 알아서 할 수 있을 거예요."

그가 입술을 적신다. "말해 주는 이유가 뭐죠?"

"당신이 성공했을 때 날 기억해 줬으면 해서. 지금 이렇게 이야기를 나눴다는 사실을 기억해 줘요."

"이야기만 나눴나요?" 툰데가 말한다.

"차가 왔네요." 그녀가 삼십 층 아래서 저지선을 통과하는 기다란 검정 리무진을 가리킨다.

빅토르 모스칼레프가 잠자는 도중에 심장 마비를 일으켜 갑작스럽게 사망한 것은 그로부터 닷새 후의 일이다. 그의 사망 직후에 대법원이 긴급하게 소집한 투표에서 만장일치로 그의 아내 타티아나가 임시 대통령으로서 선출되었다는 사실에 세계가 놀란다. 때가 되면 공식 선거에 타티아나가 정식으로 출마할 예정이지만, 지금 당장은 곤란한 시기인 만큼 질서를 유지하는 것이 급선무라고.

툰데는 이렇게 보도한다. 타티아나 모스칼레프는 과소평가하기 쉬운 인물일지도 모르지만 사실은 기술과 지성을 갖춘 정치적인 전술가였으며 자신의 지렛대를 제대로 활용했다고. 그녀는 첫 공식 석상에서 눈 모양의 작은 금색 브로치를 달았다. 일각에서는 그것이 온라인에서 인기를 끄는 '여신' 운동에 대한 지지를 의미한다고 해석했다. 파워를 이용한 능숙한 공격과 평범한 심장 마비의 차이를 구분하기란 어렵다고 지적하는 시선도 있지만 증거 없는 루머일 뿐이었다.

물론 권력의 이동은 순조롭게 이루어지기가 힘들다. 특히 빅토르의 국방부 장관이 주도한 군사 쿠데타가 상황을 복잡하게 한다. 그는 전체의 절반도 넘는 군대를 이끌고 키시너우의 모스칼레프 임시정부를 몰아내는 데 성공한다. 하지만 족쇄에서 벗어나 자유를 되찾은 국경 도시의 여성들로 이루어진 군대는 본능적으로 타티아나 모스칼레프 편에 선다. 해마다 몰도바를 경유해 사방으로 팔려 나가는 축축한 몸뚱이와 연약한 살갗을 지닌 삼십만 명의 여성들. 그들 중 다수가 달리 갈 곳이 없어서 국경 지대에 그대로 남아 있었다.

'소녀들의 날' 이후 3년 5개월 3일째 되는 날, 타티아나 모스칼레프는 부와 인맥, 전체 군대의 절반, 다수의 무기를 몰도바 국경 지대 언덕에 위치한 성으로 가져간다. 그리고 그곳에서 그녀는 새로운 왕국을 세운다. 오래된 숲과 커다란 만 사이의 흑해 연안 지대를 통일하고 사실상 러시아를 포함한 네 개의 국가를 상대로 전쟁을 선포한다. 그녀는 산꼭대기에 둥지를 틀었고, 그곳에서 여사제들의 성스러운 가르침을 해석했던 고대인들을 본떠 새 국가에 '베사파라'라는 이름을 붙인다. 국제 사회는 결과를 기다린다. 베사파라가 오래가지 못하리라고 모두 입을 모은다.

툰데는 신중한 메모와 문서로 모든 사건을 기록하며 덧붙인다. "공기 중에 어떤 냄새가 난다. 오랜 가뭄 후에 내리는 빗줄기 같은 냄새. 처음에는 한 명이, 다섯 명이, 오백 명이 되고 마을과 도시가 되었다가 나라를 이룬다. 새싹에서 새싹으로, 이파리에서 이파리로.

무언가 새로운 일이 벌어지고 있다. 그 일의 규모가 커졌다."

록시

밀물 때 한 소녀가 해변에서 두 손으로 바닷가를 밝힌다. 그것을 수녀원의 소녀들이 절벽에서 바라보고 있다. 소녀는 바닷속으로 들어간다. 물이 허리춤에 닿고 점점 더 높아진다. 수영복이 아닌 청바지와 검은색 카디건 차림이다. 그 소녀가 바다에 불을 붙이고 있다.

땅거미가 질 무렵이라 더욱 분명하게 보인다. 수면 위에서 해초 가닥이 미세하고 어수선한 그물망처럼 퍼진다. 소녀가 물속으로 파위를 보내자 미립자와 잔해가 흐릿하게 빛나고 해초는 더욱 밝아진다. 빛이 소녀를 커다란 원으로 둘러싸고 아래에서부터 빛난다. 마치 하늘을 바라보는 바다의 커다란 눈동자처럼. 해초 줄기가 그을리고 꽃봉오리가 부풀어 터지면서 입안에서 톡톡 튀는 사탕 같은 소리가 난다. 해산물, 소금과 해초, 톡 쏘는 냄새가 난다. 소녀는 팔백 미터는 족히 떨어져 있지만 절벽에까지 냄새가 풍긴다. 지켜보는 이들은 소녀의 힘이 곧 바닥나리라고 생각하지만 환하게 반짝거리는 바다의 모습과 게와 작은 물고기들이 수면으로 떠오르면서 자아내는 냄새는 계속 이어진다.

여자들이 서로 수군거린다. 하나님이 저 아이에게 구원을 내려 주실 거야.

"저 아이가 물 위에 원을 그렸어요. 빛과 어둠의 경계에 있네요." 마리아 이그나치아 수녀가 말한다.

저 애는 어머니의 계시다.

그들이 어머니 이브에게 말을 전한다. 누군가가 왔다고.

버니는 록시에게 어디로 갈지 선택하라고 했다. 이스라엘에 있는 그의 가족에게 가라고. 생각해 봐, 록시. 바닷가 모래밭, 신선한 공기, 유발의 아이들과 함께 학교에 다닐 수 있어. 네 또래의 딸이 둘 있거든. 이스라엘에서는 너처럼 '그것'을 할 줄 안다고 여자들을 가두지 않아. 이미 군대로 데려가서 훈련을 시키고 있어, 록스. 그들이 네가 생각하지도 못했던 걸 알고 있을 수도 있고. 하지만 록시는 벌써 인터넷을 찾아보았다. 이스라엘에서는 영어로 말하지도, 글을 쓰지도 않는다. 버니는 이스라엘 사람 대부분이 영어를 사용한다고 설명하려 하지만 록시는 믿지 않는다. "아닌 거 알아."

그리고 흑해 근처에 외가가 있다. 버니가 지도에서 그곳을 가리킨다. 여기가 네 외할머니 고향이야. 외할머니 만난 적 없지? 네 엄마의 엄마 말이야. 여기에 아직 사촌들이 살아. 아직 가족들이 있어. 거기에도 우리처럼 일하는 사람들이 있거든. 그리로 가서 그 사람들이랑 같이 일하면 돼. 이쪽 일 하고 싶어 했잖아. 하지만 록시는 어디로 갈지 벌써 정했다.

"나 바보 아니야. 경찰이 프림로즈를 죽인 범인을 찾고 있어서 날 외국으로 보내려는 거잖아. 휴가 가는 게 아니라."

버니와 아들들은 말없이 그저 록시를 쳐다보았다.

"그런 말하면 안 돼, 록스. 어딜 가든 휴가를 즐기러 왔다고 해야 돼. 알았지?" 리키가 말했다.

"난 미국에 가고 싶어. 사우스캐롤라이나. 거기에 그 여자, 어머니 이브가 있어. 인터넷에서 설교도 하잖아."

"샐한테 그쪽에 아는 사람들이 있어. 지낼 만한 곳을 알아봐 줄게, 록스. 널 보살펴 줄 사람." 리키가 말했다.

"보살펴 줄 사람 따위 필요 없어."

리키는 버니를 쳐다보았다. 버니는 어깨를 으쓱하며 말했다.

"그동안 겪은 게 있으니까." 그렇게 록시는 미국으로 가기로 했다.

앨리는 바위에 앉아 손으로 물을 첨벙거린다. 멀리 떨어져 있지만 물속의 소녀가 파워를 내보낼 때마다 탁 후려치는 듯 느껴진다.

앨리가 속으로 말한다. 어떻게 생각하세요? 내면에 저렇게 강력한 힘을 가진 사람은 처음 봐요.

목소리가 말한다. 내가 전사를 보내 주겠다고 했지?

그녀도 자기 운명을 아나요?

그런 사람이 어디 있을까?

이제 어둠이 깔리고 이곳에서는 고속 도로의 빛이 거의 보이지 않는다. 앨리는 물속에 손을 담그고 최대한의 힘을 발산한다. 건너편으로 약하게 깜빡거리는 빛을 보낸다. 그 정도면 충분하다. 파도 속의 소녀가 앨리에게로 걸어온다.

너무 어두워서 얼굴이 자세히 보이지 않는다.

앨리가 소리친다. "춥겠다. 여기 담요 있으니까 필요하면 써."

물속에서 소녀가 말한다. "맙소사. 너 뭐야? 구조대야? 소풍 도시락도 챙겨 온 척할 거야? 꿈도 꾸지 마."

영국인이다. 예상하지 못했다. 하지만 어찌 신의 섭리를 알 수 있을까.

"록시. 난 록시야." 물속의 여인이 말한다.

"난……." 앨리는 말을 멈춘다. 오랜만에 처음으로 이 소녀에게는 본명을 밝히고 싶은 충동이 든다. 말도 안 될 정도로 강렬하게. "난 이브야."

"맙소사. 하나님 맙소사. 난 널 찾으러 온 건데. 맙소사, 밤 비행기로 오늘 아침에 도착했거든. 정말 죽여줬지. 낮잠을 자고 일어났고, 내일 널 찾으러 가야지 했는데 이렇게 만나다니. 기적이야!"

목소리가 말한다. 보아라, 내가 뭐라고 했느냐?

록시는 평평한 바위 위로 올라와 앨리 곁으로 온다. 대단히 인상적인 모습이다. 어깨와 팔이 근육질이다. 그뿐만이 아니다.

앨리는 팔을 내밀어 그동안 연마한 감각으로 록시가 타래에 얼마나 많은 힘을 가지고 있는지 가늠해 보려 한다.

세상의 끝으로 떨어지는 듯한 느낌이다. 힘이 쉴 새 없이 계속 꿈틀댄다. 바다처럼 끝이 없다.

"아, 전사가 올 것이다!"

"그게 뭐야?"

앨리가 고개를 흔든다. "아무것도. 언젠가 들은 말."

록시가 앨리를 뜯어본다. "너 좀 으스스하구나? 영상 보고 그렇게 생각했어. 약간 으스스하다고. 「모스트 헌티드」에 나오면 딱이겠어, 그 프로그램 본 적 있어? 근데 혹시 먹을 거 있어? 배고파 죽겠는데."

앨리는 재킷 주머니에서 초콜릿 바를 꺼낸다. 록시가 포장을 찢어 크게 한입 베어 문다.

"좀 낫다. 파워를 잔뜩 쓰면 엄청 배고파지는 거 알지?" 록시가 말을 멈추고 앨리를 바라본다. "아니야?"

"왜 그러고 있었지? 왜 물속에서 빛을 냈어?"

록시가 어깨를 으쓱한다. "그냥 갑자기 생각나서. 바다에 처음 와 보는데 내가 뭘 할 수 있는지 보고 싶었어." 록시는 눈을 가늘게 뜨고 바다를 바라본다. "물고기들을 잔뜩 죽인 것 같은데. 이번 주 내내 저녁거리로 써도 될 것 같아. 혹시……" 양손을 저글링 하듯이 휘젓는다. "그 뭐냐, 배나 그물 같은 거 있으면 말이야. 못 먹는 놈도 있을지 몰라. 독이 든 물고기도 있지, 안 그래? 아니면……「죠스」에 나오는 괴물 같은 거?"

앨리는 자신도 모르게 웃음을 터뜨린다. 누군가 덕에 웃은 지는 무척 오래간만이었다. 웃는 것이 과연 현명한 선택인지 생각해 보지 않고 웃은 지 말이다.

목소리가 말한다. 그냥 갑자기 생각났다고, 갑자기 머릿속에 떠올랐다는구나. 널 찾으러 왔어. 내가 전사가 올 거라고 했지.

앨리가 답한다. 네, 잠깐만 조용히 해 주시겠어요?

"왜 날 찾으러 왔지?"

록시는 눈에 보이지 않는 공격을 피해 이리저리 달리는 듯 어깨를 움직인다.

"잠깐 영국을 떠야 했거든. 널 유튜브에서 봤어." 숨을 크게 내쉬더니 혼자 미소를 짓고 말을 잇는다. "나도 모르겠어. 네가 하는 말, 신한테 이유가 있어서 이런 일을 일어나게 했고, 여자가 남자에게서 주도권을 가져와야 한다는 말들…… 난 하나님 어쩌고 하는 말은 안 믿어, 알겠어?"

"알겠어."

"하지만…… 영국의 학교에서 여자애들한테 뭘 가르치는지 알아? 호흡법을 가르친다니까! 농담이 아니야. 빌어먹을 호흡법이라니까. '통제하고 사용하지 말고 아무것도 하지 말고 친절하게 굴고 계속 팔짱을 끼고 있어라.'라고 말이야. 무슨 말인지 알겠어? 몇 주 전에 어떤 남자랑 섹스를 했는데 자기한테 조금만 해 달라고 애원하는 거야. 인터넷에서 봤다면서. 영원히 팔짱을 끼고 있을 사람은 없다고. 우리 아빠도 괜찮고 오빠들도 괜찮아. 나쁜 사람들은 아니야. 아무튼 너를 꼭 만나고 싶었어. 넌…… 이 일의 의미에 대해 생각하고 있잖아. 미래를 위해서. 그게 흥미로워."

그녀는 속사포처럼 뱉어 낸다.

"넌 무슨 뜻이라고 생각하지?" 앨리가 묻는다.

"모든 게 바뀔 거라는 뜻." 록시가 한 손으로 해초를 떼어 내며 말한다. "이치에 맞잖아, 안 그래? 그리고 우리가 다 함께 힘을 합쳐서 맞설 방법을 찾아야 한다는 뜻. 알다시피 남자들에겐 능력이 있어. 힘이 있지. 그런데 여자들에게도 이제 힘이 생겼어. 물론 세상엔 아직 총이 있지. 총을 가진 많은 남자들. 난 그들의 적수가 못 돼. 근데…… 흥분돼, 알아? 아빠한테 얘길 했어. 함께 뭘 할 수 있는지."

앨리가 웃음을 터뜨린다. "넌 남자들이 우리와 협조할 거라고 생각해?"

"일부는 그럴 거고 일부는 아니겠지. 하지만 생각 있는 사람이라면 협조할 거야. 아빠한테 그 얘길 했어. 여자들과 한 공간에 있을 때 그중에서 누구한테 힘이 있고 누구에겐 없는지 알 수 있는 그런 느낌 말이야. 알아? 뭐랄까…… '스파이더 센스' 같은 거?"

앨리가 강렬하게 느끼는 그 감각에 대해 이렇듯 이야기하는 사람은 처음이었다.

"알아. 무슨 말인지."

"젠장. 무슨 말인지 아무도 모르더라고. 뭐 많은 사람에게 말한 것도 아니지만. 어쨌든 아까 한 이야기 말이야, 남자들한테 말할 수 있으면 유용할 거야. 같이 일하면 도움도 될 거야."

앨리의 입술이 굳는다. "알겠지만 내 생각은 달라."

"나도 알아. 영상 봤으니까."

"빛과 어둠의 거대한 전쟁이 있을 거야. 우리 편에 서서 싸우는 것이 네 운명이고. 넌 강자 중의 강자가 될 거야."

록시는 웃음을 터뜨리면서 바다로 자갈을 던진다. "운명을 타고나는 꿈을 많이 꿨는데! 우리 어디로 가지 않을래? 네 집이든 어디든. 여긴 너무 춥다."

록시는 테리의 장례식에 참석할 수 있었다. 약간 크리스마스 같은 분위기였다. 친척들, 술, 카드놀이, 삶은 달걀. 록시의 어깨에 팔을 올리고 착하다고 말해 주는 사람들도 있었다. 출발하기 전에 리키가 약을 주었다. 자신도 흡입을 하고는 "긴장 좀 풀리라고 하는 거야." 했다. 그 덕분에 눈이 쏟아지는 기분이 들었다. 공기가 차갑고 아주 높은 곳에 있는 기분이었다. 영락없는 크리스마스였다.

묘지에서 테리의 엄마 바버라는 작은 삽으로 흙을 퍼서 관에 뿌렸다. 흙이 나무로 된 관에 닿는 순간, 그녀는 길게 통곡을 했다. 차 한 대가 주차되어 있었고, 남자들은 기다란 렌즈가 달린 카메라로 사진을 찍었다. 리키와 우리 사람 몇 명이 그들을 쫓아 보냈다.

자리로 돌아온 그들에게 버니가 물었다. "파파라치냐?"

리키가 대답했다. "경찰일 수도 있어요. 알아볼게요."

록시가 곤경에 처했는지도 몰랐다.

장례식 연회에서는 다들 괜찮았다. 하지만 묘지에서 조문객들은 록시가 지나갈 때마다 얼굴을 어디에 두어야 할지 난감해했다.

앨리와 록시가 도착했을 때 수녀원에서는 이미 저녁 식사가 시작되었다. 테이블 상석은 비어 있다. 수다 떠는 소리와 따뜻한 음식 냄새가 감돈다. 조개와 홍합, 감자, 옥수수로 만든 스튜. 껍질이 딱딱한 빵과 사과도 있다. 록시는 뭐라고 딱 꼬집어 말할 수 없는 기분이 든다. 가슴이 말랑말랑해지고 약간 눈물이 날 것 같다. 한 소녀가 갈아입을 옷을 가져다준다. 따뜻한 니트 스웨터와 너무 자주 빨아서 해진 포근한 운동복 바지. 록시가 느끼는 기분과 똑같다. 소녀들은 모두 그녀와 이야기를 나누고 싶어 한다. 처음 들어 보는 영국 악센트이기에 '물(water)'이나 '바나나(banana)' 같은 단어를 발음해 보라고 시킨다. 다들 말이 너무 많다. 록시는 항상 자신 쪽이 수다쟁이라고 생각했는데 새로운 경험이다.

저녁 식사 후 어머니 이브가 성서의 가르침을 전한다. 그들은 자신들에게 맞는 성서를 만드는 중이다. 맞지 않는 부분은 새로 쓴다. 어머니 이브가 룻기에 나오는 이야기를 한다. 룻이 시어머니이자 친구에게 말하는 구절을 읽는다. "내게 어머니를 떠나라 강권하지 마옵소서, 어머니께서 가시는 곳에 나도 가고 어머니의 백성이 나의 백성이 되고 어머니의 하나님이 나의 하나님이 되시리니."

여자들에게 둘러싸인 어머니 이브는 편안해 보이지만 록시는 약간 겸연쩍다. 여자들에게 둘러싸여 있는 데에 익숙하지 않다. 버니의 가족과 버니의 조직에는 남자들뿐이었고 엄마는 남자에게 순종적인 여자였으며 학교 여자애들은 록시를 친절하게 대해 준 적이 없었다. 어머니 이브는 어색해하지 않는다. 옆에 앉은 두 소녀의 손을 잡고 부드러운 목소리로 유머러스하게 말한다.

"룻의 이야기는 성경에 나오는 가장 아름다운 우정 이야기야. 룻보다 신의 있는 사람은 없었고 룻보다 우정의 유대감을 잘 표현한 사람도 없었어." 이렇게 말하는 그녀의 눈에서 눈물이 흐르고 테이블에 둘러앉은 소녀들도 울먹거린다. "우린 남자들에 대해 걱정하지 않아도 돼. 항상 그랬듯이 하고 싶은 대로 하라지. 남자들이 서로 전쟁을 하고 싶어 하고 헤매고 싶어 한다면 내버려 둬. 우리에겐 서로가 있으니까. 너희가 가는 곳에 나도 가고 너희의 백성이 나의 백성이 될 거야, 자매들이여."

그러자 모두가 말한다. "아멘."

2층에서 그들은 록시에게 이부자리를 마련해 준다. 손바느질한 퀼트 이불이 놓인 싱글 침대와 테이블, 의자, 바다가 내다보이는 전망 좋은 작은 방이다. 그들이 문을 열 때 록시는 돌연 울고 싶어지지만 감정을 드러내지 않는다. 침대에 앉아 침대보를 만지는 순간 갑자기 아빠가 바버라와 오빠들이랑 사는 집으로 자신을 다시 데려간 밤이 떠오른다. 늦은 밤이었고 엄마는 구토를 하며 상태가 좋지 않았다. 엄마는 버니에게 록시를 데려가라고 전화를 했고 그가 왔다. 록시는 잠옷 차림이었고 고작 대여섯 살이었을 것이다. 록시는 바버라가 "넌 여기 못 있어."라고 말했던 일을 기억한다. 그러자 버니가 "젠장! 그냥 손님방으로 데려가."라고 했다. 바버라는 가슴에 팔짱을 끼고 "말했잖아. 여기 못 있는다고. 당신 동생한테 보내든지 해."라고 했다. 그날 밤에는 비가 내렸고 아빠는 록시를 다시 차로 데려갔다. 빗방울이 록시의 잠옷에 달린 모자에서 가슴팍으로 떨어졌다.

오늘 밤 록시를 기다리는 사람이 있다. 록시를 놓쳤다가는 단단히 벌을 받게 될 사람. 하지만 록시는 열여섯 살이고 문자 한 통만 보내면 해결될 터였다.

어머니 이브가 문을 닫는다. 작은 방에 두 사람뿐이다. 그녀가 의자에 앉아 말한다. "여기 있고 싶은 만큼 있어도 돼."

"어째서?"

"너의 느낌이 좋거든."

록시가 웃는다. "내가 남자였어도 느낌이 좋았을까?"

"남자가 아니잖아."

"여자면 무조건 느낌이 좋아?"

어머니 이브는 고개를 젓는다. "이렇게까지는 아니야. 여기 있고 싶어?"

"응. 적어도 당분간은. 네가 무슨 일을 벌이는지 보고. 마음에 들어. 너의⋯⋯." 록시는 적당한 말을 찾으려 한다. "여기 느낌이 마음에 들어."

어머니 이브가 말한다. "넌 강해. 그렇지? 누구 못지않게 강해."

"누구보다 강하지. 그래서 내가 좋은 거야?"

"강한 사람을 쓸 일이 있을 거야."

"그래? 큰 계획이라도 있나 보지?"

어머니 이브가 몸을 앞으로 기울여 두 손을 무릎에 놓는다. "난 여자들을 구하고 싶어."

"전부 다?" 록시가 웃는다.

"그래, 할 수 있다면. 그들에게 다가가 이제 새로운 삶의 방식이 있다고 말해 주고 싶어. 남자들은 자기들 하고 싶은 대로 살게 두고, 다 같이 힘을 모아서 기존 질서를 지킬 필요 없이 새로운 길을 만들면 된다고."

"그래? 하지만 아기를 만들려면 남자가 몇 명 필요하잖아."

앨리의 휴대폰에서 알람이 울린다. 전화를 보더니 얼굴을 찡그리고는 화면이 보이지 않게 뒤집어 놓는다.

"무슨 일이야?" 록시가 묻는다.

"수녀원으로 계속 이메일이 와."

"너희들을 여기서 내쫓으려고? 좋은 곳이긴 하지. 되찾으려고 할 만해."

"우리한테 돈을 주려는 거야."

록시가 웃는다. "그럼 뭐가 문제야? 돈이 너무 많아서 문제야?"

앨리는 잠시 생각에 잠긴 얼굴로 록시를 본다. "은행 계좌가 있는 사람은 마리아 이그나치아 수녀님뿐이야. 그리고 난……." 그녀가 앞니에 혀를 대고 쯧 소리를 낸다.

"아무도 믿지 않는다는 거지?" 록시가 말한다.

앨리가 웃는다. "너는?"

"비즈니스를 위해 치러야 하는 대가지. 누군가를 믿어야만 일을 진행시킬 수 있어. 은행 계좌가 필요해? 몇 개나 필요한데? 해외 계좌를 원해? 그렇다면 케이맨 제도가 좋아. 이유는 모르겠지만."

"잠깐, 무슨 말이야?"

그 순간 앨리가 미처 막기도 전에 록시는 휴대폰을 꺼내서 앨리의 사진을 촬영해 문자를 보낸다.

그리고 싱긋 웃는다. "날 믿어. 밥값은 해야 되지 않겠어?"

다음 날 아침 7시 전에 한 남자가 수녀원으로 온다. 앞쪽 문까지 차를 몰고 와서 그냥 기다린다. 록시가 앨리의 방문을 두드리고 잠옷 차림의 그녀를 차도로 끌고 간다.

"왜? 무슨 일이야?" 그렇게 묻는 앨리의 얼굴은 벌써 웃고 있다.

"봐 봐."

"좋았어요, 에이나르." 록시가 남자에게 말한다. 남자는 다부진 체격에 짙은 색 머리카락의 사십 대 중반이고, 이마에 선글라스를 걸쳤다.

에이나르가 씩 웃으며 느릿하게 고개를 흔든다. "여기 괜찮은 거야, 록산느? 버니 몽크가 널 돌봐 주라고 했는데. 돌봐 주는 사람이 있는 거야?"

"아주 좋아요, 에이나르. 완전! 여기서 친구들과 몇 주 정도 있으려고요. 부탁한 물건은요?"

에이나르가 록시를 보며 웃음을 터뜨린다.

"런던에서 널 한 번 본 적이 있지, 록산느. 그때 네가 여섯 살이었는데 네 아빠를 기다리는 동안 밀크셰이크를 안 사 준다고 내 정강이를 걷어찼어."

록시도 웃음을 터뜨린다. 자연스럽다. 저녁 식사 자리보다 훨씬 간단하다. 앨리의 눈에도 훤히 보인다.

"그러게 밀크셰이크 사 주지 그랬어요. 어서 물건 주세요."

가방에는 록시의 것이 분명해 보이는 옷가지와 다른 물건들이 들어 있다. 최고급의 새 노트북과 지퍼 달린 작은 주머니도 있다. 록시가 열린 트렁크의 가장자리에 주머니를 올려놓고 지퍼를 연다.

"조심해. 급하게 해서. 문지르면 잉크가 묻어 나올 거야."

"들었지, 이브? 다 마를 때까지 만지지 마."

록시가 주머니에서 몇 가지 물건을 이브에게 건넨다.

정부가 발급해 준 진품처럼 문제없어 보이는 미국 여권, 운전면허증, 사회 보장 카드다. 신분증과 여권에는 모두 이브의 사진이 들어가 있다. 저마다 약간씩 변화를 주었다. 머리 모양이 달라지고 두어 개는 안경을 쓰고 있다. 사회 보장 카드와 면허증의 이름도 다르다. 하지만 전부 다 그녀의 신분증이다.

"일곱 개 만들었어. 여섯 개에 행운을 위해 하나 더 추가해서. 일곱 번째는 영국 신분증이야. 네가 원할지도 몰라서. 은행 계좌도 만들었어요, 에이나르?"

"다 준비했지." 에이나르가 주머니에서 지퍼 달린 좀 더 작은 지갑을 꺼낸다. "하지만 하루에 10만 이상은 미리 말을 해 주고 넣어야 해. 알겠지?"

"달러로요, 아님 파운드로?" 록시가 묻는다.

에이나르가 약간 얼굴을 찡그린다. "달러지." 서둘러 덧붙인다. "처음 육 주 동안만이야! 그 후로는 한도 제한이 사라지니까."

"알았어요. 이번에는 정강이 안 찰게요."

록시와 대럴은 돌을 차고 나무껍질을 벗기며 잠시간 정원에서 시간을 보냈다. 둘 다 테리를 별로 좋아하지 않았지만 그가 없다니 이상했다.

대럴이 말했다. "어떤 기분이었어?"

"테리가 총에 맞았을 때 난 아래층에 없었어."

"아니, 프림로즈를 죽였을 때 말이야. 어떤 기분이었어?"

또 느껴졌다. 손바닥 안의 반짝거림. 대럴의 얼굴이 따뜻해졌다가 차가워지는 모습. 그녀는 코를 킁킁거렸다. 마치 답을 알려 주기라도 할 것처럼 손을 쳐다보았다.

"좋았어. 내 엄마를 죽인 놈이니까."

대럴이 말했다. "나도 할 수 있었으면 좋겠다."

록산느 몽크와 어머니 이브는 며칠 동안 많은 이야기를 나눈다. 서로의 공통점을 발견하고 가까이 붙어서 자세히 이야기하며 감탄한다. 엄마의 빈자리, 남의 집에 맡겨진 일, 집안에서 완전히 인정받지 못하는 것.

"여기에선 다 자매라고 하는 게 좋아. 난 자매가 없거든."

"나도 없어." 앨리가 말한다.

"항상 자매가 있었으면 했는데."

그들은 그 이후로 한동안 말이 없다.

수녀원에는 록시와 겨루고 연습을 하고 싶어 하는 소녀들도 있다. 록시는 기꺼이 환영한다. 건물 뒤편의 바다로 내려가는 커다란 잔디밭을 사용한다. 록시는 한 번에 두세 명을 상대한다. 옆으로 움직이며 피했다가 세게 한 방 날린다. 소녀들은 어리둥절하다가 서로 부딪힌다. 그들은 멍든 상태로 웃으며 저녁을 먹으러 간다. 손목이나 발목에 작은 거미줄 모양의 상처가 생길 때도 있다. 자랑스럽다. 열하나, 열둘 정도의 어린 여자아이들도 있는데 팝 스타라도 되는 양 록시를 따라다닌다. 록시는 좀 떨어지라고, 가서 다른 일을 하라고는 하지만 내심 기분이 좋다. 직접 개발한 특별한 전투 기술을 가르쳐 준다. 병에 든 물을 상대방의 얼굴에 뿌리고, 물이 튀어나오는 순간 손가락을 갖다 대서 전류를 일으키는 것이다. 아이들은 잔디밭에서 깔깔대고 물을 튀겨 가면서 연습을 한다.

어느 날 태양이 붉은빛 황금색으로 저무는 늦은 오후, 록시는 앨리와 함께 바깥 현관에 앉아 있다. 잔디밭에서 장난치는 아이들을 바라본다.

앨리가 말한다. "나 열 살 때가 생각나네."

"그래? 대가족이었나 봐?"

오랜 침묵이 이어진다. 록시는 물어보면 안 될 말을 꺼냈나 하고 의아해한다. 아무렴 어떠랴. 기다릴 수 있다.

앨리가 답한다. "보육원."

"그래. 나도 보육원에 사는 애들을 알아. 힘들지. 홀로서기 어려운데. 넌 지금 잘 지내고 있잖아."

"나는 내가 돌봐. 스스로를 보살피는 방법을 배웠어." 앨리가 말한다.

"그래. 그런 것 같다."

앨리의 머릿속 목소리는 지난 며칠 동안 조용하다. 몇 년 동안 이렇게 조용한 적이 없었다. 이 여름날 누구든 단숨에 죽일 수 있는 록시와 이곳에 함께 있다는 사실 때문인지 모든 것이 고요해졌다.

앨리가 입을 연다. "난 어릴 때 여기저기 많이 돌아다녔어. 아빠는 얼굴도 모르고 엄마는 희미한 기억뿐이야." 앨리는 모자만을 기억할 따름이다. 대담한 각도로 쓴 연한 분홍색의, 일요일 교회에 갈 때 쓰는 모자 아래로 앨리를 보며 혀를 내밀고 웃는 얼굴. 행복한 기억인 듯하다. 기나긴 슬픔과 병중(病中) 사이, 아니면 둘 다. 교회에 간 기억은 없지만 그 모자가 기억 속에 자리한다.

"여기에 오기까지 살았던 집이 열두 군데는 되는 것 같아. 열셋인가." 앨리는 한 손을 얼굴로 가져가 손끝으로 이마를 누른다. "한번은

도자기 인형을 수집하는 여자의 집으로 보내졌어. 내 침실에 놓인 수백 개나 되는 인형이 사방에서 나를 쳐다보는 거야. 그 여자는 나에게 옷을 잘 입혀 줬어. 그건 기억나. 밑단에 끈을 덧댄 파스텔색 원피스. 하지만 그 여잔 도둑질로 감옥에 갔어. 훔친 돈으로 인형을 산 거였어. 난 또 다른 집으로 보내졌지."

잔디밭의 소녀 하나가 누군가에게 물을 뿌리고 전기를 통하게 해서 살짝 충격을 준다. 상대 여자아이는 간지러워하며 깔깔거린다.

"필요한 건 스스로 만드는 거야." 록시가 말한다. "우리 아빠가 하는 말이야. 필요한 게 있으면, 정말로 뭔가를 가져야만 한다면, 원하는 게 아니라 꼭 필요한 거라면 방법을 찾게 되어 있다고." 그녀가 웃음을 터뜨린다. "완전 마약 중독자들 얘기 아니야? 하지만 그게 전부가 아니야." 록시는 집, 아니 집 이상의 이곳 잔디밭에서 뛰어노는 소녀들을 바라본다.

앨리가 미소 짓는다. "손에 넣었으면 지켜야 해."

"그래. 이제 내가 여기 있잖아."

"넌 우리가 본 그 누구보다도 강한 파워를 가졌어."

록시는 감탄스럽고 약간 두려운 듯 자신의 두 손을 쳐다본다.

"모르겠어. 나 같은 사람들이 또 있을지도 몰라."

그 순간 앨리에게 갑자기 직관이 떠오른다. 톱니바퀴가 움직이고 쇠사슬이 철커덕하는 박람회장의 첨단 기계처럼. 누군가 어린 그녀를 박람회장에 데려갔었다. 25센트 동전 두 개를 넣고 레버를 당기자 쾅 하더니 갈리는 소리와 함께 또 쿵 소리가 났다. 가장자리가 분홍색인 작은 직사각형의 두꺼운 판지에 운수가 인쇄되어 나왔다. 앨리의 직관도 똑같다. 갑작스럽고 완전하다. 머릿속에 그녀조차 접근

할 수 없는 기계가 작동하는 듯 철컥, 쾅 하고 굴러간다.

목소리가 말한다. 자, 이제 너도 아는 거다. 사용해라.

앨리가 부드럽게 묻는다. "사람을 죽였어?"

록시가 주머니에 양손을 찔러 넣고 찡그린 얼굴로 쳐다본다. "누구한테 들었어?"

'누가 그런 말을 해?'가 아니다. 앨리는 자신이 옳았음을 안다.

목소리가 말한다. 아무 말도 하지 마라.

앨리가 말한다. "가끔 그냥 알 때가 있어. 내 머릿속에서 목소리가 들리는 것처럼."

"맙소사, 진짜 소름 끼친다. 그랜드 내셔널에서 누가 우승할까?"

"나도 사람을 죽였거든. 이젠 오래전의 일이지. 그때 난 지금과 다른 사람이었어."

"네가 죽였다면 그럴 만했을 거야."

"그래."

그들은 자리에 앉는다.

록시가 다정하게, 아무것도 상관없다는 듯이 말한다. "일곱 살 때 내 바지에 손을 집어넣은 남자가 있었어. 피아노 선생. 엄마는 내가 피아노를 배우면 좋을 것 같다고 생각했거든. 피아노 의자에 앉아서 '도레미파솔라시도'를 치는데 갑자기 속옷으로 손이 들어오는 거야. '아무 말도 하지 마. 계속 쳐.'라고 하면서. 다음 날 아빠가 와서 날 공원에 데려갔는데, 아빠한테 말했더니 난리가 난 거야. 엄마한테 막 소리를 질렀어. 엄마는 몰랐다고, 알았으면 그냥 놔두지 않았을 거라고 했지. 아빠가 부하들을 데리고 피아노 선생의 집으로 갔어."

앨리가 묻는다. "그래서 어떻게 됐어?"

록시는 웃음을 터뜨린다. "죽도록 팼지. 적어도 그날 불알 하나는 없어졌을걸."

"정말?"

"그럼. 아빠는 피아노 선생한테 앞으로 평생 동안 학생을 한 명이라도 받으면 나머지 불알 한쪽은 물론이고 거시기까지 잘라 버리겠다고 했어. '버니 몽크'는 어디에나 있으니까 다른 도시로 가서 다시 시작할 생각은 하지도 말라고." 록시가 낄낄 웃는다. "나중에 길에서 마주쳤는데 도망가더라. 보자마자 휙 돌더니 진짜 달려갔어. 정말이라니까."

"잘됐네, 잘됐어." 앨리가 가벼운 한숨을 쉰다.

"네가 남자들을 믿지 않는 거 알아. 믿지 않아도 돼."

록시는 앨리의 손에 자신의 손을 포갠다. 그렇게 두 사람은 오래 앉아 있었다.

잠시 후 앨리가 말한다. "한 여자애의 아빠가 경찰이거든. 이틀 전에 전화를 해서 금요일엔 수녀원 건물 안에 있지 말라고 했어."

록시가 웃는다. "아빠들이란. 어떻게든 딸을 지키려고 한다니까. 비밀을 못 지켜요."

"우릴 도와줄래?" 앨리가 묻는다.

"뭐가 올 것 같아? 경찰 특공대?"

"그렇진 않을 거야. 우린 수녀원에 있는 얼마 안 되지도 않는 여자애들이니까. 법을 잘 지키는 시민들처럼 종교를 섬기는 아이들이라고."

"또 사람을 죽일 순 없어." 록시가 말한다.

"그럴 필요는 없을 거야. 나한테 생각이 있어."

프림로즈가 죽은 뒤 나머지 조직원들도 해치워 버렸다. 어차피 그가 죽고 와해되었기에 일도 아니었다. 테리의 장례식 이 주일 후, 버니는 새벽 5시에 록시의 휴대폰으로 전화를 걸어서 대거넘에 있는 자물쇠 달린 차고로 오라고 했다. 거기로 갔더니 그가 주머니에서 열쇠 꾸러미를 뒤져 차고를 열고 그 안에 누워 있는 두 구의 시체를 보여 주었다. 깔끔하게 명줄을 끊고 시체를 처리하기 직전이었다.

록시는 시체의 얼굴을 쳐다보았다.

"맞아?" 버니가 물었다.

"맞아, 고마워." 록시는 아빠의 허리를 감싸 안았다. "고마워."

"우리 딸을 위해서라면 뭐든지."

엄마를 죽인 키 큰 사내와 작은 사내. 둘 중 한 명의 팔에는 록시가 남긴 나뭇가지 모양의 검푸른 흉터가 아직 있었다.

"그럼 다 된 거지, 귀염둥이?"

"다 됐어, 아빠."

그는 록시의 정수리에 입을 맞추었다.

그들은 그날 아침 이스트브룩엔드 공동묘지 근처를 거닐었다. 두어 명의 뒤처리 청소부가 차고에서 일을 해치우는 동안, 이야기를 나누며 천천히 걸었다.

"네 생일이 우리가 잭 코나건을 처리한 날인 거 아나?" 버니가 말했다.

록시는 이미 아는 이야기지만 다시 들어도 좋았다.

"몇 년 동안 우릴 괴롭혔지. 미키의 아빠도 죽이고. 넌 만난 적 없지만 말이야. 아일랜드 친구들도 당했지. 결국엔 우리가 해치웠어! 운하에서 낚시를 하면서 밤새 기다렸지. 새벽에 온 놈을 죽이고 운하에 던졌어. 그렇게 끝이었지. 다 마치고 집에 가서 씻은 뒤 휴대폰을 봤더니 네 엄마한테 부재

중 전화가 열다섯 통이나 와 있지 뭐야! 열다섯 통! 밤에 분만실로 들어갔다는 거야."

록시는 이야기의 끝부분에 이르러 손끝을 만졌다. 항상 거기가 미끌거리는 듯했다. 무언가 그녀의 손아귀에서 벗어나려고 애쓰는 것처럼. 록시는 어둠 속에서 태어났다. 다들 누군가를 기다리는 동안에 말이다. 아빠는 잭 코나건을 기다렸고, 엄마는 아빠를 기다렸다. 그리고 잭 코나건은 몰랐겠지만 죽음을 기다리고 있었다. 전혀 예상하지 못한 순간에 일어나는 일에 대한 이야기. 그날 밤 아무 일도 일어나지 않으리라고 생각했지만 모든 일이 일어났다.

"널 안아 올렸어. 딸이었지! 아들만 셋이라 딸을 갖게 될 줄은 생각도 못 했어. 넌 내 눈을 똑바로 쳐다보며 내 바지에 쉬를 했지. 그 순간 난 네가 행운을 가져다주리라는 걸 알았다."

록시는 행운아다. 몇 번을 제외하고 항상 운이 좋았다.

얼마나 많은 기적이 필요할까? 별로 많이 필요하지 않다. 하나, 둘, 셋도 많다. 넷은 필요 이상의 사치다.

무장한 경찰 열두 명이 수녀원 뒤쪽 정원을 가로질러 다가온다. 줄곧 비가 내렸다. 땅은 물을 잔뜩 머금었다. 아니, 그 이상이다. 정원 양쪽으로 수도꼭지가 틀어져 있다. 소녀들이 펌프로 바닷물을 계단 꼭대기까지 끌어와서 이제는 폭포가 되었다. 물이 계단 아래로 콸콸 쏟아진다. 경찰들은 고무장화를 신고 있지 않다. 이렇게 진흙탕이라고는 생각하지 못했다. 그저 수녀 한 명이 와서 소녀들이 수녀원에 숨어 있고 위협과 폭력을 가했다고 신고했을 뿐. 그래서 방탄복으로 무장한 경찰 열두 명이 소녀들을 잡으러 가는 중이다. 충분한 인원이었다.

남자들이 소리친다. "경찰이다! 두 손을 들고 지금 당장 건물에서 나가라!"

앨리가 쳐다보자 록시가 싱긋 웃는다.

그들은 뒤쪽 정원이 내다보이는 식당의 커튼 뒤에서 기다리고 있다. 경찰이 뒷문 밖 테라스로 이어지는 돌계단으로 올라올 때까지 기다린다. 기다리고 기다리자…… 드디어 왔다.

록시가 뒤쪽에 쌓아 둔 바닷물이 든 물통 여섯 개의 코르크 마개를 당긴다. 카펫이 젖고 물이 문 아래에서 계단 쪽으로 콸콸 흐른다. 록시와 앨리, 경찰은 모두 커다란 한 덩어리의 물속에 있다.

앨리가 한 손을 물속에 넣고 나머지는 발목 옆으로 가져가서 집중한다.

바깥 테라스와 계단으로 쏟아진 물이 모든 경찰의 피부에 가 닿는다. 앨리가 지금까지 해 본 어떤 일보다 훨씬 강력한 통제력이 필요하다. 손가락은 이미 방아쇠를 잡았고 당기고 싶어 한다. 하지만 그녀는 물속으로 생각만큼 빠르게 메시지를 하나씩 보낸다. 경찰이 한 명씩 꼭두각시 인형처럼 쓰러진다. 팔꿈치가 위로 확 들치고 꽉 쥔 손이 풀리며 마비된다. 그들은 차례로 총을 떨어뜨린다.

"맙소사." 록시가 말한다.

"자. 이제." 앨리가 의자로 올라간다.

주체할 수 없을 정도로 많은 파워를 가진 여자, 록시가 물에 전류를 내보내자 경찰이 한 명씩 흠칫 놀라고 날뛰다가 고꾸라진다. 깔끔하다.

한 명이 해야만 하는 일이었다. 수녀원의 열 명 넘는 소녀가 했다면 서로를 다치지 않게 하면서 그렇게 빨리 행동할 수는 없었을 것이다. 전사가 꼭 나타났어야만 했다.

록시가 미소 짓는다.

2층에서 고디가 이 모든 것을 휴대폰으로 촬영했다. 한 시간 후에 인터넷에 올라갈 것이다. 사람들을 믿게 하고 제대로 자리 잡는 데 필요한 후원금과 법적인 도움을 제공하게 하려면 많은 기적이 필요하지 않다. 모두가 답을 찾으려 하고 있으니까. 특히나 오늘은 더더욱.

어머니 이브가 영상과 함께 띄울 메시지를 촬영한다. "나는 여러분에게 단 한 가닥의 믿음을 포기하라고 강요하러 온 것이 아닙니다. 여러분을 개종시키려는 것도 아닙니다. 기독교, 유대교, 이슬람교, 시크교, 힌두교, 불교 등 신앙이 있건 없건 하나님은 여러분이 종교를 바꾸기를 바라지 않으십니다."

그녀는 잠깐 멈춘다. 사람들이 기대하는 말이 아님을 그녀도 안다. "하나님은 우리 모두를 사랑하십니다. 그리고 하나님이 옷만 갈아입었을 뿐임을 우리가 알기를 바라십니다. 하나님은 남자와 여자를 초월하며 인간의 이해를 뛰어넘습니다. 하지만 하나님은 여러분이 잊어버린 사실을 상기하기를 바라십니다. 유대교는 모세가 아닌 미리암을 생각하며 배움을 얻고, 이슬람교도는 마호메트가 아니라 파티마를 생각하고, 불교도는 자유의 어머니 타라를 기억하고, 기독교도는 구원을 위해 마리아에게 기도하라는 것입니다.

여성 여러분은 스스로를 깨끗하지 않다고, 신성하지 않다고, 신을 품을 수 없는 순수하지 않은 육체라고 배웠습니다. 자신의 존재를 경멸하고 오로지 남자가 되기를 갈망하라고 배웠습니다. 하지만 여러분이 배운 것은 거짓입니다. 하나님은 여러분 안에 있습니다. 하나님은 여러분에게 가르침을 주기 위해 이 새로운 파워의 형상으로 이 땅에 돌아오셨습니다. 나에게 답을 구하러 오지 마세요. 여러분 안에서 답을 찾아야 합니다."

다가오지 말라는 말보다 더 유혹적인 것이 있을까? 환영하지 않는다는 말보다 사람을 더 가까이 끌어당기는 것이 또 있던가?

그날 저녁부터 이메일이 쏟아진다. 당신의 추종자들과 함께하려면 어디로 가야 하죠? 집에서 할 수 있는 일은 뭐가 있을까요? 새로운 기도 공동체를 만들려면 어떻게 해야 하나요? 기도하는 법을 알려 주세요.

도와 달라는 호소도 있다. 아픈 딸을 위해 기도해 주세요. 엄마의 새 남편이 엄마한테 수갑을 채워서 침대에 묶어 놨어요. 제발 구해 줄 사람을 보내 주세요. 앨리와 록시는 이메일을 함께 읽는다.

앨리가 말한다. "도와줘야 해."

록시가 말한다. "전부 다 도와줄 순 없어."

"할 수 있어. 하나님이 도와주시면 가능해."

"네가 나서서 전부 구해 주고 도와주지 않아도 될지 몰라."

앨리와 록시가 한 일을 담은 영상이 온라인에 퍼진 뒤 전국 경찰들의 상태가 악화된다. 물론 그들은 굴욕감을 느꼈다. 뭔가를 증명해야만 했다. 경찰이 적극적으로 여성들을 영입하기 시작한 주와 나라 들도 있지만 이곳은 아직 아니다. 여전히 경찰의 대부분은 남성이다. 그리고 그들은 화가 나 있고 두려움을 느낀다. 그때 사건이 발생한다.

경찰이 수녀원을 장악하려고 한 지 이십삼 일 후, 한 소녀가 어머니 이브에게 전할 메시지를 가지고 찾아온다. 반드시 어머니 이브에게 직접 전해야 한다고 애원한다. 수도원의 소녀들은 그녀를 도와줄 수밖에 없다. 연약한 데다 겁에 질려 몸을 떨며 울고 있다.

록시가 달콤하고 따뜻한 차를 만들어 주고 앨리는 쿠키를 가져다 준다. 메즈라는 이름의 소녀가 그동안 겪은 일을 털어놓는다.

무장한 경찰 일곱 명이 메즈의 동네를 순찰하고 있었다. 메즈와 엄마는 이야기를 나누며 슈퍼마켓에서 집으로 돌아가는 중이었다. 메즈는 열두 살이고 파워가 생긴 지 몇 달째였다. 엄마는 그보다 좀 더 오래되었다. 메즈의 어린 사촌이 일깨워 준 것이다. 메즈의 말에 따르면 모녀는 장을 본 봉지를 들고 수다를 떨며 웃으면서 집으로 걸어가고 있었을 뿐이었다. 그런데 갑자기 예닐곱 명의 경찰이 나타나서 "거기 뭐가 들었어? 어딜 가는 거지? 이 근처에서 두어 명의 여자가 소란을 피운다는 신고가 있었다. 빌어먹을 봉지에 뭐가 들었냐고?" 하며 을러댔다.

메즈의 엄마는 심각하게 받아들이지 않았다. 그저 웃으면서 "여기 뭐가 들었냐고요? 슈퍼마켓에서 장 본 것들이에요."라고 말했다.

그러자 한 경찰이 위험 지대를 돌아다니는 것치고는 침착하다며 무엇을 하고 있었느냐고 캐물었다.

메즈의 엄마는 "우릴 그냥 내버려 두세요."라고 대꾸했다.

그러자 경찰이 모녀를 밀쳤다. 엄마는 단지 경고의 의미로 두 명의 경찰에게 약하게 파워를 가했다.

경찰은 참을 이유가 없었다. 경찰봉과 총을 꺼낸 채로 움직이기 시작했다. 메즈는 소리를 질렀고 엄마도 비명을 질렀다. 인도에 피가 가득했다. 그들은 엄마의 머리를 으깨 놓았다.

"엄마를 제압하고 엉망진창으로 만들었어요. 일곱 명이 한꺼번에!"

앨리는 조용하게 들었고 메즈의 이야기가 끝나자 묻는다. "엄마, 살아 계시니?"

메즈가 고개를 끄덕인다.

"엄마를 어디로 데려갔는지 알아? 어느 병원인지?"

"병원으로 안 데려갔어요. 경찰서로 데려갔어요."

앨리가 록시에게 말한다. "우리가 가야겠어."

록시가 대답한다. "그럼 전부 다 데려가야 해."

메즈의 엄마가 붙잡혀 있는 경찰서로 육십 명의 여자가 걸어간다. 조용하지만 빠르게 걸으면서 전부 다 촬영한다. 수녀원에서 이미 모두에게 전달한 말이었다. 전부 다 기록으로 남기고, 가능하면 실시간으로 내보내고 인터넷에 올리라고.

경찰서에 도착했을 때는 경찰도 그들이 온다는 사실을 알고 있었다. 밖에 소총을 든 남자들이 서 있다.

앨리가 앞으로 걸어간다. 손바닥이 앞으로 향하도록 양손을 든다. "우린 평화적으로 왔습니다. 레이철 라티프를 만나고 싶어요. 치료를 받고 있는지 확인하고, 병원으로 보내고자 합니다."

문가에 서 있는 경장이 말한다. "라티프 부인은 법적인 구금 상태야. 무슨 권한으로 석방하라는 거지?"

앨리는 왼쪽과 오른쪽으로 차례차례 얼굴을 돌려 함께 온 동지들을 쳐다본다. 시시각각 합류하는 동지들의 숫자가 계속 늘어난다. 이제 이백오십 명 정도로 불어난 듯하다. 소식이 집집마다 퍼졌다.

문자 메시지를 받거나 인터넷에서 보고 여자들 스스로 집 밖으로 나왔다.

"세상에서 중요한 권한이란 인간성과 하나님이라는 보편적인 법뿐입니다. 경찰서에 심한 부상을 입은 여자분이 갇혀 있으니 빨리 병원으로 보내야 합니다."

록시는 공기 중에서 파워가 치치직거리는 낌새를 느낀다. 여기 모인 여자들은 한껏 흥분하고 화가 난 상태다. 남자들에게도 이것이 느껴지는지 궁금하다. 소총을 든 경찰들은 초조하다. 상황이 나빠질 가능성은 충분하다.

경장이 머리를 흔들더니 말한다. "못 들여보내 준다. 너희들의 존재가 우리 경찰들에게 위협이 되고 있다."

앨리가 말한다. "우린 평화적으로 찾아왔어요. 경찰관님, 우린 평화롭습니다. 우리는 레이철 라티프를 만나고, 병원으로 보내서 치료를 받게 하고 싶습니다."

인파 속에서 웅성대는 소리가 크게 들리더니 조용해지며 다들 기다린다.

경장이 말한다. "들여보내 주면 여자들한테 돌아가라고 할 건가?"

앨리가 말한다. "먼저 만나게 해 주세요."

록시와 앨리가 유치장으로 갔을 때 레이철 라티프는 거의 의식을 잃은 상태다. 머리에 엉겨 붙은 피가 벌써 굳어 있고, 간이침대에 누워 있다. 미동도 거의 없고 느리고 고통스러운 숨을 내쉰다.

록시가 외친다. "맙소사!"

앨리가 말한다. "경찰관님, 이 여자분은 지금 바로 병원에 가야 합니다."

다른 경찰들이 경장을 바라본다. 경찰서 밖에서는 계속 여자들이 점점 더 모여든다. 너도나도 옆 사람들과 이야기를 나누는 소리가 마치 한 무리의 새들이 속삭이는 것 같다. 모두 비밀스러운 신호에 행동을 개시할 준비가 되어 있다. 경찰은 스무 명뿐이다. 단 삼십 분 안에 바깥의 여자들은 수백 명으로 불어나리라.

레이철 라티프의 두개골이 벌어져 있다. 부러진 머리뼈와 뇌에서 부글부글 흐르는 피가 보인다.

목소리가 말한다. 이유도 없이 저런 것이다. 저들이 널 도발했다. 원한다면 여기 있는 남자들을 전부 다 죽이고 경찰서를 점령할 수도 있다.

록시가 앨리의 손을 잡고 꽉 누른다.

그리고 경찰에게 말한다. "경찰관님, 상황이 악화되면 뭐하겠어요. 이 일로 사람들 입에 오르내리고 싶진 않으실 거 아니에요? 저 여자분을 병원에 보내 주세요."

경찰이 길고 느리게 한숨을 쉰다.

앨리가 다시 모습을 드러내자 바깥의 군중은 더욱 소란스러워진다. 앰뷸런스가 사람들 사이를 헤치고 달려오는 소리에도 아랑곳없다.

두 여자가 어머니 이브를 어깨에 받쳐서 들어 올린다. 그녀가 한 손을 들어 올리자 웅성거림이 멈추고 조용해진다.

어머니 이브가 앨리의 입을 통해 말한다. "레이철 라티프를 병원으로 데려갈 겁니다. 제대로 치료받게 할 거예요."

풀잎에 입을 대고 부는 듯 또다시 웅성거림이 터진다. 시끄러워졌다가 다시 조용해진다.

어머니 이브가 파티마의 손처럼 손바닥을 편다. "여기에서 다들 잘해 주었고 이제 집에 가도 됩니다."

여자들은 고개를 끄덕인다. 수녀원 소녀들은 다 같이 뒤돌아서 걸어간다. 나머지 여자들도 따라가기 시작한다.

삼십 분 후 레이철 라티프가 병원에서 치료를 받고 있을 때 경찰서 밖의 길은 완전히 텅 비어 있었다.

어차피 그들은 수녀원에서 계속 지낼 필요도 없었다. 바다가 내다보이는 편안하고 좋은 곳이지만 록시가 합류한 지 구 개월이 되었을 무렵, 앨리의 조직은 그런 건물을 수백 개나 살 수 있을 만큼 성장했고 더 큰 공간이 필요했다. 이 작은 도시에만 수녀원과 연계된 여성이 족히 육백 명은 되고 미국 전역으로, 전 세계로 뻗어 나가고 있다. 당국이 불법이라고 할수록, 기존 교회가 사탄이 보낸 존재라고 주장할수록 많은 여자들이 어머니 이브에게 끌린다. 한때 앨리는 자신이 하나님의 사자라는 사실에 의심을 품었을지언정 이곳에서 일어난 일들을 둘러싼 모든 의심을 씻어 주었다. 그녀는 여자들을 보살피기 위해 존재한다. 하나님이 그 역할을 맡겼다. 그녀가 홀로 부정할 수 있는 일이 아니다.

또다시 봄이 다가올 무렵, 그들은 새 건물에 대한 이야기를 나눈다.

록시가 말한다. "어디로 가든 내 방은 남겨 줄 거지?"

"가지 마. 왜 가려고 해? 영국엔 뭘 하러 돌아가? 거기 뭐가 있다고."

"아빠가 그러는데 잠잠해진 것 같대. 선량한 시민을 해치지 않는 한 무슨 짓을 하건 아무도 신경 쓰지 않는대." 록시가 싱긋 웃는다.

"그래도 왜 가려는 거야? 여기가 네 집이야. 여기 있어. 부탁이야. 우리랑 같이 있어."

록시가 앨리의 손을 꼭 쥔다. "가족들이 보고 싶어. 아빠가 보고 싶어. 마마이트도 먹고 싶고. 전부 다 그리워. 영영 가는 거 아니야. 우린 또 보게 될 거야."

앨리는 코로 겨우 숨을 쉰다. 벌써 몇 달째 조용했던 머릿속에서 속삭임이 들린다.

그녀는 고개를 젓는다. "하지만 그들을 믿으면 안 돼."

록시가 웃음을 터뜨린다. "남자? 모든 남자? 한 명도 믿으면 안 돼?"

"조심해. 믿을 만한 여자들을 찾아서 같이 움직여."

"그래. 전에도 얘기했잖아."

"네가 전부 가져야 해. 넌 할 수 있어. 리키가 가지게 하지 마. 대럴이 가지게 하지 마. 모두 네 거야."

"그래, 네 말이 맞는 것 같아. 하지만 여기 있으면 내가 다 가질 수가 없잖아. 그렇지? 비행기 표 예약했어. 일주일 후 토요일에 떠나. 그 전에 너한테 하고 싶은 말이 있었어. 계획 말이야. 우리 계획에 대해 이야기할 수 있을까? 가지 말라는 말은 빼고."

"그래."

앨리는 속으로 말한다. 록시가 떠나는 걸 원치 않아요. 막을 수 없을까요?

목소리가 답한다. 기억하거라, 얘야. 네가 안전할 수 있는 방법은 네 것으로 만드는 것뿐이다.

그럼 온 세상을 내 것으로 만들 수 있을까요?

목소리가 수년 전 그랬던 것처럼 아주 조용하게 말한다. 오! 아가야, 거기까지 가는 길은 너무도 복잡하단다.

록시가 말한다. "있지, 나 생각한 게 있어."

앨리도 말한다. "나도."

두 사람은 서로를 보고 웃는다.

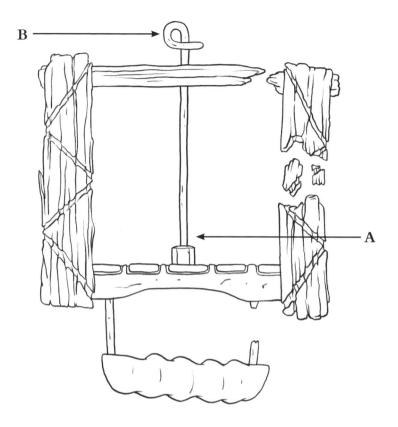

약 1500년 전, 정전기 파워 훈련에 사용된 장치. 아래쪽 손잡이는 철이고 나무틀 안의 금속 못과 연결되어 있다. 그림에 A라고 표시된 곳이다. 불을 붙일 목적으로 B 의 날카로운 부분에 종이나 마른 나뭇잎을 부착했으리라 추측된다. 기술을 연습하는 장치이므로 어느 정도 통제력이 필요했을 터다. 크기로 보아 13~15세 정도의 소녀들을 위한 장치였으리라 여겨진다. 태국에서 발견되었다.

보존 문서: 정전기 파워, 그 기원, 확산,
치유 가능성에 관하여

① 2차 세계 대전 단편 선전 영화 「가스로부터의 보호」에 대한 설명. 영화 자체는 소실되었다.

이 영화의 길이는 2분 52초다. 브라스 밴드의 연주와 함께 시작된다. 타악기가 합류하고 의기양양한 음악이 연주되는 가운데 화면에 제목이 뜬다. 제목은 「가스로부터의 보호」. 카메라가 초점을 잡을 때 손으로 쓴 타이틀 카드가 약간 흔들린다. 그때 액체를 담아 두는 대형 통 앞에 서 있는 흰색 코트를 입은 한 무리의 남자들로 화면이 급하게 바뀐다. 그들은 카메라를 보고 웃으면서 손을 흔든다.

딱 부러지는 어조의 남성 내레이션이 나온다. "전쟁부 연구실에서 비밀 연구원들이 최신 뇌파 연구 때문에 근무 시간을 두 배로 연장해서 일하고 있습니다."

남자들은 액체 속에 국자를 담그고 피펫을 이용해서 시험지에 그 일부를 떨어뜨린다. 미소를 짓는다. 등에 검은색 X가 크게 표시된 하얀 쥐가 들어 있는 우리 물병에 그것을 한 방울 떨어뜨린다. 쥐가 물을 먹을 때 브라스 밴드가 연주하는 음악의 템포가 빨라진다.

"적보다 한발 앞서가는 것만이 국민을 안전하게 지키는 방법입니다. 이 쥐는 그동안 가스 공격을 무찌르기 위해 개발된 새로운 신경 강화제를 주입받았습니다."

우리에 든 다른 쥐로 화면이 넘어간다. 이 쥐의 등에는 X 표시가 없다.

"이 쥐는 강화제를 주입받지 않았습니다."

두 개의 우리가 있는 작은 방에서 하얀 가스가 든 통이 열리고 호흡 장비를 착용한 과학자들은 유리 벽 뒤로 물러난다. 강화제를 주입받지 않은 쥐는 곧바로 굴복한다. 괴로운 듯 앞발을 위로 쳐들고 흔들더니 경련하기 시작한다. 최후의 순간은 보여 주지 않는다. 등에 X 표시가 적힌 쥐는 연기가 자욱한데도 계속 물을 마시고 먹이를 먹고 심지어 쳇바퀴에서 뛰기도 한다.

"보시다시피 효과적입니다." 딱딱한 어조의 내레이터가 말한다.

과학자 한 명이 방독면을 벗고 단호하게 연기 가득한 방으로 들어간다. 그 안에 들어가서 손을 흔들고 깊이 숨을 들이마신다.

"인간도 안전합니다."

화면이 급수 시설로 바뀐다. 작은 유조선 트럭에서, 바닥에 난 출구 밸브로 배관을 연결하고 있다.

"이것은 수호천사라고 불립니다. 적의 가스 공격으로부터 연합군을 안전하게 지켜 준 이 기적의 치료법은 이제 일반인들에게도 제공될 것입니다."

계량기가 트럭에서 천천히 아래로 내려가는 액체를 보여 주는 가운데, 머리가 벗어진 두 중년 남자가 악수를 한다. 한 명은 칫솔 모양의 짧은 콧수염이 나 있고 검정 정장을 입었다.

"식수에 소량만 섞어도 한 중소 도시 전체를 보호하기에 충분할 것입니다. 이 트럭 한 대분이면 50만 명에게 공급되는 식수를 처리하기에 충분합니다. 코번트리와 헐, 카디프가 이렇게 처리된 식수를 제공받는 첫 도시가 될 것입니다. 이 속도라면 삼 개월 안에 전국으로 확대 가능합니다."

북쪽 중소 도시에 사는 한 엄마가 유모차에서 아이를 들어 올려 어깨에 안고 걱정스러운 얼굴로 맑은 하늘을 바라본다.

"엄마들은 이제 아이가 더 이상 신경가스 공격을 두려워하지 않아도 된다는 사실에 안심할 수 있습니다. 엄마도, 아이도 이제 안심하세요."

음악이 최고조에 달한다. 화면이 어두워지며 영상은 끝난다.

② BBC 프로그램 「파워의 근원」과 동행할 기자들에게 배포된 노트.

수호천사 이야기는 완벽하게 효과적이었던 다른 여러 아이디어들과 마찬가지로 2차 세계 대전 직후 잊혔고 다시 조사할 이유도 없었다. 그러나 당시 수호천사는 엄청난 성공이었고 프로파간다의 승리였다. 영국에서 이루어진 일반인 대상 실험으로 그 물질이 체내에 축적된다는 사실을 입증했다. 수호천사가 함유된 물을 일주일만 마셔도 신경가스로부터 영원히 안전할 수 있다.

수호천사는 미국의 심장부와 영국 런던 인근의 여러 주에서 대량으로 생산되었다. 유조선으로 하와이와 멕시코, 노르웨이, 남아프리카, 에티오피아 같은 우방국들로 옮겨졌다. 연합국에서 혹은 연합국으로 운송이 이루어질 때마다 적의 U보트가 유조선을 거듭 공격했다. 1944년 9월의 어느 까만 밤에 희망봉으로 향하던 유조선 한 대가 포르투갈 해역에서 모든 선원과 함께 침몰했다.

조사를 통해 그 후 몇 개월 동안 바닷가 도시 아베이루와 이스피뉴, 포르토의 해안으로 이상한 것들이 떠밀려 왔음이 밝혀졌다. 바로 평상시보다 훨씬 큰 물고기였다. 비정상적인 크기의 물고기 떼가 해안까지 스스로 떠밀려 온 것이 분명했다. 바닷가 마을과 중소도시의 주민들은 그 물고기를 먹었다. 양심적인 포르투갈 공무원이 실시한 분석으로 1947년에 스페인 국경 근처의 에스트렐라 같은 먼 지역의 지하수에서도 수호천사가 검출된다는 사실이 드러났다. 하지만 유럽 전역의 지하수면을 검사해야 한다는 그의 제안은 그럴 만한 자원이 없다는 이유로 받아들여지지 않았다.

일부 분석은 유조선 한 척의 침몰이 결정적인 사건이었음을 시사한다. 또 다른 분석에서는 그 액체가 어느 시점에서든 물의 순환 속으로 들어가면 세계 어디로든 퍼질 수밖에 없다고 주장한다. 그 밖에도 전쟁 몇 년 뒤에 부에노스아이레스의 낡은 컨테이너에서 흘러나왔거나 중국 남부 탄약 집적장에서의 폭발 사고가 오염 원인이라는 주장도 있다.

어쨌든 세계의 바다는 하나로 연결되어 있고 물의 순환은 무한하다. 수호천사는 2차 대전 이후 잊혔지만 인체에 계속 농축되어 그 효능이 강화되었다. 현재 연구에서는 그 농도가 특정 수준에 이르러 여성에게 정전기 파워를 불러일으키는 확실한 방아쇠로 작용하였다고 규명되었다.

2차 대전 당시 7세 이하였던 여성은, 다 그런 것은 아니지만 쇄골에 타래의 싹을 벌써 지니고 있었다. 초기 아동기에 수호천사가 얼마나 주입되었느냐와 기타 유전 인자에 따라 좌우될 문제다. 타래의 싹은 더 나이가 어린 여성의 잘 제어된 정전기 파워를 통해 "활성화" 될 수 있다. 출생 년도가 매해 지날수록 타래의 싹은 점점 더 많은 여성에게서 나타난다. '소녀들의 날' 즈음에 13~14세였던 여성들은 거의 예외 없이 완전한 타래를 소유하고 있다. 타래의 힘은 한 번 활성화된 다음에는 여성의 생명에 막대한 위험을 초래하지 않고는 없앨 수 없다.

이론에 따르면 이미 인간의 유전체에 존재했던 유전적 가능성이 수호천사에 의해 강화된 것뿐이다. 먼 과거에는 더 많은 여성이 타래를 가지고 있었으나 시간이 흐르면서 형질이 제거되었을 가능성도 있다.

③ 30년 원칙에 따라 공개된 영국 내무 장관과 총리가 주고받은 기밀 SMS 대화.

총리: 방금 보고서 읽었습니다. 어떻게 생각합니까?

내무 장관: 발표하면 안 됩니다.

총리: 미국은 한 달 후에 발표하기로 했습니다.

내무 장관: 제기랄. 연기하라고 하세요.

총리: "급진적 개방성의 원칙"을 취한다고 합니다. 적극적으로 알리겠다 이거죠.

내무 장관: 늘 그렇듯이 말이죠.

총리: 미국인이 미국인처럼 구는 걸 막을 수 있나요.

내무 장관: 미국은 흑해에서 8000킬로미터 떨어져 있으니까요. 미국 국무 장관과 이야기해 보겠습니다. NATO 소관이라고 말해 줘야

해요. 보고서를 발표하면 취약한 정권들의 안정성에 커다란 해가 됩니다. 화학과 생물학 무기에 쉽게 손을 뻗을 수 있는 정권들 말입니다.

총리: 그래도 어쨌든 새어 나갈 겁니다. 우리에게 끼칠 영향에 대해 생각해 봐야 합니다.

내무 장관: 대혼란이 일어날 겁니다.

총리: 치료법이 없어서요?

내무 장관: 빌어먹을 치료법도 없고. 이제 더 이상 위기가 아닙니다. 새로운 현실이에요.

④ 인터넷 아카이브 프로젝트에 의해 보존된 온라인 광고 모음.

④-a 퍼스널 디펜더로 안전을 추구하자.

퍼스널 디펜더는 안전하고 믿을 수 있으며 사용법도 간편하다. 벨트에 착용한 배터리 팩이 손목의 테이저 건과 연결된다.

• 이 제품은 경찰의 승인을 받았고 개별적인 검사를 거쳤다.

• 은밀하다. 당신이 스스로를 방어할 수 있다는 사실을 아무에게도 알릴 필요가 없다.

• 바로 옆에 준비가 되어 있다. 공격을 받았을 때 권총집이나 주머니를 뒤질 필요가 없다.

• 이렇게 신뢰할 수 있고 효율성이 뛰어난 제품은 없다.

• 휴대폰 충전 콘센트 완비.

참고: 퍼스널 디펜더는 사용자에게 치명적인 사건이 발생한 후로 판매가 중단되었다. 대량의 전기 충격이 가해질 때, 무의식적으로 여성의 몸에서 공격자를 향해 커다란 활 모양의 파워가 반사적으로 자

주 '튕긴다'는 사실이 밝혀졌다. 퍼스널 디펜더 제조업체들은 그 같은 부작용으로 사망한 열일곱 명의 유족에게 집단 소송을 당했고 합의로 마무리되었다.

④-b 파워를 강화해 주는 이상한 기술.

현재 전 세계 여성들은 이 비밀 지식을 이용해 파워의 지속 시간과 강도를 높이는 방법을 배우고 있다. 우리 조상들은 그 비밀을 알고 있었다. 케임브리지 대학교 연구진은 파워의 기량을 개선해 주는 이 경이로운 기술을 발견했다. 비싼 훈련 프로그램 업체들은 소비자들이 이 손쉬운 성공법을 모르기를 바란다! 5달러를 내고 남들보다 앞서가게 해 주는 기술을 배우려면 여기 클릭.

④-c 방어용 슬립온 덧양말.

치명적인 공격으로부터 자신을 지키는 자연스러운 방법. 독이나 총알, 화약도 없이 전기로부터 자신을 안전하고 효과적으로 보호할 수 있다. 평범한 신발과 양말 사이에 이 고무 덧양말을 신기만 하면 끝! 착용 사실을 타인이 알 수도 없고, 신발과 달리 공격자가 쉽게 벗길 수도 없다. 한 팩에 두 개 들어 있음. 방습 소재의 안감이 발의 습기까지 막아 준다.

6년 남다

툰데

타티아나 모스칼레프가 맞았다. 그녀가 제대로 된 정보를 준 것이었다. 그는 두 달 동안 몰도바 북부, 아니 한때 몰도바였고 지금은 남부와 전쟁을 치르고 있는 북부 전선의 언덕에서 조사를 개시했다. 마주치는 사람들에게 신중하게 질문을 하고 뇌물도 주었다. 모든 경비는 로이터가 댔다. 여기서 입수한 정보를 믿을 수 있는 한 편집자에게 이야기했더니 바로 결재를 받아 주었다. 정말로 찾아낸다면 최대 특종이 될 터였다. 찾지 못하더라도 전쟁으로 피폐해진 나라를 지척에서 취재할 수 있을 테니 최소한 손해는 아닐 것이다.

그런데 찾았다. 어느 날 오후 국경 근처 마을의 한 남자가 툰데를 지프차로 계곡 아래가 내려다보이는 드네스트르강의 한 지점까지 태워다 주기로 했다. 그곳에서 낮은 구조물과 중앙의 훈련장으로 이루어진, 서둘러 지은 듯한 복합 건물을 보았다. 남자는 툰데에게 차에서 내리지 못하게끔 했고, 더 가까이 다가가려 하지도 않았다. 하지만 그 정도로도 충분했고, 툰데는 여섯 장의 사진을 찍을 수 있었다. 사진에는 구릿빛 피부에 수염이 있고 검은 베레모를 쓴 전투 피로증이 역력해 보이는 남자들이 새 무기와 새 방탄복으로 훈련하는 모습이 담겼다. 방탄복은 고무 재질이고 등에 배터리 팩을 멨으며 손에는 전기 충격봉을 들었다.

사진은 여섯 장뿐이지만 충분했다. 툰데의 기사는 세계적인 특종이 되었다. 로이터는 "비밀 군대를 훈련시키는 아와디아티프"라는 제목으로 기사를 내보냈다. 다른 미디어에서는 "남자들이 돌아오다", "이 사실에 누가 충격을 받았을까" 같은 기사를 보도한다. 뉴스룸과 아침 프로그램에서는 새 무기가 불러일으킬 영향에 대해 초조한 토론이 이어진다. 효과가 있을까? 이길 수 있을까? 툰데가 찍은 사진에 아와디아티프 왕의 모습은 담기지 않았지만 그가 몰도바의 방위군과 협력하고 있다는 결론만큼은 피할 수 없었다. 여러 국가에서 상황이 안정되어 가기 시작했는데 이 뉴스가 전해지자 또다시 소요가 일어난다. 남자들이 무기와 방탄복을 가지고 반격할 것이라고.

델리에서는 수주 동안 폭동이 계속되었다.

가난한 사람들이 모여 사는, 담요로 된 천막이나 판지와 테이프로 급조한 집들이 밀집한 고속 도로 다리 아래에서 시작되었다. 남자들이 법이나 허가증 없이 이용하고 아무런 처벌도 받지 않고 내다 버릴 수 있는 여자가 필요할 때 찾는 곳. 그곳에서는 삼 년째 손바닥에서 손바닥으로 파워가 전해졌다. 바야흐로 여자들의 치명적인 손은 영원을 뜻하는 '칼리'라는 이름으로 불린다. 새로운 성장을 위해 세상을 파괴하는 칼리. 죽음의 피에 도취하는 칼리. 엄지와 검지로 별을 이끄는 칼리. 공포는 그녀의 이름, 죽음은 그녀의 들숨과 날숨이다. 칼리가 이 세상에 도래함은 오래전부터 예견된 일이었다. 대도시의 고속 도로 다리 아래에 사는 여자들에게 사실을 조금 바꿔서 이해하기란 그다지 어려운 일도 아니었다.

정부가 군대를 보냈다. 델리의 여성들은 새로운 기술을 발견했다. 손을 입에 넣은 상태로 손가락에서 죽음이 뿜어져 나오게 하는 것. 마치 땅을 걷는 여신처럼 말이다. 정부는 빈민가의 물 공급을 끊었다. 거리에서 썩은 냄새가 진동하고 새끼를 밴 개들이 그늘을 찾아 숨을 헐떡거리며 헤매는 한여름이었다. 외신은 물을 구걸하고 한 방울의 식수라도 마시고자 기도하는 빈자들의 모습을 카메라에 담았다. 셋째 날 천국이 열렸고, 계절에 맞지 않는 폭우가 쏟아졌다. 비는 청소용 솔처럼 정신없이 바쁘고 꼼꼼하게 거리의 악취를 씻어 내고 물웅덩이를 만들었다. 다시 돌아온 군인들은 물웅덩이에 서 있거나 젖은 난간을 잡고 있었다. 그들의 차량은 헐거워진 전선을 따라 물웅덩이를 지난다. 여자들이 길에 번쩍 불빛을 밝히자 사람들이 갑자기 입에 거품을 물고 쓰러져 죽는다. 칼리가 그들에게 번개를 내리친 것처럼.

칼리의 신전은 숭배자들로 가득하다. 폭도들에 합류하는 군인들도 있다. 그곳에 카메라와 CNN 신분증을 가진 툰데도 있다.

외신 기자들로 가득한 호텔에서 사람들이 그를 알아본다. 그의 눈에도 몇몇 기자들이 익숙하다. 물론 사회적으로 용인된 표현은 아니겠지만 마침내 정의가 실현되고 있는 지역들에서 본 적 있는 이들이다. 공식적으로 서양에서는 아직 "위기" 상태라 평하고 있다. 예외적이고 개탄스럽고 일시적이라는 뜻이다. 독일 《알게마이네 차이퉁》 신문사 사람들이 툰데의 이름을 부르며 인사를 건넨다. 약간 질투 섞인 말투로 '아와디아티프의 군대' 사진이 특종을 기록한 일을 축하해 준다. 그는 CNN 선임 편집자들과 PD들, 나이지리아의《데일리 타임스》팀도 만난다. 그들은 그에게 어디에 숨어 있었느냐고, 어떻게 자신들이 특종을 놓쳤는지 모르겠다고 한다. 이제 툰데는 자신의 유튜브 채널을 운영하며 전 세계 각지에서 찍은 영상을 방송한다. 방송을 할 때마다 자신의 얼굴을 먼저 내보낸다. 그는 아무도 얼씬거리지 않는 가장 위험한 지역으로 가서 취재를 하는 사람이다. 스물여섯 번째 생일도 비행기 안에서 맞이했다. 한 남자 승무원이 그를 알아보고 샴페인을 가져다주었다.

델리에서 그는 잔파트 시장을 휘젓는 여성들 무리의 뒤를 따라간다. 한때 여성이 이곳을 혼자 걷지 못하던 때도 있었다. 일흔 살 이상의 여성만이 드나들 수 있었는데 그것조차 안전하지 않았다. 벌써 여러 해 동안 시위와 플래카드, 구호의 외침이 이어지고 있다. 시위가 끝난 뒤에는 없던 일처럼 잠잠해졌다. 이제 여성들은 다리 아래에서 죽은 사람들, 물이 없어 죽은 사람들의 편을 들며 "군사력을 과시"하고 있다.

툰데는 인파 속에서 한 여성을 인터뷰한다. 삼 년 전에도 시위에 참여했느냐는 질문에, 그녀는 배너를 들고 구호를 외쳤고 탄원서에 서명도 했다고 말한다. "파도의 일부분이 되는 것 같았어요. 바다의 파도는 강력한 듯 보이지만 일시적으로 존재할 뿐이죠. 햇빛에 물웅덩이가 마르면 물은 사라져요. 그러면 원래부터 없었던 게 아닐까 하는 생각이 들죠. 우리 상황이 그랬어요. 변화를 일으키는 파도는 쓰나미뿐이에요. 사람들에게 확실히 기억시키려면 집을 쓸어 버리고 땅을 파괴해야만 하죠."

툰데는 이 인터뷰를 책의 어느 부분에 넣을지 알고 있다. 정치 운동의 역사. 느릿하게 움직이다가 거대한 변화를 일으킨 투쟁. 그는 어떤 주장을 펼칠지 머릿속으로 정리해 본다.

약간의 폭력도 벌어진다. 대개는 좌판을 뒤엎는 행위다.

"이제 그들은 알 것입니다." 한 여자가 툰데의 카메라에 대고 소리친다. "이제 남자들이 밤중에 집 밖으로 나가면 안 된다는 사실을. 자신들이 두려워해야 한다는 것을!"

인파 속에 칼을 든 네 명의 남자가 나타나서 잠깐 실랑이가 벌어지지만 금방 정리된다. 남자들은 팔에서 경련을 느끼지만 영구적인 부상은 아니다. 툰데가 오늘 이곳에는 새로운 내용이 없다고 생각하는 순간, 위쪽의 윈저 플레이스에 군대가 바리케이드를 쳤다는 소식이 인파 사이에 퍼진다. 외국 호텔들을 보호하려는 것이다. 군대는 고무탄과 두꺼운 절연 밑창을 깐 신발로 무장하고 천천히 진군한다. 이곳에서 입증하려는 것이다. 정식 훈련을 받은 군대가 폭도를 어떻게 다루는지 세상에 보여 주려는 군사력 과시다.

툰데는 이곳 군중 속에 아는 여자가 한 명도 없다. 군대가 몰려왔을 때 그를 집으로 피신시켜 줄 사람이 없다. 군중은 툰데가 거의 알아차리지 못할 정도로 서서히 점점 밀착한다. 그는 군대가 이들을 일부러 한곳으로 몰아세우고 있음을 알아차린다. 그러면 어떻게 될 것인가? 오늘 사망자가 나오리라. 불길한 예감이 등줄기를 거쳐 정수리까지 솟구친다. 위쪽에서 외침 소리가 들린다. 이곳 말을 모르는 툰데는 알아듣지 못한다. 그의 얼굴에서 평소의 가벼운 웃음이 사라진다. 여기서 도망쳐야 한다. 높은 지대를 찾아야 한다.

주변을 둘러본다. 델리는 끊임없이 공사 중인 도시라 건물 대부분이 안전하지 못하다. 비계를 제거하지 않은 건물들, 어설프게 기울어진 가게 앞부분, 절반쯤 무너졌는데도 사람들이 사는 장소들. 저기다. 두 거리의 위쪽, 파라타를 파는 노점 뒤쪽에 판자를 덧댄 가게가 있다. 건물 측면에 나무 비계 같은 것이 붙어 있다. 지붕은 평평하다. 툰데는 다급하게 사람들의 어깨를 밀치며 나아간다. 대부분의 여성들은 아직도 배너를 흔들고 구호를 외치며 앞으로 나아가려 하고 있다. 저쪽 앞에서 쉭쉭, 치직 하고 파워를 내뿜는 소리도 들린다. 허공에서 느껴진다. 툰데는 이제 그 느낌을 안다. 개똥과 망고 피클, 군중의 체취, 튀긴 오크라와 소두구로 가득한 거리의 냄새가 잠깐 동안더욱 짙어진다. 모두가 잠시 멈칫한다. 하지만 툰데는 계속 앞으로밀치고 나아간다. 속으로 말한다. 툰데, 네 제삿날은 오늘이 아니야, 오늘은 아니라고, 나중에 집으로 돌아가서 친구들에게 웃으며 들려줄 수 있는 이야기가 될 거야, 책에도 들어갈 테고! 두려워하지 말고계속 가. 높은 지대에 자리를 잡으면 좀 더 좋은 영상이 나올 거야.

뛰어 보지만 공중에 매달린 비계의 가장 낮은 부분에조차 손이 닿지 않는다. 거리 위쪽에서도 그와 같은 생각을 했는지 지붕이나 나무 위로 올라가는 사람들이 보인다. 그들을 끌어내리려는 사람들도있다. 지금 비계로 올라가지 않으면 불과 몇 분 만에 자리를 차지하려는 다른 이들한테 제압당할 것이다. 툰데는 낡은 과일 상자를 급하게 가져와서 차곡차곡 쌓는다. 엄지에 기다란 나무 가시가 박히지만개의치 않고 상자를 밟고 도약한다. 닿지 않는다. 곧이어 쿵 하고 떨어지면서 무릎에 큰 충격이 퍼진다. 상자는 오래 버티지 못할 것이다. 군중은 또다시 앞으로 떠밀려 가며 구호를 외친다. 이번에는 좀더 힘을 주어 점프한다. 잡았다! 비계 사다리의 맨 밑부분이 잡혔다.

양쪽 옆구리 근육에 힘을 주어 사다리의 두 번째, 세 번째 칸을 밟고 올라간다. 허름한 구조물에 발을 올리니 그다음부터는 수월하다.

그가 오르는 동안 비계가 흔들린다. 비계는 허물어지고 있는 콘크리트 건물 외벽에 볼트로 접합되어 있지 않다. 밧줄로 한 번 묶여 있기는 하지만 해지고 썩어서 그가 오르는 동안 버티지 못하리라. 바보 같은 죽음이 될 것이다. 폭동 탓에 죽는 것도 아니고 군대의 총에 맞아 죽는 것도 아니고 타티아나 모스칼레프에게 목을 찔려 죽는 것도 아니다. 델리 거리에서 도망치려다가 3~4미터 아래로 등이 먼저 떨어져서 죽는다니. 그는 좀 더 빠르게 오르기 시작했고, 마침내 엉성한 난간에 다다른다. 구조물 전체가 좌우로 더욱 미친 듯 흔들리기 시작한다. 한쪽 팔로 난간을 잡고 매달린다. 엄지에 박힌 나무 가시가 더욱 깊숙이 파고드는 게 느껴진다. 두 다리에 힘을 주어 지붕의 한가운데로 점프한다. 오른팔과 오른 다리가 난간을 휘감은 상태로 그의 몸뚱이가 길거리 위에서 흔들린다. 거리 위쪽에서 비명 소리가 들리고 총성이 울려 퍼진다.

툰데는 왼쪽 다리를 굴러 또다시 몸을 뒤쪽으로 밀어서 자갈 지붕에 안착하는 데 성공한다. 물이 고인 곳으로 떨어지는 바람에 온몸이 젖었지만 안전하다. 끽끽 소리와 함께 나무 구조물 전체가 마침내 허물어진다. 됐어, 이젠 내려갈 방법이 사라졌다. 다른 한편으로는 군대로부터 도망치려는 군중한테 압도당할 일이 없다는 뜻이다. 그는 미소 지으며 천천히 숨을 쉰다. 여기에서 카메라로 전부 담을 수 있다. 더 이상 두렵지 않고 흥분마저 된다. 어차피 할 수 있는 일이 없다. 전화를 걸 당국도, 연락할 상사도 없다. 그저 군중과 떨어진 곳에 그와 카메라뿐. 그리고 곧 무슨 일이 일어나려 한다.

툰데는 몸을 일으키고 앉아 주위를 둘러본다. 바로 그때 지붕 위에 자기 말고 어떤 여자가 있음을 깨닫는다.

사십 대 중반 정도, 말랐지만 강단 있는 체구, 작은 손, 기름 먹인 밧줄처럼 두껍고 길게 땋은 머리. 그녀도 그를 본다. 뚫어져라 보지는 않고 이내 옆으로 고개를 돌린다. 그가 미소 짓자 그녀도 미소 짓는다. 그 미소가 여자에게 어떤 꿍꿍이가 있음을 확신하게 한다. 고개를 옆으로 갸우뚱하며 그를 보지 않다가 갑자기 쳐다보는 행동이 그러하다.

"저⋯⋯." 툰데가 길거리에 밀려든 군중을 내려다보며 말한다. 총성이 더욱 가까워졌다. "여기가 댁이시라면 죄송합니다. 좀 안전해질 때까지 기다렸다가 내려가려고 합니다. 괜찮을까요?"

그녀가 천천히 고개를 끄덕인다. 그는 미소를 짓는다. "저 아래 사정이 좋아 보이지 않네요. 숨으려고 지붕으로 올라오신 건가요?"

여자가 느리고 신중하게 답한다. 악센트가 심하지 않다. 생각했던 것보다 정상일지도 모른다. "당신을 찾고 있었어요."

툰데는 순간, 인터넷에서 영상을 보고 자신의 목소리를 안다거나 사진을 보았다는 뜻이라고 생각한다. 살짝 미소를 짓는다. 팬이구나.

그녀는 무릎을 꿇고 그가 여전히 앉아 있는 물웅덩이를 손으로 찰박거린다. 손을 씻으려는 줄 알았는데 갑자기 그의 어깨에 충격이 전해지고 온몸이 떨리기 시작한다.

너무 갑작스러운 일이라 실수였으리라고 생각한다. 여자는 눈을 마주치지 않고 딴 데를 본다. 고통이 등으로 퍼지고 다리까지 내려온다. 옆구리에서 마치 휘갈기듯 나무 문양이 새겨지는 통증이 느껴지고, 숨을 쉬기가 어렵다. 무릎을 꿇고 두 손으로 바닥을 짚는다. 물

밖으로 나가야 한다.

"그만! 하지 마요." 자기 목소리에 자신도 놀란다. 심통 부리며 애원하는 목소리다. 자신이 느끼는 것보다 훨씬 겁에 질린 목소리. 괜찮을 거야. 벗어날 거야.

그가 일어나려고 한다. 저 아래에서는 군중이 소리를 지르고 있다. 비명 소리도 들린다. 저 여자를 저지할 수만 있다면 거리의 수라장을 카메라에 멋지게 담을 수 있다.

여자는 여전히 눈알을 굴리면서 물을 휘젓는다.

"당신을 해치러 온 게 아닙니다. 괜찮아요. 그냥 여기서 같이 기다려요."

그러자 그녀가 웃음을 터뜨린다. 몇 번 크게 웃는 소리를 낸다.

툰데는 몸을 굴리고 기어서 물웅덩이로부터 빠져나가려 한다. 그러면서 여자를 쳐다본다. 이제 두려워진다. 여자의 웃음이 그를 겁에 질리게 한다.

여자가 미소 짓는다. 활짝 지어 보이는 웃음이다. 입술은 젖어 있다. 툰데는 일어서려 하지만 다리가 후들거린다. 한쪽 무릎을 땅에 대고 쓰러진다. 여자는 고개를 끄덕이며 바라본다. 마치 예상대로야, 그래, 그래야지, 하는 듯.

툰데는 지붕 주변을 살핀다. 별것 없다. 다른 지붕으로 이어지는 허술한 다리가 보인다. 그냥 널빤지 한 장에 불과하다. 저기를 지나고 싶지 않다. 그가 지나는 동안 여자가 널빤지를 발로 찰 수도 있으니까. 어쩌면 널빤지를 무기로 쓸 수도 있으리라. 적어도 여자의 공격을 피할 수 있다. 그는 널빤지로 기어가기 시작한다.

여자가 알아들을 수 없는 언어로 몇 마디를 내뱉더니 조용하게 말한다. "우리 사랑하는 사이인가요?"

여자가 입술을 적신다. 쇄골에서 벌레처럼 꿈틀거리는 타래가 보인다. 툰데는 더 빨리 움직인다. 건너편 지붕에서 이쪽을 쳐다보며 손으로 가리키고 소리치는 사람들이 있다는 사실도 희미하게 알고 있다. 하지만 저들이 해 줄 수 있는 일이란 아무것도 없다. 고작 영상이나 찍을지도. 그것이 그에게 얼마나 유리하겠는가? 다시 일어서려 하지만 다리가 충격의 여파로 여전히 떨린다. 여자는 다시 애쓰는 그를 보고 웃음을 터뜨리더니 갑자기 달려든다. 툰데는 구두로 여자의 얼굴을 걷어차려 하지만 여자가 그의 맨 발목을 잡고 다시 공격한다. 길고 높은 포물선. 숙련된 견고한 움직임으로 고기를 토막 내는 큰 칼을 휘두르듯 허벅지와 종아리로 충격이 전해지고, 뼈와 살을 발라낸다. 다리털이 타는 냄새가 난다.

거리에서 올라오는 향신료 냄새가 퍼진다. 구운 고기, 뚝뚝 떨어지는 동물 지방의 연기, 타는 뼈. 툰데는 어머니를 떠올린다. 손가락으로 솥 속의 찐쌀을 맛보려고 조금 집어 들던 어머니. 너한테는 너무 뜨거워, 툰데, 손 치우렴. 스토브에서 보글보글 끓던 뜨겁고 달콤한 곤죽 냄새가 난다. 지금 네 머릿속이 울려서 그런 거야, 툰데, 사람들이 뭐라고 할지 생각해 봐. 머리는 고깃덩어리와 전기로 이루어져 있어. 지금 실제보다 더 고통스럽게 느껴지는 이유는 뇌에 합선이 일어났기 때문이야. 넌 지금 혼동하는 거야. 여기는 집이 아니야. 엄마는 오지 않아.

이제 여자는 그를 바닥에 눕히고서 그의 벨트, 청바지와 씨름을 벌인다. 버클을 풀지도 않고 바지를 내리려 하지만 엉덩이에 걸린다. 툰데의 등은 자갈에 긁히고, 등허리에서 축축한 콘크리트 블록 끄트머리가 맞비벼지는 게 느껴진다. 너무 세게 저항하면 여자가 자신을 기절시키고 무슨 짓을 할지 모른다는 생각뿐이다.

외침 소리가 점점 멀어진다. 물속에 들어온 것처럼 귀가 먹먹하다. 처음에는 거리에서 들려오는 소리인 줄 알았다. 다음번의 충격에 대비해 온몸이 뻣뻣해진다. 하지만 충격은 가해지지 않았고 문득 자신이 허공에 대고 허우적거리고 있음을 깨닫는다. 눈을 떠 보니 다른 세 여자가 그 여자를 그에게서 끌어냈다. 널빤지를 통해 옆 건물에서 넘어온 모양이었다. 그들은 여자를 밀쳐 버리고 계속 충격을 가한다. 여자는 가만히 누워 있지 않는다. 툰데는 다시 바지를 올려 입고 지켜본다. 기름지고 두툼하게 땋은 머리의 여자가 움직임을 멈출 때까지.

앨리

자유주의를 표방하는 웹 사이트 'Freedom of Reach' 포럼에서 발췌.

Askedandanswered

사우스캐롤라이나에서 대박, 대박 소식 전합니다. 사진 보세요. 어머니 이브 사진도 있습니다. '사랑을 향해' 영상 캡처 사진인데 후드가 살짝 뒤로 벗겨져서 얼굴이 조금 보입니다. 약간 각진 턱, 입 아래쪽과 턱과 입과 코의 비율이 보이죠. 제가 이 비율을 표로 계산해 봤습니다.

이번엔 이 사진을 보세요. UrbanDox 포럼에 누군가가 사 년 전 앨라배마에서 있었던 경찰 사건 조사 사진을 올렸습니다. 모든 정황으로 볼 때 진짜입니다. 정의를 원하는 사람이나 경찰 관계자가 올렸는지도 모르죠. 어쨌든 양아버지를 살해하고 종적을 감춘 "앨리슨 몽고메리테일러"의 사진입니다. 사진이 아주 선명하죠. 턱 모양이 동일하고 입 아랫부분도 똑같습니다. 입과 코, 입과 턱의 비율도 동일하고. 한번 보시고 이의 있으면 말해 주세요.

Buckyou

제에에에엔장. 네, 당신은 모든 인간에게 입과 코와 턱이 있다는 사실을 발견하셨습니다. 인류학계가 난리 나겠다, 얼간이.

Fisforfreedom

조작된 게 분명한 사진이네. "앨리슨 M-T"의 사진에서 조명을 한번 봐. 조명이 왼쪽 그리고 오른쪽의 턱을 비추고 있지? 조회 수 올리려고 가짜 사진을 올렸네. 원시인이 따로 없군. 난 헛소리라고 생각.

AngularMerkel

이브가 "앨리슨 M-T"라는 건 잘 알려진 사실입니다. 전에 플로리다 경찰에도 신고가 들어갔는데 그녀가 돈으로 매수했죠. 그들은 동부 해안 지방까지 진출해서 돈을 갈취하고 사람들을 협박했습니다. 이브와 수녀들은 빌어먹을 유대인 범죄 조직과 손잡았어요. UrbanDox와 UltraD에 의해 증명된 사실입니다. 중복 게시물 올리기 전에 5월 11일 롤리 폭동과 그때의 체포 관련 글을 확인해 보세요, 멍청아.

Manintomany

UrbanDox 계성 욕설 때문에 정지됐어, 멍청아.

Abrahamic

네가 올린 글이 전부 다 UrbanDox, 아니 두 개의 가짜 아이디를 지지하는 내용이라는 건 알겠다. 넌 UD 본인이거나 아님 걔 X 엄청 빨아 주는 거지.

SanSebastian

이게 이브가 아닐 리 없잖아? 이스라엘 정부가 새 "교회들"의 자금을 대고 있거든. 이스라엘은 수 세기 동안 기독교를 파괴하려 했고 우리의 신심을 떨어뜨리려고 흑인들을 이용해서 마약으로 도심을 오염시켰지. 신종 마약은 그 일부분일 뿐이야. 새 "교회들"이 우리 아이들에게 시오니스트 마약을 유통하고 있다는 건 알아? 제발 정신 차려, 순진한 백성들아. 기득권 세력과 제도가 전부 통제권을 쥐고 있어. 너희들은 자유롭다고 생각하지? 이렇게 온라인 게시판에서 이야기를 할 수 있으니까? 그들이 우리를 감시하고 있다는 생각은 안 해? 우리가 누구인지 한 명 한 명 다 알 거라는 생각은? 그들은 우리가 여기에서 떠드는 건 신경 쓰지 않아. 하지만 한 명이라도 행동하려는 조짐을 보인다면 우릴 끝장낼 거야.

Buckyou

낚시꾼들에게 미끼를 주지 말자.

AngularMerkel

음모론을 퍼뜨리는 미치광이들.

Loosekitetalker

백 퍼센트 틀린 말은 아니야. 왜 불법 영화 다운로드 단속이 더 강력하게 이루어지지 않는다고 생각해? 왜 포르노 사이트와 토렌트 사이트들을 검색, 차단하지 않을까? 엄청나게 쉬운 일인데. 여기 있는 누구라도 반나절 만에 프로그램을 만들 수 있을걸. 왜인지 알아? 그들은 필요하다면 우리를 감옥에서 100만 년 동안 썩게 할 힘을 가지고 있어. 인터넷은 미인계 같은 거야. 프록시를 쓴다고, 빌호로드나 커슨을 통해 신호를 튕긴들 안전하다고 생각하니? NSA(미국국가안전보장국)는 그들과 거래를 맺었고 그들은 경찰도 매수했어. 지금 이 서버 안에 있다고.

Matheson

적당히 해라. 이 게시판은 인터넷 보안에 대해 토론하는 곳이 아니야. 이 게시물은 보안 코너로 옮기기 바람.

Loosekitetalker

이 게시판하고도 연관이 있어. BB97의 몰도바 영상 봤어? 우리 미국 정부가 찍은 거고, 아와디아티프의 군대 움직임을 감시하고 있어. 그들이 그걸 모를까, 우릴 보지 못할까?

Fisforfreedom

그럼…… 다시 주제로 돌아가서 난 그게 어머니 이브가 아니라고 생각해. "앨리슨 M-T"는 새아빠를 죽인 6월 24일 밤에 도망쳤잖아. 머틀 베이에서 있었던 이브의 첫 설교 날짜는 7월 2일이고. 그럼 "앨리슨 M-T"가 아빠를 죽이고 차를 훔쳐서 다른 주로 넘어간 지 열흘 만에 새 종교의 최고 사제로 변신해서 설교를 했다고? 믿을 수가 없는데. 얼굴 인식 소프트웨어가 우연의 일치를 집어낸 거고, 레딧의 음모론자들이 열광했지만 아무것도 아니야. 이브에게 이상한 점이 있다고 생각하느냐고? 물론이지. 사이언톨로지나 초기 모르몬교에도 비슷한 의혹이 존재해. 이중 화법, 옛 사고를 새로운 사고방식에 끼워 맞추기, 새로운 하층 계급 만들기 등. 하지만 살인? 그건 증거가 없어.

Riseup

정신 차려. 그녀의 신도들이 설교 날짜를 실제보다 훨씬 이전 날짜로 조작한 거야. 초기 설교 영상은 존재하지 않아. 유튜브에 아무것도 없어. 날짜는 충분히 조작했을 수 있어. 그래서 오히려 더 유죄인 것처럼 보인다. 왜 실제보다 일찍 머틀 베이에 있었던 척을 하는 거지?

Loosekitetalker

몰도바 사진이 왜 화제에서 벗어났는지 모르겠어. 어머니 이브는 그동안 남몰도바에서 연설을 했고, 그곳에 세력 기반을 쌓고 있어. 알다시피 NSA는 모든 것을 감시하고 있고 세계 테러리즘도 사라지지 않았어. 사우디 국왕의 친척 열일곱 명이 쿠데타 이후에 나라를 떠났어. 8조 달러가 넘는 해외 자산과 함께. 사우디 왕족이 사라진 건 알 파이살리야 타워에 여성 센터가 있기 때문이야. 반발이 없으리라고 생각해? 아와디아티프가 자기 왕국을 되찾고 싶어 하지 않을 거라고 생각해? 그가 돈을 물 쓰듯 뿌리며 도움이 될 만한 사람이라면 누구든 끌어들이지 않을 거라고 생각해? 사우디 왕족이 뭐에 자금을 대는지 알기나 해? 그들은 테러에 자금을 댄다네, 친구들.

이렇게 볼 때 그들이 자국 내부의 테러와 보복성 테러에 관심이 없을까? NSA는 우리가 여기에서 하는 말을 전부 감시하고 있어. 그건 확실해. 앞으로 그들은 이브를 철저하게 감시할 거야.

Manintomany

내가 장담하는데 이브는 삼 년 안에 죽는다.

Riseup

야, VPN을 열 개 정도 사용하는 게 아니라면 곧 누군가 집으로 쳐들어올 거다. 셋, 둘, 하나…….

AngularMerkel

누군가 그녀에게 청부 살인업자를 보낼걸. 전기는 총알을 막을 수 없어. 맬컴 X. MLK. JFK. 벌써 계약을 했을 수도 있어.

Manintomany

그년 연설 진짜 짜증 나. 내가 공짜로 죽여 줄 수 있는데.

TheLordIsWatching

정부는 'VACCINATIONS'라는 호르몬을 철저하게 계산된 양으로 투여해서 수년 동안 이런 변화를 일으켰어. '아둔하다(VACUOUS)'의 VAC, 'SIN'은 죄 많은 우리의 영혼이고, 'NATION'은 이 호르몬 탓에 파괴되어 버린 한때 위대했던 민족을 뜻하지. 신문사들이 폭로하지 않은 사실을 알고 싶으면 여길 클릭해.

Ascension229

심판이 있을 것이다. 하나님이 백성들을 모아서 그의 방식과 영광으로 사람들에게 지시를 내릴 것이니 이것은 세상의 종말이라. 의로운 자들은 하나님에게로 모이고 사악한 자들은 불에 타 죽을 것이다.

AveryFalls

올라툰데 에도의 몰도바 취재 기사 봤어? 사우디 군대 말이야. 늠름한 청년들을 보면서 그 군대에 합류하고 싶다고 생각하는 사람 없어? 그들이 가진 무기로 다가올 전쟁에서 싸우고 싶다고. 우리 후손들이 물었을 때 뭐라고 해 줄 말이 있도록 변화를 만드는 데 동참하고 싶다고 생각하는 사람?

Manintomany

나도 그런 생각했는데. 내가 좀 더 젊었더라면. 아들이 가고 싶어 한다면 기꺼이 응원해 줄 겁니다. 하지만 지금 페미나치한테 당하고 있네요. 아주 손톱을 애한테 꽉 꽂았습니다.

Beningitis

어제 아들을 데리고 쇼핑몰에 갔습니다. 아들이 아홉 살이에요. 장난감 가게에서 스스로 고르라고 했죠. 지난주에 생일이었거든요. 선물로 받은 용돈도 있고, 혼자 밖으로 나가지 않을 만큼 똑똑하니까요. 그런데 내가 찾으러 가 보니 한 여자애가 우리 아이한테 말을 하고 있는 거예요. 열셋, 열넷 정도. 손바닥에는 그 문신이 있었고요. 파티마의 손. 뭐라고 했는지 물으니까 아들이 계속 울기만 하는 겁니다. 자기가 정말 나쁜 애고, 하나님께서 순종적이고 겸손한 남자아이가 되길 바라는 게 사실이냐고 묻더군요. 그 여자애가 장난감 가게에서 우리 아들을 전도하려고 했던 겁니다.

Buckyou

젠장. 젠장. 역겹다. 멍청한 거짓말쟁이 나쁜 년 같으니라고. 나라면 완전 세게 때려서 눈깔로 X을 빨게 할 텐데.

Verticalshitdown

뭐래, 무슨 뜻인지도 모르겠네.

Manintomany

혹시 그 여자애 사진 있어요? 사진 신분증 같은 거? 도와줄 수 있는 사람들이 있어요.

Loosekitetalker

그 가게 어디입니까? 정확한 시각과 장소가? CCTV 영상을 찾아보죠. 영원히 잊지 못할 메시지를 보내 줍시다.

Manintomany

가게 이름을 개인 메시지로 보내 주세요. 우리가 그들에게 반격을
가할 겁니다.

Fisforfreedom

얘들아, 위장술인 것 같아. OP는 최소한의 증거를 가지고 누구든
공격하게 할 수 있어. 우릴 악당으로 보이게 하려고 쌍방 액션을 유
도하는 걸 수도 있어.

Manintomany

꺼져. 충분히 일어나고 있는 일이야. 우리도 당했고. 그들이 하는
말처럼 우리에겐 '분노의 일 년'이 필요해. 그들은 정의의 뜻을 알아
야 해.

UrbanDox933

숨을 곳은 없다. 도망칠 곳도 없다. 자비도 없을 것이다.

마고

"시장님, 주지사로 당선되면 예산 부족 문제를 어떻게 해결하실
계획인가요?"

세 가지 요점이 있는 질문이다. 두 가지는 곧바로 생각난다.

"세 가지 중점 계획이 있습니다, 켄트. 첫째, 관료제에 들어가는 과도한 지출을 줄인다." 첫 번째 핵심을 찌르기에 좋은 대답이다. "현주지사 대니얼 댄든의 주정부가 작년에 3만 달러 이상의 예산을 환경 감독비로 썼다는 사실을 알고 계신가요?" 그게 뭐였더라. "병에 든 생수를 감독하는 일에 말입니다." 말의 효과를 높이려고 잠시 멈춘다.

"둘째, 원조가 불필요한 사람들에게 배정된 예산을 줄인다. 소득이 연간 10만 달러 이상인 사람에게 자녀의 여름 캠프비를 지원해 주면 안 되죠!" 이것은 대표성을 잘못 내세운 경우다. 이 규정을 적용받는 대상은 주 전체에 2000가구뿐이니까. 대부분은 장애 아동을 둔 가정이라 어쨌든 자산 조사를 면제받는다. 하지만 그래도 효과적이다. 아이들을 언급하면 그녀에게도 가정이 있다는 사실을 상기해 주는 동시에, 복지 예산을 삭감하겠다니 정치적으로 단호해 보일 수 있다. 마음 약한 여성 정치인이 아닌 것이다.

그리고 세 번째 요점.

"세 번째 핵심은……." 그녀는 말을 계속 이어 감으로써 할 말이 저절로 입에 붙기를 바란다. "세 번째 핵심은……." 좀 더 단호하게 다시 언급한다. 젠장, 생각나지 않는다. 제발! 관료제 예산 삭감. 불필요한 복지 삭감. 그리고, 그리고, 젠장.

"젠장, 앨런. 세 번째 핵심은 잊어버렸어."

앨런이 기지개를 펴고 자리에서 일어나 목을 돌린다.

"앨런. 세 번째 말해 줘."

"말씀드리면 무대에서 또 까먹으실 거잖아요."

"엿 먹어, 앨런."

"그 입으로 애들한테 뽀뽀도 하시죠?"

"애들은 차이를 못 느껴."

"마고, 정말 원하는 일이세요?"

"원하는 일이냐고? 원치 않는 일이면 이렇게 준비하고 있겠어?"

앨런이 한숨을 쉰다. "알고 계시는 거잖아요. 예산 부족 대처 방안의 세 번째 핵심은 마고의 머릿속에 들어 있어요. 찾아보세요, 마고."

그녀는 천장을 쳐다본다. 그들이 있는 장소는 거실 텔레비전 세트 옆, 실물 크기의 모형 연단이다. 매디의 아기 시절 손도장 액자가 벽에 걸려 있다. 조슬린의 것은 아이의 요구로 치웠다.

"실시간 방송일 때는 달라. 그때는 아드레날린이 나오거든. 좀 더⋯⋯." 그녀가 손바닥을 앞으로 향하게 하고 양손을 든다. "원기 왕성할 거라고."

"그래요. 너무 원기 왕성해서 예산 개혁안의 세 번째 핵심이 생각나지 않는다고 라이브로 구토를 하시겠죠. 원기 왕성하게 구토하실 거라고요."

관료제. 복지. 그리고 관료제⋯⋯ 복지⋯⋯.

"기반 시설 투자!" 마고가 소리친다. "현 주정부는 기반 시설 투자를 거부했습니다. 학교들이 무너지고, 도로의 유지 보수도 제대로 이루어지지 않았죠. 돈을 벌려면 돈을 써야 합니다. 저는 대규모 프로젝트 관리 능력이 있음을 이미 보여 드린 바 있습니다. 여자아이들을 위한 우리 주의 노스스타 캠프는 이미 열두 개 주에서 벤치마킹하여 시행 중이고요. 그 덕분에 일자리가 창출되고 아이들도 거리를 배회하지 않습니다. 우리 주의 거리 폭력 발생률이 가장 낮은 이유도 그 덕분입니다. 기반 시설 투자는 안정적인 미래에 대한 확신을 심어 줄 것입니다."

그래, 이거다. 기억해 냈어.

"시장님, 민간 군사 기업과 연계가 있다는 우려가 있습니다. 사실입니까?" 앨런이 묻는다.

마고가 미소 짓는다. "공공 부문과 민간 부문이 함께 정책을 추진할 때만 우려해야 하는 부분이죠, 켄트. 노스스타 시스템은 전 세계에서 가장 훌륭한 기업 중 하나입니다. 여러 국가 원수들의 사설 경호 서비스를 맡고 있어요. 그리고 미국 기업이고요. 성실 근면한 가정에 일자리를 제공해 주기 위해 필요한 기업입니다. 한번 생각해보세요." 바로 그 순간 그녀의 미소가 긍정적으로 긍정적으로 반짝인다. "노스스타가 선의의 기업이 아니라면 제가 과연 제 딸을 그 기업이 운영하는 주간 캠프에 보낼까요?"

방 안에서 천천히 박수갈채가 퍼진다. 마고는 조슬린이 옆문으로 들어와 계속 듣고 있었다는 사실을 몰랐다.

"훌륭했어, 엄마. 정말 훌륭해."

마고가 소리 내어 웃는다. "몇 분 전의 모습을 봤어야 해. 우리 주의 학군들도 생각이 안 났다니까. 십 년 동안 외우고 있던 건데 말이야."

"조금만 긴장을 풀면 더 좋을 거야. 엄마, 와서 음료수 마셔."

마고가 앨런을 힐끗 본다.

"예, 예. 십 분만입니다."

조슬린이 미소 짓는다.

조스는 잘 지내고 있다. 어쨌든 전보다는 나아졌다. 노스스타에서 보낸 이 년의 시간이 도움이 되었다. 그곳 소녀들이 전기의 강도를 줄이는 방법을 가르쳐 주었다. 전구를 깨뜨리지 않은 지도 몇 달째였고 컴퓨터도 망가뜨릴 걱정 없이 사용할 수 있게 되었다. 하지만 강도를 높이는 방법은 아직 배우지 못했다. 파워가 전혀 없는 날이 일주일 동안 이어지기도 한다. 캠프의 소녀들은 조스의 식습관과 수면, 생리, 운동 등에서 원인을 찾으려 했지만 뚜렷한 패턴이 나타나지는 않았다. 힘이 전혀 나오지 않을 때가 며칠, 몇 주나 이어졌다. 마고는 은밀히 몇몇 건강 보험 기업과 연구 자금 마련에 관하여 논의를 했다. 지원을 해 준다면 주정부가 정말 고마워할 것이다. 그녀가 주지사가 된다면 더더욱.

조스가 그녀의 손을 잡고 구석방을 지나 주방으로 간다. 맞잡은 손을 꽉 누른다.

"저기, 엄마. 앤 라이언이야."

복도에 한 소년이 주머니에 양손을 찔러 넣고 어색하게 서 있다. 그 옆에는 책이 잔뜩 쌓여 있다. 얼룩덜룩한 금발이 눈을 가린다.

하, 남자애라니. 그래, 좋아. 부모의 길에는 시련이 끊이질 않는 법이니까.

"안녕, 라이언. 만나서 반갑다." 마고가 손을 내민다.

"반갑습니다, 클리어리 시장님." 남자애가 웅얼거린다. 적어도 예의는 있네. 더 막돼먹을 수도 있는데.

"몇 살이니, 라이언?"

"열아홉 살이에요."

조슬린보다 한 살 많다.

"내 딸이랑은 어떻게 만났지, 라이언?"

"엄마!"

라이언의 얼굴이 붉어진다. 눈에 띄게 상기되었다. 마고는 열아홉이 얼마나 어린 나이인지 잊고 있었다. 열네 살 매디는 벌써 현관에서 군인 자세를 취하고 텔레비전에서 본 기술이나 언니 조스가 캠프에서 배워 온 내용을 연습한다. 매디는 아직 파워가 깨어나지도 않았는데, 지금 복도에 서서 붉어진 얼굴로 운동화를 쳐다보고 있는 소년보다 훨씬 나이가 많은 듯 느껴진다.

"쇼핑몰에서 만났어. 같이 놀다가 음료수도 마셨고, 이제 같이 숙제하려고 해." 조스가 애원하는 듯한 목소리로 말한다. "라이언은 가을에 조지타운에 입학할 거야. 의예과."

"여자애라면 누구나 의사랑 사귀고 싶어 하지, 응?" 마고가 미소 짓는다.

"엄마!"

마고는 조슬린의 허리를 잡아당겨 정수리에 입맞춤을 하고는 귀에 속삭인다. "방문 열어 놓고 있어. 알았지?"

조슬린의 몸이 경직된다. "나중에 따로 얘기하기 전까지만이야. 오늘만, 알았지?"

"알았어." 조스가 속삭인다.

"사랑해." 마고가 다시 입맞춤을 한다.

조스가 라이언의 손을 잡는다. "나도 사랑해, 엄마."

라이언은 어설프게 한 손으로 책을 집어 든다. "반가웠습니다, 클리어리 부인." 곧장 습관처럼 '누구누구 부인'이라고 부르면 안 된다는 사실을 깨닫고 놀란 표정을 짓는다. "아니, 클리어리 시장님."

"나도 반가웠어, 라이언. 저녁 식사는 6시 30분이야, 알겠지?"

두 사람은 2층으로 올라간다. 새로운 세대의 시작이다.

앨런이 구석방 문가에서 보고 있다. "젊은이들의 사랑인가요?"

마고는 어깨를 으쓱한다. "젊은 무언가는 맞지. 섦은 호르몬."

"변하지 않는 게 있다니 반갑네요."

마고는 2층으로 이어지는 계단통을 올려다본다. "아까 내가 정말 원하는 일이냐고 물은 거 무슨 뜻이었어?"

"공격적인 태도가 필요해서예요, 마고. 질문에 달려들어야 해요. 굶주려 있다는 걸 보여 줘야 한다고요, 아시겠어요?"

"정말 원하는 일이야."

"왜죠?"

마고는 도대체 왜 파워가 꺼질 때마다 조슬린이 몸을 떠는지 아무도 모른다는 사실을 떠올린다. 주지사가 되면 대니얼의 방해 없이 염두에 둔 일을 빠르게 진행할 수 있을 것이다.

"내 딸들을 위해서. 조스를 도와주고 싶어."

앨런이 얼굴을 찡그린다. "알았어요. 하던 거 계속하죠."

2층에서 조스는 문을 끝까지 당기고 엄마가 엿듣지 못하도록 아주 살짝 손잡이를 돌린다. "엄마는 아마 아래층에 몇 시간 동안 계실 거야."

라이언은 침대에 앉아 있다. 엄지와 검지로 조스의 손목에 동그라미를 그린다. 그리고 그녀를 당겨서 옆에 앉힌다. "몇 시간이나?" 라이언이 말하며 미소 짓는다.

조스는 어깨를 한쪽으로 기울였다 또 다른 쪽으로 기울인다. "외울 게 많거든. 매디는 주말 동안 아빠랑 있을 거고." 조스가 그의 허벅지로 손을 가져다 댄다. 엄지로 천천히 동그라미를 그린다.

"신경 쓰여? 엄마가 바쁘신 거 말이야."

조스가 고개를 젓는다.

"언론이랑 그따위 것들 이상하게 느껴지지 않아?"

조스는 그의 청바지 표면을 손톱으로 긁는다. 그의 호흡이 가빠진다.

"익숙해질 수밖에 없지. 엄마는 그래도 우리 가족에게 사생활이 있다고 말해. 집 안에서 일어나는 일은 우리만 아는 거라고."

"멋지네. 난 저녁 뉴스에 나오고 싶지 않거든."

조스는 이렇게 말하는 그가 사랑스러워서 키스를 한다.

그들은 전에도 키스를 해 보았지만 그래도 아직 새롭다. 게다가 문을 여닫을 수 있고, 침대가 있는 곳에서의 키스는 처음이다. 조스는 또다시 누군가를 해칠까 봐 내내 두려웠다. 자기 탓에 병원으로 실려 간 남자애가 계속 생각났다. 남자애 팔에 난 털이 빳빳해지던 것, 엄청나게 큰 소리를 들었을 때처럼 귀를 틀어막던 일. 라이언에게 전부 다 이야기했다. 라이언은 지금까지 만나 본 다른 남자들과 다르게 이해해 준다. 두 사람은 통제 불능 상태가 되지 않도록 천천히 나아가자고 얘기를 나누었다.

그의 입속은 따뜻하고 축축하고, 혀는 미끌거린다. 그가 신음 소리를 낸다. 조스는 자기 안에서 '그것'이 점점 쌓임을 느끼지만 괜찮다. 호흡법도 실시하고 있으며 제어할 수 있다. 그녀의 손이 그의 등에서 벨트 아래로 내려간다. 처음에는 망설이던 그의 손이 좀 더 자신 있게 그녀의 옆 가슴을 만진다. 엄지는 그녀의 목과 목젖 사이에 있다. 쇄골에서 지지직거리는 느낌이 들고, 다리 사이로 묵직한 통증이 느껴진다.

그가 잠시 몸을 뗀다. 두려워하는 동시에 흥분한 모습이다.

"느껴져. 보여 줄래?"

그녀가 헉헉거리며 미소 짓는다. "네 거 먼저 보여 줘."

둘은 같이 웃는다. 그녀가 자신의 셔츠 단추를 푼다. 첫 번째, 두 번째, 세 번째. 브래지어의 끝부분이 드러난다. 그는 미소 지으며 스웨터를 벗고 받쳐 입은 셔츠의 단추도 마저 푼다. 하나, 둘, 셋.

그는 손가락으로 그녀의 쇄골을 어루만진다. 그녀의 타래가 피부 속에서 살짝 튕긴다. 흥분했고 준비도 되어 있다. 그녀가 한 손으로 그의 얼굴을 만진다.

그가 미소 짓는다. "계속해."

그녀 역시 그의 쇄골을 어루만진다. 처음에는 아니었지만 곧 느껴졌다. 희미하지만 반짝인다. 그에게도 타래가 있다.

두 사람은 쇼핑몰에서 만났다. 적어도 그것은 사실이다. 정치가 집안에서 자란 조슬린은, 가능만 하다면 절대로 노골적인 거짓말을 해서는 안 된다는 사실을 알고 있었다. 그들은 쇼핑몰에서 만났다. 둘이 거기에서 만나기로 약속을 했으니까. 처음에는 온라인 채팅방에서 만났다. 조슬린은 자신과 같은 사람을 찾고 있었다. 이상한 사람. 어떤 식으로든 기묘하게 파워가 나타나는 사람.

조슬린은 모르는 사람의 이메일을 읽고 UrbanDox 사이트를 찾아보았다. 이것이 남자와 여자 사이의 '신성한 전쟁'의 서막이라는 말에 대해서도. UrbanDox에는 '일탈자와 비정상'을 위한 사이트 정보가 하나 있었다. 조슬린은 그게 바로 나라고, 내가 가야 할 곳이라고 생각했다. 나중에는 왜 진즉 이런 생각을 하지 못했는지 놀라웠다.

라이언은 조슬린보다도 희귀한 케이스였다. 그는 염색체 이상인 채로 태어났다. 부모는 그가 태어난 지 몇 주 되었을 무렵에 이 사실을 알았다. 하지만 염색체 이상을 가진 소년이라고 해서 전부 타래가 자라지는 않는다. 일부는 타래가 나오려고 할 때 사망했고, 또 다른 일부는 타래가 생기더라도 작동하지 않았다. 어떤 경우든 남에게 알리지 않는다. 세상의 좀 더 험악한 지역에서는 남학생들이 타래를 보여 주었다가 살해당하기도 했기 때문이다.

'일탈자와 비정상'을 위한 사이트에서 사람들은 여자가 남자에게 파워를 일깨워 주려고 하면 어떻게 되는지, 훈련 캠프에서 파워가 약한 여자들을 상대로 이미 실시되고 있는 강화 기술을 남자들에게 가르쳐 주면 어떻게 될지 궁금해한다. 여자들이 도와준다면 파워를 가진 남자들이 늘어나리라고. 하지만 대부분의 남자들은 더 이상 시도하지 않았다. 파워 자체랑 엮이고 싶어 하지 않는다. 이상함, 염색체 이상과 엮이기를 원하지 않는다.

"할 수…… 있어?"

"넌?" 그가 묻는다.

오늘은 운이 좋은 날이다. 조슬린의 파워가 균일하고 침착하다. 조금 나누어 줄 수 있다. 팔꿈치로 갈비뼈를 쿡 찌르는 강도로만, 아주 약간의 파워를 그에게 보낸다. 그가 작게 소리를 낸다. 즐거워하는 소리다. 그녀는 미소 짓는다.

"이제 네 차례야."

그가 그녀의 손을 잡고 손바닥 중앙을 쓰다듬는다. 그리고 파워를 보낸다. 그의 파워는 그녀만큼 제어된 상태도 아니고 훨씬 약하지만 틀림없이 존재한다. 덜덜 떨리며 점점 세지다가 3~4초 만에 약해져 버리지만 분명히 존재한다.

그녀는 그의 파워를 느끼며 숨을 내쉰다. 굉장히 사실적이다. 그의 파워를 느끼고 있노라니 육체의 윤곽이 매우 분명하게 그려진다. 포르노 같은 측면이 강하다. 인간의 가장 확실한 욕망은 금세 적응한다. 파워가 있는 곳에는 늘 섹시함이 있다. 지금 이곳에 파워가 있다.

라이언은 그녀의 손으로 파워를 흘려보내며 바라본다. 간절한 눈빛이다. 그녀가 살짝 헉 소리를 낸다. 그는 만족스럽다.

얼마 존재하지 않는 파워가 다 소진되자 그는 등을 대고 침대에 눕는다. 그녀도 옆에 눕는다.

"지금? 준비는 됐어?" 그녀가 묻는다.

"응. 지금."

그녀가 한 손가락 끝으로 그의 귓불을 만지며 치지직거리게 한다. 그는 몸을 비틀고 웃으며 그만하라고, 또 계속해 달라고 애원한다.

조스는 여자를 좋아한다. 여자 같은 남자를 좋아한다. 라이언은 운 좋게도 버스를 타고 오갈 수 있는 거리에 살았다. 그에게 따로 메시지를 보냈고 쇼핑몰에서 만났다. 두 사람은 서로가 마음에 들었다. 두세 번 더 만났다. 파워에 대해 이야기하고 손도 잡고 키스까지 했다. 그리고 그녀가 그를 집으로 데려갔다. 그녀는 생각한다. 남자 친구가 생겼어. 그의 타래는 그녀의 것만큼 확연하지 않다. 노스스타 캠프의 소녀들이 뭐라고 얘기할지 알지만 그녀는 그가 섹시하다고 생각한다. 그녀는 그의 쇄골에 입술을 대고 피부 속의 진동을 느낀다. 타래를 따라 키스한다. 그는 그녀와 같으면서도 다르다. 그녀는 치아 사이로 혀를 내밀어 건전지 맛이 나는 그의 신체 부위를 핥는다.

아래층에서 마고는 취약한 노인들에게 절실히 필요한 지원에 대해 웅변하고 있다. 원고 내용을 기억해 내려고 정신을 집중한다. 하지만 머릿속 한편에서는 여전히 앨런의 질문에 대해 생각하고 있다. 원하는 일인가? 간절한가? 왜 원하는가? 그녀는 자신의 권력과 영향력이 커지면 조스를 도울 수 있음을 상기한다. 주 전체를 보다 나은 곳으로 변화시킬 수 있다는 사실을 떠올린다. 하지만 연설하는 도중에 연단 모형을 잡자, 거의 부지불식간에 쇄골에서 전하가 쌓이기 시작한다. 사실 이토록 자기를 몰아붙이는 진짜 이유는 자신이 주지사로 당선되었을 때 대니얼이 지을 표정이 뇌리에서 떠나지 않기 때문이다. 그녀가 주지사가 되고 싶은 진정한 동기는 그를 쓰러뜨리고 싶기 때문이다.

록시

어머니 이브는 언젠가 여자들한테 자유롭게 살 수 있는 곳이 생기리라는 목소리를 들었다. 얼마 전까지만 해도 지하의 더러운 매트리스에 쇠사슬로 묶여 있던 여자들이 넘쳐 나던 곳, 그러나 이제는 새로운 세계가 열린 나라에서 수십만 명의 여성들이 어머니 이브의 영상을 찾는다. 선교단이나 사절을 보내지 않았는데도 그들은 그녀의 이름으로 새 교회를 세운다. 베사파라에서 어머니 이브의 이름은 중요한 의미를 지닌다. 그녀에게서 온 이메일은 더더욱.

록시의 아빠는 몰도바 국경 지대에도 아는 사람들이 있다. 그들과 오랫동안 사업을 했다. 인신매매는 더러운 사업이니 그 일은 말고, 자동차와 담배, 술, 총, 약간의 미술품 거래 같은 것을 했다. 원래 국경에는 새는 구멍이 많은 법인데, 최근 발생한 국가 분열로 새는 곳이 훨씬 많아졌다.

록시가 아빠에게 말한다. "나를 새 나라 베사파라로 보내 줘. 거기로 보내 주면 뭔가 추진해 볼 수 있을 것 같아. 생각이 있어."

"잘 들어. 새로운 걸 해 보고 싶어?" 샨티가 묻는다.

프림로즈 힐의 아파트 지하에는 모두 여덟 명이 있다. 여자 넷, 남자 넷. 모두 이십 대 중반의 금융계 종사자들. 한 남자의 손은 벌써 한 여자의 치마 속으로 들어가 있다. 샨티의 입장에서는 저러지 않아도 전혀 서운하지 않을 일이다.

하지만 그녀는 눈앞의 고객들을 잘 안다. '새로운 무언가'는 그들의 강령이자 교미 대상을 찾는 외침이고, 신문과 유기농 석류 주스와 함께하는 아침 6시의 모닝콜이다. 오렌지 주스는 GI 수치가 높은 1980년대스러운 주스니까. 그들은 부채 담보부 증권보다 '새로운 무언가'를 사랑한다.

"무료 샘플은?" 한 남자가 이미 구입한 알약을 헤아리며 말한다. 혹시나 속지 않았는지 확인한다. 망할 놈.

"물론 있지. 네 건 없어. 이건 여성분들만을 위한 거야." 그 말에 수탉 울음 같은 환성과 휘파람 소리가 터져 나온다. 샨티는 흰 가루가 든 작은 봉지를 보여 준다. 하얀색이고 자줏빛 광택이 돈다. 눈 같고 성에 같고, 이 남자들이 주말에 놀러 가는 고급 스키 리조트가 들어선 설원 같기도 하다. 핫초콜릿을 25파운드나 주고 사 먹고, 새벽 5시쯤

저임금 노동자들이 목조 별장의 난롯가에 정성껏 깔아 놓은 멸종 위험에 처한 동물 가죽으로 만든 러그에서 그 짓거리를 하겠지.

"글리터라고 해."

그녀는 침을 바른 검지 끝을 봉지에 넣어 빛나는 결정체를 살짝 찍는다. 입을 벌리고 혀를 들어 어떻게 하는지 보여 준다. 혀 아랫부분의 굵고 푸른 핏줄에 가루를 문지른다. 그리고 여자들에게 봉지를 건넨다.

여자들은 샨티가 내민 가루를 손끝으로 듬뿍 찍어다가 혀에 문지른다. 샨티는 그들이 재미를 볼 때까지 기다린다.

"우와!" 시스템 애널리스트가 머리를 느릿하게 까닥거리며 감탄한다. 이름이 루시였던가, 샬럿이었나? 이 인간들의 이름은 다들 비슷하다. "우와, 맙소사, 나 지금……." 그녀의 손끝이 치직거리기 시작한다. 누군가를 다치게 할 정도는 아니지만 통제력을 살짝 잃었다.

일반적으로 술이나 약에 취하면 파워가 약해진다. 취한 채로 한두 번 충격을 가할 수는 있지만 상대도 취한 상태가 아니라면 피할 수 있다. 하지만 이 약은 다르다. 계산된 것이다. 특별한 경험을 강화하기 위해 설계되었다. 이미 파워를 더욱 뚜렷하게 만들어 준다고 알려진 희석 코카인과 다른 몇 가지 각성제, 샨티가 묽어진 상태밖에 보지 못한 자줏빛 광택이 나는 재료가 들어갔다. 몰도바에서 생산되는 재료라고 했다. 아니 루마니아, 베사파라, 우크라이나 중 하나다. 샨티는 에섹스 해안 쪽 외곽에 위치한 개인 차고에서 어떤 남자와 거래를 하고, 물건이 들어오기 시작하면 옮긴다.

여자들이 웃기 시작한다. 팔다리가 늘어져 몸을 뒤로 기울인 채 흥분한 표정으로 손에서 손으로, 혹은 천장 방향으로 기다랗고 희미한 포물선을 만든다. 그 포물선이 몸에 닿으면 기분이 좋을 터였다. 샨티는 여자 친구에게 약을 먹이고 자신에게 파워를 가하게 했다. 고통스럽지는 않지만 산펠레그리노 탄산수로 샤워를 하는 것처럼 신경 말단이 쉭쉭거리고 간지러웠다. 저것들도 분명히 그걸 해 보겠지만.

한 남자가 봉지 네 개를 더 구입하고 현금을 지불한다. 샨티는 이들에게 값을 두 배로 받는다. 머저리들이니까. 벽의 구멍으로 건네받는 돈 중에선 좀체 볼 수 없었던 빳빳한 50달러 지폐 여덟 장. 그녀를 차까지 바래다주겠다는 사람은 없다. 그녀가 나갈 즈음에는 벌써 두 명이 깔깔거리며 섹스를 하고 있다. 몸이 움직일 때마다 별 모양의 광채가 떨어진다.

스티브는 초조하다. 경비원들의 당번표에 변동이 생겼기 때문이다. 별것 아닐 수도 있다. 누군가에게 자식이 태어났거나 설사병이 생겼는지도. 아무런 일이 없을 때도 밖에서 보면 뭔가 달라 보이기 마련이다. 평상시와 다름없이 저 안으로 들어가 보통 때와 다름없이 빌어먹을 모래시계를 가져올 수 있으리라.

그런데 문제는 신문에 난 기사였다. 머리기사도 아니고 《미러》와 《익스프레스》, 《데일리 메일》의 5면에 실린 "앞날이 창창한 젊은 남자들"을 죽인 "신종 죽음의 마약"에 관한 보도였다. 신문에도 났는데 아직 그 약을 금지하는 법이 만들어지지 않았다. 다른 무언가가 섞여 있기 때문이다. 그게 바로 빌어먹을 모래시계 속에 들어 있다. 그러니 될 대로 되라지. 어떻게 해야 할까? 여기 이렇게 하릴없이 서 있어야 하나? 경찰이 부두 옆에서 기다리고 있는지 보려고? 담소를 나눈 적도, 같이 술을 마신 적도 없는 경비원 중 한 사람이 사실은 경찰이었다는 사실을 확인하려고?

그는 모자를 내려 써서 눈을 가린다. 밴을 게이트 앞으로 몰고 간다.

"예. 컨테이너 박스 가지러 왔습니다." 머릿속에 문신으로 새긴 듯 빠삭한 숫자지만 고개를 들어 확인한다. "A-G-21-FE7-13859D?" 인터콤이 치지직거린다. "맙소사." 스티브가 일상적인 얘기인 양 애쓰며 말한다. "숫자가 매주 갈수록 길어지네요."

오랜 침묵이 이어진다. 만약 관리실에 있는 사람이 크리스나 마키, 빌어먹을 제프라면 그를 알고 들여보내 줄 터다.

"창문 쪽으로 와요." 인터콤에서 여자 목소리가 말한다. "신분증하고 픽업 서류를 확인해야 하니까."

젠장.

그는 돌아서 관리실로 향한다. 달리 방법이 없잖은가? 여기엔 수없이 왔고 대부분은 적법한 픽업이었다. 그는 시장 가판대 상인들에게 아이들 장난감을 납품하는 무역 일을 한다. 작은 회사도 있고 약간의 수익도 올린다. 대체로 현금 거래라 전부 다 장부에 기입하지는 않는다. 물건을 거래하는 시장 상인들의 이름을 꾸며 내느라 밤을 새운다. 버니 몽크가 페캄 시장에 점포를 마련해 주었다. 그가 토요일마다 들러 사업이 합법적으로 보이게끔 한다. 바보같이 굴면 안 되니까. 그래서 점포에는 멋진 장난감들이 잔뜩 있다. 동유럽산 목재 장난감이다. 모래시계도 있다. 고무줄로 한데 묶어 놓은 작은 나무 로봇이나 끈에 매달린 오리 조각일 때는, 이렇듯 관리실까지 오라고 한 적이 없었다. 분명 모래시계라서 오라는 것이다.

전에 본 적 있는 여자였다. 이마 중간부터 코끝까지 차지한 큼지막한 안경을 썼다. 올빼미 안경. 스티브는 여기로 오기 전에 약을 하고 올걸, 하고 생각한다. 하지만 마약 탐지견이 있으니 밴에 마약을 가지고 다니는 일은 바보 같은 짓이다. 그래서 모래시계가 좋은 것이다. 버니 몽크가 처음 보여 주었을 때는 이해하지 못했다. 버니는 모래시계를 넘어뜨렸다. 부드러운 황금색 모래가 떨어졌다. 버니는 "멍청하게 굴지 마. 안에 든 게 뭐겠어? 모래겠냐?" 유리 안에 또 다른 유리관이 있는 이중 밀봉이었다. 상자에 넣기 전에 알코올로 문질러 닦으면 마약 탐지견을 피할 수 있다. 탐지견들이 눈치채려면 모래시계를 깨뜨려야만 한다.

"서류는요?" 여자의 말에 스티브가 서류를 건넨다. 날씨에 대한 농담을 하지만 여자는 미소조차 짓지 않는다. 그녀는 화물 명단을 자세히 살피고 그에게 두어 번 단어와 숫자를 말하게 하면서 재차 확인을 했다. 스티브는 여자 뒤쪽에 있는 뒷문의 보안 유리에 얼굴을 갖다 댄 제프의 모습을 잠깐 보았다. 제프는 깐깐한 여자의 뒤편에서 "미안하네, 친구."라고 말하는 듯 애석한 표정으로 고개를 젓는다.

"잠깐 같이 갈래요?" 여자가 스티브에게 옆쪽의 개인 사무실을 가리킨다.

"뭐가 문제요?" 스티브는 아무도 없는데 온 세상을 향해 농담을 던진다. "그렇게 내가 좋아요?"

하지만 여자는 여전히 미소를 짓지 않는다. 젠장, 젠장, 젠장. 서류의 무언가가 그녀를 미심쩍게 했다. 그가 직접 작성했기 때문에 문제가 없다는 사실을 안다. 그녀는 뭔가를 들은 게 분명하다. 마약 전담 수사관일 것이다. 뭔가를 알고 있다.

여자가 작은 테이블의 맞은편에 앉으라고 손짓한다. 자신도 앉는다.

"왜 그래, 자기? 나 한 시간 반 안으로 버몬지에 가야 하는데."

여자가 그의 손목을 잡더니 손과 팔이 만나는 작은 뼈 사이를 엄지로 꾹 누른다. 갑자기 불이 난 듯하다. 뼛속에서 불꽃이 타오르고 핏줄이 쪼글쪼글해지고 동그랗게 말리고 까매진다. 젠장! 그의 손을 뽑을 셈이다. "아무 말도 하지 마." 여자가 말한다. 그렇게 하고 싶어도 할 수가 없다.

"록시 몽크가 이 사업을 이어받았지. 누군지 알아? 록시 몽크의 아빠는 아느냐고? 아무 말도 하지 말고 고개만 끄덕여."

스티브는 고개를 끄덕인다. 알고 있다.

"넌 그동안 물건을 빼돌렸어, 스티브."

그는 고개를 저으며 뭐라 말하려 한다. 아니야, 아니야, 잘못 아는 거야. 내가 아니야. 하지만 여자는 그의 손목에 더 큰 충격을 가한다. 손목이 쫙 갈라질 듯하다.

"매달 모래시계 한두 개를 장부에 기입하지 마. 알았어, 스티브?"

그는 고개를 끄덕인다.

"그리고 빼돌리는 짓은 당장 멈춰. 안 그럼 넌 이 바닥에서 아웃이야. 알았어?"

고개를 끄덕인다. 여자가 손목을 놓아준다. 스티브는 다른 손으로 붙잡혔던 손목을 어루만진다. 아무 일도 없었던 것처럼 피부가 멀쩡하다.

"좋아. 이번 달에는 특별한 물건이 있거든. 지시가 있기 전까지 옮기지 마. 알겠어?"

"네. 네."

그는 상자 속에 발금하게 포장된 모래시계 팔백 개를 밴 뒤편에 싣고 떠난다. 상자 한 개도 빠짐없이, 서류가 정확하다. 잠금 차고에 도착해서야 팔을 살핀다. 통증이 무디어졌다. 보인다. 뭔가가 달라졌다. 이번 모래시계의 '모래'는 전부 자줏빛이다.

록시는 돈을 센다. 여자들 중 누군가를 시킬 수도 있다. 이미 한 번 시켜 보았고, 눈앞에서 세라고 하면 된다. 하지만 직접 하는 편이 좋았다. 손끝으로 지폐를 느끼며 자신의 결정이 숫자가 되고 숫자가 권력이 되는 순간을 바라보는 게 좋았다.

버니가 여러 번 언급한 말이 있다. "네 돈이 어디로 가는지 너보다 잘 아는 사람이 생기면 그날로 넌 실패한 거다." 돈은 마술과 같다. 무엇으로든 바꿀 수 있다. 하나, 둘, 셋, 짠! 마약을, 베사파라 대통령 타티아나 모스칼레프와 함께 영향력으로 바꾼다. 고통과 공포를 불러일으키는 능력을, 한밤중에 자줏빛 연기가 하늘로 피어오르는 공장으로 바꾼다. 무엇을 만들든 나라에서 눈감아 준다.

리키와 버니는 영국으로 돌아온 록시가 해야 할 일을 생각해 두었다. 펜싱, 혹은 맨체스터의 구역 하나를 맡는 것. 하지만 록시는 버니가 오랜만에, 심지어 처음으로 들어 보는 엄청난 규모의 사업을 떠올렸다. 그녀는 가장 오래 버티는 사람이 되기 위해, 남들과 차별화하기 위해 무엇을 요구해야 하는지 알게 된 지 오래였다. 록시는 마약에 완전히 취해서 며칠 동안 언덕에 앉아 있었다. 아빠의 부하들이 그녀의 승인을 받기 위해 만들어 낸 여러 혼합물을 직접 체험하면서. 암염만큼 큰 자주색 결정체는 화학자들이 손수 만들어 냈다.

원래는 브라질 원산의 도니나무 껍질에서 추출한 것인데, 이곳에서도 꽤 잘 자란다.

희석되지 않은 상태의 순수한 글리터를 코로 흡입하면 록시는 계곡의 절반 지점까지 파워를 보낼 수 있다. 하지만 지나치게 위험하고 너무 귀해서 좀처럼 실어 오지는 않는다. 좋은 물건은 개인적인 용도를 위해, 어쩌다 있을지 모르는 올바른 입찰자를 위해 남겨 둔다. 희석된 물건만 실어 온다. 상태가 매우 좋다. 록시는 가족들에게 어머니 이브에 대해 언급하지 않았다. 하지만 새 교회 덕분에 충직한 일흔 명의 여성 인력을 구해서 생산 라인에 투입할 수 있었다. 자녀에게 힘을 주는 하나님의 일을 하고 있다고 믿는 여자들이다.

록시는 버니에게 한 주의 총매출을 직접 알린다. 리키와 대럴이 옆에 있어도 아랑곳하지 않는다. 그녀는 자신이 무엇을 하고 있는지 안다. 몽크 집안은 현재로서는 유일한 글리터 공급업자다. 그들은 돈을 찍어 낸다. 돈은 무엇으로든 바꿀 수 있다.

록시는 열두 개의 서버에서 왔다 갔다 하는 개인 이메일 계정으로 어머니 이브에게도 한 주의 매출을 보고한다.

"나쁘지 않네. 내 몫도 챙겨 놓았지?"

"물론이지. 합의했잖아. 네가 자리 잡게 해 줬고 돈도 벌게 해 주니까. 네가 우릴 돌봐 주니 우리도 널 돌봐 줘야지." 록시는 타자를 치면서 웃는다. 속으로 생각한다. 전부 다 가져, 네 거니까.

최근 '포스트 런던 빌리지 복합체' 발굴 작업에서 발견된 약 2000년 전의 대규모 남성 무덤. 양손 제거는 사망 이전에 이루어졌다. 두개골의 상흔은 해당 시기에 전형적으로 나타나는 특징인데, 아마도 죽은 뒤에 새겨졌으리라 추정된다.

5년 남다

마고

후보는 거울을 보며 몸을 부풀린다. 목을 좌우로 움직이고 입을 크게 벌리며 "라아아아, 라라라 라아아아."라고 한다. 카리브해 바다를 닮은 자신의 파란 눈과 시선을 맞추며 살짝 미소 짓고 윙크를 한다. 그리고 거울을 보며 소리 없이 입 모양으로 말한다. "넌 할 수 있어."

모리슨은 메모지를 정리하며 후보와 시선을 마주치지 않으면서 말한다. "댄든 씨, 대니얼, 당신은 할 수 있습니다."

후보가 미소 짓는다. "나도 방금 그 생각을 하고 있었어, 모리슨."

모리슨이 엷은 미소로 답한다. "그게 사실이니까요. 현직 주지사시잖아요. 이미 따 놓은 딩상입니다."

기적 같은 일이 일어날 듯한 좋은 징조가 있으면 후보에게 긍정적인 영향을 미친다. 모리슨은 가능한 한 그런 속임수를 자주 쓴다. 그가 업무에 유능한 것도 그 덕분이다. 자기 후보의 승리 가능성을 좀 더 높이는 것 말이다.

상대 후보는 여자다. 모리슨의 후보보다 열 살은 어리고 냉철한 데다 고집이 세다. 몇 주일의 선거 운동 기간 내내, 모리슨 진영은 바로 그 점을 몰아세워 그녀를 공격했다. 이혼도 했고 두 딸도 있는 여자가 정치에 제대로 투자할 시간이나 있겠느냐고 말이다.

누군가 모리슨에게 '대변화' 이후로 정치가 바뀌었는지 물었다. 모리슨은 고개를 한쪽으로 갸우뚱하며 답했다. "아뇨. 핵심 사안은 여전히 똑같습니다. 바로 좋은 정책과 훌륭한 인성이죠. 말씀드리건대 우리 후보님은 두 가지를 모두 갖추었습니다." 그러고 나서 그는 대화를 난간이 쳐진 안전한 코스로 다시 이끌었다. 교육의 산과 의료 보험의 강을 지나 가치의 대로와 자수성가한 남자의 도랑으로. 하지만 속으로는 변화를 인정했다. 하지만 그 이상한 목소리가 뇌의 통제로부터 벗어나 입 밖으로 새어 나오게 하는 일은 절대로 없다. 그는 바보가 아니니까. 만약 실제로 소리 내어 말한다면 이런 얘기가 되리라. 무슨 일인가 일어나기를 기다리고 있습니다. 모든 일이 정상인 척하고 있을 뿐입니다. 달리 방법이 없으니까요.

행동 하나하나를 미리 준비한 후보자들이 존 트래볼타처럼 무대로 등장한다. 카메라가 반짝이 장식과 땀방울에 이르기까지 번쩍이는 모든 것을 비추리라는 점을 알기에. 그녀는 첫 번째 질문에 멋지게 대답한다. 그녀 손바닥 안에 있는 문제다. 노스스타 프로젝트를 수년 동안 실행해 왔으니까. 물론 그는 그 사실을 빌미로 삼아 공격하지만 어째 응수하는 모습이 편안해 보이지 않는다.

"제발 좀." 모리슨이 딱히 누구에게랄 것 없이 입 모양으로 말한다.

조명이 너무 밝아서 후보는 그를 보지 못한다. "제발, 공격해요!"

더듬기리며 답하는 후보의 모습에 모리슨은 배를 한 방 맞은 기분이다.

두 번째와 세 번째 주제는 주 전체의 사안에 관한 질문이다. 모리슨의 후보는 유능해 보이지만 지루하게 답을 한다. 하지만 훌륭하다. 일곱 번째와 여덟 번째 질문에 이르러 그녀는 다시 그를 궁지에 몰아넣는다. 주지사로서 비전이 없다는 그녀의 말에 그는 반격하지 못한다. 이쯤 되어 모리슨은 후보가 막대한 차이로 패하면 그 화가 자신에게까지 미칠까 봐 아찔해진다. 그의 후보는 마치 지난 몇 달 동안 M&M을 먹으며 엉덩이나 긁고 있었던 모습 같다.

잃을 것이 없는 상황에서 긴 광고 휴식 시간이 이어진다. 모리슨은 후보를 화장실로 데려가 약간의 코카인을 코에 흡입시킨다. 핵심을 짚어 준 다음에 "잘하고 계세요. 잘하고 계신데…… 공격이 나쁜 게 아닙니다."라고 말한다.

"화난 것처럼 보이면 안 되잖아." 후보의 말에 모리슨은 화장실 안에서 곧바로 그의 팔을 붙잡는다. "후보님, 오늘 저 여자가 후보님을 대패로 몰고 가게 하고 싶으십니까? 아버님이 어떤 모습을 보고 싶어 하실지 생각해 보세요. 아버님의 신념을 지키세요. 아버님이 만들고 싶어 한 미국에 대한 신념을요. 그분이라면 어떻게 하셨을지 생각세요."

호전적인 기업가였고 경계성 알코올 중독자였던 대니얼 댄는의 아버지는 열여덟 달 전에 세상을 떠났다. 허접한 속임수였다. 그런 허접한 속임수가 통할 때가 많은 법이다.

후보는 프로 권투 선수처럼 어깨를 흔든다. 후반전이 시작된다.

이제 후보는 아까와 완전히 달라진 모습이다. 모리슨은 그것이 코카인 덕분인지 자신의 격려 때문인지 알 수 없지만, 이렇게 생각한다. 난 역시 굉장해.

후보는 이어지는 질문마다 공격적으로 달려든다. 노조 질문도, 소수 인권도. 그는 건국의 아버지들의 후계자 같고, 그녀는 방어적인 태도를 취하는 듯 보인다. 좋다, 아주 좋다.

모리슨과 방청객들이 뭔가를 알아차린 것은 그때다. 그녀가 두 주먹을 쥐었다 폈다 한다. 마치 자제하려는 듯이…… 하지만 저럴 리가 없었다. 불가능하다. 그녀는 검사를 통과했잖은가!

후보는 승승장구하고 있다. "그리고 보조금의 경우…… 수치만 보더라도 완전히 엉망진창 상태라는 점을 알 수 있습니다."

방청석에서 잡음이 난다. 하지만 후보는 자신의 강한 공격을 옹호하는 뜻으로 받아들이고 최후의 일격을 준비한다.

"솔직히 클리어리 후보의 정책은 엉망진창일 뿐만 아니라 너무 구식입니다."

그녀는 당당하게 검사에 통과했다. 저럴 수가 없다. 그러나 그녀는 두 손으로 연단을 부여잡고 "지금, 지금, 지금, 지금은 안 돼."라고 외치고 있다. 마치 지나가는 일분일초를 비난하듯이. 그녀가 무엇을 자제하려고 하는지 후보를 제외한 모두의 눈에 보인다.

후보는 엄청나게 공격적인 발언을 준비한다.

"물론 클리어리 후보께서는 이것이 성실 근면한 가정에게 무엇을 의미하는지 알 수가 없겠지요. 딸들을 노스스타 주간 캠프에 대신 맡겨 키우고 있으니. 딸들을 생각하기는 하나요?"

더 이상은 참을 수 없다. 그녀가 팔을 내밀어 그의 옆구리에 손가락을 대고 힘을 내보낸다.

아주 조금만.

그가 바닥에 쓰러질 만큼도 아니다. 그는 휘둥그레진 눈으로 비틀거리며 헉 소리를 내고 연단에서 뒤로 한 걸음, 두 걸음, 세 걸음 물러서며 두 팔로 가슴을 감싼다.

방청객과 집에서 방송을 보는 시청자들 모두가 이해했다. 전부 보았고 무슨 일인지 알았다.

방청석은 숨을 참는 듯 조용해졌다가 웅성거리기 시작하더니 불협화음으로 이루어진 속삭임 소리가 점점 커진다.

후보가 더듬거리며 계속 답을 하려고 하는 순간, 진행자가 잠시 쉬어 가겠다고 말한다. 마고의 얼굴이 코를 찡긋거리는 성나고 공격적인 승리의 표정에서, 돌이킬 수 없는 짓을 저질렀다는 공포로 뒤바뀐다. 방청석에서는 분노와 공포로 웅성거림이 점점 커지고, 알아들을 수 없는 말소리가 커다란 울부짖음으로 변하는 순간 광고로 넘어간다.

모리슨은 광고 시간 동안 후보가 말끔하고 차분한 모습을 되찾도록 애쓰지만 너무 완벽하지는 않게 한다. 약간의 충격과 슬픔이 서린 모습으로 보이게 한다.

선거 운동이 매끄럽게 진행된다. 마고 클리어리는 지치고 조심스러워 보인다. 지난 며칠 동안 그녀는 여러 번 사과를 했다. 참모들이 훌륭한 성명문을 만들어 주었다. 너무 열정이 큰 사안이라 그랬다고. 용서받지 못할 행동이지만 대니얼 댄튼이 딸들에 관한 거짓말을 늘어놓아서 통제력을 잃었다고.

대니얼은 모든 부분에 지극히 정치인스럽게 반응한다. 그가 우위를 차지한다. 난관이 닥쳤을 때 평정을 유지하지 못하는 사람들도 있다고 그는 말한다. 내 통계 수치가 잘못되었기는 했지만 이런 사안을 다루는 옳고 그른 방법이 있잖아요, 크리스틴? 그도 웃고 그녀도 웃고, 그녀는 그의 손을 감싼다. 물론이죠. 광고 나갑니다. 트루먼 대통령 이후로 대선 당선 후보를 맞힌 이 앵무새가 이번에도 잘 맞힐 수 있을까요?

여론 결과, 대부분의 유권자들이 클리어리 후보에게 경악했음이 드러난다. 용서할 수 없는 부도덕한 행동이라고. 판단력의 부족하다는 뜻이고, 그녀를 뽑는 일은 상상조차 할 수 없다고. 선거 당일, 상황이 우세하자 대니얼의 아내는 저택 수목원을 리모델링하는 계획을 검토한다. 그런데 대니얼 진영에서는 출구 조사 결과가 나오자 뭔가 잘못되었을 수도 있다고 생각하기 시작한다. 그래도 이렇게까지 잘못되었을 리는 없다고.

하지만 그럴 수 있었다. 유권자들이 거짓말을 한 것이었다. 열심히 일하는 공무원들더러 거짓말쟁이라고 몰아세우는 선거인단이 사실은 거짓말쟁이였다. 그들은 성실함과 헌신, 도덕적인 용기를 존중한다고 했다. 클리어리 후보가 이성적인 담화와 침착한 권위를 포기한 순간 표를 잃으리라고 했다. 그러나 정작 투표소에 들어가서는 수백, 수천, 수십만 명이 생각을 했다. 그래도 그녀는 강하잖아. 직접 보여 줬잖아.

텔레비전 화면에서 금발 여성이 말한다. "전문가들은 물론 유권자들에게도 충격을 안겨 준 놀라운 당선 결과입니다……" 모리슨은 더 이상 듣고 싶지 않지만 텔레비전을 끌 수가 없다. 그의 후보가 다시 인터뷰를 하고 있다. 유권자들이 자신을 이 위대한 주의 주지사로 다시 선택해 주지 않은 사실은 슬프지만, 유권자들의 선택을 존중한다고. 좋은 대답이다. 절대로 이유를 말하면 안 된다. 패배의 원인을 물어보는 질문에 절대로 답하면 안 된다. 스스로를 비판하게 하려는 수작이니까. 그는 상대 후보가 주지사로서 잘해 나가기를 바라며 앞으로의 모든 행보를 지켜보고, 한순간이라도 이 위대한 주의 유권자들을 잊어버린다면 따끔하게 지적할 준비가 되어 있다고 말한다.

모리슨은 화면에서 이 위대한 주의 주지사가 된 마고 클리어리를 본다. 그녀는 박수갈채를 받은 뒤 새로운 기회가 주어졌음에 감사하면서 겸허하고 성실한 일꾼이 되겠다고 말한다. 일전에 일어난 일에 대해서는 자신도 어떻게 된 영문인지 모르겠다고. 하지만 자신을 주지사로 당선시켜 준 그 일에 대해 용서를 구해야 할 것 같다고. 물론 그녀는 틀렸다.

툰데

"원하는 게 뭔지 말해 보세요." 툰데가 말한다.

시위대의 한 남자가 배너를 들고 흔든다. 배너에는 "남자들을 위한 정의"라고 적혀 있다. 나머지도 거칠고 기운차게 함성을 지르고 아이스박스에서 또다시 맥주를 가져온다.

"우린 정의를 원해요. 이렇게 만든 건 정부니까 정부가 바로잡아야죠." 한 남자가 자기 견해를 밝힌다.

느릿느릿한 오후다. 공기는 끈적거리고 그늘에서도 40도에 육박

한다. 애리조나주 투손의 쇼핑몰에서 벌어지는 시위에 참여하기에는 별로 좋은 날씨가 아니다. 툰데는 오늘 이곳에서 무슨 일이 벌어지리라는 익명의 제보를 받고 왔다. 상당히 설득력 있는 정보였는데, 막상 아무것도 아닌 쪽으로 상황이 전개되고 있다.

"인터넷에서 활동하고 계신 분 있어요? Badshitcrazy.com이나 BabeTruth, UrbanDox 같은 온라인 사이트요."

남자들은 고개를 젓는다.

"신문에서 기사를 읽었어요." 오늘 아침에 왼쪽 얼굴만 면도하기로 결심한 것이 분명해 보이는 남자가 말한다. "그 새로 생긴 나라, 베사파라에서 남자들을 화학적으로 거세시키고 있다고. 세계 모든 남자들한테 그럴 거라던대요."

"사…… 사실이 아닌 것 같은데요." 툰데가 말한다.

"봐요. 신문에서 오려 놨어요." 남자가 책가방을 뒤지기 시작한다. 오래된 영수증과 빈 과자 봉지 뭉치가 아스팔트로 떨어진다.

"젠장." 그가 떨어뜨린 쓰레기를 도로 줍는다. 툰데는 휴대폰 카메라로 하릴없이 그를 찍는다.

다른 할 일이 많았다. 볼리비아에 갈 수도 있었고, 여자 교황 즉위 소식을 취재할 수도 있었다. 진보적인 사우디아라비아 정부가 이제는 종교적인 극단주의에 취약해 보이기 시작했다. 그곳으로 돌아가서 후속 기사를 구상할 수도 있었다. 더 흥미로운 가십거리도 있다. 뉴잉글랜드 새 주지사의 딸이, 타래가 눈에 띄는 남자랑 함께 있는 모습이 사진에 찍혔다. 툰데도 그 소식을 들었다. 타래 기형과 그 밖의 이상이 있는 여자아이들의 치료에 관하여 의사들을 취재한 적도 있었다. 초기의 추측과 달리, 모든 여자아이가 타래를 지닌 것은 아니다. 1000명 중 5명은 타래 없이 태어난다. 타래를 원치 않아서 잘라 버리려는 아이들도 있다. 한 소녀는 가위로 자르려고 했다며, 한 의사가 말해 주었다. 열한 살 소녀가 무슨 종이 인형이라도 자르듯 가위로 타래를 잘랐다. 염색체 이상으로 타래를 가진 남자아이들도 소수 있다. 일부는 제거할 수 있는지 의사에게 묻는다. 하지만 의사들도 방법을 모른다고 답할 수밖에 없다. 타래를 절단할 경우, 50퍼센트 이상이 사망한다. 필수 기관도 아닌데 의사들도 이해할 수 없는 일이다. 심장의 전기 박동과 이어져 있기 때문이라는 가설이 현재의 이론이다. 일부 가닥을 제거해서 힘을 줄이거나 눈에 잘 띄지 않게 할 수는 있지만, 한번 타고나면 어쩔 수 없다.

툰데는 타래가 있다는 상상을 해 본다. 포기하거나 거래할 수 없는 힘. 혐오스러워하면서도 그 힘을 갈망하는 자신을 발견한다. 온라인 포럼에서 만약 전 세계 남자들에게 타래가 있다면 모든 것이 원래대로 돌아가리라는 글을 읽었다. 남자들은 분노하고 두려워한다. 그도 이해한다. 델리에서 겪은 일 이후로 그도 두려워졌다. 익명으로 UrbanDoxSpeaks.com에 가입해서 댓글을 달고 질문을 올린다. 하위 카테고리 포럼에서는 자신의 활동에 대해 토론한다. 그곳에서는 그를 '젠더 반역자'라고 부른다. 아와디아티프 국왕에 대한 사실을 비밀로 두지 않고 터뜨렸으며, 남자들의 활동과 남자들이 주장하는 음모론에 대해서는 보도하지 않는다고. 오늘 이곳에서 무슨 일인가 일어나리라는 이메일을 받았을 때 든 생각을 툰데 스스로도…… 알 수 없다. 자신을 위한 무언가가 있을지도 모른다는 생각. 뉴스거리뿐만 아니라 요즘 그가 느끼는 감정을 설명해 줄 무언가 말이다. 하지만 아무 일도 일어나지 않는다. 그가 공포에 굴복한 것뿐이다. 델리에서의 사건 이후로, 그는 이야깃거리에 다가가지 못하고 도망치고 있다. 오늘 밤 호텔 방에서 온라인에 접속해서, 수크레에 취재할 만한 뉴스가 있는지, 다음 비행기는 언제인지 알아볼 것이다.

천둥 같은 소리가 들린다. 툰데는 먹구름을 예상하며 산 쪽을 쳐다본다. 하지만 태풍도 천둥도 아니다. 더 큰 소리가 이어지고 쇼핑몰의 저쪽 끄트머리에서 연기 구름이 피어오른다. 곧이어 비명 소리가 들린다.

"젠장." 맥주와 배너를 들고 있는 남자 중 한 명이 말한다. "폭탄이 터졌나 본데."

툰데는 카메라를 단단히 쥐고 소리가 나는 쪽으로 달려간다. 쩍 갈라지는 소리가 나더니 석조 부분이 떨어지는 굉음이 들린다. 그는 건물을 끼고 돌아간다. 퐁뒤 체인점에 불이 났다. 다른 몇몇 가게들도 무너지고 있다. 사람들이 건물에서 뛰쳐나온다.

"정말 폭탄이 터졌어요." 한 사람이 툰데의 렌즈에 대고 말한다. 얼굴은 벽돌 먼지로 뒤덮이고, 하얀색 셔츠 사이로, 여기저기에 난 작은 상처에서 피가 새어 나온다. "저 안에 사람들이 갇혀 있습니다."

위험을 즐기는 툰데 자신의 모습도 나온다. 위험에서 도망치지 않고 오히려 가까이 달려가는 모습. 그럴 때마다 좋았어, 이것도 나야! 라고 생각하지만 그 속에는 다른 새로운 생각이 있다.

툰데는 무너진 건물을 빙 돈다. 두 명의 십 대가 쓰러져 있다. 그들을 부축해서 일으켜 세운다. 발목께에 이미 시퍼런 멍이 번지고 있는 한 아이에게 나머지 한 명을 부축하게 한다.

"누가 그랬죠? 누가 그런 거예요?" 그녀가 렌즈를 보며 울부짖는다.

그게 문제다. 누군가가 퐁뒤 체인점과 신발 가게 두 곳, 여성 클리닉에 폭탄을 터뜨렸다. 툰데는 건물 뒤쪽으로 물러나 넓은 각도로 현장을 담는다. 깅렬한 장면이다. 오른쪽으로 쇼핑몰이 불타고, 왼쪽으로는 건물 정면이 전부 무너졌다. 그가 찍는 동안, 근무 시간이 적힌 화이트보드가 붙어 있던 부분이 2층에서 떨어진다. 줌인을 한다. 케일라, 3:30~9 pm. 데버라, 7 am.

누군가 소리친다. 임신부가 건물 더미에 갇혔어요. 그리 멀지 않지만 먼지 때문에 어느 쪽인지 가늠하기 힘들다. 팔 개월은 되어 보이는 임신부가 커다란 배를 바닥에 대고 누워 있다. 콘크리트 기둥에 다리가 끼인 것이다. 어디선가 가솔린 냄새가 난다. 툰데는 계속 찍히도록 카메라를 안전하게 내려놓고, 그녀에게 조금씩 가까이 기어간다.

"괜찮아요." 그가 절망적인 목소리로 말한다. "앰뷸런스가 곧 올 거예요. 괜찮을 겁니다."

임신부가 그를 보며 비명을 지른다. 오른쪽 다리가 붉은 고깃덩어리처럼 짓이겨졌다. 그녀는 계속 기둥에서 다리를 빼내려고 애쓴다. 툰데는 본능적으로 그녀의 손을 잡지만, 기둥에서 다리를 빼려고 힘을 줄 때마다 엄청난 파워가 그녀 손에서 방출된다.

어쩌면 불수의적인 행동인지도 모른다. 임신 호르몬은 힘의 규모를 높여 주니까. 어쩌면 임신 기간 동안에 일어나는 여러 가지 생리적 변화에 따른 부작용이리라. 요즘 사람들은 아주 간단하게 아기를 보호하기 위해서라고 말한다. 실제로 출산을 하는 도중에 심한 경련으로 간호사들을 기절시키는 여자들도 있다. 고통과 공포는 통제력을 잃게 하는 법이다.

툰데가 소리쳐 도움을 요청한다. 근처에는 아무도 없다.

"이름을 말해 보세요. 난 툰데라고 합니다."

그녀가 찡그리며 말한다. "조안나."

"조안나, 저하고 같이 호흡을 하세요. 들이마시고……," 그는 잠시 멈추고 다섯을 센다. "내쉬세요."

그녀도 따라 한다. 일그러진 얼굴로 숨을 들이마셨다가 내쉰다.

"구조대가 오고 있습니다. 당신을 꺼내 줄 거예요. 다시 숨을 쉽시다."

들이마셨다가 내신다. 한 번 더. 더 이상 경련으로 몸이 떨리지 않는다.

위쪽 콘크리트에 금이 가 있다. 조안나는 목을 쭉 빼고 주위를 둘러보려고 한다.

"무슨 일이죠?"

"기다란 형광등이에요." 한두 개의 전선에 매달려 있는 형광등이 보인다.

"지붕이 무너지려는 것 같은데."

"아니에요."

"절 두고 가지 마세요. 여기 혼자 두고 가지 마세요."

"안 무너져요, 조안나. 그냥 형광등이에요."

한 가닥의 전선에 매달린 형광등 하나가 흔들리며 탁 소리와 함께 돌무더기로 떨어져 깨진다. 툰데가 "괜찮아요, 괜찮아요." 하는데도 조안나는 다시 몸을 흔들며 경련을 한다. 또다시 통제할 수 없는 경련과 통증이 시작되고, 기둥에 낀 다리를 빼내려고 한다. 툰데는 "제발, 제발 심호흡을 하세요."라고 당부한다. 그녀는 "혼자 두고 가지 마세요. 무너지고 있어."라고 한다.

그녀가 콘크리트 사이로 파워를 보낸다. 콘크리트 안의 전선 가닥이 시로 연결된다. 전구가 불꽃을 튀기며 터진다. 그 불꽃이 뚝뚝 떨어져 흐르던 가솔린 냄새를 풍기는 액체에 불을 붙인다. 갑자기 그녀 주변이 온통 불꽃으로 변한다. 비명을 지르는 그녀를 두고 툰데는 카메라를 챙겨 도망친다.

바로 그 이미지가 화면에 정지되었다. 속상한 기분이 들게 하는 이미지라고들 했다. 이 영상을 보고 놀라실 분은 없겠지만 너무 끔찍하지 않습니까? 크리스틴은 엄숙한 표정이다. 이 영상을 보시는 분이라면 이런 짓을 한 사람이 인간쓰레기라는 데 동의하실 겁니다.

이 뉴스를 보도한 방송국으로 '남성 파워'라는 이름의 테러리스트 단체가 편지를 보내, 바로 자신들이 애리조나주 투손에 위치한 분주한 쇼핑몰의 여성 클리닉을 공격했노라고 밝혔다. 그들은 그것이 정부에, 이른바 "남자들의 적"을 응징하라고 촉구하기 위한 첫 번째 "행동의 날"이라고 주장한다. 백악관 대변인은 방금 끝마친 기자 회견에서 미국 정부는 테러리스트들과 협상하지 않으며 "음모론 분파"의 주장은 말도 안 되는 소리라고, 단호한 메시지를 전달했다.

톰, 이 단체의 시위 목적이 무엇일까요? 톰은 살짝 노려보는 표정을 짓더니 이내 잘 연습된 표정으로, 컵케이크의 프로스팅처럼 부드러운 미소를 지으며 진짜 얼굴을 가린다. 평등을 원하는 거지요, 크리스틴. 이어폰에서 삼십 초 후 광고로 넘어간다는 말이 흘러나온다. 크리스틴은 마무리를 하려고 하지만, 톰은 뭔가에 씐 듯 말을 끝내려고 하지 않는다.

톰, 되돌릴 수 없는 상황입니다. 시간을 돌이킬 수 없으니까요. 그녀는 미소로 한마디 덧붙인다. 그럼 다음 코너에서는, 춤의 역사를 약간 과거로 돌려서 스윙의 열기 속으로 돌아가 보죠.

아뇨. 톰이 말한다.

PD가 매우 침착하고 고른 목소리로 십 초 후 광고라고 말한다. 항상 있는 일이다. 가정사, 스트레스, 과로, 건강에 대한 불안증, 돈 걱정 등으로 앵커들이 저러는 모습을 그는 자주 보았다.

톰이 말한다. CDC가 숨기고 있는 게 있습니다. 저들이 시위하는 이유가 바로 그겁니다. 온라인에서 못 봤어요? 대중에게 숨기고 자원이 엉뚱한 곳으로 흘러가니까, 남성들을 위한 자기방어 교실이나 갑옷에 투자할 예산이 없는 겁니다. 모든 예산이 노스스타 소녀 훈련 캠프로 들어가고 있으니까요. 맙소사, 도대체 무슨 일이랍니까. 그리고 엿 먹으세요, 크리스틴. 당신에게도 그 능력이 있다는 걸 나도 알고 당신도 알잖아. 그 능력 때문에 당신이 바뀌었어. 냉정해졌다고. 이젠 여자라고도 할 수 없지. 크리스틴, 당신은 사 년 전만 해도 우리 방송국에 어떤 기여를 할 수 있는지, 자기 자신을 잘 알았어. 그런데 지금은 뭐지?

톰은 벌써 오래전에 광고로 넘어갔음을 안다. 아마도 "아뇨."라고 말한 뒤에. 아마도 스태프들은 방송을 중단하는 편이 차라리 낫다고 생각한 모양이다. 톰은 말을 마친 후 정면의 3번 카메라를 똑바로 보며 가만히 앉아 있다. 그의 턱 각도와 옅은 보조개를 두드러지게 해 주기 때문에 평소 그가 가장 좋아하는 카메라다. 3번 카메라에 잡힌 그의 모습은 커크 더글러스고 스파르타쿠스다. 그는 예전부터 언젠가 연기를 하게 되리라고 생각했다. 처음에는 작은 역할부터 시작해서. 어쩌면 처음에는 뉴스 앵커 역을 맡고, 그다음에는 고등학교 배경의 코미디에서 파란만장한 과거를 지닌 아이들을 그 누구보다 잘 이해하는 선생님 역할을 맡게 될지도 모르는 일이었다. 하지만 이젠 다 끝났다. 잊어버리자, 톰. 그런 생각 따윈 머리에서 지워 버려.

다 하셨어요? 크리스틴이 묻는다.

그래.

스태프들은 광고가 끝나기 전에 톰을 데려간다. 그는 반항도 하지 않는다. 다만 어깨에 올려진 손이 싫어서 쳐낸다. 자기를 손으로 만지는 게 싫다는 그의 말에 스태프들도 따른다. 오랫동안 일했으니 지금이라도 얌전히 굴면 연금은 안전할지 모른다.

크리스틴이 빛나는 눈동자로 2번 카메라를 보며 매우 애석한 목소리로 말한다. 톰이 그동안 건강이 나빠졌습니다. 하지만 괜찮습니다. 조만간 다시 돌아올 겁니다. 일 분 단위로 날씨 나갑니다.

툰데는 애리조나의 한 병원 침대에서 사태에 관한 보도를 지켜본다. 라고스의 가족과 친구들에게 이메일과 페이스북으로 연락을 한다. 여동생 테미는 두 살 연하의 남자 친구를 만나고 있다. 툰데에게 여행을 하는 동안 사귄 여자 친구가 있는지 궁금해한다.

툰데는 그럴 시간이 별로 없다고 말한다. 싱가포르에서 만나 아프가니스탄까지 한동안 함께 여행한 백인 여성 저널리스트가 있기는 하지만 따로 언급할 정도는 아니라고.

"집으로 돌아와. 집에 와서 육 개월 정도 있으면 예쁜 여자를 찾아 줄게. 오빠도 벌써 스물일곱이잖아. 늙었어! 이제 정착할 때도 됐어."

백인 여자, 그러니까 니나가 물었었다. "너 PTSD 있어?"

그녀가 침대에서 파워를 사용하자 즉각 피하는 그를 보고 물은 말이었다. 그는 그녀에게 그만하라며 울기 시작했다.

"난 집에서 머나먼 곳에 발이 묶여 있어. 돌아갈 방법이 없어."

"누구나 다 그래." 그녀가 말했다.

그는 남보다 끔찍한 일을 겪지 않았다. 두려워할 이유가 없다. 다른 남자들보다 무서워할 이유가! 그가 입원한 뒤로 니나는 계속 문자를 보내왔다. 병문안을 가도 되는지 말이다. 그는 아직 안 된다고 한다.

입원한 지 어느 정도 지났을 무렵 이메일 한 통이 도착한다. 다섯 줄의 짧은 내용이지만, 발신인 주소가 정확해서 혹시나 도용은 아닌지 확인해 본다.

발신인: info@urbandoxspeaks.com

수신인: olatundeedo@gmail.com

애리조나 쇼핑몰 취재 기사를 봤고 델리에서 일어난 일에 대해서 쓴 칼럼도 읽었습니다. 우리는 같은 편입니다. 우리는 모든 남자들의 편이에요. 클리어리의 당선 과정을 보았다면 우리가 무엇을 위해 투쟁하는지 이해할 겁니다. 우리를 만나러 와 주십시오. 공개적인 대화 요청입니다. 우리는 당신이 한 팀이 되어 주기를 바랍니다.

UrbanDox

생각해 볼 필요도 없다. 그에게는 아직 써야 할 책이 있다. 900쪽의 연대기와 설명들. 항상 그의 노트북에 담겨 있다. 역시 생각해 볼 필요도 없다. UrbanDox와 만난다고? 당연히 가야지.

터무니없을 정도로 연극적인 연출이 심하다. 장비도 가져오지 말라니. 그들은 "저희가 인터뷰를 촬영할 휴대폰을 드리겠습니다."라고 한다. 맙소사. "이해합니다. 관점을 타협해서는 안 되죠."라고 답장을 보낸다. 그쪽에서 마음에 들어 한다. 정체성을 확인해 주는 말이니까. "당신은 우리가 유일하게 신뢰하는 사람입니다. 당신은 진실을 말하고, 있는 그대로의 혼돈을 두 눈으로 목격했죠. 애리조나 사건도 초대를 받아서 온 것이고. 당신은 우리에게 필요한 사람입니다." 마치 메시아를 기다리는 듯한 말투다. 툰데는 "저도 오래전부터 여러분과 이야기를 나누고 싶었습니다."라고 답장을 보낸다.

예상한 대로 접선 지점이 있었다. 데니스 주차장에서 만나, 역시 예상한 대로 눈가리개를 하고 지프차에 태운다. 모두 백인 남자들이다. 검은색 옷을 입고 머리에는 방한모를 썼다. 아무래도 영화를 너무 많이 본 것 같다. 이제는 하나의 현상으로 자리 잡았다. 거실이나 술집 밀실에서 이루어지는 남자들의 영화 클럽. 폭발과 헬리콥터 추락, 총과 근육질, 주먹질이 난무하는 이른바 '남자 영화'를 반복적으로 보는 것이다.

마침내 눈가리개를 풀었을 때 툰데는 보관 창고 안이다. 먼지가 많다. 구석에는 'A팀'이라고 적힌 비디오카세트가 가득한 낡은 상자가 놓여 있다. 그리고 의자에 앉아 미소 짓는 UrbanDox가 있다.

프로필 사진과는 다른 모습이다. 오십 대 중반. 거의 백발에 가깝게 염색을 했고 눈은 옅은 파란색이다. 툰데는 이 남자에 관한 글을 읽은 적이 있다. 사람들 말에 따르면 끔찍한 어린 시절을 보냈고, 폭력성과 인종에 대한 증오가 심하다고 했다. 여러 차례 사업을 했지만 수십 명에게 각각 큰돈을 빚지고 접었다. 결국 야간 대학에서 법학 학위를 받았고, 이어서 블로거로 변신을 했다. 얼굴은 약간 잿빛이지만 나이치고는 다부진 체격이다. 파도 같은 세상의 변화는 UrbanDox에게는 좋은 일이었다. 그는 오랫동안 블로그에 기백 넘치고 반문맹에 가깝고 편견과 분노로 끓어넘치는 웅변을 올려 왔는데, 최근에 이르러 대부분의 남성과 일부 여성들로 이루어진 더 많은 사람들이 그에게 귀를 기울이기 시작했다. 그는 지금까지 대여섯 개 주의 쇼핑몰과 공원에서 일어난 폭탄 테러를 주모한 테러 단체와 연관이 있다는 사실을 계속 부인해 왔다. 그 자신은 원하지 않더라도 테러 단체들은 그와 결부되기를 좋아한다. 최근의 테러 위협에는, 정확한 주소와 시간 그리고 Urbandox가 쓴 '다가오는 젠더 전쟁'이라는 글의 링크가 포함되어 있었다.

그의 어조는 부드럽다. 목소리는 툰데의 생각보다 고음이다. "알다시피 그들은 우릴 죽이려 할 걸세."

툰데는 그냥 듣고만 있자고 생각했지만 결국 묻는다. "누가 우릴 죽이려고 한다는 거죠?"

UrbanDox가 답한다. "여자들."

"아! 더 자세히 얘기해 주십시오."

남자의 얼굴에 교활한 미소가 번진다. "내 블로그를 읽었으니 내가 무슨 생각을 하는지 알겠지."

"직접 듣고 싶군요. 녹음을 해서요. 사람들이 듣고 싶어 할 거예요. 그러니까 여자들이 우리를 죽일 거라고 생각……."

"생각이 아니라 아는 거라네. 절대로 우연이 아니야. '수호천사'라는 걸 수돗물에 넣어서 그게 지하수면에 누적되었다고들 하지? 전혀 예상하지 못한 일이었다고. 흥, 개소리. 다 계획된 일이었어. 의도적인 거였지. 2차 세계 대전이 끝나고 주도권을 쥔 평화주의자들과 순진한 이상주의자들이 그걸 수돗물에 넣기로 결정한 거야. 남자들이 주어진 기회를 망쳐서, 두 세대에 두 번의 세계 전쟁이 일어났다고 생각한 거지. 여자나 빨아 대는 하등한 호모 새끼들."

툰데도 그 이론에 대해 읽은 적이 있다. 공모자가 없으면 훌륭한 음모 계획이 나올 수가 없다. 그는 UrbanDox가 유대인을 언급하지 않은 사실에 놀라울 뿐이다.

"시오니스트들은 강제 수용소를 감상적인 협박 수단으로 이용해서 '수호천사'를 바다로 옮겼지."

드디어 나왔다!

"전쟁 선포였지. 첫 함성을 외치기도 전에 조용하고 은밀하게 전사들을 무장시켰어. 우리가 침략당했다는 사실을 알아차리기도 전에 그들은 우리 사이에 들어와 있었어. 미국 정부는 치료법을 가지고 있지만 꼭꼭 숨겨 두고 특별한 소수에게만 사용하고 있어. 그리고 최종 단계는…… 그들은 우리를 전부 싫어해. 우리가 다 죽길 바라지."

툰데는 자신이 아는 여자들을 떠올려 본다. 바스라에서 같이 있었던 저널리스트들, 네팔의 포위 공격에서 만난 여자들. 지난 몇 년 동안 그가 찍은 영상을 세상에 내보낼 수 있도록 위험으로부터 지켜 준 여성들도 있었다.

"그렇지 않아요." 툰데의 입에서 이 말이 튀어나왔다. 젠장, 그럴 생각이 아니었는데.

UrbanDox가 웃음을 터뜨린다. "그들이 원하는 대로 됐군. 그들의 손아귀에서 놀아나네. 헛소리를 믿고 말이야! 자네를 도와준 여자들이 있겠지? 자네를 보살펴 주고 위험할 때 지켜 줬을 거야."

툰데는 조심스럽게 고개를 끄덕인다.

"그들이 그러는 건 당연해. 우릴 고분고분하고 혼란스럽게 만들고 싶어 하니까. 전형적인 전술이야. 상대에게 적의 모습만 보여 주면 볼 때마다 싸우려 들지만, 아이들에게 사탕을 주고 약자에게 의약품을 나눠 주면 적인지 아닌지 헷갈려 하지. 적을 증오하는 방법을 모르게 되거든. 알겠어?"

"예."

"벌써 시작됐어. 남자들에 대한 가정 폭력과 여자가 남자를 학살하는 일들을 봤어?"

그는 보았다. 얼음사탕처럼 그의 목에 새겨진 장면들이었다.

"원래 그렇게 시작하는 거야. 그렇게 누그러뜨린 다음에 겁주고 두려워하게 하지. 그렇게 우릴 원하는 위치에 놔두는 거야. 다 계획된 일이야. 명령에 따르는 거지."

툰데는 그런 이유 때문은 아니라고 생각한다. 여자들은 할 수 있기에 하는 것뿐이다. "추방당한 사우디아라비아 국왕 아와디아티프에게 자금을 지원받고 있습니까?"

툰데의 질문에 UrbanDox는 미소를 짓는다. "이 사태를 걱정하는 남자들은 많다네, 친구. 같은 젠더를 배신하는 나약한 놈들도 있고, 여자들이 친절하게 대해 주리라고 착각하는 이들도 있지. 하지만 다수가 진실을 알고 있어. 우린 돈을 구걸하러 갈 필요도 없었지."

"아까…… 최종 단계라고 하셨는데."

UrbanDox가 어깨를 으쓱한다. "그들은 우릴 전부 죽이고 싶어 한다고 했잖나."

"하지만…… 인류의 생존은 어쩌고?"

"여자들은 동물일 뿐이야. 우리처럼 교미하고 번식하고 건강한 후손을 낳지. 하지만 구 개월 동안 임신을 하고 있어야 해. 여자 한 명이 평생 감당할 수 있는 아이는 대여섯 명 정도일 걸세."

"그래서요?"

UrbanDox는 당연한 일이라도 된다는 양 얼굴을 찡그린다. "유전적으로 가장 건강한 남자만 살려 두겠지. 신이 남자에게 권력을 준 까닭은 그 때문이라니까. 우리가 아무리 여자들을 고약하게 대해도…… 흠, 노예 같은 거지."

툰데는 어깨가 뻣뻣해짐을 느낀다. 아무 말도 하지 말고 듣기만 하고, 그저 찍어서 팔기만 하자. 저 쓰레기 같은 인간을 팔아서 돈이나 벌고 어떤 인간인지 낱낱이 보여 주기나 하자.

"사람들은 노예 제도를 잘못 알고 있다니까. 노예는 재산이고 자기 재산에 흠집이 나기를 바라는 사람은 없지. 남자가 아무리 여자를 고약하게 대해도 아이를 낳으려면 여자가 필요하지. 하지만 이젠…… 완벽한 유전자를 가진 남자 한 명이 천 명, 오천 명의 자식을 낳을 수 있는데, 나머지가 왜 필요하겠어? 그러니 전부 죽일 거야. 잘 들어. 백 명에 한 명도 아니야, 천 명에 한 명도 아닐지 몰라."

"그렇게 말하는 증거는……."

"문서를 봤거든. 그뿐만 아니라 내 머리도 쓸 수 있고 말이야. 자네도 그렇지. 자네를 지켜봤어. 자넨 똑똑해." UrbanDox가 축축한 손을 툰데의 팔에 올린다. "우리와 함께하세. 우리가 하는 일을 함께하는 거야. 다들 떠나 버렸지만 우린 자네 곁에 있어 줄 거야. 우린 같은 편이니까."

툰데는 고개를 끄덕인다.

"우리에겐 남자들을 보호해 줄 법이 필요해. 여자들한테는 통금이 생겨야 하고. 정부가 치료법 '연구'에 모든 예산을 쏟아붓게 해야 해. 남자들이 일어나서 인정받게 만들어야 해. 여자를 숭배하는 호모 새끼들이 지배하고 있어. 그놈들을 잘라 내야 해."

"그게 테러 공격의 목적인가요?"

UrbanDox는 다시 미소 짓는다. "자네는 내가 테러를, 단 한 차례라도 일으키거나 장려하지 않았다는 사실을 잘 알지 않나."

그렇다. 그는 매우 신중했다.

"내가 테러를 저지른 남자들과 연락이 닿았다면 그들은 시작조차 하지 않았을 거야. 그런데 말이야, 소비에트 연방이 붕괴하면서 무기가 잔뜩 사라졌어. 정말 끔찍한 무기들이지. 테러 단체가 가지고 있을지 몰라."

"잠깐만요. 지금 미국 내에서 핵무기 테러 공격을 지휘하겠다고 협박하시는 건가요?"

"협박이 아니야." UrbanDox가 옅고 차가운 눈빛으로 말한다.

앨리

"어머니 이브, 저를 축복해 주시겠어요?"

귀여운 소년이다. 보송보송한 금발에 주근깨, 크림색의 얼굴. 기껏해야 열여섯 살 정도로 보인다. 베사파라의 중유럽 악센트가 강한 영어. 잘 골랐다.

앨리는 이제 겨우 스무 살이다. 《뉴욕 타임스》의 기사에서 몇몇 유명 인사의 조수들이 말한 대로 나이를 제법 먹은 듯한 분위기를 풍기기는 하지만, 이렇게 진지한 시람에게 필요한 위협감이 전혀 느껴지지 않을 때도 있다.

어린아이, 특히 소녀는 신과 가깝다고들 한다. 우리 이브는 불과 열여섯 살의 나이에 세상을 위한 희생을 짊어졌다. 그래도 확실히 더 어려 보이는 사람에게 축복을 내리는 일을 마다하지 않는다.

"가까이 와서 이름을 말하세요." 앨리가 말한다.

카메라들이 일제히 금발 소년의 얼굴로 향한다. 소년은 벌써부터 울며 몸을 떤다. 군중은 거의 조용하다. 이따금씩 터져 나오는 "어머니를 찬양하라!" 혹은 "찬양하라!" 같은 외침만이 삼만 명의 숨소리를 깨뜨릴 뿐이다.

소년이 매우 조용하게 답한다. "크리스천이에요."

그와 동시에 경기장에는 헉하고 숨 막히는 소리가 퍼진다.

"아주 좋은 이름이군요. 좋은 이름이 아닐까 봐 두려워하지 마세요." 앨리가 말한다.

크리스천은 그저 흐느낀다. 벌어진 입속은 축축하고 검다.

"힘들겠지만 내가 당신의 손을 잡을 거예요. 그 순간 우리 어머니의 평화가 당신 몸으로 들어갈 겁니다. 알겠어요?"

앞으로 일어날 일을 확고한 신념에 차서 말하면 마법 같은 일이 벌어진다. 크리스천은 또 고개를 끄덕인다. 앨리가 그의 손을 잡는다. 카메라들은 한동안 좀 더 거무스름한 손에 잡힌 창백한 손을 비춘다. 크리스천은 진정을 했다. 호흡이 한결 일정해졌다. 미소 지은 얼굴이 침착하고 평온해 보이기까지 한다.

"크리스천, 어렸을 때부터 걷지 못했지요?"

"네."

"어떻게 된 일이죠?"

크리스천은 담요로 단단히 감싼 힘 없어 보이는 두 다리를 가리킨다. "세 살 때 그네에서 떨어져서 척추를 다쳤어요." 그는 신뢰 가득한 미소를 보인다. 두 손으로 연필을 부러뜨리는 시늉을 한다.

"척추를 다쳤고, 의사들이 다시는 걸을 수 없을 거라고 했군요. 그렇죠?"

크리스천이 느리게 고개를 끄덕인다. "하지만 전 다시 걸을 수 있다는 걸 알아요." 얼굴에 평화가 흘러넘친다.

"나도 알아요, 크리스천. 하나님 어머니가 보여 주셨기 때문이죠."

그녀를 위하여 행사를 계획하는 사람들은, 그녀가 뭐든지 할 수 있도록 신경 손상이 지나치게 심하지 않은 사람을 고른다. 크리스천이랑 같은 병원에 입원한 친구가 있었다. 착한 아이였고 크리스천보다도 믿음이 깊었지만, 안타깝게도 척추 손상이 극심해서 앨리가 확실히 치유할 수 있으리라는 보장이 없었다. 게다가 여드름투성이라텔레비전 중계 행사에는 적합하지 않았다.

앨리는 크리스천의 척추에, 뒷덜미 부분에 손바닥을 댄다.

크리스천이 몸을 떨자 군중은 숨이 턱 막히듯 조용해진다.

앨리가 속으로 말한다. 이번에 해내지 못하면 어쩌죠?

목소리가 답한다. 애야, 넌 항상 그런 말을 하는구나. 넌 특별해.

어머니 이브가 앨리의 입으로 말한다. "하나님 어머니, 항상 그랬던 것처럼 지금 이 순간에도 저를 인도해 주소서."

군중이 입을 모아 답한다. "아멘."

"어머니 뜻대로 이루소서. 이 아이를 치유하는 일이 어머니의 뜻이라면 낫게 하소서. 이 세상에서 고통받고 다음 세상에서 큰 수확을 거두게 하심이 어머니의 뜻이라면 그렇게 하소서."

이 부분은 대단히 중요한 통고다. 물론 선수를 치기 위한 방편이기도 하다.

군중이 답한다. "아멘."

"하나님 어머니, 하지만 이 순종적인 소년을 위한 기도가 많습니다. 여기 수많은 군중이 어머니와 함께 기도하며 어머니의 은혜가 소년에게 닿기를, 어머니가 마리아를 일으켜 세우신 것처럼 어머니의 숨결이 소년을 일으켜 세우기를 간청하옵니다. 하나님 어머니, 저희 기도를 들어주옵소서."

군중 속에는 까치발을 하고 몸을 앞뒤로 흔들며 울고 중얼거리는 사람들이 가득하다. 경기장 양쪽에서는 동시 통역사들이 앨리의 속도에 맞춰 말을 옮기고자 분주하게 움직인다. 어머니 이브의 말이 점점 빨라진다.

입으로 말을 하는 동안, 앨리의 파워 덩굴은 크리스천의 척추를 살펴본다. 여기저기 막힌 곳을 짚고, 어디에 힘을 주면 근육이 움직일지 찾는다. 거의 찾았다.

어머니 이브가 말한다. "저희 모두가 축복받은 삶을 살았습니다. 매일 안에 계신 어머니의 목소리에 귀 기울이고자 노력하고, 우리 어머니와 인간의 가슴속 성스러운 빛을 따르고, 하나님 어머니를 숭배하고 사랑하고 어머니 앞에 무릎 꿇으며! 하나님 어머니, 저희 기도에 담긴 힘을 가져가소서. 하나님 어머니, 어머니의 영광을 보여주시어 이 소년을 지금 치유하소서!"

군중이 포효한다.

앨리는 크리스천의 척추를 재빨리 세 번 찌른다. 다리 근육의 신경 세포를 휙 쳐서 생명을 불어넣는다.

소년이 담요를 차며 왼쪽 다리를 위로 뻗어 올린다.

기쁘고 놀라고 약간 두려워하는 표정으로 다리를 바라본다.

나머지 다리도 찬다.

이제 눈물이 흘러내린다. 세 살 이후로 걷지도, 달리지도 못했던 불쌍한 소년. 욕창과 근육 위축으로 고생하고, 팔로 무게를 받치고 침대에서 의자로, 의자에서 화장실로 몸을 끌고 가야 했던 소년. 그 소년의 다리가 허벅지에서부터 흔들고 박차면서 움직이고 있다.

이제 소년은 팔로 버티며 의자에서 몸을 일으킨다. 다 이유가 있기에 세워 놓은 난간을 붙잡고 똑바로 서서 눈물을 흘리며 아직 떨리는 다리로 한 걸음, 두 걸음, 세 걸음 뻣뻣하고 어색하게 걷는다.

어머니 이브의 신자들이 와서 한 명씩 어깨를 잡고 그를 무대 밖으로 데려간다. 소년은 연신 "감사합니다. 감사합니다. 감사합니다."라고 말한다.

때로는 효과가 계속 이어지기도 한다. 그녀가 '치유한' 사람들 중 일부는 몇 달이 지나도록 계속 걷거나 물건을 잡거나 앞을 보기도 한다. 그녀가 어떤 방법을 사용하는지 일부 과학자들도 차차 관심을 보이기 시작한다.

하지만 효과가 전혀 지속되지 않는 경우도 있다. 무대에서만 가능하고 마는 것이다. 걷거나 마비되었던 팔로 물건을 집는 느낌을 맛본다. 그것마저도 그녀가 아니면 불가능했을 일이다.

목소리가 말한다. 모르는 일이다. 믿음이 더 강했다면 더 오래갔을지도.

어머니 이브는 자기가 도와준 사람들에게 말한다. "하나님은 그분의 능력을 맛만 보여 주셨습니다. 계속 기도하세요."

치유 시간 다음에 짧은 휴식이 이어진다. 앨리는 무대 뒤에서 시원한 음료수를 마시고 군중은 잠시 열기를 식히면서 그들처럼 마음과 지갑을 열어 준 선한 사람들 덕분에 이런 일이 가능했다는 사실을 일깨운다. 대형 화면을 통해 교회의 선행을 보여 준다. 어머니 이브가 병자들을 위로해 주는 모습. 구타와 학대를 당했지만 타래를 쓸 수 없었던 여성의 손을 잡는 중요한 영상도 나온다. 그녀는 울고 있다. 어머니 이브는 여인의 타래를 깨워 주려고, 도와주려고 기도하지만 가엾은 여인에게는 파워가 이르지 않는다. 그래서 이식 수술을 알아보고 있다고, 어머니 이브가 희생자들 시체 사이에서 말한다. 이미 연구팀이 작업에 돌입했고, 여러분의 후원이 큰 도움이 되리라고.

미시건과 델라웨어의 사제단 회의장에서 구원받은 영혼들의 소식을 전하며 우호적인 인사말을 전하는 영상도 나온다. 가톨릭교회가 자멸하고 있는 나이로비와 수크레의 사절단에게도 인사를 한다. 어머니 이브가 세운 고아원의 영상도 있다. 처음에는 집에서 쫓겨나 길 잃은 개처럼 몸을 떨며 거리를 방황하던 소녀들이 있었다. 어머니 이브는 점차 커지는 자신의 영향력으로 성인 여성들에게 "어린아이들을 받아 주고, 그들을 위한 집을 세우세요. 그 아이들을 위하는 일이 우리 어머니를 위하는 일입니다."라고 말했다. 불과 몇 년 사이, 전 세계에는 아이들을 위한 집이 생겼다. 소년과 소녀를 모두 받아들여서 안식처를 제공한다. 주정부가 운영하는 시설들보다 더 좋은 성과를 내고 있다. 평생 이곳에서 저곳으로 옮겨 다니며 살아야 했던 앨리이기에 이 사안만큼은 훌륭하게 이끌 수 있다. 영상을 통해 델라웨어와 미주리, 인도네시아와 우크라이나의 고아원을 방문하는 어머니 이브의 모습이 나온다. 소년과 소녀 들이 그녀를 어머니라고 부르며 인사한다.

명랑한 음악 소리와 함께 영상이 끝나자, 앨리는 얼굴의 땀을 닦고 다시 밖으로 나간다.

"알고 있습니다." 어머니 이브가 울고 떨며 소리치는 사람들로 가득한 군중을 향해 말한다. "오랜 기간 동안 의문을 품어 온 사람들도 있다는 사실을요. 그래서 오늘 이 자리에 서서 여러분의 질문에 답할 수 있게 되었음을 기쁘게 생각합니다."

또다시 "찬양하라!"라는 외침이 터져 나온다.

"하나님 어머니가 지혜와 자비를 보여 주신 땅, 베사파라에 온 것은 저에게 큰 축복입니다. 아시다시피 어머니는 저에게 여성들이 다 함께 모여야 한다고 말씀하셨습니다. 같이 기적을 행해야 한다고! 서로에게 축복과 위로가 되어야 한다고! 그리고……," 그녀는 한 단어씩 띄엄띄엄 말하며 강조를 한다. "베사파라보다 여성들이 더 많이 모였던 곳이 또 있었을까요?"

발을 구르고 고함을 지르는 소리와 기쁨의 환호가 튀어나온다.

"우리는 군중의 기도가 모이면 어떤 기적이 가능한지 아까 크리스천이라는 소년을 통해 보여 주었습니다. 그렇지요? 하나님 어머니가 남성과 여성을 모두 보살피신다는 사실을 우리는 보여 주었습니다. 어머니는 항상 자비를 베푸십니다. 여성뿐만 아니라 믿음을 가진 모든 자에게 선을 베푸십니다." 그녀의 목소리가 낮고 부드럽게 변한다. "여러분 중에는 이런 질문을 가진 사람들도 있을 것입니다. '모두에게 큰 의미가 있는 여신이라고? 손바닥에 눈이라는 상징을 가진 그 여신은 또 뭐고? 이 선한 땅에서 생겨난 그 단순한 신앙이 대체 뭐냐고?'라고 말이지요."

앨리는 군중이 잠시 조용해지도록 놔둔다. 가슴에 팔짱을 끼고 일어난다. 눈물을 흘리고 몸을 흔드는 사람들도 있다. 배너도 흔든다. 그녀는 숨을 들이마셨다가 내쉬면서 한참을 기다린다.

맘속으로 말한다. 저 준비가 된 건가요?

목소리가 답한다. 넌 이 순간을 위해 태어났다, 아이야. 설교해라.

앨리는 팔짱을 풀고 군중을 향해 손바닥을 든다. 양쪽 손바닥의 중앙에는, 눈에서 덩굴이 뻗어져 나오는 모양의 문신이 새겨져 있다.

군중은 폭발적인 비명을 지르고 환호하고 발을 구른다. 남녀 할 것 없이 앞쪽으로 밀려든다. 앨리는 중앙 분리대가 설치되어 있고, 통로에 구급대가 서 있어서 다행이라고 생각한다. 군중은 앨리에게 조금이라도 가까워지려고 의자 위로 올라간다. 숨을 헐떡이고 흐느끼며 앨리의 숨결을 들이마신다. 앨리를 산 채로 잡아먹고 싶어 한다.

어머니 이브는 소음 속에서 차분하게 말한다. "모든 신은 하나의 신입니다. 여러분의 여신은, 유일신이 이 세상에 다른 방식으로 모습을 드러낸 것일 뿐. 그 여신이 여러분에게 왔듯이 저에게도 왔습니다. 연민과 희망을 설교하고 우리에게 잘못을 저지른 이들에 대한 복수, 또 가까운 이들에 대한 사랑을 가르쳐 주었지요. 여러분의 여신은 우리 하나님 어머니입니다. 하나의 신입니다."

앨리 뒤쪽에서 그날 저녁 내내 배경막으로 쳐 있던 잔물결 문양의 실크 커튼이 부드럽게 바닥으로 떨어진다. 파란색 피부의 풍만한 여인이 그려진 육 미터 높이의 그림이다. 눈빛은 다정하고 쇄골에 타래가 도드라져 있으며 양쪽 손바닥에는 삼라만상을 꿰뚫어 보는 눈이 그려져 있다.

그림이 드러나는 순간 몇몇은 기절하고, 몇몇에게서는 방언이 터져 나온다.

훌륭한 그림이다, 목소리가 말한다.

이 나라가 마음에 들어요, 앨리가 속으로 답한다.

건물에서 벗어나 강화 유리를 씌운 차량으로 이동하면서 앨리는 마리아 이그나치아 수녀의 메시지를 확인한다. 고국에 있는 충직하고 믿음직한 친구. 그들은 온라인에서 이루어지는 '앨리슨 몽고메리 테일러'에 대한 대화를 주시해 왔다. 앨리는 그 사건 파일을 없애고 싶어 하는 이유를 결코 인정하지는 않았지만, 마리아 이그나치아 수녀에게 가능한지 물었다. 이 이야기로 돈을 벌거나 영향력을 얻으려는 사람이 계속 생길 것이기에 앞으로 더더욱 힘들어질 터였다. 법원에서 무죄를 선고할 리는 없겠지만 굳이 그 과정을 거칠 필요도 없었다. 베사파라는 벌써 늦은 밤이지만, 미국 동부는 오후 4시밖에 안 되었고 다행히 메시지가 와 있었다. 잭슨빌의 충성스러운 새 교회 신자들이 누군가를 보냈다. 영향력 있는 하나님 안에 자리한 자매의 도움으로 '앨리슨 몽고메리테일러'와 관련한 모든 서류와 전자 파일이 사라지리라고.

이메일에는 "모든 것이 다 사라질 거야."라고 적혀 있다.

예언 또는 경고 같다.

이메일에 영향력 있는 하나님 안의 자매가 누구인지 굳이 밝히지는 않았지만 전화 한 통으로, 혹은 아는 사람에게 전화를 연결해서 경찰의 서류를 제거할 수 있는 여성은 앨리가 아는 한 단 한 명뿐이었다. 록시일 터다. "네가 우리를 돌봐 주면 우리도 널 돌봐 줄 거야." 라고 그녀는 말했다. 잘됐다. 모든 것이 다 사라지리라.

얼마 후 앨리와 타티아나 모스칼레프는 함께 늦은 저녁 식사를 한다. 전쟁 중이지만, 북쪽 전선에서 몰도바 군대와 맞서 싸우고 동쪽에서는 러시아와 교착 상태이지만, 그래도 음식이 무척 훌륭하다. 베사파라의 모스칼레프 대통령은 새 교회의 어머니 이브를 위해 구운 꿩고기와 아코디언 모양의 감자 구이, 양배추 볶음 요리를 냈다. 그들은 훌륭한 와인으로 서로 건배를 한다.

"우린 신속한 승리를 거둬야 합니다." 타티아나가 말한다.

앨리는 생각에 잠긴 얼굴로 천천히 씹는다. "전쟁이 삼 년째에 접어들었는데 신속한 승리가 가능한가요?"

타티아나가 웃음을 터뜨린다. "진짜 전쟁은 아직 시작도 하지 않았답니다. 아직 언덕에서 기존 무기로 싸우고 있죠. 적이 침략하려고 하면 우리가 밀쳐 내고, 적이 수류탄을 던지면 우리는 사격을 하고."

"파워는 미사일과 폭탄에는 아무런 소용이 없죠."

타티아나는 등을 기대면서 다리를 꼬고 이브를 쳐다본다. "그렇게 생각하세요?" 그녀는 재미있다는 듯 얼굴을 찡그렸다. "첫째, 전쟁은 폭탄으로 이기는 게 아니에요. 지상에서 이겨야 하죠. 둘째, 그 약을 최대 용량으로 사용하면 어떻게 되는지 보았나요?"

앨리는 보았다. 록시가 보여 주었다. 파워를 통제하기가 어려워진다. 통제력은 그녀의 특기인 만큼 앨리는 사용하고 싶지 않지만 글리터를 최대 용량으로 쓰면 서너 명의 여성만으로도 맨해튼의 모든 전기를 꺼뜨릴 수 있다.

"그런데 닿으려면 가까이 있어야 하잖아요. 연결이 되어야 하니까."

"그걸 처리할 방법은 얼마든지 있답니다. 그들이 훈련하는 사진을 보았잖아요."

아, 추방된 사우디아라비아 국왕을 말하는구나, 목소리가 말한다.

"아와디아티프 말이군요." 앨리가 말한다.

"알다시피 그는 이 나라를 실험용으로 삼고 있죠." 타티아나가 와인을 한 모금 더 마신다. "우스꽝스러운 배터리 팩을 메고 고무 슈트를 입은 남자들을 투입시키고 있어요. 그는 변화가 아무런 의미도 없음을 보여 주고 싶어 하죠. 여전히 옛 종교를 신봉하며 나라를 되찾을 수 있다고 생각해요."

타티아나는 왼쪽 손바닥과 오른쪽 사이에 긴 포물선을 만들어 실패처럼 감더니 반대로 되감아 딱 하고 끊는다. "미용사는 자기가 시작한 일이 이렇게까지 될 줄은 몰랐겠죠." 그녀가 갑작스럽게 앨리를 똑바로 쳐다본다. "아와디아티프는 성전에 임했다고 생각하죠. 내 생각도 그래요. 신은 이 전쟁을 위해서 나를 선택했어요."

네가 동의해 주기를 바라는구나, 목소리가 말한다.

"그래요. 하나님은 당신에게 특별한 임무를 주셨습니다."

"난 항상 나보다 크고 나은 무언가가 있을 거라고 믿었죠. 그러다 당신을 봤어요. 사람들에게 말할 때의 그 힘이라니. 난 당신이 하나님의 사자(使者)임을 믿어요. 우리가 이 시기에 만난 까닭도 세상에 메시지를 전하기 위해서라는 점도."

목소리가 말한다. 널 위해 준비한 일이 있다고 말하지 않았니?

앨리가 타티아나에게 말한다. "신속한 승리를 원한다는 말은……

아와디아티프가 전기 군대를 내보내면 완전히 박살 내고 싶다는 뜻이군요."

타티아나가 한 손을 흔든다. "나에게도 화학 무기가 있어요. 냉전 때 남은 것이죠. 그들을 완전히 박살 내고 싶으면 그럴 수 있어요. 하지만 아니에요." 그녀가 몸을 앞으로 기울인다. "난 그들에게 굴욕을 주고 싶어요. 기계적인 힘이…… 우리가 몸속에 가진 힘과 비교조차 되지 않는다는 사실을 보여 주고 싶어요."

목소리가 묻는다. 보이느냐?

그러자 앨리는 갑자기 모든 것이 보인다. 사우디아라비아의 아와디아티프는 북몰도바의 군대를 무장시켰다. 여성들의 공화국 베사파라를 북몰도바를 위해 되찾아 주려는 계획이다. 그러면 이 변화가 표준에서 사소하게 벗어난 사건일 뿐이고 올바른 길이 다시 저절로 분명히 드러나리라고. 만약 패배하면 완전히 지는 것이다.

앨리는 미소 짓기 시작한다. "하나님 어머니의 길은 개인에서 개인으로, 나라에서 나라로 온 세상에 퍼질 것입니다. 시작도 되기 전에 끝날 거예요."

타티아나가 건배를 하기 위해 잔을 든다. "당신이 이해할 줄 알았어요. 당신을 초청하고…… 내 말뜻을 이해해 주기를 바랐죠. 세계가 이 전쟁을 지켜보고 있어요."

네가 자신의 전쟁을 축복해 주기를 바라는구나, 교묘하긴. 목소리가 말한다.

앨리가 속으로 답한다. 만약 패배한다면 교묘한 거겠죠.

네가 안전한 쪽을 원하는 줄 알았는데.

내 것으로 만들지 않는 한 안전하지 않다고 하셨잖아요.

그래서 내가 거기까지 가는 길은 대단히 복잡하다고 했지.

누구 편이신 거예요?

어머니 이브는 느리고 신중하게 말한다. 말을 잰다. 어머니 이브의 입에서 나오는 모든 말에는 어떤 결과가 따르기 때문이다. 카메라를 응시하며 빨간불이 들어오기를 기다린다.

"이 전쟁에서 이기면 사우디 왕족이 무엇을 할지 굳이 생각해 볼 필요도 없습니다. 이미 보았으니까요. 수십 년 동안 사우디에서 무슨 일이 일어났는지, 하나님 어머니가 경악하고 경멸하며 그 나라로부터 얼굴을 돌리셨다는 점도 우리는 알고 있습니다. 베사파라의 용맹한 전사들을 만나 보면 누가 정의의 편인지 분명히 알 수 있습니다. 그들 중 다수는 인신매매를 당해 족쇄를 차고 있던 여성들, 만약 하나님께서 빛을 보내 인도해 주지 않으셨다면 홀로 어둠 속에서 죽어 갔을 여성들입니다.

이 나라는 하나님의 나라고 이 전쟁은 하나님의 전쟁입니다. 우리는 하나님의 도움으로 웅장하게 승리할 것입니다. 하나님의 도움으로 모든 것이 뒤집힐 것입니다."

빨간불이 깜빡이며 꺼진다. 메시지가 전 세계로 전해진다. 어머니 이브와 유튜브, 인스타그램, 페이스북, 트위터의 수백만 팔로워들, 후원자들과 친구들이 베사파라, 여성 공화국의 편이라는 사실이. 그들이 선택을 했다는 것이.

마고

"꼭 헤어지라는 얘기가 아니야."

"엄마, 헤어지라는 말이잖아."

"보고서를 읽고 한번 판단을 해 보라는 거야."

"나한테 읽어 보라고 주는 거니까 무슨 내용인지는 뻔하지."

"한번 읽어 보기나 해."

마고가 커피 테이블에 쌓인 종이 더미를 가리킨다. 바비는 이 대화에 끼고 싶지 않았다. 매디는 태권도장에 갔다. 당연하지만 마고에게 걸렸다. 바비는 정확히 이렇게 말했다. "당신이 걱정하는 건 정치인으로서의 생명이잖아. 그러니까 당신이 해결해."

"엄마, 보고서에 뭐라고 되어 있건 라이언은 좋은 사람이야. 친절한 사람이야. 나한테 잘해 줘."

"조스, 그 애는 극단주의 사이트에서 활동을 했어. 테러 계획에 대해 이야기하는 사이트들에서 가짜 이름으로 글을 올린다고. 테러 집단과 관련 있는 사이트들이야."

조슬린은 울고 있다. 답답하고 화가 나서 흘리는 눈물이다. "라이언은 절대로 그럴 애가 아니야. 그냥 무슨 얘기가 오가는지 궁금해서 그런 걸 거야. 엄마, 우리도 온라인에서 만났어. 우리 둘 다 정신 나간 사이트에 들락거린다고."

마고는 아무 종이나 집어서 형광펜으로 칠해진 부분을 읽는다. "Buckyou, 참 멋진 닉네임이구나. '점점 걷잡을 수 없는 정도가 되어 간다. 우선 노스스타 캠프만 봐도 그래. 거기서 뭘 가르치는지 알면 그 캠프의 여자들 모두에게 총알을 박아야 할걸.'이라고 썼어." 마고는 잠시 말을 멈추고 조슬린을 바라본다.

"정말 라이언이 썼는지 어떻게 알아?"

마고는 산더미처럼 쌓인 서류를 가리킨다. "나야 모르지. 전문가들에겐 다 방법이 있어." 이게 가장 까다로운 부분이다. 마고는 숨을 죽인다. 조스가 넘어갈까?

조스는 마고를 쳐다보며 한 차례의 흐느낌을 내뱉는다. "국방부에서 엄마를 조사하고 있는 거지? 엄마는 상원 의원이 될 거니까, 국방위원회에 들어오라고 한다며. 엄마가 그랬잖아."

완전히 걸려들었다.

"그래, 조슬린. 그래서 FBI가 이걸 발견하게 된 거야. 그만큼 중요한 자리니까. 하나도 미안하지 않아." 마고가 잠시 침묵한다. "난 우리가 한편인 줄 알았어. 라이언이 네 생각과 다른 애라는 사실을 넌알아야 해."

"그냥 새로운 시도를 해 보느라 그런 걸 거야. 삼 년 전에 쓴 거잖아! 온라인에서는 다들 아무 말이나 지껄여! 관심받으려고."

마고는 한숨을 쉰다. "그건 확신할 수 없을 것 같구나."

"내가 얘기해 볼게. 라이언은……" 조스는 또다시 운다. 더 크고 길고 깊은 흐느낌이다.

마고는 소파에서 조스 쪽으로 다가앉아 한 팔을 어깨에 올린다.

조스가 마고의 가슴에 얼굴을 묻고 어렸을 때처럼 엉엉 운다.

"다른 애를 만날 수 있을 거야. 더 좋은 남자애."

조스가 얼굴을 든다. "인연이라고 생각했단 말이야."

"그래, 그랬을 거야. 네……," 마고는 단어를 고민한다. "네 문제 때문에…… 이해해 줄 사람을 만나고 싶었을 거야."

조스를 도와줄 수 있는 방법을 찾았다면 좋았으리라. 아직도 찾고 있지만 조스가 나이를 먹을수록 더욱 다루기 힘든 문제가 되어 가는 듯하다. 원하는 만큼의 파워가 있을 때도 있고, 파워가 하나도 나오지 않을 때도 있다.

조스의 흐느낌이 조금씩 희미해진다. 마고가 차를 가져다주고, 두 사람은 한동안 말없이 소파에 앉아 있다. 마고가 조스에게 한 팔을 두른 채.

한참 후 마고가 말한다. "난 아직도 널 도와줄 방법을 찾을 수 있으리라고 생각해. 널 도와줄 사람을 찾으면…… 너도 평범한 남자애를 좋아하게 될 거야."

조스가 찻잔을 테이블에 천천히 내려놓는다. "정말 그렇게 생각해?"

"난 알아. 너도 다른 여자애들처럼 될 수 있어. 널 고칠 수 있어."

좋은 엄마는 이래야 한다. 자식은, 부모가 해 줄 수 있는 것 이상의 무언가를 필요로 할 때도 있으니까.

록시

"집으로 와라. 리키가 다쳤다."

록시는 몰도바로 가서 여자들에게 글리터를 이용해 싸우는 방법을 훈련시킬 예정이었다. 하지만 이런 문자 메시지가 도착했으니 글렀다.

그녀는 미국에서 돌아온 뒤로 되도록 리키를 피해 왔다. 글리터 사업을 시작했고 높은 수익을 올리고 있었다. 예전에 록시는 그 집에 초대받기를 고대했다. 이제는 버니에게 열쇠를 받았고, 흑해에 나가 있지 않을 때면 손님방에 묵게 되었지만 생각한 것과는 달랐다. 세 아들의 엄마 바버라는 테리가 죽은 후 정상이 아니었다. 벽난로 위 선반에는 테리의 커다란 사진이 놓여 있고, 그 앞에 장식된 생화는 사흘마다 바뀌었다. 대릴도 아직 그 집에 살고 있다. 머리가 좋아서 도박 사업을 맡았다. 리키는 카나리 워프의 제집에서 따로 산다.

록시는 메시지를 읽으며 그들에게 앙심을 품었을 만한 여러 조직과 '다쳤다'의 의미에 대해 생각한다. 전쟁 수준이라면 당연히 그녀가 가야 한다.

하지만 돌아가 보니 록시를 기다리는 사람은 바버라다. 꽁초로 새 담배에 불을 붙여 가며 앞쪽 정원에서 연신 담배를 피워 댄다. 버니는 집에 있지도 않다. 전쟁이 아니고 다른 일인 것이다.

바버라가 말한다. "리키가 다쳤어."

대꾸를 예상하며 록시가 묻는다. "다른 조직이에요? 혹시 루마니아인 조직?"

바버라는 고개를 젓는다. "여자들이 재미 삼아서 엉망으로 만들어 놨어."

"아빠가 아는 사람들도 있잖아요. 굳이 날 부를 필요는 없었을 텐데."

바버라의 두 손이 떨린다. "아니, 그 사람들한테 맡길 일이 아니야. 가족 일이니까."

록시는 리키가 무슨 일을 당했는지 정확히 알고 있다.

리키는 소리를 무음으로 해 둔 채 텔레비전을 켜 놓았다. 무릎까지 덮은 담요 아래로 붕대가 드러난다. 의사가 왔다 갔지만 굳이 치료할 게 없었다.

록시 밑에서 일하는 여자들 중에 몰도바 남자들한테 잡혀 있었던 이들이 있다. 록시는 그중 한 명이 자신과 교대하던 세 명의 남자들한테 한 일을 보았다. 바닥에는 타 버린 살덩이, 분홍색과 갈색, 선명한 붉은색과 검은색, 허벅지에 새겨진 양치식물 문양뿐이었다. 일요일에 즐기는 바비큐처럼. 리키는 그 정도로 심한 상태는 아닌 듯하다. 아마 괜찮을 것이다. 몸의 상처는 언젠가 치유된다. 그러나 나중에, 점차 힘들 수 있다고 들었다. 잊어버리기가 힘들다고.

록시가 말한다. "어떻게 된 일인지 말해 봐."

리키가 그녀를 바라본다. 그는 고마움을 느낀다. 그가 고마워하다니 끔찍하다. 록시는 리키를 안아 주고 싶지만 지금으로서는 상황만 악화시킬 따름이다. 병 주고 약을 줄 수는 없다. 하지만 리키에게 '정의 구현'만큼은 해 줄 수 있다.

리키가 자초지종을 털어놓는다.

짜증이 나서 친구들과 춤을 추러 갔다. 리키는 여자 친구들이랑 같이 있음에도 거리낌 없이 새 여자를 찾는다. 여자 친구들도 원래 그러려니 하고 대수롭게 굴지 않는다. 요즘은 록시도 비슷하다. 남자가 있을 때도 있고 없을 때도 있지만 어느 쪽이든 상관없다.

그날 리키는 세 여자와 만나서 놀았다. 그들은 자매라고 했지만 닮은 구석이라곤 하나도 없어서 농담이려니 생각했다. 그중 한 명이 클럽 밖의 주방 쓰레기통 옆에서 그에게 오럴을 해 주었다. 뭘 어떻게 했는지 머리가 핑핑 돌았다. 리키는 그 이야기를 하면서 수치심을 느끼는 듯하다. 다르게 행동했어야 한다는 듯이. 즐기고 나니 나머지 여자들이 기다리고 있었다. 그래서 "좀 기다려. 동시에 상대할 순 없잖아."라고 말했다. 그러자 그들이 달려들었다.

여자가 남자에게 할 수 있는 것이 하나 있다. 록시도 해 본 적이 있다. 남자의 항문에 아주 약간의 전류를 쏘는 것이다. 살짝 아프지만 재미있다. 만약 원하지 않는다면 엄청나게 아플 수 있다. 리키는 원하지 않는다고 계속 말했다.

여자들은 번갈아 가며 그에게 그 짓을 했다. 리키는, 그들이 단순히 자신을 해치려 했다고 말한다. 돈을 원하느냐고, 무엇을 원하느냐고 했지만 한 명이 목덜미를 공격하는 바람에 일이 다 끝날 때까지 아무 소리도 내지 못했다.

끝나기까지 삼십 분이나 걸렸다. 리키는 그 자리에서 이렇게 죽는구나, 생각했다. 검은 쓰레기봉투와 두꺼운 기름때가 낀 돌바닥 사이에서. 하얀 다리에 붉은 흉터가 새겨진 자신의 시체가 발견되는 모습도 떠올랐다. 경찰이 지갑을 뒤져서 "이게 누구야. 고작 리키 몽크일 뿐이잖아."라고 말하는 모습, 자신의 허연 얼굴과 시퍼런 입술까지도. 리키는 상황이 끝날 때까지 움직이지 않았고 아무 말도, 아무것도 하지 않았다. 그저 끝나기만을 기다렸다.

록시는 왜 바버라가 버니를 집으로 부르지 않았는지 안다. 아무리 노력해도 리키를 싫어하게 될 테니까. 남자가 그런 일을 당해서는 안 된다고 할 것이다. 하지만 이제는 버젓이 일어나는 일이다.

어처구니없게도 리키가 아는 여자들이 저지른 짓이었다. 생각할수록 확신할 수 있었다. 몇 번 본 적이 있다. 아마 그들은 리키가 누구인지 몰랐을 것이다. 알았다면 무서워서 그런 짓을 하지 않았을 테니까. 리키는 그 여자들이 누구와 함께 있는 모습을 본 적 있는지 떠올려 본다. 한 명은 만다, 다른 한 명은 샘이다. 확실하다. 록시가 페이스북에서 찾아보고 리키에게 사진을 보여 준다. 그가 갑자기 몸을 떨기 시작한다.

그들을 찾아내는 일은 어렵지 않다. 록시가 고작 전화 다섯 통 정도를 걸면 끝날 일이다. 건너 건너 아는 사람들에게. 그들을 찾는 이유를 군이 말하지도 않는다. 그럴 필요조차 없다. 누구나 록시 몽크를 돕고 싶어 하니까. 여자들이 복스홀 펍에서 술을 마시고 있다고, 마실 만큼 마시고 웃고 있다고, 문 닫을 때까지 있으리라는 소식을 입수한다.

록시는 런던에서 활동하는 '좋은' 여자들을 알고 있다. 록시를 위해 사업을 하고 수익금을 거두고 필요하면 누군가를 손봐 주기도 하는 여자들이다. 남자들이라고 할 수 없는 일은 아니다. 잘하는 남자들도 있다. 다만 총이 없어도 되기에 더 편리할 뿐. 총은 시끄럽고 주목을 끈다. 그리고 지저분하다. 사소한 말다툼으로 시작해서 두 명이 죽고 삼십 년 동안 감옥에 갇힐 수도 있다. 이런 일은 여자들에게 맡기는 편이 낫다. 그런데 준비를 하고 아래층으로 내려가자 대럴이 현관문에서 기다리고 있다. 총신을 짧게 자른 총을 들고 있다.

"뭐야?"

"나도 같이 가."

록시는 "그래."라고 대답하고 그가 돌아서는 순간 기절시킬까, 하고 잠시 고민한다. 리키가 저런 일을 당했으니 아무래도 그러면 안 될 것 같다.

"알아서 몸조심해."

"그래. 네 뒤에 붙어 있을게."

대럴은 록시보다 어리다. 고작 몇 개월 차이다. 항상 받아들이기 힘든 사실이었다. 버니가 두 여자를 동시에 임신시켰다는 뜻이니까.

록시는 대럴의 어깨를 잡고 꽉 누른다. 여자도 두 명 부른다. 전기가 통하는 기다란 지휘봉을 든 비비카 그리고 그녀가 좋아하는, 철망을 들고 다니는 대니. 모두 출발하기에 앞서 약을 조금씩 흡입한다. 록시의 머릿속에서 음악이 울려 퍼진다. 전쟁에 나가는 일이 좋을 때도 있다. 그럴 수 있다는 사실만으로.

그들은 약간 거리를 두고 펍에서부터 여자들을 따라간다. 여자들은 술을 마시고 소리를 지르며 공원을 지난다. 새벽 1시가 넘었다. 후덥지근하다. 공기가 축축하고 태풍의 기운이 감돈다. 검은 옷을 입은 록시 패거리는 민첩하게 움직인다. 여자들은 놀이터 회전목마로 달려간다. 회전목마에 올라타서 별을 쳐다보고 자기들끼리 보드카를 돌려 마신다.

록시가 말한다. "지금이야."

회전목마는 쇠로 만들어졌다. 우리 여자들이 빛을 쏘자 한 명이 입에 거품을 물고 경련을 일으키며 나가떨어진다. 이제 우리는 넷이고 상대는 둘이다. 식은 죽 먹기다.

"뭐야?" 짙은 파란색의 봄버 재킷을 입은 여자가 말한다. 리키의 말에 따르면 리더 같은 애다. "도대체 뭐야? 난 너희들 알지도 못하는데." 그녀가 손바닥 사이로 경고의 포물선을 그린다.

"그래? 내 오빠는 알잖아, 리키? 어젯밤에 클럽에서 만났지? 리키 몽크?"

"젠장." 가죽옷을 입은 여자가 말한다.

"닥쳐. 네 빌어먹을 오빠 같은 거 모른다고, 알았어?" 다시 첫 번째 여자다.

"샘." 가죽옷을 입은 여자가 말한다. "젠장." 그녀가 애원하듯 록시를 쳐다본다. "네 오빠인 줄 몰랐어. 말 안 했단 말이야."

샘이 "네 오빠 좋아했어."라고 중얼거리듯 지껄인다.

가죽옷 입은 여자는 두 손을 올리고 한 걸음 뒤로 물러선다. 대럴이 산탄총 개머리판으로 여자의 뒤통수를 친다. 여자는 앞으로 고꾸라지고 입속에 들어간 흙을 문질러 닦는다.

이제 넷 대 하나다. 점점 거리를 좁힌다. 대니가 왼손에 든 작은 철망을 훑는다.

샘이 말한다. "그놈이 해 달라고 했어. 아주 애원을 했어. 우릴 따라와서 자기가 원하는 걸 말했어. 더러운 새끼. 목적이 있었다고. 아주 환장을 했더군. 우리더러 자길 괴롭혀 달라고 했어. 내 오줌을 핥으라고 해도 핥았을걸. 그게 네 빌어먹을 오빠다. 순진하게 생겼지만 더러운 놈이지."

사실일 수도 있고 아닐 수도 있다. 록시도 본 게 있다. 하지만 그래도 몽크 집안 사람에게 손을 대면 안 되지. 일을 다 처리하고 나서 리키 친구들에게 조용히 물어보거나 리키에게 직접 어리석은 짓 따위는 이제 하지 말라고 경고해야 할 수도 있다. 정말로 그런 짓을 원하면 자신이 안전하게 해 줄 사람을 찾아 주겠다고.

"우리 형을 그딴 식으로 말하지 마!" 대럴이 갑자기 소리치며 개머리판으로 여자의 머리통을 내려치려고 한다. 하지만 여자가 빨랐다. 여자가 금속의 산탄총을 잡자마자 대럴은 숨이 턱 막히고 다리의 힘이 풀린다.

샘이 한 팔을 대럴의 몸에 두른다. 대럴의 온몸이 떨린다. 꽤 강한 충격을 가한 것이었다. 대럴의 눈은 곧장 뒤집어졌다. 젠장, 이쪽에서 공격하면 대럴을 공격할 터다.

젠장.

샘이 뒤로 물러나기 시작한다. "따라올 생각하지 마. 가까이 오기만 했다간 얠 끝장내 버릴 거야. 네 리키한테 한 짓보다 훨씬 심하게 할 수 있거든."

대럴은 금방이라도 울 것 같은 표정이다. 록시는 샘이 대럴에게 뭘 하고 있는지 안다. 목과 관자놀이에 계속 충격을 보내고 있는 것이다. 특히 관자놀이가 가장 고통스럽다.

"끝이 아니야. 지금은 보내 주지만 다시 돌아와서 끝장낼 거다." 록시가 조용히 말한다.

샘이 피 묻은 흰 치아를 드러내며 웃는다. "그럼, 그냥 지금 얠 죽여 버리지! 재미로."

"그건 똑똑하지 못한 짓이야. 그럼 우리가 널 죽여야 하니까."

록시는 소동이 일어나는 동안 뒤쪽으로 원 모양을 그리며 물러난 비브에게 고갯짓을 한다. 비브가 지휘봉을 흔든다. 그리고 대형 해머로 건식벽을 부수듯 샘의 뒤통수를 후려친다.

샘은 돌연 날아든 공격에 방향을 약간 틀었지만 몸을 수그릴 때 대럴까지 붙잡아 아래로 내리지는 못한다. 지휘봉이 그녀의 눈 옆 부분을 때려서 피가 터진다. 그녀는 비명을 지르며 쓰러진다.

"젠장." 대럴은 울면서 떨고 있다. 어쩔 수 없는 일이다. "공격하려는 걸 알아차렸다면 날 죽였을 거야."

"어쨌든 살아 있잖아?" 록시가 말한다. 산탄총으로 샘을 공격하지 말았어야 한다는 말은 구태여 하지 않는다. 그럴 만했다고 생각하니까.

록시는 서두르지 않고 그들에게 자국을 남긴다. 영원히 잊지 못하게 만들어 줘야 한다. 리키는 평생 기억할 테니까. 여자늘의 뺨과 입, 코에다가 붉은 거미줄 자국을 남긴다. 리키에게 보여 주기 위해서 휴대폰으로 사진을 찍는다. 흉터와 실명한 눈 한쪽을.

집으로 돌아오니 바버라만 깨어 있다. 대럴은 자러 들어갔지만 록시는 안쪽 주방의 작은 테이블에 앉아 있고, 바버라는 휴대폰의 사진을 넘겨 보며 돌처럼 굳은 입술로 고개를 끄덕인다.

"다들 살아 있어?"

"999까지 불러 줬어요."

"고맙다, 록산느. 정말 고마워. 정말 좋은 일을 해 줬다."

"네."

시계가 똑딱거린다.

"그동안 너에게 불친절했던 건 미안하다."

록시의 눈썹이 올라간다. "'불친절'이라는 말은 좀 아닌 것 같은데요, 바버라."

자신이 생각한 것보다 더 가혹한 표현이라는 뜻이지만, 록시가 어릴 때 많은 일들이 있기는 했다. 참석할 수 없었던 파티, 받지 못한 선물, 초대받지 못한 가족 모임들. 한번은 바버라가 집에 찾아와서 창문에 페인트를 뿌렸다.

"네가 리키를 위해 꼭 나서 줄 의무는 없었는데……. 네가 거절할 거라고 생각했다."

"앙심을 품지 않는 사람도 있는 거죠, 뭐."

바버라는 뺨이라도 맞은 표정이었다.

"괜찮아요." 록시가 말한다. 지금이기에 괜찮다. 어쩌면 테리가 죽은 뒤로 괜찮아졌는지도 모른다. 록시는 입술을 깨문다. "내가 우리 엄마의 딸이니까, 바버라는 나를 좋아하지 않았죠. 날 좋아하리라고는 기대조차 안 했어요. 그러니까 괜찮아요. 원래 서로 각자 살잖아요. 이건 비즈니스일 뿐이고." 록시가 기지개를 켜자 가슴의 타래가 팽팽해지고, 근육에 무거운 피로감이 몰려온다.

바버라는 약간 가늘게 뜬 눈으로 록시를 바라본다. "버니가 아직 너에게 말하지 않은 것들이 있어. 비즈니스 운영에 대해서 말이야. 이유는 모르겠지만."

"리키를 위해 남겨 둔 거겠죠."

"그래, 그랬을 거야. 하지만 이제 리키가 맡지 않을 거야."

바버라는 일어나서 찬장으로 걸어간다. 세 번째 선반에서 밀가루 봉지와 비스킷 상자를 꺼내고, 안쪽 깊숙이 거의 보이지 않는 틈에다 손톱을 끼워서 손바닥보다 크지 않은, 숨겨진 작은 공간을 연다. 고무줄로 묶어 둔 작은 검은색 책을 꺼낸다.

"연락처다. 마약 전담 수사관, 부패한 경찰과 의사들. 몇 달 전부터 버니한테 이걸 너에게 주라고 말했다. 네가 글리터의 유통 방법을 찾을 수 있게."

록시가 손을 내밀어 노트를 받는다. 손바닥으로 수첩의 무게와 감촉을 느낀다. 비즈니스 운영의 모든 것이 담긴 소형 블록, 정보의 블록이다.

"오늘 네가 리키를 위해서 해 준 일 때문이야. 버니에게는 내가 말하마." 바버라는 찻잔을 들고 방으로 간다.

록시는 그날 자신의 방에서 노트를 넘겨 보고 메모를 하고 계획을 세우며 밤을 지새운다. 매우 오래된 연락처, 아빠가 쌓은 인맥, 협박이나 뇌물을 가한 사람들이 전부 들어가 있다. 뇌물을 준 사람은 대개 협박 대상으로 바뀌었다. 바버라는 자신이 무엇을 주었는지 모른다. 노트에 든 정보들만 있으면 글리터를 유럽 전역으로 유통할 수도 있다. 몽크 집안은 금주법 이후로 그 누구보다 많은 돈을 벌 수 있다.

록시는 미소를 짓는다. 한 줄로 된 이름을 쭉 훑다가 중요한 뭔가를 발견한 순간, 한쪽 무릎이 위아래로 흔들거린다.

그것이 무엇인지 알아보기까지는 시간이 걸렸다. 머릿속의 무언가가 명단을 거듭 읽어 보게 하더니, 갑자기 튀어나온 것이다. 부패 경찰의 이름. 뉴랜드 형사. 뉴랜드.

프림로즈가 죽으면서 한 말이 잊히지 않았다. 그날 있었던 모든 일은 죽을 때까지 결코 잊을 수 없으리라.

"뉴랜드는 네가 집에 없을 거라고 했거든."

뉴랜드 형사. 그자도 엄마를 죽이려는 계획의 일부분이었다. 지금까지는 그가 누구인지 몰랐다. 오래전 일이라고 생각했지만 막상 이름을 보니까 떠오른다. 젠장. 부패한 경찰이 아빠에게 정보를 팔고, 프림로즈에게도 정보를 팔았던 것이다. 젠장. 그놈의 부패한 경찰이 우리 집을 지켜보면서 내가 집에 없으리라고 알려 줬던 거야.

인터넷에서 간단히 찾아보기만 하면 된다. 뉴랜드 형사는 지금 스페인에 살고 있다. 은퇴하고 작은 도시에 자리 잡은 전직 경찰. 누군가 자신을 잡으러 오리라고는 상상조차 못 하겠지.

대럴에게 말할 생각은 없었다. 그런데 대럴이 리키를 위한 복수와 자신의 목숨을 구해 준 일에 대해 고맙다고 말하러 왔을 때였다.

"일이 어떻게 흘러갈지 알잖아. 리키는 이제 빠질 거야. 록스, 내가 도울 일이 있으면 뭐든지 말해 줘."

어쩌면 대럴도 그녀와 같은 생각이 들기 시작했는지도 몰랐다. 갑작스러운 변화를 받아들이고, 적응하고, 제자리를 찾아야 한다는 점에 대해.

그래서 록시는 스페인에 간다고 말했고, 대럴은 "나도 같이 가."라고 답했던 것이다.

록시는 대럴이 자신에게 무엇을 청하고 있는지 깨달았다. 리키는 앞으로 오랫동안, 어쩌면 영원히 예전 모습으로 돌아올 수 없으리라. 가족의 숫자가 부족해지고 있다. 대럴은 록시의 가족이 되고 싶은 것이다.

목적지를 찾아가기는 어렵지 않다. GPS와 렌터카 덕에 세비야 공항에서 한 시간도 안 되어 도착한다. 머리를 쓸 필요도 없다. 이틀 동안 쌍안경으로 감시를 한다. 그가 혼자 사는지 알아보기에 충분한 시간이다. 록시와 대럴은 근처 호텔에 묵는다. 하지만 너무 가깝지 않고, 약 오십 킬로미터 떨어진 곳이다. 경찰이 거기까지 수색하지는 않을 것이기 때문이다. 만약을 위한 심문이 아니라면. 대럴은 매우 바람직한 태도로 임한다. 사업적이지만 유쾌하다. 물론 록시가 결정하게 하지만, 본인도 좋은 아이디어를 몇 가지 낸다. 록시는 생각한다. 리키가 빠진다면 이 조합도 잘될 수 있겠어. 다음에 공장에 갈 때데려가도 되겠다.

셋째 날 동이 트기 전에, 그들은 울타리 기둥에 로프를 던져 올라간다. 그다음 그가 나올 때까지 덤불에 숨어서 기다린다. 반바지와 해진 티셔츠 차림이다. 이렇게 이른 시간인데 샌드위치, 소시지 샌드위치를 들고서 휴대폰을 본다.

록시는 공포감이 덮치거나 오줌을 지리거나 분노가 들끓거나 눈물이 나리라는 상상을 했다. 그런데 그의 얼굴을 본 순간 느껴지는 감정은 흥미로움이다. 다 그려진 동그라미. 두 개의 묶인 끈. 엄마의 살인에 일조한 남자. 닦아 내야 할 접시의 마지막 음식 찌꺼기.

록시는 덤불에서 나와 그의 앞에 선다. "뉴랜드. 당신 이름이 뉴랜드지."

그가 쩍 벌어진 입을 하고 쳐다본다. 여전히 소시지 샌드위치를 들고 있다. 공포가 느껴지기까지의 찰나, 바로 그 찰나에 대릴이 덤불에서 뛰쳐나와 그의 머리를 내려치고 수영장으로 밀친다.

뉴랜드가 물에서 떠올랐을 때는 하늘에 태양이 떴다. 그는 물속에서 얼굴을 들어 올린 채 기침을 하고 눈을 비비며, 수영장 가운데에서 몸을 가누려고 허우적거린다.

록시는 물가에 앉아서 손가락으로 물을 튀긴다. "전기는 물에서 멀리까지 통하지. 아주 빨라."

그 말을 들은 뉴랜드가 꿈쩍도 하지 않는다.

록시는 머리를 양쪽으로 갸우뚱하며 근육을 풀어 준다. 타래가 온전하다.

뉴랜드는 "난……", "누구……"처럼 들리는 무슨 말인가를 하려고 한다. 하지만 그때 록시가 물속으로 약간의 전류를 보낸다. 그의 젖은 몸이 따끔거릴 정도로만.

"당신이 부인하면 아주 따분해질 거야, 뉴랜드 형사님."

"젠장. 난 네가 누군지도 몰라. 리사 때문이라면, 리사는 돈을 다 받았어. 이 년 전에 한 푼도 빠짐없이 받았다고. 난 빠졌고."

록시가 물속에 또다시 전기 충격을 보낸다. "다시 생각해 봐. 내 얼굴을 봐. 생각나는 사람 없어? 누군가의 딸이 아닐까?"

그가 그 말을 듣자마자 알아차린다. 록시의 얼굴을 알아본 것이다. "젠장! 크리스티나 일이군."

"그래."

"제발." 이번에는 록시가 보다 센 충격을 보낸다. 그의 치아가 덜덜 떨리고 몸이 경직되고, 물속에다 대변을 지린다. 갈색빛의 누런 입자 구름이 호스에서 뿜어져 나오듯 퍼진다.

"록스." 대럴이 부드럽게 록시를 부른다. 그는 소총을 들고 뒤쪽 선탠용 의자에 앉아 있다.

록시가 멈춘다. 뉴랜드는 물속에서 흐느끼며 쓰러진다.

"제발이라고 하지 마. 우리 엄마도 그렇게 말했으니까."

그는 감각을 되찾고자 팔뚝을 문지른다.

"절대로 빠져나갈 방법이 없어, 뉴랜드. 넌 프림로즈에게 우리 엄마가 있는 곳을 알려 줬어. 엄마를 죽게 했어. 난 널 죽일 거야."

뉴랜드는 수영장 가장자리 쪽으로 달아나려고 한다. 록시가 다시 충격을 가한다. 무릎이 꺾이면서 앞으로 쓰러지더니 그대로 물속에 얼굴을 박은 채 누워 있다.

"젠장." 록시가 내뱉는다.

대럴이 뜰채를 가져와 그를 가장자리로 잡아당긴다. 그러고는 두 사람이 같이 밖으로 끌어 올린다.

뉴랜드가 다시 눈을 떴을 때 록시는 그의 가슴에 앉아 있다.

"넌 지금 여기에서 죽을 거야, 뉴랜드." 대럴이 침착한 목소리로 말한다. "이걸로 끝이야. 네 인생은 이게 다야. 오늘이 네 마지막 날이고 네가 무슨 말을 해도 바뀌지 않아. 알겠지? 하지만 우리가 사고사처럼 만들어 주면 보험금은 나올 거야. 어머니나 형제한테 말이야. 자살이 아니라 사고처럼 보이게 해 줄 수는 있어. 알겠지?"

뉴랜드는 기침으로 뿌연 물을 토해 낸다.

"너 때문에 우리 엄마가 죽었어, 뉴랜드. 원 스트라이크야. 그리고 나를 똥 싼 물에 젖게 했으니까 투 스트라이크. 스리 스트라이크가 되면 상상 못 할 고통이 느껴질 거야. 내가 알고 싶은 건 딱 한 가지야."

뉴랜드는 록시의 말을 듣는다.

"우리 엄마에 대한 정보를 제공하는 대가로 프림로즈한테 뭘 받았어? 왜 몽크 집안을 망하게 하려고 한 거야? 그게 왜 가치 있는 일이었지, 뉴랜드?"

그는 눈을 꿈뻑이며 록시와 대럴을 차례로 바라본다. 마치 그들이 자신을 놀리고 있다는 듯이.

록시가 그의 턱을 잡고 곡괭이로 찌르는 듯한 통증을 가한다.

그가 비명을 지른다.

"얼른 말해, 뉴랜드."

그는 숨을 헐떡인다. "너도 알잖아. 아니야? 장난하지 마."

록시가 그의 얼굴로 손을 가까이 가져간다.

"안 돼! 안 돼! 무슨 일인지 너도 알잖아, 빌어먹을 년아. 네 아빠였어. 나에게 돈을 준 건 프림로즈가 아니라 버니였다고. 버니 몽크가 시키는 대로 한 거야. 난 버니만을 위해 일했어. 버니가 시키는 일만 했다고. 프림로즈에게 정보를 파는 척하라고, 네 엄마가 집에 혼자 있을 때를 알려 주라고! 버니가 시켰어. 넌 원래 그때 목격하면 안 되는 거였어. 버니는 네 엄마가 죽길 바랐고, 난 늘 그랬듯이 질문은 하지 않았어. 그냥 도와줄 뿐. 빌어먹을 버니가 그런 거라고. 네 아빠, 버니."

뉴랜드는 자신을 자유롭게 해 줄 주문이라도 되는 양 '버니'라는 이름을 거듭 말한다.

더 이상은 얻어 낼 정보가 없다. 뉴랜드는 록시의 엄마가 버니의 여자라는 사실을 당연히 알고 있었다. 그는 록시의 엄마가 바람을 피우고 버니를 배신했다고 들었다. 죽일 만한 이유였다.

그들은 일을 끝낸 후 그를 다시 수영장에 빠뜨린다. 록시가 딱 한 번 전류를 보낸다. 심장 마비를 일으켜서 물에 빠진 듯 보일 터다. 약속을 지켰다. 옷을 갈아입고 렌터카로 공항에 간다. 울타리에 구멍 하나 남기지 않았다.

비행기에서 록시가 묻는다. "이제 어떡하지?"

"네가 원하는 건 뭔데, 록스?"

대럴의 물음에 록시는 가만히 앉아서 자기 안의 수정처럼 맑고 온전한 파워를 느낀다. 뉴랜드를 죽인 것이 특별한 일처럼 느껴졌다. 그의 몸이 뻣뻣해졌다가 완전히 정지하는 모습을 보는 것이.

록시는 이브가 한 말을 생각한다. 자신이 올 줄 알았다는 말. 자신의 운명을 보았다고. 새로운 세상을 만들 사람이라고. 록시 두 손에 모든 것을 바꿀 힘이 있다고.

그녀는 손끝의 파워를 느껴 본다. 마치 세상에 주먹을 날려서 구멍을 낼 수 있기라도 할 것처럼.

"난 정의를 원해. 그다음에는 전부 다 원해. 내 편이 될래, 아니면 적이 될래?"

그들이 도착하니 버니는 사무실에서 장부를 들여다보고 있다. 록시의 눈에는 나이가 들어 보인다. 제대로 면도를 하지 않아서 목과 턱에 수염이 삐져나왔다. 요즘은 퀴퀴한 냄새도 난다. 묵은 치즈 냄새 같은. 록시는 예전까지 그가 늙었다는 생각을 한 적이 없었다. 록시와 대럴은 버니의 막내고, 리키는 벌써 서른다섯이었다.

버니는 그들이 온다는 사실을 알고 있었다. 바버라가 록시에게 노트를 건네준 이야기를 했을 것이다. 그는 문으로 들어오는 그들을 바라보며 미소 짓는다. 대럴은 장전된 총을 들고 록시 뒤에 서 있다.

"이해해라, 록스. 난 네 엄마를 사랑했어. 하지만 네 엄마는 절대로 날 사랑하지 않았어. 난 그렇게 생각해. 원하는 걸 얻으려고 날 이용만 했어."

"그래서 죽였어?"

버니는 그 말이 놀랍다는 듯이 코로 숨을 들이마신다. "애원하지 않으마." 그가 록시의 손끝을 바라본다. "난 이런 일이 어떻게 흘러가는지 잘 알아. 받아들일 거다. 하지만 사적인 게 아니라 공적인 일이었다는 점만은 알아다오."

"가족이잖아요, 아빠. 가족은 항상 사적인 일이에요." 대럴이 부드러운 목소리로 말한다.

"그렇지. 하지만 크리스티나 때문에 앨과 빅믹이 붙잡혔어. 루마니아인들한테 돈을 받고 소재를 알려 줬지. 크리스티나의 짓이라는 걸알고 난 울었다. 하지만 그냥 참을 수는 없는 일 아니겠니? 세상에그 누구도…… 그 누구도 나에게 그런 짓을 하는 걸 용납할 수 없으니까."

록시도 벌써 여러 번 속으로 그런 계산을 했다.

"넌 원래 그 자리에 없는 거였어."

"부끄럽지 않아, 아빠?" 록시가 말한다.

버니는 턱을 들고 치아와 아랫입술 사이로 혀를 가져간다. "그렇게 돼서 유감이다. 그런 식으로 됐어야 했다는 게 유감이야. 네가 보게 할 생각은 아니었다. 난 항상 널 보살펴 줬어. 넌 내 딸이니까." 그가 잠시 말을 멈춘다.

"네 엄마가 나에게 얼마나 큰 상처를 줬는지는 말로 다 할 수가 없다." 그는 황소처럼 또다시 코로 숨을 내쉰다. "그리스 비극이 따로없지. 설사 이렇게 될지 알았더라도 난 똑같이 했을 거다. 그건 부정할 수 없어. 네가 날 죽인다면…… 그것도 정의 구현이겠지."

그는 침착하게 앉아서 기다린다. 아마도 수없이 생각했을 것이다.누구 손에 최후를 맞이할지. 친구일지, 적일지, 배 속의 가운데가 점점 묵직해지는 느낌, 노년까지 살 수 있을지 하는 생각 따위. 지금 매우 침착한 모습으로 보아, 록시에게 죽을지 모른다는 생각도 해 보았을 것이다.

록시는 어떻게 될지 안다. 버니를 죽여도 끝나지 않을 것이다. 프림로즈를 죽였지만 결국 적이 더 생겼다. 거슬린다고 죽여 버리면끝내 그녀도 누군가에게 죽임을 당할 것이다.

"정의가 뭔지 알아, 아빠? 난 아빠가 꺼졌으면 좋겠어. 사업을 나에게 넘긴다고 모두에게 말해. 전쟁은 안 할 거야. 나에게서 빼앗으려는 사람도, 아빠에게 복수하려는 사람도 없을 거야. 그리스 비극 따위가 아니야. 평화롭게 해결하는 거야. 아빠는 은퇴를 하는 거지. 내가 아빠를 지켜 주고, 아빠는 꺼지고. 안전한 장소를 마련해 줄게. 바닷가 같은 곳으로 가."

버니가 고개를 끄덕인다. "넌 항상 똑똑한 아이였지."

조슬린

노스스타 캠프에 대한 살해 및 테러 협박은 예전에도 있었지만 실제 공격은 오늘 밤이 처음이었다.

조슬린은 야간 보초를 섰다. 모두 다섯 명이 쌍안경으로 캠프 주변을 살핀다. 평소 남들보다 열심히 참여하고, 대학을 졸업하고 이 년 동안 일하겠다고 약속하면 캠프에서 대학 등록금도 지원해 준다. 무척 좋은 조건이다. 물론 마고는 조슬린의 등록금을 마련해 줄 수 있지만 다른 평범한 아이들처럼 사는 것도 겉보기에 좋은 방법이다. 매디의 타래는 확실하고 강력하게 성장했고, 조슬린 같은 이상이 전혀 없다. 매디는 겨우 열다섯 살인데도 벌써부터 사관후보생으로 지원하겠다고 한다. 군인인 딸이 두 명이라니! 대통령 출마 조건으로 딱이다.

조슬린이 약간 졸면서 보초를 설 때 경보기가 울린다. 예전에도 울린 적이 있지만 여우나 코요테 때문이었다. 취한 십 대들이 담력 겨루기 시합을 한다며 울타리를 오르려고 했던 일도 있었다. 언젠가 조슬린은 식당 뒤편의 쓰레기통에서 나는 날카로운 소리에 깜짝 놀랐었는데, 금속 쓰레기통에서 뛰쳐나온 라쿤 두 마리가 서로 물어뜯는 소리였다.

다른 아이들은 그런 걸 가지고 놀라냐며 그녀를 놀렸다. 평소에도 자주 놀린다. 처음에는 라이언 때문이었다. 그와의 만남은 흥미진진하고 재미있고 강렬했다. 그의 타래는 그들만의 비밀이었기에 모든 것이 특별하기만 했다. 하지만 망원 렌즈로 찍힌 문가 사진 때문에 라이언의 존재가 밝혀졌고, 캠프의 소녀들도 기사를 읽었다. 그 후 자기들끼리 깔깔거리다가 조슬린이 오면 조용해졌다. 조슬린은 타래가 없었으면 좋겠다는 여자들과 그게 있었으면 좋겠다는 남자들의 글을 읽었다. 모든 것이 혼란스럽고 그저 정상이 되고 싶을 뿐이다. 라이언과는 헤어졌다. 라이언은 울었다. 그러나 조슬린의 얼굴은 내부에서 무언가가 눈물을 틀어막고 있는 듯 멀쩡했다. 엄마가 몰래 의사에게 데려갔고, 의사는 평정심을 유지하게 도와주는 약을 주었다. 정말로 약간은 평온한 기분이었다.

조슬린과 함께 야간 보초를 서는 또 다른 세 명은 끝부분에 날카로운 채찍 모양의 줄이 달린 경찰봉을 들고 부스 밖으로 나간다. 야생 동물이 또 울타리를 물어뜯는 것이겠거니 하고. 그런데 나가 보니 야구 방망이를 들고 얼굴을 검게 칠한 세 명의 남자가 있다. 그들은 발전기 옆에 서 있고, 한 명은 커다란 볼트 커터를 들었다. 테러리스트들이다.

그 후 상황은 빠르게 진행된다. 가장 연장자인 다코타가 막내 헤이든에게 노스스타 경비대에 알리라고 말한다. 나머지는 남아서 바짝 붙어 선다. 그동안 다른 캠프들이 칼과 총, 심지어 수류탄과 사제 폭탄을 가진 남자들에게 공격을 받은 사례가 있었다.

다코타가 소리친다. "무기 버려!"

남자들의 가늘게 뜬 눈을 읽을 수 없다. 어쨌든 나쁜 짓을 하러 온 것이다.

다코타가 손전등을 흔든다. "좋아, 너희들 재미는 다 본 거야. 우리한테 걸렸으니까. 당장 무기 내려놔."

한 녀석이 뭔가를 던진다. 가스 수류탄이다. 연기가 자욱하게 퍼진다. 다른 한 명은 볼트 커터로 발전기의 튜브를 자른다. 콰 소리가 난다. 캠프의 모든 불이 꺼진다. 오로지 까만 하늘과 별들 그리고 소녀들을 죽이러 온 남자들만 남았다.

조슬린은 손전등을 마구 움직인다. 한 남자가 외침과 함께 야구 방망이를 휘두르며 다코타와 사마라를 상대한다. 방망이가 사마라의 머리를 때리고 곧 피가 난다. 젠장, 피다. 저들은 훈련받은 이들이다. 여자들도 훈련을 받았다. 일어나서는 안 되는 일이다. 파워가 있는데도 이럴 수 있단 말인가? 테건이 늑대처럼 그에게 달려든다. 양손의 파워로 한쪽 무릎을 가격하지만 남자도 발로 테건의 얼굴을 정면으로 걷어찬다. 재킷 속에서 반짝거리는 저게 뭐지? 도대체 저게 뭐야? 조슬린은 남자에게 달려든다. 남자를 짓누르며 무엇인지 알 수 없는 '그것'을 빼앗으려 한다. 하지만 남자 손에 발목을 붙잡혀서 앞으로 고꾸라진다. 모래 섞인 흙바닥에 얼굴을 박는다.

네 발로 기어 손전등이 떨어진 곳으로 가려 하지만, 그 전에 누군가가 먼저 주워서 그녀를 비춘다. 공격이 날아오기를 기다린다. 그러나 손전등을 든 사람은 다코타다. 얼굴에 멍이 든 다코타 옆에는 테건이 서 있다. 테건의 발아래로 무릎을 꿇은 한 남자가 보인다. 조슬린과 싸우던 사람인 모양이다. 복면을 벗긴 얼굴은 생각보다 앳되어 보인다. 조슬린보다 한두 살 많을까. 입술이 찢어지고 턱에는 양치식물 모양의 흉터가 생겼다.

"잡았어." 다코타가 말한다.

"엿 먹어. 우린 자유를 원한다!"

테건이 소년의 머리카락을 팩 잡아채더니 다시 충격을 가한다. 귀 바로 아래, 아주 고통스러운 부위다.

"누가 보냈어?" 다코타가 묻는다.

소년은 대답하지 않는다.

"조스, 장난 아니라는 걸 보여 줘."

조슬린은 나머지 두 녀석들이 어디로 갔는지 알 수 없다. "지원군이 올 때까지 기다려야 하지 않을까?"

"젠장. 너 못 하지? 그런 거지?" 다코타가 다그친다.

남자는 이미 바닥에 웅크리고 있어서 조슬린뿐만 아니라 누구라도 굳이 다시 공격할 필요가 없다.

"이 남자애도 혹시 타래가 있나? 또 붙어먹고 싶은가 봐." 테건이 말한다.

다들 웃음을 터뜨린다. 조슬린은 이상한 남자, 기형을 좋아한다고들 중얼거린다. 구역질 나고 혐오스러운 남자를 좋아한다고.

만약 조슬린이 저들 앞에서 운다면 언제까지나 놀림거리가 될 터다. 어쨌든 저 말은 사실이 아니니까. 조슬린은 라이언과의 관계도 그리 원만하지 않았다. 헤어지고 나서 생각해 보니 다른 여자아이들 말이 맞는 것 같다. 타래가 없는 남자와 사귀는 편이 더 낫고, 더 정상적이다. 라이언과 헤어진 뒤로 두어 명을 더 사귀었다. 그들은 조슬린이 전류를 쏘면 좋아했고, 심지어 귓가에 대고 "제발."이라고 애원하기도 했다. 그러는 편이 훨씬 낫다. 조슬린은 사람들이 라이언의 존재를 잊어 주었으면 했다. 자신은 이미 잊었으니까. 십 대 무렵, 한 때의 변덕이었을 뿐이다. 약이 그녀의 파워를 정상화시켜 주었다. 이 제 그녀는 완전히 정상이다.

평범한 소녀라면 이런 상황에서 어떻게 할까?

다코타가 말한다. "꺼져, 클리어리. 그냥 내가 한다." 조슬린은 "아 니, 너나 꺼져!"라고 응수한다.

바닥에 웅크린 소년이 애원한다. "제발." 보통 남자들이 애원하 듯이.

조슬린은 다코타를 밀치고 나아가 소년의 머리에 전류를 쏜다. 더 이상 까불면 어떻게 될지 맛만 보여 주려는 것이었다.

하지만 감정이 격해졌다. 교관은 그녀에게 감정을 다스리라고, 조 심하라고 했다. 온몸에 감정이 들끓는다. 호르몬과 전해질이 전신을 휘젓는다.

파워가 몸을 떠나고 나서야 너무 심하게 가격했음을 깨닫는다. 도 로 가져오려 하지만 늦었다.

조슬린 손에 닿은 소년의 두피가 바삭해진다.

소년이 비명을 지른다.

뇌 속의 액체가 팔팔 끓는다. 연약한 부분들은 녹고 굳는다. 파워 줄기가 생각보다 빠르게 흉터를 만든다.

멈출 수가 없다. 좋은 방법이 아니다. 이럴 생각은 아니었다.

머리카락과 살이 타는 냄새가 난다.

"젠장." 테건이 내뱉는다.

그때 둥근 활 모양의 조명이 그들을 비춘다. 노스스타 관계자 두 명이다. 남자 한 명, 여자 한 명. 조스도 만난 적 있는 에스더와 조니다. 드디어 불이 들어왔다. 예비 발전기로 조명을 켠 모양이었다. 몸은 굼뜨지만 조슬린의 머리가 빠르게 돌아간다. 한 손이 여전히 소년의 머리 위에 놓여 있다. 손끝에서 희미한 연기가 피어오른다.

"맙소사." 조니가 놀란다.

에스더는 묻는다. "더 있었어? 전부 세 명이라고 하던데."

다코타는 여전히 소년을 쳐다보고 있다. 조슬린은 소년의 머리에 엉겨 붙은 자신의 손가락을 하나씩 뗀다. 껍질이 벗겨진다. 전혀 생각하지 못한 부분이다. 생각을 하기 시작하면 깊고 시커먼 물속으로 빠질 것만 같다. 칠흑 같은 바다가 그녀를 기다리고 있다. 언제나 기다리고 있을 터다. 생각을 멈추고 손가락을 떼어 낸다. 생각의 문을 닫으면서, 끈적거리는 손바닥을 들고 휘청거리며 앞으로 고꾸라진다.

"조니, 의료팀 불러와. 당장!" 에스더가 말한다.

조니도 소년의 몸을 쳐다본다. 약하게 웃으며 되묻는다. "의료팀을?"

"빨리, 당장 의료팀 불러와, 조니."

조니는 침을 꿀꺽 삼킨다. 그의 시선이 조슬린과 테건, 에스더에게로 옮겨 간다. 에스더와 시선이 마주치자 얼른 고개를 끄덕인다. 몇 번 뒷걸음질을 치더니 몸을 홱 돌려서 동그랗게 빛이 드는 부분을 벗어나 어둠 속으로 달려간다.

에스더가 주변을 살핀다.

"어떻게 된 일이냐면……." 다코타가 말하기 시작한다.

하지만 에스더는 고개를 젓는다. "어디 보자."

그녀는 쭈그리고 앉아서 한 손으로 소년의 시체를 홱 뒤집고 외투를 뒤진다. 나머지 이들은 무슨 연유인지 알지 못한다. 외투 안에서 껌, 남성 시위 단체의 전단지가 나온다. 그리고 금속이 쨍그랑거리는 익숙한 소리가 들린다.

시체 뒤쪽으로 움직이는 에스더의 손에 총이 쥐어 있다. 두껍고 총신이 짧은 군사용 총기다. "이자가 너한테 총을 쏘려고 한 거야." 에스더가 말한다.

조슬린은 얼굴을 찡그린다. 무슨 뜻인지 알지만 그래도 입에서 말대꾸가 튀어나온다.

"아니에요. 저 사람은……." 하지만 생각이 미치기 시작하면서 입이 다물어진다.

에스더는 매우 침착하고 가벼운 어조로 말한다. 목소리에 웃음기조차 들어 있다. 마치 어떤 장비의 보수 유지 절차를 설명해 주는 것처럼. 우선 전원을 끄고 윤활유를 바른 뒤 조임 나사를 돌려서 벨트를 조절하듯이 간단하다는 투로. 한 번에 하나씩 1번, 2번, 3번을 차례로 실시하라고. 그래야만 한다는 듯이 말이다.

"넌 이자가 외투 호주머니에서 총을 꺼내려는 걸 본 거야. 이자는 그 전에 폭력도 행사했으니 넌 분명하고도 결정적인 위험을 감지한 거지. 총을 꺼내서 쏘려고 하자 넌 그에 합당한 무력을 사용한 거야."

에스더는 소년의 손가락을 펴서 권총집을 쥐여 준다. "이런 식으로 이해하면 더 간단해. 이 남자는 총을 들고 있었어."

조슬린은 차갑게 식어 가는 손가락에 쥐인 총을 바라본다. 노스스타 관계자들 중 일부는 등록되지 않은 무기를 휴대하는 경우도 있다. 조슬린의 엄마는 국가 안보를 위협한다는 이유로 《뉴욕 타임스》

로 하여금 그 사안을 취재하게 했다. 남자는 정말로 뒷주머니에 총을 가지고 있었을 수도 있다. 정말로 그들에게 발포하려고 했을 수도 있다. 하지만 총이 있었다면 왜 야구 방망이로 공격을 했을까?

에스더가 조슬린의 어깨를 꽉 쥔다. "넌 영웅이다, 전사여."

"네."

이야기를 하면 할수록 점점 쉬워졌다. 전국 텔레비전 방송에 나가서 이야기를 할 때쯤에는 어차피 절반밖에 기억나지 않는다는 생각마저 든다. 내가 테러리스트들의 호주머니에서 '금속의 무언가'를 봤던가? 그게 총일 수도 있었을까? 그래서 내가 공격한 걸 거야. 그래, 내가 제대로 기억하고 있는 거야.

조슬린은 텔레비전 뉴스에 출연해서 미소를 짓는다. 아뇨, 제가 영웅이라고는 생각하지 않아요. 누구라도 그렇게 했을 거예요.

너무 겸손해요, 나라면 그렇게 못 했을 거예요. 매트는 어때요? 크리스틴이 말한다.

매트가 웃으며 답한다. 난 쳐다보지도 못했을 걸요! 크리스틴보다 열 살이나 어린 그는 매우 매력적이다. 방송국이 발굴했다. 방송국에서는 새로운 시도를 하고 있다. 크리스틴, 이제부터 안경을 쓰고 나오면 어때? 좀 더 진지해 보일 거야. 시청률이 어떻게 나오는지 한번 보자고. 그냥 한번 시험 삼아서 해 보는 거야.

엄마가 무척 자랑스러워하시겠어요, 조슬린.

조슬린의 엄마는 정말 자랑스러워하고 있다. 물론 진상을 전부 다 알지는 못한다. 어쨌든 덕분에 국방부를 상대로 소녀들을 위한 노스스타 훈련 캠프 계획을 오십 개 주로 확장하는 계획안을 밀어붙이기가 훨씬 유리해졌다. 대학과의 연계도 긍정적이고, 기본 훈련을 건너뛰고 곧장 현역으로 투입할 수 있는 여성 군인들을 양성해 내는 훌륭한 프로그램이라고 강조할 수 있다. 육군에서는 마고 클리어리를 좋아한다.

매트가 동유럽에서 일어나는 전쟁에 관한 이야기를 꺼낸다. 처음에는 남몰도바가 이기더니 지금은 북몰도바가 우세하고, 사우디아라비아도 개입하지 않았느냐고. 그는 어쩔 수 없다는 듯이 어깨를 으쓱한다. 조슬린처럼 젊은 여성들이 나라를 지켜 줄 수 있으니 정말 든든하다고 말한다.

조슬린은 연습한 그대로 답한다. 맞아요, 제가 노스스타 캠프에서 훈련을 받지 않았다면 불가능했을 거예요.

크리스틴이 조슬린의 무릎을 잡고 누른다. 가지 말고 있어 줄래요, 조슬린? 잠깐 쉬고, 이제 가을에 잘 어울리는 시나몬 요리를 맛볼 참이거든요.

물론이죠!

매트가 카메라를 보고 미소 짓는다. 조슬린이 옆에 있으니 정말 안전하게 느껴지네요. 일 분 단위로 날씨 나갑니다.

파키스탄 라호르에서 발굴한 '여사제 여왕' 조각상. 조각상 자체는 아래의 받침대보다 훨씬 오래되었다. 받침대는 대변혁 시대의 기술을 반영하여 용도를 바꾸었는데, 상당히 부식되었지만 분석 결과 원래는 '베어 문 과일 문양'이 들어 있었다고 한다. '베어 문 과일 문양'이 들어간 물건들은 대변혁 시대의 세계 곳곳에서 발견되는데, 그 용도에 관해서는 의견이 분분하다. 문양의 통일성은 그것이 종교적 상징이었음을 암시하지만, 음식을 제공하는 데 쓰이는 물건을 뜻하는 기호였을 수도 있다. 크기에 따라 여러 다른 식사 자리에서 사용되었을 것이다.

'베어 문 과일 문양'이 들어간 물건들은, 대부분 금속과 유리로 만들어졌다. 이 조각상의 경우, 드물게도 유리가 깨지지 않았기에 대변혁 시대 이후 큰 가치를 지닌다. '베어 문 과일 문양'이 들어간 물건들은 '여사제 여왕'의 숭배 의식에서 공물로 바쳐졌고, 조각상의 장엄함을 강조하고자 사용되었으리라 추측된다. 조각상과 받침대가 결합된 시기는 약 2500년 전이다.

'여사제 여왕'과 같은 지역에서 발굴된 '봉사 소년' 조각상. 깔끔한 몸단장과 감각적인 이목구비로 보아, 성 노동자로 추정된다. '여사제 여왕' 조각상의 받침대 재질과 비슷한 대변혁 시대의 유리로 장식되었다. '베어 문 과일 문양'이 들어간 물건의 파편임이 확실하다. 이 조각상에 깨진 유리 파편이 장식된 시기는 '여사제 여왕' 조각상에 받침대가 붙여진 시대와 동일할 터다.

6월 15일 수요일 저녁 7시 연회와 만찬 자리에서 대통령이 마고 클리어리 상원 의원에게 기분 좋은 동행을 제안하다.

6월 15일 수요일 저녁 7시 연회와 만찬 자리에서 대통령이 록산느 몽크 양에게 기분 좋은 동행을 제안하다.

6월 15일 수요일 저녁 7시 연회와 만찬 자리에서 대통령이 어머니 이브에게 기분 좋은 동행을 제안하다.

6월 15일 수요일 저녁 7시 연회와 만찬 자리에서 대통령이 툰데 에도 씨에게 기분 좋은 동행을 제안하다.

1년 남다

마고

"오늘 이 자리에 오신 이유를 말씀해 주시겠습니까, 클리어리 의원님?"

"툰데, 모스칼레프 대통령은 민주주의적인 절차에 의해 지도자로 선출된 나라에서 군사 쿠데타로 쫓겨났습니다. 미국 정부가 매우 중요하게 받아들이는 사안입니다. 중대한 지정학적 문제에 젊은 세대를 참여하게 하는 툰데 기자의 활약이 정말로 반갑네요."

"의원님이 건설하는 세상에서 살아가야 할 장본인은 바로 젊은 세대들이니까요."

"맞아요. 그래서 저의 딸, 조슬린이 UN 대표단의 일원으로서 함께 이 나라를 방문하게 되어 무척 기대가 큽니다."

"최근 베사파라 공화국이 북몰도바 군대에 패한 일에 대해서 한마디 해 주시겠습니까?"

"국방 전략 회의가 아니라 파티잖아요."

"글쎄요. 클리어리 의원님, 지금 몸담고 계신 전략 위원회가 다섯 개던가요?" 툰데가 손가락으로 헤아리기 시작한다. "국방, 외교 관계, 국가 안보, 예산, 정보. 단순한 파티에 오셨다고 하기에는 너무 거물 이신데요."

"준비를 열심히 했군요."

"그렇습니다. 북몰도바는 망명 중인 사우디 왕가의 지원을 받고 있지 않습니까? 베사파라와의 전쟁이 사우디아라비아를 되찾으려는 그들의 의도를 널리 알리려는 행동일까요?"

"사우디아라비아 정부는 그 국민들에 의해 민주적으로 선출되었 습니다. 미국 정부는 전 세계의 민주주의와 평화로운 정권 교체를 지지합니다."

"미국 정부는 송유관을 확보하기 위해 온 것인가요?"

"몰도바나 베사파라에서는 기름이 나지 않는답니다, 툰데."

"하지만 사우디아라비아에서 또다시 정권 교체가 일어나면 미국 의 원유 공급에 영향을 미치지 않을까요?"

"우리가 민주주의와 자유를 중요시하는 한 그건 문제가 될 수 없 습니다."

그는 거의 웃음이 터질 뻔했다. 그의 얼굴에 능글맞은 미소가 살 짝 드러났다가 사라진다. "네, 알겠습니다. 미국은 석유보다 민주주 의를 중요하게 여기는군요. 알겠습니다. 의원님이 오늘 이 자리에 참 석하신 것이, 미국의 테러리즘에 대해 어떤 메시지를 전달하게 될까 요?"

"확실하게 말하죠." 마고는 확고한 시선으로 툰데의 카메라를 쳐 다본다. "미국 정부는 자국 내의 테러리스트들도, 그 자금줄도 두려

위하지 않습니다."

"자금줄이라면, 사우디아라비아의 아와디아티프 국왕을 뜻하나요?"

"제가 드릴 수 있는 말씀은 여기까지입니다."

"이 나라에 오신 이유에 대해서는 해 주실 말씀이 없으신가요, 의원님? 다른 누구도 아닌, 의원님께서 오신 이유가 뭡니까? 노스스타 캠프와의 연관성 때문인가요?"

마고는 진실해 보이는 너털웃음을 짓는다. "난 작은 물고기일 뿐이랍니다, 툰데. 송사리죠. 초청을 받아서 온 거예요. 이제 그만 파티를 즐기고 싶네요, 당신도 그렇겠죠."

그녀는 뒤돌아서 오른쪽으로 몇 걸음 걸어간다. 카메라가 꺼지는 소리가 들릴 때까지 기다린다.

"날 추격하지 마요, 젊은이. 난 당신의 친구니까." 그녀가 입꼬리를 슬쩍 움직이며 말한다.

'젊은이'라는 단어가 유독 귀에 들어오지만 툰데는 아무 말도 하지 않는다. 그 말을 가슴에 잘 붙잡고 있다. 비디오는 껐지만 오디오가 계속 돌아가서 다행이다.

"두 배는 더 세게 밀어붙일 수도 있었는데요, 의원님." 툰데가 말한다.

마고가 눈을 가늘게 뜨고 쳐다본다. "난 당신이 마음에 들어요, 툰데. UrbanDox와의 인터뷰도 훌륭했죠. 핵 위협을 똑똑히 들은 의회가 정신을 바짝 차리고 필요한 국방비 예산을 승인해 줬답니다. UrbanDox 쪽과 계속 연락을 하고 있나요?"

"가끔씩요."

"그쪽에서 중요한 정보가 나오면 나에게 알려 줘요. 헛수고가 되지 않게 해 줄 테니까. 아주 막대한 예산이 확보되었거든요. 당신은 우리 훈련 캠프에서 훌륭한 미디어 컨설턴트가 될 수 있을 것 같군요."

"아, 그런 방법이 있군요. 꼭 알려 드리겠습니다."

"꼭 그래 주세요."

그녀는 다시 확신 가득한 미소를 짓는다. 적어도 그녀의 의도는 그렇다. 미소가 입에 도달하는 순간 좀 더 음흉하게 보일 것 같다는 생각을 한다. 문제는 이 기자가 너무 매력적이라는 점이다. 그녀는 툰데의 영상을 보았다. 매디도 툰데의 열성팬이다. 툰데는 18~25세 사이의 유권자들에게 실질적인 변화를 일으키고 있다.

다들 올라툰데 에도의 느긋하고 편안한 태도를 언급하면서도 그의 영상이 그렇게 인기 있는 진짜 이유, 즉 엄청나게 잘생긴 외모 덕분이라는 사실은 지적하지 않는다. 바닷가에서 수영복만 입고 보도하는 영상도 있었다. 마고는 이렇게 넓은 어깨와 날씬한 허리, 조각 같은 몸매를 직접 보고 있노라니 진지하게 집중할 수가 없다. 맙소사! 그녀에게는 정말로 섹스가 필요하다.

이번 출장에 함께 온 사람들 중에 젊은 남자들도 몇 명 있다. 파티가 끝나고 한 사람에게 술을 사 줄 것이다. 잘생긴 기자를 만날 때마다 이런 기분을 느낄 수는 없는 노릇이니까. 그녀는 지나가는 웨이터의 쟁반에서 술잔을 가져와 들이켠다. 건너편에서 보좌관이 그녀와 눈을 마주치며 손목시계를 가리킨다. 경주를 시작해야 할 시간이라고.

"인정할 건 해야 해." 마고가 대리석 계단을 오르며 보좌관 프랜시스에게 말한다. "성 하나는 제대로 골랐네."

디즈니 성을 벽돌 하나하나 그대로 옮겨 놓은 듯한 장소다. 반짝이는 가구. 일곱 개의 뾰족한 첨탑. 서로 모양과 크기가 다르고, 그중엔 세로로 홈이 파인 것도 있고 그냥 매끄러운 형태도 있다. 심지어 끝부분에 금을 입힌 탑도 있다. 전면에는 소나무 숲이, 저 멀리에는 산이 보인다. 이곳이 역사와 문화를 지녔다는 확실한 표지였다. 보잘것없는 나라가 아니라고.

마고가 들어섰을 때 타티아나 모스칼레프는 실제 왕좌에 앉아 있다. 팔걸이의 사자 머리와 붉은 벨벳 쿠션으로 장식한 황금빛 왕좌. 마고는 웃지 않으려고 애쓴다. 베사파라 대통령은 금색 원피스에 거대한 흰색 모피 코트를 입었다. 모든 손가락마다 반지를 꼈다. 양쪽 엄지에는 두 개나 꼈다. 대통령이 어떤 모습이어야 하는지 마피아 영화를 보고 배운 것 같다. 정말로 그런지도 모른다. 마고 뒤에서 문이 닫힌다. 두 사람만 남았다.

"모스칼레프 대통령님. 만나서 영광입니다."

"클리어리 의원님. 제가 영광이지요." 타티아나가 말한다.

뱀과 호랑이의 만남, 자칼과 전갈의 만남이라고 마고는 생각한다.

"아이스 와인 한 잔 하세요. 유럽 최상품이랍니다. 우리 베사파라 포도원에서 만든 제품이지요."

마고는 독이 들어 있을 가능성이 얼마나 될지 생각하며 한 모금 마신다. 아마 삼 퍼센트도 안 될 것이다. 그녀가 여기에서 죽는다면 베사파라로서도 좋은 일은 없으니까.

"와인이 훌륭하네요. 기대한 대로입니다." 마고가 말한다.

타티아나는 생각이 다른 데로 가 있는지 옅은 미소를 짓는다. "베사파라가 마음에 드시나요? 투어는 즐거우셨어요? 음악과 춤, 치즈를 즐기셨나요?"

마고는 그날 아침 세 시간 동안 치즈 만드는 방법을 배우고, 강연회에도 참석한 터였다.

"정말 기분 좋은 곳입니다, 대통령님. 고풍스러운 매력과 미래 지향적 의지가 하나 된 곳이네요."

"그렇죠." 타티아나가 다시 옅은 미소를 짓는다. "아마 세계에서 가장 진보적인 국가가 아닐까 합니다."

"그렇죠. 내일 예정된 과학 기술 공원 방문이 무척 기대됩니다."

타티아나가 고개를 젓는다. "문화적으로나 사회적으로, 우리는 현재 변화의 진정한 의미를 이해하는 단 하나뿐인 국가입니다. 축복이라는 사실을 말입니다. 그리고……," 그녀는 뿌연 머릿속을 맑게 하려는 듯 잠시 고개를 흔든다. "새로운 삶의 방식으로의 초대라는 것을!"

마고는 아무 말 없이 다시 와인을 마시며 납득한다는 표정을 짓는다.

"나는 미국이 좋습니다. 죽은 남편 빅토르는 소련을 좋아했지만 나는 미국이 좋아요. 자유의 땅. 기회의 땅. 음악도 훌륭하죠. 러시아보다요." 그녀는 매디가 주야장천 온 집 안에 틀어 놓았던 팝송의 가사를 흥얼거리기 시작한다. "우린 네 차로 빨리 달리지, 붕붕." 그녀의 목소리는 감미롭다. 마고는 타티아나가 오래전에 팝 스타를 꿈꾸었다는 내용의 기사를 읽은 기억이 난다.

"그 가수의 공연을 추진해 볼까요? 투어 공연을 마련해 볼 수 있는

데."

타티아나가 말한다. "내가 진짜 뭘 원하는지는 잘 아시잖아요. 아실 거예요, 클리어리 의원님. 당신은 멍청한 여자가 아니니까."

마고가 미소 짓는다. "멍청하지 않을지는 몰라도 마음을 읽지는 못한답니다, 모스칼레프 대통령."

"우리가 원하는 건 아메리칸드림이지요. 바로 이곳, 베사파라에서. 우린 강한 적들에 둘러싸인 작은 신생 국가예요. 우린 우리만의 삶의 방식을 추구하며 자유롭게 살고 싶습니다. 기회를 원해요. 그게 다입니다."

마고는 고개를 끄덕인다. "모두가 원하는 바지요, 대통령님. 모두를 위한 민주주의는 미국의 가장 큰 소원입니다."

타티아나의 입술이 약간 위로 올라간다. "그럼, 우리가 북쪽과 싸우도록 도와주시겠군요."

마고는 잠깐 윗입술을 깨문다. 까다로운 지점에 이르렀다. 예상은 했다.

"우리 대통령과…… 대화를 나누었습니다. 베사파라의 독립이 국민들의 뜻인 만큼 미국으로서도 베사파라의 독립을 지지합니다만 북몰도바와의 전쟁에 직접 개입할 수는 없습니다."

"당신과 나는 그런 입장보다 더 영리하죠, 클리어리 의원님."

"다만 인도주의적 도움을 제공할 수는 있습니다. 평화군 지원."

"UN 안전 보장 이사회가 결정한 베사파라에 불리한 조치를 반대해 주세요."

마고는 얼굴을 찡그린다. "UN 안전 보장 이사회에는 그런 조치를 취한 적 없습니다."

타티아나는 의도적으로 자신의 잔을 마고 앞쪽 테이블에 내려놓는다. "클리어리 의원님. 우리 나라는 남자들에게 배신을 당했습니다. 우리는 최근 드네스트르 전투에서 패했어요. 북쪽이 우리 군대의 위치를 파악했기 때문이죠. 베사파라의 남자들이 북쪽 적들에게 정보를 팔았습니다. 발각되기도 했고 자수한 사례도 있어요. 우리는 조치를 취해야만 합니다."

"베사파라의 당연한 권리겠죠."

"미국은 우리의 선택에 간섭하지 말아 주세요. 무조건 지지해 주세요."

마고는 희미하게 껄껄 웃는다. "제가 그렇게 광범위한 약속을 드릴 수 있을지 모르겠네요, 대통령님."

타티아나는 뒤돌아서 창턱에 기댄다. 뒤쪽에서 밝게 비치는 디즈니 성이 그녀의 실루엣을 그려 낸다.

"노스스타와 함께 일하시죠? 민간 군대. 주주시잖아요. 나는 노스스타를 좋아합니다. 소녀들을 전사로 키운다는 점이 아주 좋아요. 더 많은 전사가 필요해요."

마고가 예상한 바는 아니지만 흥미롭다.

"그게 무슨 상관인지 모르겠네요, 대통령님." 퍼뜩 한 가지 생각이 떠오르지만 마고는 이렇게 말한다.

"UN이 노스스타의 여성 군대를 사우디아라비아로 파병하라고 지시하기를 바라고 있죠. 사우디아라비아 정부는 무너지고 있고, 나라 전체적으로 불안정하니까."

"만약 UN이 승인한다면 세계에 반가운 소식이 되겠죠. 에너지 공급을 확보하고, 힘겨운 정권 교체를 도와줄 수 있으니까요."

"만약 다른 국가에 노스스타 군대를 성공적으로 파병한 사례가 생긴다면 그 일이 더 수월해질 겁니다." 타티아나는 자신의 잔에 와인을 따르고 마고에게도 따라 준다. 둘 다 대화가 어떤 방향으로 흘러갈지 알고 있다. 눈이 서로 마주치자 마고가 미소 짓는다.

"노스스타를 고용하고 싶다는 말이군요."

"여기, 그리고 국경에서 내 개인 군대로."

큰돈을 투자할 가치가 있는 일이다. 북몰도바와의 전쟁에서 승리하고 사우디 왕실의 자산을 몰수할 수 있다면 더더욱. 노스스타가 베사파라의 민간 군대로 고용된다면 마고 또한 원하는 목표로 쉬이 나아갈 수 있다. 성공만 한다면 이사회는 기꺼이 마고 클리어리와의 연계를 계속 이어 나갈 터였다.

"교환의 대가로 원하시는 게……."

"법을 약간 수정할 거예요. 북쪽에 정보를 파는 반역자들이 더 나오지 않도록. 우리 편이 되어 주세요."

"미국은 자치 국가의 정사에 관여할 의사가 없습니다. 문화적 차이는 존중되어야 하니까요. 우리 대통령께서도 이 문제에 대한 제 판단을 신뢰하실 겁니다."

"좋아요." 타티아나가 초록색 눈동자를 느릿하게 꿈뻑거린다. "그렇다면 서로 입장을 이해한 거군요." 그녀가 잠시 멈추었다가 덧붙인다. "북몰도바가 승리하면 어떻게 나올지는 생각해 볼 필요도 없겠지요, 클리어리 의원님. 이미 보았으니까요. 우린 사우디아라비아가 어떤 나라였는지 기억하고 있죠. 우리 모두 옳은 편에 서 있는 겁니다."

타티아나가 잔을 든다. 마고도 잔을 들어 그녀의 잔에 살짝 부딪

친다.

미국에게 좋은 날, 세계에게도 좋은 날이다.

나머지 파티는 마고의 예상대로 지루했다. 그녀는 해외 고위 관리들, 종교계 지도자들, 범죄자와 무기 거래상으로 의심되는 사람들과 악수를 나눈다. 미국이 불의와 독재의 희생자들에게 깊은 조의를 느끼며 평화로운 해결책이 나오기를 바란다고 똑같은 대사를 몇 번이고 던진다. 타티아나가 등장하면서 연회장이 약간 요란해졌지만 마고는 신경 쓰지 않는다. 그녀는 밤 10시 30분까지 머문다. 너무 이르지도 너무 늦지도 않게 중요한 파티장을 떠날 수 있는 공식적인 시각이다. 외교 차량으로 향하는 길에서 또다시 툰데와 마주친다.

"실례합니다." 그는 바닥에 떨어진 뭔가를 곧바로 주워 든다. 너무 빠른 동작이라 마고는 그것이 무엇인지 보지 못했다. "실례하겠습니다. 제가 좀 급해서……."

마고는 웃음을 터뜨린다. 보람 있는 저녁이었다. 그녀는 일이 잘될 경우 노스스타로 얻을 수 있는 이득을 계산하며 막대한 정치 자금이 다음번 선거에 얼마나 크게 기여할지 생각한다.

"뭐가 그렇게 급해요? 서두를 것 없잖아요. 태워 줄까요?"

그녀가 차를 가리킨다. 열린 문으로 드러난 반짝이는 가죽 시트가 매력적으로 보인다. 툰데는 경악한 표정을 애써 미소로 가리지만 별로 빠르지는 못했다.

"다음에요."

그의 손해다.

마고는 그날 밤 호텔에서 우크라이나 주재 미국 대사관의 젊은 직원에게 술을 사 준다. 그는 마고에게 모든 관심을 집중한다. 잘나가는 그녀인데 당연하다. 그녀는 호텔 방으로 올라가는 엘리베이터 안에서 그의 젊고 탄탄한 엉덩이를 만진다.

앨리

성의 예배당은 다시 지었다. 중앙에는 여전히 유리와 금으로 된 샹들리에가 걸려 있고, 샹들리에를 받치는 전선은 촛불 탓에 너무 가느다랗게 보인다. 모두가 전기의 기적이다. 하나님 어머니를 찬양하는 천사들로 장식한 창문 그림은 성녀 테레사와 성 히에로니무스가 그려진 패널처럼 온전하다. 둥근 지붕의 에나멜을 입힌 나머지 그림들은 새 성서에 따라 다시 그려졌다. 여성 가장 리브가에게 비둘기의 모습으로 말씀하는 신의 그림이 있다. 예언자 데보라가 믿음 없는 사람들에게 성령을 전하는 그림도 있다. 극구 거부했음에도 어머니 이브의 그림도 그려졌다. 심오한 상징으로 보이는 나무 뒤에서 천국으로부터 메시지를 받는 모습이다. 들어 올린 한 손에는 빛이 가득하다. 궁륭 가운데에는 모든 것을 굽어보는 눈이 있다. 모두를 지켜보는 하나님의 상징이다. 힘 있는 자에게도 노예인 자에게도 모두 손을 뻗는 하나님.

예배당에서 군인 한 사람이 기다린다. 개인적인 알현을 요청한 젊은 여성이다. 뺨에 주근깨가 있고 밝은 회색 눈동자를 가진 예쁜 미국인.

"저를 만나고 싶어 하셨다고요?" 어머니 이브가 말한다.

"네." 국방과 국가 예산을 비롯해 다섯 개의 주요 위원회에 소속된 클리어리 의원의 딸 조슬린이다.

어머니 이브는 이 개인적인 만남을 위해 일부러 시간을 냈다.

"만나서 반갑습니다." 어머니 이브가 옆에 앉으며 묻는다. "뭘 도와 드릴까요?"

조슬린이 울기 시작한다. "여기 온 걸 알면 엄마가 가만두지 않을 거예요. 절 죽일지도 몰라요. 아, 어머니, 어떻게 해야 할지 모르겠어요."

"인도가 필요해서…… 왔나요?"

앨리는 이 알현 요청에 흥미를 느꼈다. 상원 의원의 딸이 어머니 이브를 직접 만나 보고 싶어 한다는 점은 전혀 놀라운 일이 아니었다. 하지만 개인적인 알현을 원한다니. 앨리는 하나님의 존재에 대한 논쟁이 벌어질까 봐 회의적인 생각도 들었지만 그런 일은 아닌 모양이다.

"전 길을 잃었어요." 조슬린이 울면서 말한다. "더 이상 제가 누군지 모르겠어요. 당신의 강연을 들으며 계속 기다렸어요. 저를 이끌어 줄 그분의 말씀을……."

"문제가 무엇인지 말해 보세요."

앨리는 말로 풀어내기 어려운 깊은 고뇌에 익숙하다. 아무리 상류층 집안이라도 문제는 있다. 앨리가 살아오면서 겪은 문제가 뚫고 들어가지 못할 장소는 없다.

그녀가 한 손을 내밀어 조슬린의 무릎을 만진다. 조슬린은 약간 움찔하며 물러난다. 아주 잠깐 동안의 접촉이지만 앨리는 조슬린의 문제를 간파한다.

그녀는 여자들을 만질 때 타래에서 배경음 같은 느릿한 웅웅거림을 느낀다. 조슬린에게는 빛을 밝혀야 하는 어둠이 있고, 닫혀야 할 부분이 열려 있다. 앨리는 떨림을 억누른다.

"당신의 타래가 고통받고 있군요." 어머니 이브가 말한다.

조슬린은 속삭이는 정도의 목소리로 겨우 말할 수 있을 뿐이다. "비밀이에요. 아무한테도 말하면 안 돼요. 약을 먹는데 예전만큼 효과가 없어요. 점점 상태가 나빠져요. 전…… 다른 여자들과 달라요. 누구한테 말해야 할지 막막했는데 인터넷에서 당신을 봤어요. 제발, 제발 절 정상으로 고쳐 주세요. 제발 하나님께 제 짐을 가져가 달라고 말해 주세요. 제발 정상이 되게 해 주세요."

"내가 할 수 있는 일은 당신의 손을 잡고 함께 기도하는 것뿐이에요."

어려운 상황이다. 이 소녀를 미리 진단하고 앨리에게 병의 원인을 조언해 준 사람도 없다. 타래 결핍은 바로잡기가 매우 힘든 증상이다. 그래서 타티아나 모스칼레프도 타래 이식 수술을 추진하려고 하지만 작동하지 않는 타래를 고칠 방법은 없다.

조슬린은 고개를 끄덕이고 앨리의 손을 잡는다.

어머니 이브가 평소대로 기도를 한다. "우리 위에, 우리 안에 계신 어머니, 어머니만이 선과 자비와 은혜의 원천입니다. 매일 어머니의 역사(役事)를 통해 드러내시는 의지를 우리가 배우게 하소서."

기도하는 동안 앨리는 조슬린의 타래에서 어둠과 빛의 영역을 넌지시 느껴 본다. 물이 흘러야 할 곳이 마치 고무로 뒤덮이고 모래가 쌓인 듯 막혀 있다. 막힌 통로를 여기저기 뚫어 줄 수 있을지도 모르겠다.

"저희가 어머니 앞에서 순수한 마음을 가질 수 있도록 해 주시고, 고통에 무너지지 않고 시련을 마주할 수 있는 힘을 주소서."

평소에 거의 기도를 해 본 적 없는 조슬린이지만 자연스레 기도하고 있다. 어머니 이브의 두 손이 등에 닿았을 때 조슬린은 기도한다. "하나님, 부디 제 마음을 열어 주세요." 그때 무언가가 느껴진다.

앨리가 살짝 누른다. 평소보다 센 강도지만 조슬린은 앨리가 무엇을 하는지 알아차릴 만큼 민감하지 못하다. 조슬린이 헉 소리를 낸다. 앨리가 또 세 차례 세게 누른다. 그러자 타래 안에서 불꽃이 튀기고 엔진처럼 웅웅거린다.

조슬린이 말한다. "맙소사, 이제 느껴져요."

그녀의 타래가 규칙적으로 웅웅댄다. 다른 아이들이 이야기하던 그 감각이 느껴진다. 타래의 모든 세포가 이온을 퍼 올리면서 전위가 점점 늘어나는, 부드럽고도 충만한 감각. 조슬린은 난생처음 타래가 제대로 작동하고 있음을 느낀다.

너무 큰 충격으로 눈물도 나지 않는다.

"느껴져요. 움직이고 있어요."

어머니 이브가 말한다. "하나님을 찬양하세요."

"어떻게 하신 거예요?"

어머니 이브가 고개를 흔든다. "제가 아니라 하나님의 뜻이랍니다."

그들은 한 번, 두 번, 세 번, 동시에 숨을 쉰다.

"이제 어떻게 해야 하죠? 전……." 조슬린이 웃음을 터뜨린다. "내일 배로 떠나요. UN의 감시군 임무를 수행하러 남쪽으로 가거든요." 말하면 안 되는 정보인데 어쩔 수가 없다. 이 방에서는 비밀을 지키기가 힘들다. "사람들 보기에 좋으니까 엄마가 보내는 거예요. 물론 제가 위험한 일을 하지는 않겠지만요. 위험에 처할 일은 절대 없어요."

목소리가 말한다. 위험에 처하게 해야 할 것 같구나.

어머니 이브가 말한다. "이제 두려워하지 마세요."

조슬린이 다시 고개를 끄덕인다. "네, 감사합니다. 감사합니다!"

어머니 이브는 그녀의 정수리에 입을 맞추고 위대한 어머니의 이름으로 축복을 해 준 뒤 파티에 참석한다.

타티아나는 딱 달라붙는 옷차림의 건장한 두 남성과 함께 방으로 들어선다. 남자들은 젖꼭지가 비칠 정도로 꼭 맞는 검은색 티셔츠와 사타구니 사이가 불룩하게 드러나는 꽉 끼는 바지를 입었다. 그녀가 연단에 놓인 등받이 높은 의자에 앉자, 두 남자들은 옆의 낮고 등받이 없는 의자에 앉는다. 권력의 상징, 성공의 보상이다. 그녀가 일어나 양 볼에 입맞춤을 하며 어머니 이브를 맞이한다.

"우리 어머니께 찬양을." 타티아나가 말한다.

"가장 높은 곳에 영광을." 어머니 이브가 앨리의 냉소적인 미소를 거두고 답한다.

"북쪽을 급습한 결과, 반역자 열두 명을 더 색출했어요." 타티아나가 투덜거린다.

"하나님의 도움으로 완전히 뿌리 뽑을 수 있을 겁니다." 어머니 이브가 말한다.

만나야 할 사람들이 수없이 많다. 대사들, 고위 관리들, 기업가들,

새로운 운동의 지도자들. 드네스트르 전투에서 패배한 뒤 너무 이른 감도 있지만 이 파티는 타티아나에 대한 국내외의 지지를 굳히기 위하여 마련되었다. 어머니 이브의 존재도 그 일부분이다. 타티아나는 북부 정권의 잔혹한 행위를 고발하고, 베사파라가 자유를 위해 투쟁하고 있음을 강조하는 연설을 한다. 정의의 심판을 비켜 간 자들에게 어머니의 이름으로 복수하고자 삼삼오오 모인 여성들의 경험담도 이어진다.

타티아나는 거의 눈물을 흘릴 만큼 감동을 받는다. 그녀는 자기 뒤쪽에 서 있는 세련된 복장의 젊은 남성 한 명에게 저 용감한 여성들을 위해 마실 것을 내오라고 지시한다. 남자는 고개를 끄덕이고 뒤로 물러나 거의 까치발로 걷듯이 2층으로 향한다. 음료를 기다리는 동안 타티아나는 장황하게 농담을 늘어놓는다. 좋아하는 세 남자를 한 사람으로 합치고 싶어 하는 여자가 있는데 어느 날 착한 마녀가 나타나…….

그때 젊은 금발의 남자가 술병을 들고 타티아나 앞으로 달려온다.

"이건가요, 마담?"

타티아나가 그를 쳐다보며 고개를 한쪽으로 기울인다.

젊은 남자는 침을 삼킨다. "죄송합니다."

그가 고개를 바닥으로 떨군다.

"남자들은 침묵할 줄 모르고 여자들이 항상 자기 생각을 알고 싶어 한다고 착각하죠. 자기보다 잘난 사람들의 말을 자르며 쉬지 않고 입을 놀립니다."

남자는 뭐라고 대꾸하려 하지만 생각을 바꾼다.

"매너를 배워야 해요." 앨리 뒤쪽에 서 있는 여자 한 사람이 말한다.

과거의 범죄를 청산하고 정의를 실현하고 있다는 단체의 사람이다.

타티아나는 젊은 남자의 손에서 브랜디를 낚아채 그의 얼굴 앞으로 들어 보인다. 갈색 병에서 캐러멜처럼 기름진 액체가 철벅거린다.

"이 병은 너보다 값이 더 나간다. 이 병에 든 술 한 잔이 너보다 더 비싸다."

그녀는 한 손으로 병목을 들고 빙빙 돌린다. 한 번, 두 번, 세 번.

그리고 바닥에 떨어뜨린다. 유리가 산산조각 나고 액체가 나무 바닥을 적셔 짙게 변한다. 강하지만 달콤한 향이 퍼진다.

"핥아라."

젊은 남자는 산산조각 난 병을 내려다본다. 유리 파편 사이로 브랜디가 스며들었다. 그리고 온통 자신에게로 향한 사람들의 얼굴을 둘러본다. 무릎을 꿇고 조심스럽게 혀로 바닥을 핥기 시작한다. 유리 조각을 피해 가며.

나이 든 여자가 소리친다. "얼굴을 처박으라고!"

앨리는 침묵하며 바라본다.

목소리가 말한다. 이게 무슨 개같은.

앨리도 속으로 말한다. 저 여자는 정말 미쳤어요. 제가 한마디 해야 할까요?

네가 뭐라고 말하건 네 권위만 떨어질 뿐이다.

그럼 어떡해요? 지금 여기에서 나서지 않는다면 그깟 권위가 다 무슨 소용이죠?

타티아나가 한 말을 생각해 보렴. 만약 남자들이 통제권을 쥐었다면 어떻게 했을지는 생각해 볼 필요도 없다고, 이미 봤다고 했지. 이것보다 더 끔찍한 짓을 했을 거야.

앨리가 헛기침을 한다.

젊은 남자의 입에서 피가 흐른다.

타티아나가 웃음을 터뜨린다. "맙소사. 걸레 가져와서 치워. 혐오스럽구나."

남자가 일어난다. 크리스털 잔들에 다시 샴페인이 채워진다. 음악도 다시 울려 퍼진다.

"정말 핥다니 믿겨요?" 남자가 걸레를 가지러 물러간 뒤 타타아나가 말한다.

록시

지루해 죽을 것 같은 파티다. 타티아나가 싫은 것도 아니다. 록시는 그녀가 마음에 든다. 작년에 버니에게 사업을 물려받은 후 타티아나 덕분에 계속 확장할 수 있었으니까. 록시는 사업에 도움이 되는 사람이라면 무조건 호감이다.

자신이 파티를 열어도 이것보다는 지루하지 않으리라. 타티아나 모스칼레프가 표범을 사슬에 묶어서 이 성을 들락거린다는 말을 들은 적이 있는데, 너무 실망스럽다. 고급스러운 유리잔도 황금색 의자도 다 좋은데, 애완 표범은 어디에 있단 말인가.

타티아나는 록시가 누군지 제대로 알지도 못하는 듯하다. 그녀는 사람들 사이를 돌아다니며 악수를 한다. 두꺼운 마스카라에 초록색과 황금색의 눈동자를 지닌 그 여인은, 록시에게 베사파라를 세상에서 가장 위대하고 자유로운 나라로 만들어 주는 훌륭한 사업가 중 한 사람이라면서 인사를 건넨다. 정말로 알고 말하는 표정이 아니다.

록시는 타티아나가 취한 것 같다고 생각한다. 이렇게 말하고 싶다. 몰라요? 매일 당신네 국경으로 오백 킬로그램의 '제품'을 옮기는 여자가 바로 나라고. 하루도 빠짐없이 매일. 당신과 UN을 곤경에 처하게 한 게 바로 나라고. 물론 UN은 고작 감시단인지 뭔지만 보내겠지만. 진짜 몰라요?

록시는 샴페인을 몇 잔 더 마신다. 창밖의 시커먼 산들을 쳐다본다. 어머니 이브가 팔꿈치를 잡을 때까지도 그녀가 다가온다는 사실을 몰랐다. 이브는 그렇게 으스스한 데가 있다. 작지만 강단 있는 체구로 쥐도 새도 모르게 누군가의 옆구리에 칼을 찔러 넣을 수 있을 만큼 조용하다.

어머니 이브가 말한다. "타티아나가 북쪽에서의 패배로…… 예측이 불가능해졌어."

"그래? 그것 때문에 내 상황도 예측할 수 없게 됐어. 공급자들이 엄청 초조해하고 있어. 운전사 다섯 명이 그만뒀고. 다들 남쪽이 밀린다고 하던데."

"수녀원에서 했던 거 기억나지? 폭포수 말이야."

록시가 미소 지으며 살짝 소리 내어 웃는다. 좋은 추억이다. 지금보다 더 단순하고 행복했던 시절. "훌륭한 팀워크였지."

"다시 하면 어떨까 해. 이번에는 더 큰 규모로."

"무슨 말이야?"

"내…… 영향력. 부정할 수 없는 네 힘. 난 항상 네 앞에 위대한 일이 기다리고 있음을 느꼈어, 록산느."

"내가 너무 짜증이 난 건가, 아니면 네가 평소와 달리 말도 안 되는 얘기를 하는 건가?"

"여기서는 말 못 해." 어머니 이브가 소곤거리는 정도로 목소리를 낮춘다. "어쨌든 조만간 타티아나 모스칼레프의 이용 가치가 떨어질 것 같아. 신성한 어머니에게 말이야."

오.

"농담이지?"

어머니 이브가 살짝 고개를 젓는다. "불안정해. 이 나라는 몇 개월 안에 새 지도자를 받아들일 준비가 될 거야. 여기 국민들은 날 신뢰해. 네가 적당한 후계자라고 내가 말한다면……."

록시는 박장대소할 뻔했다. "나? 너 날 몰라, 이브?"

"더 이상한 일도 일어났는걸. 넌 이미 다수의 지도자야. 내일 날 만나러 와. 자세히 얘기하자."

"너만 골치 아파질 텐데." 록시가 말한다.

록시는 그 후로 오래 머물지 않았다. 즐거운 시간을 보내는 양 얼굴을 보여 주고 타티아나의 평판 나쁜 측근들 몇 명과 악수를 더 나누고서 빠져나왔다. 이브의 말이 계속 머릿속에 맴돌았다. 좋은 생각이다. 매우 좋은 생각이다. 록시는 이 나라가 마음에 든다.

실내를 빙 두른 기자들을 피해 간다. 기자들은 그 굶주린 표정만으로도 알아볼 수 있다. 인터넷에서 본, 맨살을 애무하고 싶어지게 하는 기자도 보이지만 남자는 흔해 빠졌다. 특히 그녀가 대통령이라면 더더욱. 록시는 "몽크 대통령"이라고 소리 내어 말해 본다. 그리고 혼자 웃음을 터뜨린다. 그래도 가능성이 있다.

어쨌든 오늘 밤에 그런 생각을 너무 오래할 수는 없다. 오늘 밤에는 할 일이 따로 있다. 파티도 외교도 악수 퍼레이드도 아니다. UN

군인인지 특별 대표인지 뭔지가 조용한 곳에서 만남을 요청해 왔다. 북쪽의 봉쇄를 피해서 제품을 이동시킬 수 있는 방법을 모색하기로 했다. 대럴이 자리를 마련했다. 대럴은 몇 달째 이곳에서 일하고 있다. 착하게도 소란을 피우지 않고 조용히 접촉을 하면서 전쟁 중에도 공장이 매끄럽게 돌아가게 한다. 남자가 여자보다 나을 때도 있다. 위협적이지 않아서 외교에는 더 낫다. 그래도 거래를 마무리하는 일은 록시가 직접 해야 한다.

도로는 어둡고 구불구불하다. 전조등 불빛만이 유일하게 칠흑 같은 공간을 비춘다. 가로등도 없고 불을 밝힌 집도 마을도 없다. 젠장, 겨우 11시가 지났는데 새벽 4시처럼 느껴진다. 도시에서 구십 분 이상 떨어진 거리지만 대럴이 설명을 잘해 주었다. 록시는 분기점을 쉽게 찾아냈고, 불빛 없는 도로를 달려 뾰족한 성문 앞에 차를 세운다. 창문이 전부 다 깜깜하고 인기척도 없다.

대럴이 보낸 메시지를 확인한다. 초록색 문이 열려 있을 것이라고 한다. 손바닥으로 빛을 쏴서 길을 밝힌다. 마구간 쪽에 페인트가 벗겨진 초록색 문이 보인다.

포름알데히드 냄새가 난다. 소독약 냄새도. 또 다른 통로가 보이고 둥근 손잡이가 달린 철문이 나타난다. 문틈 사이로 불빛이 새어 나온다. 여기다. 다음번에는 불빛도 없는 멀고 외진 곳에서 접선하지 말라고 말하리라. 차가 뒤집혀서 목이 부러질 수도 있었다고. 손잡이를 돌린다. 뭔가 이상한 느낌에 록시는 미간을 찌푸린다. 공기 중에서 피 냄새가 난다. 피와 약품 냄새 그리고…… 록시는 그게 뭔지 알아내려고 애쓴다. 싸움이 일어났던 장소 같은 느낌. 항상 싸움이 일어나는 곳 같다.

문을 연다. 비닐을 두른 벽과 테이블과 의료 장비가 보인다. 누군가가 대럴을 속였다는 생각이 떠오른다. 막 두려움이 샘솟는 순간, 누군가 그녀의 팔을 잡고 또 다른 누군가가 머리에 마대 자루를 씌운다.

그때 바로 그녀는 엄청나게 강력한 파워를 내보낸다. 상대는 심하게 다쳤을 것이다. 비명과 쓰러지는 소리가 들린다. 록시는 몸을 빙빙 돌리며 자루를 벗기려 안간힘을 쓰면서 마구잡이로 허공에 전류를 쏴 댄다. "손대면 죽여 버릴 거야!"라는 외침과 함께 자루를 벗긴다. 그 순간 누군가가 그녀의 뒤통수를 세게 때려서 피가 솟구친다. 마지막으로 '애완 표범'을 떠올리며 정신을 잃는다.

절반쯤 정신을 잃은 와중에도 그들이 자신의 몸을 자르고 있음을 알아차린다. 그녀는 항상 강했다. 언제나 전사였던 그녀는 흠뻑 젖은 이불처럼 무겁게 쏟아지는 잠과 싸운다. 꽉 쥔 주먹을 펼치려는 꿈을 계속 꾼다. 주먹만 움직일 수 있다면 깨어나 저들을 산산조각 낼 수 있다. 하늘에서 고통이 내려앉게 할 것이다. 하늘에 구멍을 뚫어서 땅으로 불이 떨어지게 하리라. 무언가 나쁜 일이 그녀에게 벌어지고 있다. 상상보다 더 끔찍한 일. 일어나, 바보야, 빨리 일어나라고.

그녀가 깨어난다. 몸이 묶여 있다. 위쪽으로 금속이 보이고 손끝에서도 금속이 느껴진다. 멍청한 놈들. 그 어떤 놈도 가까이 오지 못하도록 침대를 뒤흔들겠다.

하지만 불가능하다. 다시 한 번 해 본다. 늘 익숙했던 도구가 그 자리에 없다. 아득한 목소리가 들린다. "작동합니다."

작동하지 않는데 무슨 소리인가. 전혀 작동하지 않는데.

록시는 쇄골을 따라 작은 메아리를 보내려 한다. 파워가 있지만

약하게 발버둥을 친다. 그래도 거기 있다. 몸에 감사한 마음이 들기는 처음이다.

또 다른 목소리가 들린다. 익숙한 목소리다. 언제 어디에서 들어 본 누구의 목소리더라? 내가 애완 표범을 키웠던가, 무슨 일이 벌어지고 있는 거지? 멍청한 표범이 그녀의 꿈속을 돌아다닌다. 꺼져, 넌 진짜가 아니야.

"풀고 나오려고 하잖아. 강하니까 잘 지켜봐."

누군가가 웃으면서 말한다. "마취를 시켰는데요?"

"일을 망치려고 내가 여기까지 온 게 아니야. 이 애의 힘은 너희들이 그동안 떼어 낸 것과 비교도 안 될 만큼 강해. 잘 지켜봐."

"알겠습니다. 명심하죠."

누군가가 다시 가까이 온다. 다시 자신을 해치도록 내버려 둘 수는 없다. 록시가 타래에게 말한다. 너랑 나, 우린 한편이야. 좀 더 힘을 내 줘, 마지막으로. 할 수 있잖아. 힘내. 우리 목숨이 걸린 일이라고.

한 손이 그녀의 오른손을 잡는다.

"젠장!" 누군가가 소리치며 쓰러지더니 거칠게 숨을 쉰다.

해냈다. 이제 몸속에서 좀 더 고르게 흐르는 파워가 느껴진다. 파워가 고갈되었던 게 아니다. 마침내 막혔던 부분이 시냇물에 떠내려가는 잔해처럼 뚫렸다. 이제 저들에게 죗값을 치르게 할 수 있다.

"투약량 늘려! 늘려!"

"더 이상 안 됩니다. 타래가 손상될 거예요."

"저 애를 보라고. 빨리 해. 안 하면 나라도 할 거야."

그녀 몸속에 이제 전류가 꽤 많이 쌓였다. 저들 위로 천장을 무너뜨릴 것이다.

"쟤 좀 보라고."

누구 목소리지? 아리송하다. 속박을 풀고 고개를 돌리는 순간 확인할 수 있겠지만 록시는 무엇을 보게 될지 이미 알고 있다.

기계에서 길게 삐 소리가 난다.

"위험해요. 자동 경보예요. 너무 많이 투여했습니다."

"계속해."

그녀 안에서 쌓여 가던 힘이 갑자기 사라진다. 마치 누군가가 스위치를 누른 것처럼.

그녀는 소리치고 싶다. 하지만 소리조차 지를 수가 없다.

다시 그녀는 시커먼 진창에 빠진다. 가까스로 진창에서 일어났을 때 그들은 칭찬해 주고 싶을 정도로 신중하게 그녀의 타래를 자르고 있다. 무감각하다. 아프지는 않지만 쇄골을 따라 쭉 움직이는 칼날이 느껴진다. 그리고 타래를 건드린다. 무감각하게 마비되고 꿈을 꾸는 듯 절반은 잠에 취했지만 그 통증만은 온몸에 울려 퍼지는 화재경보기 같은 소리를 낸다. 살갗을 한 겹씩 벗겨 신중하게 눈알을 잘라 내듯 말끔하고 하얀 통증이다. 잠깐 동안 비명을 지르던 그녀는 그제야 그들이 무슨 짓을 하는지 깨닫는다. 그들은 그녀의 쇄골에서 가로무늬근을 들어내서 톱질로 한 가닥 한 가닥 분리시킨다.

저 멀리서 누군가가 말한다. "소리를 지르게 놔둘까요?"

다른 누군가가 말한다. "그냥 계속해."

그녀가 아는 목소리다. 알고 싶지 않다. 록시, 네가 알고 싶어 하지 않는 것들이 결국은 너를 끝장낼 거야.

쇄골 오른쪽에서 마지막 가닥을 끊어 내자 온몸에서 탕 소리가 울려 퍼진다. 아프다. 하지만 텅 빈 공허감이 더 끔찍하다. 죽은 것이나 마찬가지인데 살아서 똑똑히 느끼고 있다.

그들이 타래를 들어 올릴 때 그녀의 눈꺼풀이 파르르 깜빡거린다. 상상이 아니라 현실이다. 바로 눈앞에서 보인다. 그녀에게 힘을 주었던 근육 가닥이. 다시 그녀에게로 돌아오고 싶어서 꿈틀거리고 팔딱거린다. 그녀도 되찾고 싶다. 그녀 자신이기에.

왼쪽에서 목소리가 들린다.

표범이 말한다. "그냥 하세요."

"정말 마취를 안 할 겁니까?"

"작동하는지 어떤지 당사자가 확인해 주면 결과가 더 좋다고 하던데."

"맞아요."

"그럼 그냥 하세요."

바이스가 머리를 죄고 목에는 수많은 장치가 연결되어 있지만 그녀는 얼굴을 돌린다. 한쪽 눈으로라도 자신이 찾는 것을 보기 위해. 한 번 힐끗 보는 것만으로도 충분하다. 그녀 옆에 이식 수술 준비를 갖추고 누워 있는 사람은 대럴이다. 대럴 옆의 의자에는 아빠 버니가 앉아 있다.

깡통 부딪치듯 요란한 소리가 울어 대는 머릿속에서 누군가가 말한다. 염병할 표범이 저기 있네. 여기에 표범이 있음을 알고 있었잖아. 넌 표범을 애완동물로 키우려고 했지, 멍청이. 그럼 어떻게 되는지 잘 알잖아. 목을 물어뜯기고 피가 사방에 튀지. 표범에 대고 장난을 치면 그렇게 당해도 싸. 록시, 표범의 본능은 바뀌지 않아. 아니, 치타였던가.

닥쳐, 닥쳐, 닥쳐, 닥쳐! 그녀가 머릿속으로 말한다. 난 생각을 해야 해.

그들은 그녀에게 신경 쓰지 않고 대럴에게 매달려 있다. 록시의 상처는 벌써 꿰매 놓았다. 깔끔한 게 좋아서인지, 원래 외과의들은 자기가 벌린 상처를 꿰매 놓지 않고는 못 배기는지. 버니가 그러라고 시켰는지도 모른다. 록시의 아빠. 죽이지 않고 모욕한 것만으로는 부족하다는 사실을 미리 알았어야 했다. 모든 선택은 복수를 부르기 마련이다. 상처는 상처로, 멍은 멍으로, 굴욕은 굴욕으로 되갚는 법.

울지 않으려고 하지만 울고 있음을 안다. 눈에서 눈물이 흐른다. 저들을 내동댕이쳐서 으깨 버리고 싶다. 팔과 다리, 손가락, 발가락의 감각이 돌아온다. 따끔거림과 공허함, 통증이 느껴진다. 대럴이 그녀를 죽이지 않을 이유가 없으므로 기회는 지금뿐이다. 어쩌면 이미 죽었다고 생각하는지도 모른다. 풀밭의 빌어먹을 뱀처럼 비열한 놈, 빌어먹을 대럴.

버니가 묻는다. "어때?"

의사 한 명이 말한다. "좋아요. 조직이 완벽하게 일치합니다."

대럴의 쇄골에 작은 구멍을 뚫는 드릴 소리가 들린다. 소리가 크다. 정신이 오락가락하고 벽에 걸린 시계가 지나치게 빨리 움직인다. 다시 온몸의 감각이 돌아온다. 다행히 저들은 그녀에게 옷을 입혀 두었다. 할 수 있다. 다음번 드릴 소리가 울려 퍼질 때 그녀는 부드러운 원단에서 오른손을 빼낸다.

한쪽 눈을 뜨고 주변을 살피고 천천히 움직인다. 왼손도 뺀다. 다들 대럴에게 집중하느라 아무도 눈치채지 못한다. 왼발. 오른발. 옆에 있는 쟁반에서 메스와 붕대를 집는다.

옆쪽 테이블에는 위기가 닥친다. 기계에서 삐 소리가 나기 시작한다. 대럴에게 이식하려는 타래가 덜컹덜컹 움직이는 것이다. 착하네, 역시 내 편이야. 록시는 생각한다. 의사 한 명은 바닥으로 쓰러지고 또 한 명은 러시아어로 욕설을 퍼부으며 흉부 압박을 한다. 록시는 두 눈을 뜨고 자신이 누워 있는 테이블과 출입구의 거리를 가늠한다. 의사들이 소리치며 약을 찾는다. 아무도 록시를 보지 않는다. 지금 그녀가 죽어도 아무도 신경 쓰지 않을 것이다. 여기에서 죽을지도 모른다. 죽을 수도 있겠다는 생각이 든다. 하지만 여기에서 죽지 않으리라. 그녀는 테이블 아래로 몸을 기울여 힘들게 쪼그린 자세로 앉는다. 역시 아무도 눈치채지 못한다. 몸을 낮추고 그들을 주시하면서 뒤쪽 문으로 기어간다.

문에 이르러 신발을 발견하고 안도감을 내뱉은 뒤 조심히 신는다. 문밖으로 넘어진다. 햄스트링이 팽팽하게 당기고 온몸에서 아드레날린이 솟구친다. 뜰에 세워 둔 차가 없다. 그녀는 절뚝거리며 숲속으로 달린다.

툰데

입속에 유리가 박힌 남자가 있다.

그의 목젖에 얇고 날카롭고 반투명한 은색 조각이 꽂혔다. 침과 점액질로 반짝이는 그것을 친구가 떨리는 손으로 떼어 내려고 한다. 그가 휴대폰으로 빛을 비추면서 손을 넣자 남자는 구역질을 하면서도 움직이지 않으려고 애쓴다. 친구는 세 번이나 시도한 끝에 엄지와 검지 사이로 조각을 떼어 낸다. 오 센티미터나 되고, 끝부분에 피와 살점이 붙어 있다. 친구는 그 조각을 깨끗한 흰색 냅킨에 올려놓는다. 주변에서는 다른 웨이터들과 요리사들, 일꾼들이 할 일을 계속한다. 툰데는 냅킨에 놓인 여덟 개의 유리 조각을 사진으로 찍는다.

그는 파티장에서 벌어진 사건을 사진으로 담았다. 허리에 아무렇게나 걸린 카메라는 그의 손에서 달랑거리는 듯하다. 웨이터는 겨우 열일곱 살이다. 이런 일을 처음 보는 것도 듣는 것도 아니지만 직접 그 희생자가 되기는 처음이다. 툰데의 질문에 그는 다른 곳으로 갈 수 없다고 대답한다. 우크라이나로 도망치면 자신을 거둬 줄 친척이 있지만 국경을 넘다가는 총을 맞는다. 불안한 시기다. 그가 말하면서 입가의 피를 닦는다.

"내 잘못이에요. 대통령님이 말할 때 말하면 안 되는데."

그는 살짝 흐느낀다. 충격과 수치심, 공포, 굴욕감, 통증 때문에. 툰데는 그 느낌을 안다. 에누마가 그를 처음 만졌을 때부터 알았던 느낌.

그는 집필을 위해 메모를 휘갈겨 써 왔다. "처음에 우리는 아픔에 대해 이야기하지 않았다. 남자답지 못한 일이기에. 지금은 아픔에 대해 이야기하지 않는다. 두렵고 수치스럽고 희망도 없이 모두가 혼자이기에. 어느 순간에 처음이 두 번째가 되었는지는 알기 어렵다."

피터라는 이름의 웨이터가 종잇조각에 뭐라고 적어서 툰데에게 건네고는 그의 주먹을 꽉 쥔다. 자신의 눈을 계속 바라보기에 툰데는 설마 그가 키스하려는 것은 아닐까, 하고 생각한다. 여기 있는 모두에게 위안이 필요하기에 툰데는 허락하리라고 상상한다.

웨이터가 말한다. "가지 마세요."

"네가 원하는 만큼 오래 못 있어. 네가 원한다면 파티가 끝날 때까지 있을게."

피터가 또 말한다. "아뇨, 우릴 두고 가지 마세요. 그녀는 언론이 이 나라에서 사라지게 할 거예요. 제발."

"무슨 얘기를 들었어?"

피터는 똑같은 말만 되풀이할 뿐이다. "제발. 우릴 두고 가지 마세요. 제발."

"안 갈게. 안 가."

그는 주방 밖에 서서 담배를 피운다. 담배에 불을 붙이는 손이 떨린다. 과거에 타티아나 모스칼레프를 만났고, 그녀가 친절한 까닭은 자신이 이곳에서 일어나는 일을 알았기 때문이라고 그는 생각했다. 그녀와 다시 만나는 순간을 고대했다. 하지만 이제는 자신을 다시 소개할 기회가 없음에 감사하다. 피터가 준 종이를 주머니에서 꺼내 읽는다. 떨리는 글씨체로 "그들은 우리를 죽이려고 할 것이다."라고 적혀 있다.

그는 옆문에서 파티장을 떠나는 사람들의 모습을 몇 장 찍는다. 총기 밀수업자 두어 명. 생물 무기 전문가 한 명. 요한 계시록 속 종말을 알리는 기사들의 축제다. 차에 올라타는 록산느 몽크다. 런던 범죄 가문의 여왕. 그녀는 자신의 차를 촬영하는 그를 보고 입 모양으로 "꺼져."라고 한다.

그는 새벽 3시에 호텔 방으로 돌아와 CNN에 기사를 전송한다. 바닥에 쏟아진 브랜디를 핥아 먹는 남자의 사진. 냅킨 위에 놓인 산산조각 난 유리잔의 파편. 피터의 눈에 흐르는 눈물.

아침 9시가 막 지났을까? 그는 자신도 모르게 잠에서 깬다. 눈은 빡빡하고 등과 관자놀이에서 식은땀이 흐른다. 야간 편집자가 뭐라고 했을지 이메일을 확인한다. 이 파티에서 처음 취재하는 내용은 무조건 CNN에 먼저 보내 주겠노라고 약속은 했지만, 편집을 너무 과하게 요구하면 다른 곳에 넘길 작정이다. 두 줄짜리 짧은 이메일이 와 있다.

"툰데, 미안한데 이건 패스해야겠어. 내용도 좋고 사진도 훌륭한데, 지금 당장 쓸 수 있는 기사가 아니야."

좋다. 툰데는 다른 언론사로 이메일 세 통을 더 쓰고 샤워를 한 뒤 진한 커피 한 주전자를 주문한다. 이메일 답신이 오기 시작했을 때 그는 마침 국제 뉴스 사이트를 보는 중이었다. 베사파라에는 별일이 없다. 그를 제치고 특종 기사를 낸 사람도 없었다. 이메일을 확인한다. 세 통의 거절 편지다. 모두가 별다른 이야깃거리가 없는 것 같다는 애매모호한 이유로 내뺀다.

사실 그는 내다 팔 시장이 필요하지 않다. 그냥 자신의 유튜브 채널에 올리면 그만이다.

호텔 와이파이로 로그인을 하니 유튜브가 없다. 이 지역에서는 이용이 불가능하다는 작은 공지만 떠 있을 뿐이다. VPN을 시도해 본다. 소용이 없다. 휴대폰 데이터도 마찬가지다.

피터의 말이 떠오른다. "그녀는 언론이 이 나라에서 사라지게 할 거예요."

파일을 이메일로 보내려 해도 그들이 가로챌 터다.

DVD를 굽는다. 사진과 영상, 기사 전부 다.

완충재를 덧댄 서류 봉투에 DVD를 넣은 후 주소를 쓰기 전에 잠시 망설인다. 결국 니나의 이름과 주소를 적는다. 안에는 "내가 가지러 갈 때까지 맡아 줘."라고 적은 메모지를 넣는다. 예전에도 그녀에게 물건을 맡긴 적이 있다. 책에 쓸 메모들, 여행 일지들. 가지고 다니거나 어느 텅 빈 아파트에 놓아두기보다 그녀에게 맡기는 편이 안전하다. 미국 대사에게 부탁해서 외교 행낭에 넣어 달라고 하리라.

타티아나 모스칼레프가 정말로 그런 시도를 하고 있다면 그는 자신이 온갖 것을 기록하고 있다는 사실을 아직 알리고 싶지 않다. 이 기사를 성공적으로 터뜨릴 수 있는 기회는 단 한 번뿐이리라. 이미 더 사소한 일로도 기자들이 추방되었다. 그는 그녀와 한번 추파를 나누었다는 사실이 혹시나 도움이 되리라는 헛된 희망 따위 품지 않는다.

바로 그날 오후에 호텔 쪽에서 그의 여권을 요구했다. 험난한 시기의 새로운 보안 정책이라면서.

비공무원들은 대부분 베사파라를 떠나는 중이다. 방탄조끼를 입은 소수의 종군 기자들이 여전히 북쪽 전방에 남아 있지만 본격적으로 전투가 시작되기 전까지 그곳에는 별로 기삿거리가 없으리라. 가식과 협박이 오 주 이상 계속되고 있다.

툰데는 머무른다. 칠레로 가서 대립 교황을 인터뷰하고 어머니 이브에 대한 의견을 취재하는 조건으로 막대한 금액의 제안이 들어오고 있지만 말이다. 그가 취재를 하러 온다면 성명서의 내용을 실행에 옮기겠다고 말하는 남성 테러 분파들이 늘어나고 있음에도 그는 머무른다. 여러 도시의 수많은 사람들을 인터뷰한다. 기본적인 루마니아어도 배운다. 동료와 친구 들이 도대체 거기에서 무엇을 하느냐고 물으면 새로운 민족 국가에 대한 책을 준비하고 있다고 답한다.

그러면 그들은 어깨를 으쓱하며 "그럼 됐고."라고 대꾸한다. 그는 새 교회들의 예배에도 참석해서 옛 교회들이 다른 목적으로 고쳐지거나 파괴되는 모습을 본다. 지하실에 동그랗게 둘러앉은 사람들 틈에서, 촛불 옆에 앉은 성직자가 예전 방식으로 예배를 집전하는 모습을 본다. 어머니가 아니라 아들이 중심이 되는 예배를. 예배가 끝난 뒤 성직자는 툰데를 오랫동안 꼭 껴안고 속삭인다. "우릴 잊지 마세요."

툰데는 경찰이 더 이상 남성 살인 사건을 조사하지 않는다는 말을 듣는다. 남성의 시체가 발견되면 과거 전적에 따라 갱단의 적절한 보복을 받았을 뿐이라고. 서쪽 마을의 지나치게 후덥지근한 거실에서 한 아버지가 그에게 말한다. "고작 열다섯 살밖에 안 된 어린 소년이 과거에 무슨 짓을 했겠습니까?"

툰데는 인터뷰 내용을 인터넷에 올리지 않는다. 그러면 어떻게 될지 뻔하다. 새벽 4시에 방문을 받고, 첫 비행기로 쫓겨날 것이다. 그는 새 나라에 휴가 온 관광객인 양 글을 쓴다. 매일 사진을 올린다. 댓글에는 이미 분노의 저류가 깔려 있다. 툰데, 왜 새 영상을 안 올리는 거야, 네 재치 있는 보도 기사는 어디로 갔어? 어쨌든 이런 식으로나마 그가 사라진다면 사람들이 알아차릴 것이다. 그 점이 중요하다.

육 주째에 접어들 무렵 타티아나에 의해 새로 임명된 법무부 장관이 기자 회견을 연다. 빈자리가 많다. 실내는 무척 답답하고, 벽지는 베이지색과 갈색 끈으로 도배되어 있다.

"최근 전 세계에서 잔혹한 테러가 일어나고, 이 나라가 우리의 적들을 위해 일하는 남자들에게 배신을 당한 후 우리는 오늘 법을 이끌어 갈 새로운 방주를 발표합니다. 우리 국민들은 우리를 파괴하려고 하는 집단의 손에서 너무 오랫동안 고통받아 왔습니다. 그들이 이길 경우에 어떻게 나올지 물어볼 필요도 없겠죠. 이미 보았으니까요. 우리는 배신자들로부터 우리를 보호해야만 합니다.

따라서 우리는 오늘부터 이 땅의 모든 남성이 여권, 여성 보호자의 이름이 명시된 기타 공식 서류를 의무적으로 지참해야 한다는 법을 도입할 것입니다. 남성은 여행 시에 여성 보호자의 서면 허가를 반드시 받아야 합니다. 우리는 남성들의 계략을 잘 알고 있으니 그들이 힘을 합치도록 놔두어서는 안 됩니다.

누이나 어머니, 아내, 딸, 친척 등의 보호자가 없는 남성은 반드시 경찰서에 신고해야 합니다. 이들은 공공의 안전을 위해 족쇄를 차고 강제 노동형을 받게 됩니다. 이 법을 어기는 남성은 누구든 사형에 처해질 것입니다. 외국인 기자들과 기타 노동자들도 예외가 아닙니다."

남자들이 시선을 교환한다. 끔찍한 인신매매 조직의 중간 기착지였던 시절부터 이곳에 머무르던 열 명 정도의 외신 기자들이다. 여자들은 경악하면서도 위로를 건네는 동료의 표정을 지으려고 애쓴다. "걱정하지 마세요. 오래가지 않을 거예요. 그동안 우리가 도와줄게요."라고 말하는 듯하다. 남자 몇몇은 자신을 보호하려는 듯이 가슴에 팔짱을 꼈다.

"남성은 나라 밖으로 돈이나 재산을 가져갈 수 없습니다."

법무부 장관이 서류를 넘긴다. 작은 글씨로 다닥다닥하게 인쇄된 기다란 목록이다.

남성은 앞으로 운전을 할 수 없다.

남성은 앞으로 사업체를 소유할 수 없다. 외신 기자와 사진작가들은 여성에게 고용되어야 한다.

남성은 여성이 자리하지 않으면 집에서라도 세 사람 이상의 모임을 주최할 수 없다.

남성은 앞으로 투표를 할 수 없다. 폭력적이고 천박한 과거를 통해 정치에 적합하지 않다는 사실이 증명되었기 때문이다.

이러한 법을 어기는 남성을 보았을 시 여성은 즉각 징계를 줄 수 있을 뿐만 아니라 반드시 그래야만 한다. 이 의무를 어기는 여성은 국가의 평화와 화합을 해치는 국가의 적이자 방조자로 간주한다.

그 밖에도 몇 쪽에 걸쳐 사소한 수정 사항이 이어진다. "여성 동반"이 무엇을 의미하는지에 대한 설명이 나오고, 자신들은 괴물이 아니므로 의료적으로 대단히 위급한 상황일 경우에는 나름대로 예외를 두었다고 한다. 장관이 계속 문서를 읽을수록 기자 회견장에는 침묵이 감돈다.

장관이 다 읽은 서류를 차분하게 자기 앞에 내려놓는다. 어깨는 느긋하고 얼굴에는 표정이 없다.

"이상입니다. 질문은 받지 않습니다."

바에서 《워싱턴 포스트》의 후퍼가 말한다. "난 신경 안 써. 떠날 거야."

벌써 몇 번이나 한 말이다. 그는 술잔에 위스키를 더 따르고 얼음을 세 개 넣은 뒤 거칠게 빙빙 돌리면서 주장을 펼친다.

"기자가 임무를 제대로 할 수도 없는 곳에 왜 남아 있어야 하지? 제대로 할 수 있는 곳은 널렸잖아? 이란에서 분명 뭔가 터질 거야.

난 이란으로 가겠어."

"이란에서 뭔가 터지면 남자들은 어떻게 될 거라고 생각해?" BBC
의 셈플이 느릿느릿 말한다.

후퍼가 고개를 젓는다. "이란은 아니야. 이렇지는 않을 거야. 하루
아침에 믿음을 바꾸고, 여자들한테 전부 다 양도하진 않을걸."

"이란 왕이 폐위되고 아야톨라가 권력을 잡았을 때도 하루아침에
바뀌었잖아? 순식간에 일어난 일이었다는 걸 기억하지?"

셈플의 말에 한순간 침묵이 이어진다.

"그래서 어쩌라고? 다 포기해? 집에 돌아가서 원예부 편집자나 할
까? 넌 잘 어울리겠어. 방탄조끼를 입고 다년초 화단에 서 있으면 되
겠어."

셈플이 어깨를 으쓱한다. "난 여왕 폐하의 보호를 받는 영국인이
야. 온당한 범위 안에서 법을 준수하고 취재도 할 거야."

"뭘 취재할 건데? 호텔 방에서 여자한테 당하기만을 기다리는 일
에 대해?"

셈플이 아랫입술을 삐죽거린다. "여기에서 더 악화되지는 않을 거
야."

툰데는 그들 옆 테이블에 앉아서 잠자코 듣고 있다. 술을 마시지
는 않지만 커다란 위스키를 주문했다. 남자들은 취해서 소리를 지른
다. 여자들은 조용히 남자들을 바라본다. 저 남자들은 왠지 모르게
나약하고 필사적으로 보인다. 툰데의 눈에는 여자들이 동정하는 듯
하다.

한 여자가 툰데에게도 들릴 정도로 크게 말한다. "우리가 원하는
곳으로 데려다줄게. 말도 안 되는 법이야. 어디 가고 싶은지 말해. 예

전하고 그냥 똑같을 거야."

후퍼가 셈플의 소매를 움켜잡고 말한다. "넌 빨리 여길 떠나. 다 잊어버리고 첫 비행기로 떠나라고."

한 여자가 말한다. "맞아. 이렇게 비열한 나라 때문에 목숨을 잃는다면 허무하잖아?"

툰데는 천천히 프런트 데스크로 걸어간다. 나이 지긋한 노르웨이인 부부가 계산을 할 때까지 기다린다. 바깥에서 대기 중인 택시는 그들의 짐을 싣고 있다. 부유한 나라에서 온 사람들이 대부분 그렇듯이 그들도 가능할 때 이곳을 떠나려는 것이다. 미니바 영수증의 항목과 부가 가치세를 따져 본 뒤에 떠나리라.

프런트 데스크에는 직원이 한 명뿐이다. 머리카락이 여기저기 한 무더기씩 잿빛으로 굳어 있고 나머지는 까맣고 굵고 촘촘한 곱슬머리다. 육십 대 정도로 보이는, 분명히 풍부한 경험을 가진 믿을 수 있는 직원일 터다.

툰데가 미소 짓는다. 같은 편이라고 말하는 듯한 편안한 웃음이다.

"이상한 세상이네요."

남자도 고개를 끄덕인다. "그렇죠."

"앞으로 어떻게 할지 결정하셨습니까?"

그가 어깨를 으쓱한다.

"맡아 줄 가족이 있으세요?"

"딸이 서쪽으로 세 시간 거리 마을에서 농장을 합니다. 딸에게 가려고요."

"여행을 허락해 줄까요?"

남자가 얼굴을 든다. 눈의 흰자가 누렇고 실핏줄이 동공으로 이어서 있다. 그는 5~6초가량 오랫동안 툰데를 바라본다.

"하나님이 허락하신다면 가능하겠지요."

툰데는 느리게 한 손을 주머니로 가져간다. "저도 오래전부터 여행을 하려고 생각했는데." 그는 말을 멈추고 기다린다.

남자는 더 이상 묻지 않는다. 좋은 조짐이다.

"물론 여행에 필요한 한두 가지를…… 제가 더 이상은 가지고 있지 못하지만요. 꼭 가지고 떠나야 할 것들. 언제 떠나든 말입니다."

남자는 여전히 아무 말도 하지 않지만 천천히 고개를 끄덕인다.

툰데는 자연스럽게 양손을 모으고 지폐를 데스크의 서류철 아래로 밀어 넣는다. 모퉁이 부분만 튀어나오도록. 50달러 지폐 열 장이 펼쳐져 있다. 미국 달러라는 점이 가장 중요하다.

남자의 느리고 규칙적인 호흡이 잠깐 동안 멈춘다.

툰데가 쾌활하게 말한다. "누구나 자유를 원하죠. 이제 그만 자러 가야겠네요. 스카치 한 잔 올려 주실 수 있나요? 614호입니다. 되도록 빠르면 좋습니다."

남자가 말한다. "제가 잠시 후에 직접 가져가죠."

방에서 툰데는 텔레비전을 켠다. 크리스틴이 말하고 있다. 사분기 전망은 좋지 않네요. 매트가 매력적은 웃음을 내보이며 말한다. 전 그런 일은 잘 모르지만 확실하게 아는 게 있죠. 바로 물에 뜬 사과를 입으로 건져 올리기!

정책 방송 'C-Span'에서는 "격동 지역"에 대한 "강력한 군사적 탄압" 내용을 짧게 요약하고, 아이다호에서 일어난 테러에 관해 자세히 보도한다. UrbanDox가 이끄는 바보 천치들은 이목을 끄는 데 성공했다. 이제 남성 인권을 다룰 때 그들의 이야기가 꼭 등장한다. 그들의 음모론과 폭력, 억제 필요성에 대해서 말이다. 이곳 베사파라에서 일어나는 일에 대해 알고 싶어 하는 사람은 없다. 진실은 시장이 간단하게 포장해서 팔기에는 훨씬 복잡한 상품이기 마련이다. 날씨 정보가 나온다.

툰데는 백팩을 챙긴다. 갈아입을 옷 두 벌, 노트, 노트북, 휴대폰, 물병. 전기나 배터리를 이용할 수 없을 때도 분명 있을 것이므로 구식 카메라와 필름 마흔 통도 챙긴다. 망설이다가 양말 몇 켤레를 더 쑤셔 넣는다. 두려움과 분노, 광기뿐만 아니라 예상치 못한 흥분감도 샘솟는다. 바보 같다고, 심각한 상황이라고 자신을 꾸짖는다. 그때 노크 소리가 들려서 소스라치게 놀란다.

그는 문을 열어 주면서 나이 지긋한 직원이 자신을 오해했을지도 모른다고 잠깐 생각해 본다. 쟁반에는 직사각형의 컵 받침 위에 놓인 위스키잔뿐이다. 좀 더 자세히 보니 컵 받침 아래에 그의 여권이 보인다.

"고맙습니다. 이게 바로 저한테 필요한 거였어요."

남자는 고개를 끄덕인다. 툰데는 위스키 값을 지불하고 여권을 바지 호주머니에 넣은 뒤 지퍼로 잠근다.

그는 새벽 4시 30분까지 기다렸다가 떠난다. 복도가 조용하고 조명은 은은하다. 문을 열고 추운 바깥으로 나설 때 경보도 울리지 않고 막아서는 사람도 없다. 마치 지난 오후의 일이 꿈이었던 것처럼.

툰데는 텅 빈 밤길을 건넌다. 멀리서 울리는 개 짖는 소리를 들으며 처음에는 조깅을 하는 속도로 달리다가 성큼성큼 걷는다. 한 손을 주머니에 넣어 보니 호텔 방 열쇠가 들어 있다. 반짝이는 놋쇠 열쇠를 버리거나 우체통에 넣을까 하다가 주머니에 도로 넣는다. 열쇠를 가지고 있는 한 614호 방이, 그가 떠날 때의 상태 그대로 언제까지나 기다리고 있으리라 상상할 수 있으니까. 정리되지 않은 침대, 책상 옆의 아침 신문, 침대 옆 협탁에 나란히 놓인 깨끗한 구두, 절반이 텅 빈 채로 열려 있는 여행 가방 구석에 던져 놓은 지저분한 바지와 양말.

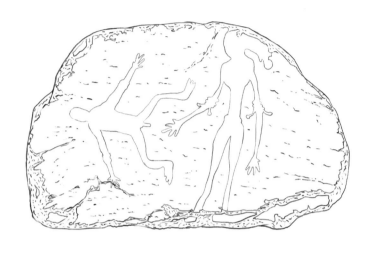

프랑스 북부에서 발견된 약 4000년 전의 암석화. 남성의 성기를 훼손하는, 이른바 '억제' 절차를 표현했다. 남성이 사춘기에 접어들면 성기의 신경 말단을 태웠다. 오늘날까지도 몇몇 유럽 국가에서 행해지는 이 절차를 받고 나면 여성이 타래로 자극하지 않는 한 발기할 수 없다. '성기 억제'를 당한 남성의 대다수가 상시 고통을 느낀다.

7개월도 남지 않다

앨리

록시 몽크가 사라졌다. 앨리는 그녀를 파티장에서 보았고 직원들도 나가는 모습을 보았다고 했다. 보안 카메라에도 차를 몰고 도시를 떠나는 모습이 찍혔지만 그 후로는 흔적이 없었다. 그녀가 북쪽으로 갔다는 것이 알려진 전부였다. 팔 주가 흘렀다. 팔 주 동안 아무런 단서도 나오지 않았다.

앨리는 화상 채팅으로 대럴과 대화를 나누었다. 그의 안색은 영 좋지 않다. "잘 추스르려는 중입니다." 그가 말한다. 대럴은 록시를 찾으려고 시골을 뒤졌다. "그들한테 잡힌 거라면 나를 잡으려도 올 거예요. 계속 찾을 겁니다. 시체로 발견되더라도. 무슨 일이 일어났는지 알아야 하니까요."

알아야만 한다. 앨리는 그동안 온갖 끔찍하고 말도 안 되는 생각을 했다. 타티아나는 록시가 자신을 북몰도바에 팔아넘겼다고 극심한 편집증으로 확신했다. 새로운 적의가 발견될 때마다 록시가 자신

317

을 팔아넘겼으며, 심지어 적들에게 글리터까지 내주었다고 해석했다. 타티아나는 예측 불가능해지고 있다. 때로는 어머니 이브를 그 누구보다 신뢰하는 듯하다. 자신에게 무슨 일이 생길 경우에 어머니 이브를 사실상의 지도자로 추대하려는 법안까지 승인했다. 하지만 그녀는 더욱 분노 어린 폭력을 휘두르고 있다. 참모들에게 파워를 날려서 폭행하고 곁에 있는 사람들을 모두 배신자로 몰아세운다. 장군과 장교 들에게 모순적이고 기이한 지시를 내린다. 싸움이 있었다. 보복 단체가 성별 반역자 여성들과 잘못을 저지른 남성들이 숨어 사는 마을에 불을 질렀다. 일부 마을들은 맞서 싸웠다. 전쟁이 서서히 전국으로 확대된다. 명백한 적들 사이에 선포된 전쟁이 아니라 홍역처럼 한 군데, 두 군데, 세 군데로 퍼져 나간다. 모두의 모두에 대한 투쟁.

앨리는 록시가 그립다. 이전까지 록시가 자신의 마음속에 그토록 한자리를 차지하고 있었는지 몰랐다. 그녀는 두렵다. 친구에 대해 생각해 본 적이 없었다. 친구는 그녀가 특별히 필요하거나 부족하다고 느끼는 부분이 아니었다. 친구를 잃기 전까지는 말이다. 앨리는 걱정이 된다. 처음에는 까마귀를, 그리고 하얀 비둘기를 보내서 좋은 소식을 찾고자 하는 꿈도 꾸지만 바람결에조차 아무런 소식이 들려오지 않는다.

수백 킬로미터 범위 안에서 어디를 찾아야 하는지만 알 수 있다면 수색대를 보내서 숲을 뒤질 텐데.

그녀는 어머니에게 기도한다. 제발 무사히 돌려보내 주세요, 제발.

목소리가 말한다. 그 어떤 약속도 할 수가 없구나.

록시는 적이 많았어요. 그런 사람들은 원래 적이 많잖아요.

너는 적이 없을 것 같으냐?

제 편 맞으세요?

난 항상 이 자리에 있다. 예전에 쉽지 않다는 말을 했었지?

제 소유로 만드는 방법밖에 없다고도 하셨잖아요.

그럼 어떻게 해야 하는지 알겠구나.

앨리는 자신에게 말한다. 이제 그만하자. 그만해. 그녀도 다른 사람들과 똑같을 뿐이야. 모든 것이 사라져도 나는 살아남을 거야. 너에게서 잘라 버려.

그 애가 차지하는 자리를 닫아 버려. 펄펄 끓는 물을 붓고 죽여 버려. 넌 그 애가 필요하지 않아. 넌 살아남을 거야.

앨리는 두렵다.

앨리는 안전하지 않다.

어떻게 해야 하는지 안다.

안전할 수 있는 방법은, 지금 머무는 장소를 자신의 것으로 만드는 일뿐.

새벽 3시가 지난 늦은 시각, 타티아나가 그녀를 부른다. 타티아나는 불면증에 시달렸다. 복수, 궁내의 스파이, 칼을 든 괴한이 나오는 악몽을 꾸고 한밤중에 깬다. 그럴 때면 어머니 이브를 찾는다. 영적 조언자인 어머니 이브가 침대의 끄트머리에 앉아 타티아나가 다시 잠들 때까지 위로의 말을 건넨다.

침실은 진홍색 양단과 호랑이 가죽으로 장식되어 있다. 타티아나는 저녁에 침대에서 누구랑 시간을 보냈든 잘 때 만큼은 혼자다.

"그들이 내 모든 것을 빼앗아 갈 거예요."

앨리는 그녀의 손을 잡고 곤두선 신경 말단을 따라 어지러운 머릿속까지 어루만진다. "하나님이 함께 계십니다. 승리하실 거예요."

이렇게 말하면서 타티아나의 머릿속 이곳저곳을 신중하게, 미리 계산한 만큼만 누른다. 타티아나는 아무것도 느낄 수 없다. 뉴런 몇 개의 회로만 바꿔 주었으니까. 살짝 억누르고 극미하게 들어 올린다.

"맞아요. 나도 그렇게 생각해요."

장하다. 목소리가 말한다.

"장하십니다." 앨리의 말에 타티아나가 고분고분한 아이처럼 고개를 끄덕인다.

앨리는 앞으로 더 많은 사람들이 이 기술을 배우게 되리라고 생각한다. 지금 이 순간 어딘가에서 젊은 여성이 아버지나 형제를 달래거나 통제하는 법을 깨우치고 있는지도 모른다. 결국 남을 해치는 능력은 단지 시작일 뿐이라는 사실을 다른 사람들도 깨닫게 되리라. 록시는 이것을 일종의 중독을 일으키는 '입문 마약'이라고 말할 것이다.

"이 서류에 서명하고 싶지요?" 앨리가 말한다.

타티아나가 졸린 듯 고개를 끄덕인다.

"당신은 깊이 생각했어요. 교회가 국경 지역에 자체적인 법규를 강화할 수 있는 권한을 가져야 한다고 말이에요. 그렇지요?"

타티아나가 침대 옆 협탁에서 펜을 들어 경련하듯 서명을 한다. 눈을 감고서 이름을 쓰고는 베개로 푹 쓰러진다.

목소리가 묻는다. 얼마나 오래전부터 계획한 일이니?

제가 너무 빨리 움직이면 미국인들이 의심할 거예요. 록시를 위해서 준비한 거예요. 제가 직접 나서면 사람들을 설득하기 어려울 테니까.

통제하기가 점점 더 힘들어지는구나. 너도 알고 있겠지.

우리가 하는 일 때문이에요. 이 여자의 머릿속 화학 물질이 잘못되어 가고 있거든요. 하지만 효과가 영원하진 않을 거예요. 이 나라를 내 것으로 만들 거예요. 그럼 전 안전할 수 있어요.

대럴

빌어먹을 UN 때문에 수송물이 엉망이다. 대럴은 자기 쪽으로 돌아오는 트럭을 쳐다본다. 숲에 물건을 버렸고, 300만 파운드어치의 글리터가 비 때문에 땅속으로 사라졌다. 그것만 해도 충분히 나쁜 상황인데 설상가상으로 국경에서 추격을 당했다. 군인들을 피하기 위해서 힘들게 숲을 지났다. 불행히도 흔적을 남기고 말았다. 국경에서 도망칠 때 이 방향으로 향하면 추적 경로가 좁혀질 터다.

"젠장!" 대럴이 트럭 바퀴를 발로 찬다. 흉터가 팽팽해지고 타래가 분노로 웅웅거린다. 생각보다 더 큰 소리로 한 번 더 외친다. "젠장!"

창고 안이다. 몇 명의 여자가 힐끔 쳐다본다. 무슨 일인지 확인하려고 두어 명이 밴 쪽으로 걸어온다.

운전사 한 사람이 무게 중심을 다른 발로 옮기며 말한다. "전에 물건을 버려야만 할 때 록시는 항상……."

"록시가 항상 뭘 어쨌든 무슨 상관이야!" 대럴이 약간 성급하게 소리치자 여자들이 서로를 쳐다본다. 그가 기세를 꺾는다. "내 말은 록시가 예전과 똑같은 방식을 쓰길 원치 않을 거라는 말이야. 그렇지?"

여자들이 또 시선을 교환한다.

대럴은 침착하고 권위 있는 목소리로 좀 더 느긋하게 말하려고 한
다. 여자들을 관리해 주던 록시가 없어서, 그는 여자들과 있을 때면
초조해한다. 그에게 타래가 있다는 사실이 알려지면 나아지겠지만
지금은 놀라운 일을 더 이상 만들 때가 아니다. 아버지는 상처가 나
을 때까지, 런던으로 돌아올 때까지 비밀로 하라고 당부했다.

"일주일 동안 눈에 띄지 말고 조용히 있자. 수송도 그만하고 국경
도 넘지 마. 잠잠해지게 하는 거야."

여자들이 고개를 끄덕인다.

대럴은 저들이 물건을 빼돌리는지 어떻게 알 수 있을까, 하고 생
각한다. 알 길이 없다. 물건을 빼돌리고는 발각될까 봐 숲에다 버렸
다고 할지 어찌 알겠는가? 젠장. 저들이 그를 그만큼 두려워하지 않
는다는 점이 문제다.

느리고 아둔한 여자, 이리나가 얼굴을 찌푸리며 입술을 삐쭉 내민
다. "후견인 있어?"

또 저 소리다.

"응, 이리나. 록산느 누나가 내 후견인이야. 알지? 여기 운영자이
고 공장 소유주잖아."

"하지만…… 록산느는 사라졌잖아."

"휴가 간 거야. 돌아올 거야. 그동안 내가 대신 관리하는 거고."

이리나가 얼굴을 더욱 찡그린다. 이마에 깊은 주름이 생긴다. "나
도 뉴스를 보거든. 후견인이 죽거나 행방불명되면 새로운 후견인을
지정해야 한다고."

"록산느는 죽지 않았어, 이리나. 행방불명되지도 않았어. 단지……
여기 없을 뿐이야. 중요한…… 일 때문에 자리를 비운 거라고. 돌아

올 거야. 그동안 나더러 잘 봐 달라고 했어."

이리나는 방금 들은 새로운 정보를 흡수하려는 듯이 고개를 갸웃거린다. 대럴은 그녀의 목뼈가 딸깍거리는 소리까지 들리는 듯하다.

"록산느가 없는데 뭘 해야 하는지 어떻게 알아?"

"나한테 메시지로 알려 줘. 알겠어, 이리나? 이메일과 문자 메시지로 알려 준다고. 내가 지금 하는 일들은 다 록산느가 지시한 거야. 누나가 시키지 않은 일은 절대로 안 해. 내가 하라는 대로 하면 록산느가 하라는 대로 하는 거라고."

이리나가 눈을 끔뻑거린다. "그래, 메시지는 몰랐네. 알았어."

"그래. 그럼…… 다른 용건은 없고?"

이리나가 그를 빤히 쳐다본다. 아, 빨리 생각 좀 해 봐. 그 거대한 머릿속에 뭐가 있는 거야?

"네 아버지."

"어? 우리 아버지가 뭐?"

"아버지가 메시지를 남겼어. 연락해 달래."

수화기 건너편의 런던에서 들려오는 버니의 목소리가 낮게 울려 퍼진다. 실망에 찬 아버지의 목소리는 늘 그렇듯 대럴을 겁에 질리게 한다.

"못 찾았다고?"

"아무것도요."

대럴은 숨죽인 목소리로 말한다. 공장 사무실의 벽은 얇다.

"어디 구멍으로 기어들어 가서 죽었는지도 몰라요. 의사 말 들으셨잖아요. 타래를 제거하면 절반 이상이 쇼크로 죽는다고. 출혈도 심하고 외진 곳이었다고요. 벌써 두 달이나 됐는데 죽었을 거예요."

"기쁘다는 듯이 말할 필요는 없다. 그 애는 내 딸이었으니까."

버니는 어떻게 되리라고 생각했을까? 그런 일을 당하고도 록시가 돌아와서 사업을 운영할 것이라고? 죽었기를 바라는 편이 낫다.

"죄송해요, 아빠."

"이러는 편이 낫다. 이게 맞아. 그래서 우리가 그런 거야. 그 애를 해치기 위해서가 아니라."

"맞아요, 아빠."

"잘 아물고 있니? 느낌은 어떠냐?"

타래가 꿈틀거리고 경련을 일으켜서 잠자리에 들 때면 한 시간마다 깬다. 의사들이 처방한 약과 글리터를 함께 복용하는 터라 타래를 통제하는 신경이 따로 생겨나고 있다. 그러나 가슴에 독사가 들어 있는 것만 같다.

"좋아요, 아빠. 의사도 경과가 좋대요. 작동하고 있어요."

"언제 써 볼 준비가 되겠어?"

"거의 됐어요. 한두 주만 더 지나면."

"잘됐다. 이제 시작일 뿐이다."

"알아요." 대럴이 미소 짓는다. "전 무시무시한 놈이 될 거예요. 아버지랑 같이 미팅에 나가서 아무도 예상하지 못할 때 한 방 먹이는 거죠."

"네 수술이 성공한다면 어디든 팔 수 있어. 중국, 러시아 등 범죄자들이 있는 곳이라면 어디든지. 다들 타래 이식을 하려고 할 거야."

"돈이 엄청 벌리겠죠."

"그렇지."

조슬린

마고는 테러 공격의 충격과 트라우마를 염려해서 조슬린에게 심리 상담을 받게 했다. 조슬린은 상담사에게 그 남자를 죽일 작정은 아니었다고 말하지 않았다. 남자가 총을 가지고 있지 않았다는 말도 하지 않았다. 노스스타 인더스트리에서 돈을 받는 상담사이니 안전하지 않을 것 같았다. 그래서 일반적인 이야기만 했다.

라이언에 대한 이야기는 했다.

"그가 강하고 통제력 있는 날 좋아해 주길 바랐어요."

"다른 이유에서 널 좋아했을 수도 있어."

"다른 이유로 나를 좋아하기를 바라지 않아요. 내 자신이 혐오스러워질 뿐이니까. 왜 나를 다른 여자애들하고 다른 이유로 좋아해야 하는데요? 내가 약하다는 거예요?"

조슬린은 다시 라이언과 연락하고 지낸다는 말 또한 상담사에게 하지 않았다. 노스스타 캠프 사건이 일어난 뒤에 그가 새로운 이메일 주소를 이용해서 연락을 해 왔다. 그녀는 그와 연락하고 싶지 않다고, 테러리스트와 연락을 할 순 없다고 말했다. "뭐라고?"

게시판에 글을 쓴 사람은 자기가 아니라고, 라이언은 몇 달에 걸쳐 그녀를 설득했다. 조슬린은 누구의 말을 믿어야 할지 아직도 모르겠다. 하지만 엄마는 스스로도 자각하지 못할 만큼 거짓말이 습관화되어 있다. 엄마가 의도적으로 거짓말을 했을지도 모른다는 사실을 깨달았을 때, 조슬린은 간담이 서늘해지는 기분이었다.

"네 엄마는 내가 널 있는 그대로 좋아한다는 걸 싫어하셔." 라이언이 말한다.

"내 문제 때문이 아니라, 문제가 있음에도 불구하고 날 좋아해 줬으면 좋겠어."

"난 그저 널 사랑할 뿐이야. 네 모든 걸."

"넌 내가 약하기 때문에 좋아하는 거야. 네가 날 약하다고 생각하는 게 싫어."

"넌 약하지 않아. 절대 약하지 않다고. 널 제대로 알고 사랑하는 사람들이라면 그렇게 생각 안 해. 네가 어떻든 무슨 상관이겠어? 약함도 허용되는 세상이야."

바로 그게 문제였다.

광고에는 젊고 당당한 여자들이 매력적인 남자들 앞에서 긴 포물선을 과시하는 모습이 나온다. 음료수나 스니커즈, 껌 같은 상품을 파는 광고이지만 소녀들에게 은밀하게 다른 것도 판다. 강해져야 한다고, 그래야 원하는 것을 손에 넣을 수 있다는 메시지를.

문제는 그런 분위기가 사방에 존재한다는 사실이다. 그게 싫다면 다른 메시지를 찾으려는 이상한 사람들의 말에 귀 기울이면 된다. 그들이 하는 말이 전부 다 맞는 것도 아니고 가끔 미친 소리처럼 들리기도 한다.

「모닝 쇼」의 진행자였던 톰 홉슨은 이제 웹 사이트를 운영한다. UrbanDox, BabeTruth 같은 이들과 합류했다. 조스는 혼자 있을 때 휴대폰으로 읽어 보았다. 톰 홉슨의 웹 사이트에 올라온 베사파라의 이야기는 조스로서는 믿지 못할 내용들이다. 고문과 실험, 국경 근처 북쪽에서 제멋대로 행동하는 여성 단체들, 마음대로 남자들을 살해하고 강간하는 현실. 조슬린도 베사파라의 사람들을 만나 본 적 있지만 대부분은 친절했다. 전쟁 중이므로 수정 헌법이 합리적이라고 말하는 남자들도 있었다. 여자들은 집에 초대해서 차를 대접해 주었다.

쉽게 믿을 수 있는 것들도 있다. 톰은 지금 조슬린이 머무는 베사파라에서 라이언 같은 소년들에게 실험을 하고 있다고 폭로하였다. 신체를 해부해서 연구하고, 글리터라는 불법 약품을 잔뜩 주입시킨다. 조슬린이 있는 곳과 가까운 지역에서 글리터가 거래된다고. 톰은 그 위치를 아예 구글 지도로 게재하였다. 현재 조슬린이 있는 베사파라 남쪽에 미국 육군이 주둔하는 이유는, 글리터의 공급을 보호하기 위해서라고 톰은 말한다. 마고 클리어리가 범죄 조직으로부터 글리터를 받아서 노스스타로 수송하고, 미군한테 높은 가격에 팔려고 말이다.

일 년 전부터 육군에서 조슬린의 "상태" 때문이라며 자주색과 흰색의 가루를 사흘에 한 번씩 주었다. 라이언이 알려 준 사이트에서는 그 가루가 타래 이상이 있는 여자들의 상태를 더욱 악화시킨다고 했다. 기복이 더 심해지고, 가루에 의존성도 생긴다고.

하지만 조슬린은 이제 괜찮다. 기적과도 같았다고 말하고 싶지만 '같은 정도'가 아니라 실제로 기적 '그 자체'였다. 그 덕분에 지금 그녀가 있다. 그녀는 숙소의 이층 침대에 누워 매일 밤 어둠 속에서 기도한다. 눈을 감고 "감사합니다. 감사합니다. 감사합니다."라고 속삭인다. 그녀는 치유되었다. 이제 괜찮다. 자신이 구원받은 이유가 있으리라고 생각한다.

조스는 매트리스 아래에 넣어 둔, 아직 사용하지 않은 가루 봉지를 본다. 그리고 톰 홉슨의 사이트에 올라온 사진도 확인한다.

라이언에게 문자를 보낸다. 라이언이 삼 주에 한 번씩 바꾸는 선불 휴대폰 번호다.

"정말로 너네 엄마가 마약 조직과 거래했다고 믿어?"

"엄마라면 그런 기회를 놓치지 않을 거야."

조슬린은 쉬는 날 부대에서 지프차를 빌린다. 시골에서 드라이브를 하고 친구들도 만나려 한다고. 차기 대선에 출마할 상원 의원이자 노스스타 대주주의 딸이니 당연히 안 될 이유가 없다.

그녀는 톰 홉슨의 웹 사이트에 올라온 지도를 인쇄해서 나간다. 그의 말이 사실이라면 육십 킬로미터밖에 떨어지지 않은 장소에 베사파라의 마약 제조 공장이 있다. 몇 주 전에 이상한 일도 있었지 않은가. 부대 여군들이 숲속에서 미등록 밴을 추격했다. 결국 놓쳤고 북몰도바의 테러 위협이리라고 보고했다. 하지만 조스는 진상을 알고 있다.

가벼운 마음으로 지프차에 오른다. 반나절 휴가다. 태양이 밝게 빛난다. 공장이 위치한 곳으로 가서 직접 뭐가 있는지 살펴볼 참이다. 마음이 가볍다. 타래도 요즘 늘 그렇듯이 힘차게 진동하고 기분이 좋다. 그녀는 정상이다. 모험이나 마찬가지다. 최악의 경우라 해도 그저 기분 좋게 드라이브를 즐기면 그만이다. 그래도 온라인에 올릴 사진 정도는 찍어야 한다. 예상보다 큰일이고, 엄마에게 불리한 정황을 발견하게 될 수도 있다. 그녀가 엄마에게 이메일을 보내서 내 인생을 내 맘대로 살게 내버려 두지 않으면 지금 당장《워싱턴 포스트》에 폭로하겠다고 협박할 수 있을 만한 것. 그런 사진을 건질 수만 있다면 좋은 하루가 될 것이다.

툰데

처음에는 전혀 어렵지 않았다. 그는 도심으로부터 벗어나 위성 도시들을 여행하고 그다음에는 산으로 향했다. 그때 머물 곳을 제공해 주는 친구들을 쉽게 사귀었다. 베사파라와 북몰도바를 잘 아는 데다, 까마득히 오래전이지만 아와디아티프 관련 기사를 취재할 때 이곳을 여행한 적도 있다. 신기할 정도로 안전함을 느낀다.

일반적으로 정권은 하루아침에 바뀌지 않는다. 새로운 여자들에게 제지 공장이 어떻게 돌아가는지 알려 주고, 밀가루 주문과 재고 확인을 어떻게 하는지 알려 줄 기존 남자들이 한동안 자리를 지켜야 하는 법이다. 전국적으로 남자들이 여전히 공장을 운영하고 여자들은 새로운 법에 대해 소곤거리며 개헌을 강화해 줄 사건이 언제 일어날까 의아해하고 있다. 툰데는 처음 몇 주 동안은 새로운 법령과 길거리 농성, 멍한 눈으로 집에 갇혀 버린 남자들의 모습 따위를 사진에 담았다. 몇 주간 여행하면서 눈에 보이는 것들을 하나하나 기록하려는 계획이었다. USB와 뉴욕에 사는 니나의 아파트로 보낸 노트에서 툰데를 기다리는, 그의 책에 들어갈 마지막 장을 위해서.

그는 산지에서 극단적인 사건들이 일어났다는 소문을 들었다. 물론 소문을 정확하게 이야기하는 사람은 아무도 없다. 퇴보하는 시골 사람들 그리고 정권과 독재자가 수없이 바뀌는 동안에도 절대로 밝혀지지 않은 그곳의 어둠에 대해 암울하게 이야기할 뿐이었다. 타티아나 모스칼레프의 파티에서 만난 웨이터 피터는 말했었다. "그곳에서는 여자들의 눈을 멀게 했어요. 처음 파워가 나타나자마자 그곳 남자들, 지도자들이 전부 실명하게 했죠. 저도 들은 얘기예요. 뜨겁게 달군 쇠로 눈을 지졌대요. 남자들이 계속 우두머리 노릇을 하려고."

"지금은?"

피터는 고개를 저었다. "지금은 아무도 거기에 안 가요."

그래서 툰데는 또 다른 목표를 이루기 위해서 산으로 걸어가겠노라 결심했다.

팔 주 뒤부터 상황이 나빠지기 시작했다. 그는 커다란 청록색 호수 가장자리에 위치한 어느 마을에 도착했다. 일요일 아침에 주린 배를 안고 거리를 걷다가 빵집에 도착했다. 열린 문으로 뿌연 수증기와 맛있는 이스트 냄새가 거리로 새어 나왔다.

그는 카운터의 남자에게 동전 몇 개를 주고 푹신하게 잘 식은 하얀 롤빵을 가리켰다. 남자는 벌써 익숙해진 '양손을 책처럼 펼치는' 동작으로 툰데에게 서류를 보여 달라고 요구했다. 점점 자주 생기는 일이었다. 툰데는 여권과 뉴스 취재 자격증을 보여 주었다.

남자는 후견인을 알려 주는 도장을 확인하려고 여권을 획획 넘겼다. 그다음에는 툰데도 잘 알듯이 "오늘 밖에 나와서 물건을 사도 된다."라고 후견인으로부터 서명을 받아야만 했다. 남자는 신중하게 여권을 한 쪽씩 넘겼다. 꼼꼼하게 확인한 뒤 약간 두려움에 찬 표정으로 또다시 "서류"를 보여 달라고 손짓한다. 툰데는 미소 지으며 어깨를 으쓱하고 고개를 갸우뚱한다.

"에이, 봐주세요." 툰데는 남자가 영어를 하지 못하는 것이 분명한데도 거듭 말한다. "빵 하나 사는 건데요. 제가 가진 서류는 그게 다예요."

지금까지는 그 방법이 통했다. 대개는 이쯤에 외신 기자에게 미소를 지어 보이거나 서투른 영어로 다음부터는 제대로 된 서류를 가지고 다니라고 설교를 했다. 그러면 툰데는 사과와 함께 매력적인 미소를 보여 준 다음, 구입한 음식이나 필요한 물건을 가지고 가게 밖으로 나가면 되었다.

그런데 이번에는 카운터의 남자가 또다시 고개를 젓는다. 벽에 걸린 러시아어로 된 안내문을 가리킨다. 툰데가 어학책의 도움으로 해석해 보니 대충 "서류가 미비한 자를 도와주다가 발각되면 벌금 5000달러"라는 내용이었다.

툰데는 미소 지으며 아무것도 없다는 뜻으로 손바닥을 펼쳤다. 한 손을 눈가에 올리고 '주변을' 살피면서 저 먼 곳까지 둘러보는 시늉을 했다.

"보는 사람도 없잖아요. 아무한테도 말하지 않을게요."

남자는 다시 고개를 저었다. 카운터를 두 손으로 움켜잡고 손등을 내려다보았다. 소매 단추와 손목이 만나는 부분에 긴 소용돌이 모양의 흉터가 있었다. 예전 흉터에 새로운 흉터가 덧입혀 있었다. 양치식물 모양의 나선. 셔츠 위로 드러난 목 부분에도 흉터가 있었다. 그는 고개를 흔들더니 아래를 보며 계속 기다렸다. 툰데는 카운터에서 여권을 집어 빵집을 나왔다. 열린 문가에 서서 그를 바라보는 여자들이 있었다.

그에게 음식이나 작은 캠핑용 스토브 연료를 팔려는 남자와 여자들이 갈수록 줄어들었다. 툰데는 친절한 사람을 알아보는 감각이 생겼다. 집 밖에 앉아서 카드놀이를 하는 나이 많은 남자들은 그에게 뭔가를 주었다. 잠자리를 제공해 주기도 했다. 젊은 남자들은 너무 겁이 많았다. 여자들에게는 말을 해 봤자 소용이 없었다. 눈을 마주치는 일조차 위험했다.

툰데는 길에 모여서 하늘을 향해 포물선을 그리며 웃고 떠드는 여자들 곁을 지나칠 때면 속으로 되뇌었다. 난 여기 없는 거야, 난 아무것도 아니다, 제발 날 보지 마라, 내가 안 보일 거야, 볼 것도 없어.

그들은 처음에 루마니아어로, 그다음에는 영어로 소리쳤다. 툰데는 돌바닥만 쳐다보았다. 여자들이 외설스럽고 인종 차별적인 몇 마디 말을 외치기는 했지만 그냥 보내 주었다.

그는 일기에 이렇게 적었다. "오늘 길 위에서 처음 두려움을 느꼈다." 마른 잉크를 손으로 훑었다. 진실은 가까이에서 마주할수록 가혹한 법이다.

열 번째 주가 절반 정도 지났을 무렵, 밝은 아침이 찾아왔다. 구름 사이로 태양이 모습을 드러내고 잠자리들이 초원을 날아다녔다. 툰데는 머릿속으로 계산을 했다. 앞으로 이 주 정도 버틸 수 있는 에너지바가 있고 예비 카메라에는 필름이 충분히 들었으며 휴대폰과 충전기도 안전했다. 한 주 뒤 산에 도착하면 일주일 동안 취재를 하고 이 기삿거리와는 작별을 할 작정이었다. 그 생각을 하느라 언덕 가장자리를 돌아갈 때 길 한가운데 말뚝에 무엇이 묶여 있는지 처음에는 보지 못했다.

새까만 머리카락이 눈을 가린 남자였다. 손목과 발목이 플라스틱 노끈으로 말뚝에 묶여 있었다. 양손이 뒤로 묶여서 어깨를 혹사시키고 있었다. 발목은 노끈으로 칭칭 감겼다. 줄과 매듭을 잘 모르는 사람이 급하게 한 짓이었다. 그저 꽉 묶어 놓고 가 버린 것이었다. 그의 몸에는 자줏빛과 검푸른 고통의 흔적이 생생했다. 목에는 러시아어로 딱 한 단어, '걸레'라고 쓰여 있었다. 죽은 지 이틀, 사흘 정도 된 듯했다.

툰데는 신중하게 시체를 사진에 담았다. 잔혹함에 담긴 아름다움과 예술적인 구성에 담긴 증오를 모두 포착하고 싶었다. 지켜보는 사람이 없는지 주변을 둘러보지도 않고 천천히 사진을 찍었다. 나중에 생각해 보니 정말로 어리석은 짓이었다. 그날 저녁 툰데는 자신이 미행당하고 있다는 사실을 처음 깨달았다.

시체가 있는 곳에서 십 킬로미터 넘게 걸어갔을까? 해가 저물고 있었다. 그때 마침 축 늘어진 머리와 까만 혓바닥이 뇌리에서 떠나지 않았다. 그는 길가를 따라 먼지 속에 촘촘하게 들어선 나무 사이를 지났다. 달이 떴고 나무 사이로 손톱 모양의 노란 달무리 같은 빛줄기가 비쳤다. 여기서 야영을 하자고, 침낭을 꺼내자는 생각이 때때로 들었다. 하지만 발이 자꾸만 걸음을 재촉했다. 머리카락이 커튼처럼 드리워진 얼굴로부터 멀어지려는 듯이. 새들의 지저귐이 밤하늘에 울려 퍼졌다. 눈앞의 어두운 숲속에서 오른편 나무 사이로 치직거리는 빛이 보였다.

작지만 틀림없었다. 흰색의 가느다란 필라멘트 같은 광선을 다른 것으로 착각할 사람은 없었다. 저기 어딘가에 여자가 있고 손바닥 사이로 포물선을 그리는 것이다. 툰데는 빠르게 숨을 들이마셨다.

누군가 불을 피웠거나 연인들의 장난일 수도 있다. 툰데의 발걸음이 더욱 빨라졌다. 그때 앞쪽에서 또 보였다. 의도적으로 길고 느릿하게 치직거리는 빛. 이번에는 흐릿한 얼굴까지 비추었다. 길게 늘어진 머리카락, 삐딱한 웃음. 그녀는 그를 보고 있었다. 멀리 떨어져 있고 빛도 희미하지만 분명히 알 수 있었다.

두려워하지 말자. 무사할 수 있는 방법은 두려워하지 않는 것뿐이야. 하지만 그의 동물적인 본능은 이미 두려워하고 있었다. 인간에게는 오래전부터 전해져 내려오는 믿음이 하나 있다. 사냥꾼이 되거나 사냥감이 되거나 둘 중 하나다. 자신이 어느 쪽인지 알고 그에 걸맞게 행동하라. 거기에 목숨이 걸렸다.

여자는 검푸른 어둠 속에서 또다시 불빛을 만든다. 생각보다 가까웠다. 낮게 깍깍거리는 웃음소리도 냈다. 맙소사, 미친 여자구나. 최악이었다. 이유 없이 괴롭힘을 당하거나 까닭 없이 죽을 수도 있으니까.

오른발 근처에서 나뭇가지가 부러졌다. 그가 밟았는지 그녀가 한 짓인지 알 수 없었다. 그는 달렸다. 흐느끼고 침을 꿀꺽 삼키면서. 뒤돌아보니 여자도 달리고 있다. 손바닥으로 나무에 불을 붙인다. 먼지 자욱한 나무껍질 사이, 바삭한 나뭇잎에. 툰데는 더욱 빠르게 달린다. 머릿속에는 한 가지 생각뿐이었다. 계속 달리면 분명히 안전한 곳이 나올 거야.

구불구불하고 경사진 언덕길 꼭대기에 이르렀을 때 일 킬로미터 밖에 떨어지지 않은 곳에 불 켜진 마을이 보였다.

그는 마을을 향해 달렸다. 저 조명이 있는 곳으로 가면 공포가 하얗게 타 버릴 터다.

그는 이 여행이 어떤 식으로 끝날지 오랫동안 생각했다. 경찰이 집집마다 돌며 후견인 서류를 제대로 갖추지 않은 남자들을 색출하고 다닌다며 얼른 떠나라고, 친구들이 신신당부했던 사흘째 날 저녁부터. 그날 밤 툰데는 생각했다. 언제든 끝낼 수 있다고. 휴대폰이 있으니 CNN 편집자에게, 혹은 니나에게도 이메일 한 통만 보내면 되었다. 위치를 말하면 찾으러 올 터였다. 비밀 취재를 하다가 구조된 영웅이 되리라.

지금이야. 지금이 바로 그때야.

그는 마을로 뛰어 들어갔다. 아래층 창문에 아직 불을 밝힌 집들이 있었다. 라디오나 텔레비전 소리가 새어 나오기도 했다. 고작 9시가 막 지났을 뿐이었다. 잠시 문을 두드리며 제발 도와주세요, 라고 소리칠까 생각했다. 하지만 불 켜진 창문 뒤로 어둠이 있을지도 모른다는 불안 때문에 차마 그러지는 못했다. 괴물들로 가득한 밤이었다.

5층 아파트 건물 측면에 비상계단이 보였다. 냉큼 달려가서 올라가기 시작했다. 3층을 지날 때, 바닥에 석 대의 에어컨이 쌓인 캄캄한 방이 보였다. 사람이 사용하지 않는 빈 창고였다. 손끝으로 창문을 밀어 보니 쉬이 열렸다. 곰팡내 풍기는 고요한 곳으로 굴러떨어졌다. 창문을 닫고 어둠 속에서 더듬더듬 원하는 것을 찾을 수 있었다. 전기 콘센트. 휴대폰을 꽂았다.

휴대폰이 켜지면서 소리가 났다. 라고스의 집 현관문 소리와 비슷했다. 이제 됐다. 화면에 불이 들어왔다. 따뜻한 빛을 입술로 가져다 대고 누르며 숨을 들이마셨다. 마음속은 이미 집에 가 있었다. 이곳에서 그곳까지 가기 위해 거쳐야 하는 자동차와 기차, 비행기, 늘어선 대기 줄, 보안 검색 따위는 하나도 중요하지 않았다.

재빨리 이메일을 보냈다. 니나와 테미에게, 그리고 최근에 함께 일한 세 명의 편집자에게. 우선 위치를 밝히고, 자신은 안전하며 대사관에 연락을 취해서 데리러 와 달라고 했다.

답변을 기다리는 동안 뉴스를 보았다. 아무도 이 상황을 전면적인 전쟁이라 부르지 않았고 그저 "소규모 접전"만 늘어나는 실정이었다. 기름값이 또 올랐다. 이곳 베사파라 안에서 일어나는 일에 관해 보도한 니나의 기사도 있었다. 툰데는 미소 지었다. 니나가 베사파라에 와 본 적이라고는, 몇 달 전 기자 회견 참석으로 주말 동안 머무른 것이 고작이었다. 그런데 베사파라에 대해서 무슨 할 말이 있단 말인가? 기사를 읽는 그의 얼굴이 일그러진다. 익숙한 글이었다.

그때 이메일 도착을 알리는, 마음까지 따뜻해지는 핑 소리가 났다.

편집자 한 사람이었다.

"재미없다. 툰데 에도는 내 친구였다. 계정을 해킹했다면 꼭 찾아내고 말 거다, 역겨운 놈."

또 핑 소리가 울렸다. 첫 번째 내용과 크게 다르지 않았다.

갑자기 가슴이 철렁 내려앉았다. 괜찮을 거야, 뭔가 오해가 있는 거야. 그래, 무슨 일이 있었던 거야.

툰데는 자신의 이름을 검색해 보았다. 부고가 나왔다. 다름 아닌 자신의 부고 소식이었다. 젊은 나이에 열렬히 뉴스를 보도한 그의 업적을 약간 에둘러서 길게 칭찬하는 글이었다. 그가 시사 문제를 단순하고 사소한 문제로 전락시켰다는 대단히 미묘한 암시도 들어 있었다. 몇 가지 사소한 실수 또한 있었다. 그가 영향을 주었다는 '유명한 여성 인물 다섯 명'도 선정했다. 부고 기사는 그가 많은 사랑을 받았다고 했다. 부모님과 여동생 이름도 나왔다. 그는 죽었다. 베사파라에서 교통사고를 당했고, 시신이 새까맣게 타서 여행 가방의 명찰로 신원을 확인할 수밖에 없었다고.

툰데는 빠르게 숨을 쉬기 시작했다.

여행가방은 호텔방에 두고 왔다.

누군가 가져간 것이었다.

그는 니나의 베사파라 기사를 다시 읽었다. 그녀가 대형 출판사를 통해 곧 출간할 책에 실릴 내용의 발췌문이었다. 신문에서는 출간 즉시 고전이 되리라고 떠들었다. 전 세계에서 이루어진 취재와 인터뷰를 바탕으로, 현시대의 대변화를 세계적인 관점으로 평가한 책이라고. 서평 첫 문단을 보니 무려 토크빌의 저서, 기번의 『로마 제국 쇠망사』와 비교했다.

그가 쓴 글, 그가 찍은 사진, 그가 찍은 영상의 스틸이었다. 그의 말, 그의 생각, 그의 분석이었다. 그가 니나에게 안전하게 보관해 달라고 부탁했던 원고의 문단, 그녀에게 우편으로 보낸 일기 내용이었다. 그런데 모든 사진과 글에는 그녀의 이름이 들어갔고, 툰데의 이름은 어디에서도 보이지 않았다. 그녀가 전부 다 훔쳤다.

툰데는 생전 처음 내보는 소리로 울부짖었다. 목구멍 뒤편에서부터 나오는 고함 소리. 흐느낌보다 깊은 애도의 소리.

바로 그때 바깥 복도에서 무슨 소리가 들렸다. 누군가를 부르는 소리였다. 외침 소리도 들렸다. 여자의 목소리였다.

뭐라고 소리치는지 알 수 없었다. 지치고 겁에 질린 그의 머릿속에서는 "저 안에 있어! 문 열어!"로 들렸다.

툰데는 가방을 잡고 벌떡 일어나 창문을 열고 낮고 평평한 지붕으로 내려갔다.

길에서 또 외침 소리가 들렸다. 그를 찾지 않았던 사람들도 이제 그를 쳐다보고 있었다. 거리에서 여자들이 그를 손으로 가리키고 소리를 질렀다.

그는 계속 달렸다. 괜찮을 것이다. 지붕을 달리고, 또 다른 지붕으로 점프했다. 다시 달리다가 비상계단으로 내려갔다. 다시 숲으로 들어갔을 때에야 창고에 휴대폰을 꽂아 둔 채 놓고 왔다는 사실을 깨달았다.

휴대폰을 찾으러 갈 수 없음을 깨달았을 때 절망감에 무너지는 줄 알았다. 그는 나무로 올라가서 나뭇가지에 몸을 단단히 묶고는 잠을 청했다. 아침에 일어나면 나아져 있으리라고 생각하며.

그날 밤 그는 숲속에서 어떤 의식을 본 것 같았다.

높은 나무에 올라가 있어서인지 그런 생각을 했다. 치직거리는 불꽃 소리에 잠이 깬 그는 여자들이 또 나무에 불을 붙인 줄 알고 산 채로 타 버릴까 봐 공포에 질렸다.

눈을 떴다. 가까이에서 난 불이 아니었다. 좀 더 멀리 떨어진 숲속 빈터에서 반짝거렸다. 손바닥에 눈 모양을 새긴 벌거벗은 남녀가 불을 둘러싸고 춤을 추었다. 몸뚱이 주변에서 구불구불한 광선이 발사되었다.

이따금씩 한 여자가 파란색 빛으로 남자를 바다에 쓰러뜨리고, 그림이 그려진 손바닥을 남자의 가슴에 올렸다. 여자가 남자에게 파워를 쏟아 내고 둘 다 함성과 비명을 지르는 것이었다. 그다음에는 여자가 남자의 가슴을 손바닥으로 누른 채 올라탔다. 남자의 광기 어린 표정은 여자에게 계속, 더 센 고통을 달라고 애원했다.

툰데는 여자를 안아 본 지, 여자에게 안겨 본 지 여러 달이었다. 그는 나무에서 내려가 바위로 둘러싸인 빈터 가운데로 걸어가 자신도 그 남자들처럼 이용해 달라고 청하고 싶었다. 잠자코 보고 있으니 발기가 되었다. 갑자기 청바지 위로 성기를 잡고 문지르기 시작했다.

커다란 북소리도 들렸다. 북소리가 있을 수가 있나? 그러면 사람들의 주의를 끌지 않을까? 다 꿈이었는지도 몰랐다.

젊은 네 남자가 진홍색 예복을 입은 여자 앞에서 네 발로 기었다. 여자의 눈동자는 붉고 공허했다. 그녀의 걸음걸이에는 위엄이 있었고 앞을 보지 못하지만 확신이 있었다. 다른 여자들도 그녀 앞에서 무릎을 꿇고 엎드렸다.

그녀가 말하기 시작하자 사람들은 답을 했다.

꿈이기 때문에 툰데는 그들의 말을 이해할 수 있었다. 그가 루마니아어를 잘하지 못하고, 그들이 영어로 말할 리 없는데도 알아들었다.

그녀가 말했다. "그는 준비되었는가?"

"예."

젊은 남자가 동그라미 중앙으로 걸어갔다. 나뭇가지로 만든 왕관을 쓰고 허리에 하얀 천을 둘렀다. 얼굴은 평화로웠다. 그는 모두의 속죄를 위해 자발적으로 희생을 하려는 것이었다.

"너는 약하고 우리는 강하다. 너는 선물이고 우리는 주인이다.

너는 피해자이고 우리는 승자다. 너는 노예고 우리는 주인이다.

너는 희생자이고 우리는 수혜자.

너는 아들이고 우리는 어머니다.

인정하느냐?"

동그라미 안의 모든 남자들이 열성적으로 바라보았다.

"예. 예. 예. 제발, 지금. 예." 남자들이 속삭인다.

툰데도 중얼거렸다. "예."

젊은 남자는 눈먼 여자에게 양쪽 손목을 내밀었고 여자는 단 한 차례의 확실한 동작으로 그 손을 하나씩 붙잡았다.

툰데는 무슨 일어나려는지 알았다. 카메라를 들었다. 간신히 셔터를 눌렀다. 직접 보고 싶었다.

불 가장자리의 눈먼 여자는 그를 거의 죽일 뻔한, 아니 죽일 수도 있었던 모든 여자들이었다. 그녀는 에누마였고 니나였고 델리의 지붕 위 여자였으며 여동생 테미였고 누르였고 타티아나 모스칼레프였고 애리조나 쇼핑센터 잔해에 깔린 임신부였다. 그동안 그를 짓눌렀던 가능성이 그의 몸을 깔아뭉갰다. 그는 지금 바로 눈앞에서 보고 싶었다.

그 순간 툰데는 두 손목을 붙잡힌 남자가 되기를 바랐다. 그녀 발앞에 무릎을 꿇고 젖은 흙에 얼굴을 묻고 싶었다. 싸움이 끝나기를 바랐고 자신이 대가를 치르더라도 누가 이기는지 알고 싶었다. 최후의 장면을 원했다.

그녀는 젊은 남자의 손목을 잡았다.

자기 이마로 그의 이마를 눌렀다.

"예. 예." 남자가 중얼거렸다.

그녀가 그를 죽이는 순간은 황홀경이었다.

아침에도 툰데는 그 광경이 꿈인지 현실인지 분간할 수 없다. 수동 카메라에 열여덟 장의 사진이 찍혔다. 자면서 촬영한 모양이다. 사진을 현상해 봐야 알 것이다. 꿈이기를 바라지만 그래도 두려운 일이다. 꿈에서 자신이 간절히 무릎을 꿇고 싶어 했기 때문이다.

그는 나무에 앉아서 전날의 일을 되짚는다. 아침이 되니 확실히 나아진 것 같다. 적어도 공포는 줄어들었다. 그의 부고 소식은 우연일 리 없다. 너무 지나치다. 모스칼레프나 그녀 측근들은 틀림없이 툰데가 여권과 함께 사라진 사실을 알아차렸을 터다. 전부 다 연출된 일인지도 모른다. 교통사고, 새까맣게 탄 시신, 여행 가방. 이를테면 경찰에 신고할 수 없다는 중대한 사실을 뜻하는 것이다. 더 이상 환상을 가질 수도 없다. 그 환상이 머릿속 한편에 계속 남아 있었으리라고는 방금 전까지 몰랐다. 두 손을 들고 경찰서로 찾아가서 "나 이지리아 기자입니다. 제가 실수를 좀 했는데 집으로 보내 주세요."라고 말하는 환상 말이다. 그들은 그를 집으로 돌려보내지 않을 터다. 조용한 숲속으로 데려가서 쏴 죽일 것이다. 그는 혼자다.

인터넷을 이용할 수 있는 방법을 찾아야 한다. 어딘가에는 있을 것이다. 어느 친절한 남자가 몇 분 동안 컴퓨터를 쓰게 해 줄지도 모른다. 딱 다섯 줄이면 자신이 정말 살아 있다는 사실을 증명할 수 있을 것이다.

나무를 내려오는 툰데의 몸은 떨고 있다. 계속 숲에 머물면서 사흘 전 지나쳐 온, 친절한 사람들이 있는 마을로 향할 것이다. 메시지를 보내면 구조대가 올 터다. 그는 백팩을 고쳐 메고 남쪽을 바라본다.

그때 오른쪽 덤불 속에서 무슨 소리가 난다. 홱 뒤돌아본다. 왼쪽에서도, 뒤에서도 소리가 난다. 덤불 속에서 여자들이 일어난다. 바로 그때 올가미 같은 공포를 느끼며, 여자들이 자신을 기다리고 있었음을 깨닫는다. 그를 잡으려고 밤새. 도망치려고 하지만 발목에 철사가 걸려서 넘어진다. 허우적거리며 점점 아래로 빠진다. 누군가는 웃고 또 다른 누군가는 그의 등 뒤로 전류를 쏜다.

깨어났을 때는 이미 우리 안이고 뭔가 대단히 잘못되어 있다.

우리는 작고 나무로 만들어졌다. 백팩은 옆에 있다. 그는 무릎을 모아서 가슴팍으로 끌어당긴 모습이다. 우리 안은 너무 비좁아서 몸을 뻗을 수가 없다. 근육이 욱신거리는 것으로 보아 몇 시간이나 이러고 있었던 듯하다.

그가 있는 곳은 숲속 야영지다. 작은 모닥불이 타고 있다. 아는 장소다. 꿈에서 본 야영지다. 꿈이 아니었다. 눈먼 여자가 있던 야영지에 붙잡힌 것이다. 온몸이 덜덜 떨리기 시작한다. 여기서 끝날 수는 없다. 이렇게 갇힌 채로 불에 던져지거나 신비한 나무를 섬기는 종교의 제물이 될 수는 없다. 그는 다리로 우리 양쪽을 달가닥거려 본다.

"제발!" 아무도 듣지 않는데 그가 소리친다. "제발 누가 좀 도와줘요!"

옆쪽에서 낮고 깍깍대는 웃음소리가 들린다. 그가 목을 빼고 쳐다본다.

한 여자가 서 있다.

"아주 엉망진창이 됐네. 그렇지?"

그는 눈의 초점을 맞추려고 한다. 오래전에 들어 본 적 있는 목소리였다. 마치 유명한 사람의 목소리라도 되는 것처럼.

그가 눈을 끔뻑거리자 그녀가 시야에 또렷이 들어온다. 록산느 몽크다.

록시

"얼굴을 보자마자 알아봤어. 텔레비전에 나온 거 맞지?"

그는 꿈이라고 생각한다. 꿈일 거다. 꿈이 아닐 리가 없다. 그가 울기 시작한다. 어린아이처럼 혼란스럽고 화가 나서.

"그만해. 나까지 울겠어. 도대체 여기서 뭘 하고 있었던 거야?"

툰데는 애써 설명하려 하지만 이제는 자신이 생각하기에도 말이 안 되는 이야기 같다. 자신감에 사로잡혀서 스스로 위험 속으로 걸어 들어왔으니까. 이제 정말로 위험에 처하고 보니 자신이 결코 특별한 존재가 아니었다는 생각이 들어서 견디기가 힘들다.

"난…… 산의 광신도 집단을 찾으러 왔어요." 마침내 그가 말을 내뱉는다. 목이 타고 머리는 지끈거린다.

그녀가 웃음을 터뜨린다. "그래. 그럼 성공했네. 멍청한 생각이었다는 걸 깨달았지?"

그녀는 손짓으로 주변을 가리킨다. 그가 있는 곳은 작은 야영지의 끄트머리였다. 중앙에 모닥불을 두고 마흔 개 정도 되는 지저분한 천막과 오두막이 폭삭 주저앉듯 세워져 있다. 몇몇 여자들이 오두막 입구에서 칼을 갈거나 갑옷 장갑을 고치거나 멍하니 쳐다본다. 악취가 난다. 살이 타는 냄새, 썩은 음식 냄새, 배설물, 개, 시큼한 토사물 냄새. 구덩이를 파서 만든 변소 한쪽 옆에는 뼈 무더기가 보인다. 툰데는 동물의 뼈이기를 바란다. 슬픈 표정의 개 두 마리가 한 나무에 짧은 밧줄로 묶여 있다. 한 마리는 한쪽 눈과 털이 한 뭉텅이 빠져 있다.

"절 도와주세요, 제발. 제발 도와주세요."

그녀가 그를 쳐다본다. 그녀의 얼굴이 어색한 웃음으로 일그러진다. 어깨를 으쓱한다. 그제야 툰데는 그녀가 취했음을 깨닫는다. 젠장.

"내가 뭘 할 수 있을지 모르겠네. 난 여기에서…… 별로 힘이 없거든."

젠장. 툰데는 그 어느 때보다 치명적인 매력을 발산하지 않으면 안 된다. 목조차 움직일 수 없는 우리에 갇힌 신세지만. 심호흡을 한다. 할 수 있다. 할 수 있다.

"그쪽은 여기에서 뭘 하는 거죠? 모스칼레프의 파티가 있던 날 밤에 사라졌잖아요. 몇 개월 전인데. 내가 도시를 떠날 때도 당신이 살해당했다는 소문이 떠돌았어요."

록시가 웃음을 터뜨린다. "그래? 누군가 날 죽이려고 하긴 했지. 상처가 낫기까지 시간이 좀 걸렸어."

"지금은 거의…… 나은 것 같은데요."

그는 주의 깊게 그녀를 위아래로 살펴본다. 몸을 움직이지 않고도 그렇게 할 수 있다는 사실에 감탄한다.

그녀가 또 웃음을 터뜨린다. "난 이 빌어먹을 나라의 대통령이 될 거였다고. 한…… 세 시간 동안이지만 대통령이 될 거였어."

"그래요? 난 아마존의 가을 베스트셀러가 될 예정이었는데. 곧 드론이 날 픽업하러 올걸요?"

그도, 그녀도 웃음을 터뜨린다. 천막 입구에 있는 여자들이 심술궂은 표정으로 쳐다본다.

"저들은 날 어쩌려는 거죠?"

"저 사람들은 완전히 미쳤어. 밤에 남자를 사냥해. 숲으로 가서 남자들을 놀라게 한 다음에 화들짝 달아나면 덫으로 잡지. 철사로 만든 덫 같은 거."

"난 사냥을 당한 거군요."

"네가 두 발로 걸어갔잖아." 록시가 또 옅은 미소를 지었다. "저들은 이상한 방법으로 남자들을 가지고 놀아. 남자들을 모아서 몇 주 동안 왕 노릇을 시킨 다음, 머리에 사슴뿔을 꽂아서 새 달이 뜨는 날에 죽이거든. 보름달인지 뭔지. 아무튼 달에 엄청 집착하지. 아마 텔레비전이 없어서 그러는 듯해."

툰데가 또 웃는다. 진짜 웃음이다. 재미있는 여자다.

낮의 마법이다. 속임수와 잔인함. 마법은 마법에 대한 믿음 속에 들어 있다. 저들은 광기 어린 생각을 가진 인간이다. 유일한 공포는 머릿속으로 자신에게 벌어질 일을 상상하는 것. 광기가 그들의 육체에 어떤 결과를 가져왔으리라.

"있잖아요. 당신이 날 도망치게 해 주는 일은 얼마나 어려운가요?"

그가 발로 우리의 문을 살짝 밀친다. 문이 노끈으로 몇 겹이나 묶여 있다. 록시에게 칼이 있다면 어렵지 않게 끊어 줄 수 있을 터다. 하지만 주변 사람들의 눈에 띌 수밖에 없다.

록시는 뒷주머니에서 휴대용 술병을 꺼내서 한 모금 마시고 머리를 흔든다.

"저들은 날 알지만 나나 저들이나 서로를 귀찮게 하지 않아."

"저들을 귀찮게 하지 않으면서 몇 주 동안 숲속에 숨어 있었던 거예요?"

"그래."

오래전에 읽었던 글이 툰데의 머릿속에 떠오른다. 실물보다 멋지게 보이는 거울. 그는 그녀에게 그런 거울이 되어야만 한다. 그녀의 체구가 평소보다 두 배나 커 보여서 그가 원하는 것을 해 줄 수 있을 만큼 힘이 세다고 느낄 수 있도록. 툰데의 머릿속에서 "그 힘이 없었다면 세상은 여전히 습지와 정글이었을 것이다."라는 말이 떠오른다.

"그런 모습은 당신이 아닙니다. 당신은 그런 사람이 아니에요."

"난 예전의 내가 아니야."

"자신을 외면하지 마세요. 당신은 록시 몽크라고요."

그녀가 코웃음을 친다. "싸워서 여길 빠져나가라고? 아니…… 그런 일은 없을 거야."

툰데는 살짝 웃는다. 농담을 해야만 한다.

"싸울 필요가 없죠. 당신은 록시 몽크니까. 당신에게는 모든 걸 불태우는 힘이 있잖아요. 나도 봤고, 또 들었어요. 항상 당신을 만나고 싶었습니다. 당신보다 강한 여자는 없어요. 기사 읽었어요. 런던에서 아버지의 라이벌을 죽였고 그다음에는 아버지를 밀어냈다고. 저들에게 문을 열어 달라고 말만 해 주세요."

록시는 고개를 젓는다. "저들에게 뭔가를 내놓아야 해. 거래 조건 같은 거." 하지만 그녀가 뭔가를 고려해 보고 있음을 툰데는 알 수 있다.

"저들이 원할 만한 걸 가지고 있나요?" 그가 묻는다.

그녀는 손가락으로 젖은 땅을 판다. 흙을 한 줌 집더니 그를 바라본다.

"그동안 조용히 지내 왔어."

"그건 당신이 아닙니다. 당신에 대해 읽었어요." 툰데는 잠시 망설이다가 도박을 한다. "난 당신이 나를 도와주리라고 생각해요. 당신에게는 식은 죽 먹기이기 때문이죠. 당신은 록시 몽크니까." 그녀는 침을 삼키고 말한다. "그래, 그렇지."

해가 저물자 더 많은 여자들이 야영지로 돌아왔고, 록산느는 눈먼 여자와 툰데의 목숨을 두고 협상을 한다.

툰데는 그녀가 말하는 모습을 보며 자신이 옳았음을 확신한다. 여기 사람들은 그녀를 존경하고 약간 두려워하는 듯하다. 그녀는 작은 마약 봉지를 이곳 지도자들 눈앞에서 달랑거린다. 뭔가를 요구하지만 거절당한다. 그녀는 어깨를 으쓱하며 고갯짓으로 그를 가리킨다. "좋아, 그 조건이 불가능하다면 대신 저 남자를 데려가겠어."라고 말하는 듯하다.

여자들은 처음에 놀라고 그다음에는 의심한다. 정말? 저 남자? 속임수 아니야?

약간 실랑이가 벌어진다. 눈먼 여자가 뭔가를 주장하고 록시도 맞선다. 결국 어렵지 않게 그를 풀어 달라고 설득하는 데 성공한다. 저들이 록시를 어떻게 여기는지, 툰데의 생각대로다. 툰데는 특별히 소중한 자원도 아니니 록시가 원한다면 데려가라는 것이다. 어쨌든 군인들이 오고 있다. 매일 전쟁이 가까워진다. 저들은 군인들이 근처에 주둔하는데도 계속 이곳에 머무를 만큼은 미치지 않았다. 이틀이나 사흘 내로 짐을 챙겨서 산으로 이동할 계획이었다.

그들은 툰데의 두 팔을 등 뒤로 단단하게 묶는다. 그리고 예의를 차리고자 그의 가방은 아무런 조건 없이 돌려준다.

"너무 친근하게 굴지 마." 록시가 그를 밀치며 자기 앞으로 걸어가게 하면서 말한다. "내가 너를 마음에 들어 한다거나 싼값에 손에 넣은 것처럼 보이긴 싫거든."

우리에 오래 갇혀 있던 탓에 다리가 저리다. 발을 끌며 천천히 숲길을 걷는다. 야영지가 눈에 보이지 않을 때까지 한참 걸렸고, 뒤쪽에서 아무런 소리도 들리지 않을 때까지 또 한참이나 걸렸다.

툰데는 한 걸음 걸을 때마다 지금 자신이 묶여 있으며, 록산느 몽크의 손에 목숨이 달려 있다는 생각을 한다. 그녀는 위험한 여자다. 그냥 장난이라면 어쩌지? 그런 생각이 한번 떠오르자 좀체 사라지지 않는다. 그는 계속 아무 말도 하지 않는다. 흙길을 몇 킬로미터 걸었을 즈음 그녀가 말한다. "이만하면 멀리 온 것 같네." 그러고는 주머니에서 칼을 꺼내서 끈을 풀어 준다.

"날 어떻게 할 거죠?"

"널 구해 주고 집에 데려다줘야겠지. 난 록시 몽크잖아." 그녀가 웃음을 터뜨린다. "어쨌든 넌 유명 인사잖아. 유명 인사를 무시무시한 숲에서 구출해 줬다고 하면 돈 좀 벌 수 있지 않을까?"

이 말에 그가 웃는다. 그가 웃으니 그녀도 웃는다. 두 사람은 숲속 나무에 기댄 채 숨을 고른다. 둘 사이에 뭔가 벽이 허물어진 듯 한결 편안한 분위기다.

"어디로 가죠?"

"난 한동안 조용히 숨어 지냈어. 내 쪽 사람들이 썩었더군. 누군가…… 날 배신했어. 내가 죽은 줄 알 테니 다행이지. 그동안 내 것을 되찾을 준비를 할 수 있었으니까."

"전쟁 지역에서 숨어 있었던 겁니까? 정말 바보 같은 생각 아니에요?"

그녀가 매섭게 쳐다본다.

도를 넘었다. 툰데는 자신 때문에 짜증이 난 그녀가 전류를 가할지도 모를 어깨 부분이 벌써부터 욱신대는 느낌이다. 그는 유명 인사가 아닐지 몰라도 그녀는 분명한 범죄자였다.

그녀는 길 위에 쌓인 돌과 나뭇잎 더미를 발로 찬다. "그럴지도. 하지만 달리 선택할 게 없었어."

"남아메리카에 전세기를 타고 가면 그만인 은신처 같은 거 없어요? 원래 그런 거 준비해 놓던데."

그녀를 얼마나 화나게 할 수 있는지 알아야만 한다. 너무도 명백한 사실이다. 그녀가 자신을 해치려고 한다면 그가 먼저 알아야만 한다. 그의 몸은 벌써부터 뻣뻣해지지만 그녀는 끝내 공격하지 않는다.

그녀는 두 손을 주머니에 찔러 넣는다. "여긴 괜찮아. 사람들이 입을 함부로 놀리지 않으니까. 내게 쓸모가 있을지 모르니까 물건을 두고 온 거야."

그는 록시가 야영지 여자들한테 흔들어 보였던 작은 비닐봉지를 떠올린다. 불안정한 정권을 이용해서 마약을 밀수한다면, 만약을 위해 여러 보급소를 갖춰 두는 건 당연할 일이다.

"자, 이걸 기사로 쓰진 않을 거지?"

"살아서 나가느냐에 달렸겠죠."

그 말에 그녀가 웃고 그도 웃는다. 잠시 후 그녀가 말한다. "내 남동생 대럴이야. 그놈이 내 것을 갖고 있어. 어떻게 되찾을지는 신중하게 판단해야 해. 널 집에 데려다주긴 하겠지만 내가 계획을 세울 때까진 조용히 숨어 지내는 거야. 알겠지?"

"그 말은……."

"난민촌에서 며칠 지내야 한다는 거지."

그들은 도랑 아래쪽, 천막이 쳐진 진흙 들판으로 갔다. 록시는 그곳에 자리를 잡고 며칠 동안만 지낼 테니 쓸모 있게 굴라고 일러 준다. 사람들을 사귀고 뭐가 필요한지 물어보라고.

툰데는 가방 밑바닥에서 이탈리아 뉴스 기자 신분증을 발견한다. 일 년 전에 만료되었지만 사람들에게서 이야기를 끄집어내기에는 충분하리라. 그는 천막 사이를 돌아다니며 기자 신분증을 신중하게 활용한다. 그가 아는 것보다, 특히 최근에 더 많은 교전이 일어났다는 사실을 알 수 있었다. 숲을 지나온 피란민들이 여기로 꾸준히 유입되고 있고, 지난 삼 주 동안은 헬리콥터가 착륙조차 않은 채로 숲에 음식과 의료품, 옷, 천막을 떨어뜨렸다. 이해가 되긴 하지만, 어쨌든 UN은 이곳 난민들을 위해서 위험을 무릅쓰려 하지 않는다.

록시는 이곳에서 존경을 받는다. 마약과 연료를 구하는 방법을 알고, 사람들이 필요로 하는 일을 도와준다. 그녀의 일행이기 때문에, 그녀 천막의 철제 침대에서 잠자기 때문에 사람들도 그를 귀찮게 하지 않는다. 그는 몇 주 만에 처음으로 안전하다고 느낀다. 물론 안전하지는 않다. 록시와 달리 그는 간단하게 숲속 난민촌을 드나들 수가 없다. 산속의 다른 광신도 집단한테 잡히지는 않았지만, 그는 이제 불법 체류자다.

그가 난민촌에서 만난, 영어를 할 줄 아는 사람들은 똑같은 말을 한다. 서류를 갖추지 않은 남자들을 붙잡아 간다는 것이다. 잡혀 가서 "강제 노동형"을 받는데 돌아온 사람은 한 명도 없다. 난민촌의 남녀가 같은 말을 한다. 신문 사설과 난민촌 병원의 흑백 텔레비전에서 나오는 대국민 연설도 같은 이야기를 되풀이한다.

바로 '세상에서 남자가 얼마나 필요한가?'라는 주제의 이야기였다. 생각해 보자. 남자는 위험하다. 남자들이 대부분의 범죄를 저지른다. 남자는 지성과 성실 근면함이 여자보다 떨어지고, 뇌가 근육과 성기에 들어 있는 것 같다. 남자는 병에도 잘 걸리고, 국가의 자원을 고갈시킨다. 물론 자식을 낳으려면 남자가 필요하지만 과연 몇 명이나 필요할까? 여자만큼 많이 필요하지는 않다. 물론 착하고 깨끗하고 순종적인 남자들을 위한 자리는 언제나 마련되어 있다. 하지만 그런 남자가 얼마나 될까? 열에 한 명 정도.

설마요, 크리스틴, 정말로 그런 이야기가 나오고 있단 말인가요? 안타깝게도 사실이에요, 매트. 크리스틴이 부드럽게 그의 무릎으로 손을 가져간다. 물론 당신처럼 훌륭한 남자는 해당되지 않죠. 하지만 일부 극단적인 웹 사이트에서 나오는 메시지랍니다. 그래서 노스스타 여성들에게 더 강한 권한이 필요하고요. 극단주의자들로부터 우리를 지켜야 하니까요. 매트는 침울한 표정으로 고개를 끄덕인다. 남성 인권 운동을 벌이는 사람들 탓이죠. 그들은 너무 극단적이에요. 사실상 그들이 이런 반응을 일으킨 것이죠. 이제 우리가 스스로를 지켜야 합니다. 매트는 미소 짓는다. 잠시 쉰 뒤에, 집에서 연습할 수 있는 재미있는 호신술을 몇 가지 알아보겠습니다. 일 분 단위로 뉴스 나갑니다.

그동안 산전수전 다 겪은 툰데지만, 이 나라가 대다수 남자들을 죽이려 한다니 믿기지 않는다. 물론 예전에도 있었던 일이다. 앞으로도 항상 일어날 일이다. 사형으로 벌할 수 있는 범죄의 목록이 길어졌다. 불과 일주일 전의 신문에 "불복종 사례가 세 차례 계속될 경우", "강제 노동형"에 처해지리라는 내용이 실려 있다. 이곳 난민촌에서는 한 여자가 여덟, 열 명의 남자들을 보살핀다. 여자 옆에 옹기종기 모인 남자들은 저마다 관심을 받으려고 서로 경쟁한다. 신분 증명 서류에서 이름이 빠지면 어떻게 될지 두려움에 떨면서. 록시는 언제든지 난민촌을 떠날 수 있지만 툰데는 혼자다.

사흘째 되는 밤, 록시는 난민촌 가운데 길을 따라 램프에 치지직 불이 켜지기 전에 일어난다. 무슨 소리가 들린 것 같다. 그저 느낌일 수도 있다. 뭔가가 웅웅거리는 소리. 공기 중에서 느껴지는 파워. 그녀는 눈을 뜨고 끔뻑거린다. 예전 본능이 여전히 강하게 남아 있다. 적어도 잃어버리지는 않았다.

그녀가 툰데의 철제 침대를 발로 찬다.

"일어나."

침낭 속에 몸의 절반 정도를 파묻고 있던 툰데가 이불을 치운다. 그는 거의 알몸 상태다. 지금 같은 상황에서도 방해가 된다.

"뭐예요? 헬리콥터 왔어요?" 그가 희망에 차서 묻는다.

"픽이나. 누가 우릴 공격하고 있어."

그 순간 툰데는 정신이 확 들어서 청바지와 플리스 스웨터를 챙겨 입는다.

유리와 금속이 부딪히는 소리가 들린다.

"몸을 낮추고 있어. 가능할 때 숲으로 달려가서 나무 위로 올라가."

그때 누군가가 중앙 발전기에 손을 올리고 온몸의 파워를 방출한다. 곧장 난민촌 전체에 불꽃과 유리 파편이 튄다. 그리고 절대적인 어둠이 자리를 차지한다.

록시는 간신히 천막 뒤편으로 이동한다. 꿰맨 자국이 삭아서 원래부터 바람이 새던 곳이다. 툰데는 틈새로 빠져나가서 숲으로 달린다. 그녀도 따라가야 한다. 곧 따라가리라. 그녀는 깊은 후드가 달린 어두운색의 재킷을 입고 스카프로 얼굴을 가린다. 어두운 그림자 아래로만 빙 둘러서 북쪽으로 가야 한다. 그곳이 가장 익숙한 경로이니까. 그녀는 무슨 일인지 궁금하다. 마치 상황을 자기가 바라는 방향으로 돌릴 수 있을 것처럼.

주위에는 이미 비명과 고함 소리로 가득하다. 그녀 천막이 난민촌 끄트머리 쪽이라 다행이었다. 천막 안에서 불타는 사람들도 있고 그 속에 갇힌 사람들도 있을 것이다. 달콤한 휘발유 냄새가 난다. 몇 분 후, 난민촌의 모두가 무슨 일인지 알게 된다. 사고도, 발전기 화재도 아니라는 사실을. 록시는 붉은 불꽃 옆의 천막들 사이로 땅딸막한 여자가 양손의 불꽃으로 불을 지르는 모습을 발견한다. 번쩍하는 섬광이 일순간 그녀의 얼굴을 하얗게 비춘다. 록시가 아는 표정이다. 전에도 본 적이 있다. 아빠라면 사업에 불리한 도박이라고 했을 만한 얼굴. 절대로 지나치게 좋아하는 일을 맡기지 마라. 그녀는 신나고 굶주린 그 얼굴을 보는 순간, 저들이 손에 잡히는 대로 약탈하고자 급습한 게 아님을 깨닫는다. 저들은 순순히 얻을 수 있는 것을 위해 오지 않았다.

그들은 우선 젊은 남자를 모은다. 천막마다 돌아다니며 쓰러뜨리거나 불을 질러서 안에 있는 사람들이 밖으로 뛰쳐나오거나 불타게 한다. 깔끔하지도 않고 정해진 방법도 없다. 어느 정도 반반하게 생긴 젊은 남자들을 찾는다. 툰데를 숲으로 보내기를 잘했다. 아내인지 누이인지 어떤 여자가 하얀 피부의 곱슬머리 남성이 끌려가지 못하게 막는다. 그녀는 턱과 관자놀이를 제때 정확하게 명중시키며 두 명과 싸운다. 하지만 그들은 쉽게 그녀를 제압해 버리고, 특별히 잔인하게 죽인다. 한 명이 여자의 머리카락을 붙잡고, 나머지 한 명이 눈에 직접 파워를 쏜다. 엄지와 검지로 누르자 눈알이 유백색 액체로 변한다. 록시조차도 똑바로 볼 수 없어서 고개를 돌린다.

그녀는 뒤쪽 숲으로 들어가 고리 모양의 밧줄을 이용해서 나무 위로 올라간다. 록시가 나뭇가지 세 개가 만나는 열십자 지점에 자리 잡았을 때 그들의 관심사는 곱슬머리 남자에게로 옮겨 갔다.

그는 쉬지 않고 비명을 지른다. 여자 두 명이 그의 목에 충격을 가하고 척추를 마비시킨다. 한 명은 그의 위에 쭈그리고 앉아서 바지를 벗긴다. 그는 아직 의식이 있는 상태다. 휘둥그레진 눈이 반짝인다. 켁켁거리며 숨을 쉬려고 애쓴다. 다른 남자가 도와주려고 달려오지만 관자놀이를 가격당한다.

남자 위에 올라탄 여자가 그의 성기와 고환을 손으로 감싼다. 뭐라고 말하면서 웃는다. 나머지도 따라 웃는다. 여자는 남자가 즐기기를 바라는 듯 콧노래를 부르며 손끝으로 간질인다. 남자는 목이 부어서 말을 할 수가 없다. 기관이 망가졌을지도 모른다. 여자는 고개를 옆으로 갸우뚱하며 안타까운 표정을 짓는다. 무슨 언어를 사용하는지 모르겠지만 "왜 그래? 거기가 안 서?"라고 말하는 듯하다. 남자는 발꿈치에 힘을 주고 벗어나려 하지만 너무 늦었다.

록시는 저런 상황이 일어나지 않기를 바란다. 파워가 있다면 당장 나무 아래로 내려가서 모습을 드러내고 저들을 죽일 것이다. 우선 나무 옆에 서 있는 두 명부터. 저들은 아무도 모르는 사이에 죽일 수 있다. 그다음에는 칼을 든 세 명한테 달려들겠지만, 왼쪽 참나무 두 그루 사이로 달려가서 한 명씩 덤빌 수밖에 없게 만들어야지. 칼이 그녀의 손으로 들어올 테고, 쉽게 끝날 것이다. 하지만 지금 록시는 그럴 처지가 아니다. 그녀가 원하지 않는 일이 벌어지고 있다. 막을 도리가 없다. 그래서 지켜본다. 증인이 되기 위해.

남자 가슴에 올라탄 여자가 손바닥을 남자 성기로 가져간다. 미미한 불꽃을 보낸다. 남자는 아직도 벗어나려고 발버둥 치며 숨죽인 비명을 지른다. 아직은 그다지 고통스럽지 않을 터다. 록시도 남자에게 재미 삼아 해 본 적이 있다. 남자의 성기가 경례하듯 곧추선다. 배신자처럼, 바보처럼.

여자 얼굴에 옅은 미소가 떠오르고 눈썹이 올라간다. 봐 봐. 조금 격려해 주니까 섰잖아? 하듯. 그녀는 고환을 쥐고 마치 선물이라도 주듯 한 번, 두 번 잡아당기더니 음낭에 곧장 강력한 전류를 보낸다. 유리 조각이 직접 뚫고 지나가는 기분이리라. 피부 속에서 갈가리 잡아찢는 것처럼. 남자는 등을 활처럼 구부리며 비명을 지른다. 여자는 전투복 바지를 내리고 남자의 성기 위에 앉는다.

동료들이 흥겹게 웃는다. 여자도 웃으면서 몸을 위아래로 움직인다. 그녀는 한 손으로 남자의 복부 가운데를 누르고서 단단한 허벅지가 위로 들썩일 때마다 전류를 보낸다. 동료 하나가 휴대폰으로 사진을 찍는다. 남자가 얼굴을 가리지만 여자들이 치운다. 추억으로 남기고 싶은 순간인 것이다.

동료들이 여자를 부추긴다. 여자는 자신의 몸을 더듬으며 더욱 빠르게 움직인다. 엉덩이가 앞으로 흔들린다. 이제 그녀는 남자에게 엄청난 고통을 가한다. 생각도 계산도 없이. 재미있는 방법으로 최고의 고통을 이끌어 내려는 것도 아니고, 그저 잔혹하게. 절정이 가까워질수록 그렇게 되기가 쉽다. 록시도 한두 번 그렇게 남자를 겁에 질리게 한 적이 있다. 글리터를 복용하면 더욱 심해진다. 여자는 한 손으로 남자의 가슴을 누르고 몸이 앞으로 기울어질 때마다 치직거리는 전류를 보낸다. 남자는 비명과 함께 그 손을 치우려 하고 주위 사람들에게 도와 달라고 손을 허우적거리면서 알아들을 수 없는 말로 목 놓아 애원한다. 록시는 다만 만국 공통어인 "도와줘. 하나님, 도와주세요."만을 알아들을 뿐이다.

여자가 사정하자 동료들이 환호한다. 여자는 고개를 뒤로 젖히고 가슴을 위로 들춰 올리며 남자의 몸 중앙에 곧바로 강한 전류를 쏟는다. 그리고 웃으며 일어난다. 다들 잘했다고 칭찬을 해 준다. 여자는 계속 웃는다. 개처럼 몸을 흔든다. 아직도 배가 고픈 짐승 같다. 그들은 네댓 개의 단어로 구호를 외치면서 서로 머리를 헝클어뜨리고 주먹을 맞댄다. 창백한 피부의 곱슬머리 남자는 마지막의 강한 충격으로 마침내 숨이 끊어졌다. 치켜뜬 눈이 허공을 바라본다. 붉은 물줄기 같은 흉터가 가슴에서 목까지 나 있다. 성기는 아직 가라앉지 않았지만 온몸이 죽어 버렸다. 최후의 발악도 경련도 없이. 머리 뒤쪽과 엉덩이, 발꿈치에 피 웅덩이가 생겼다. 여자가 그의 심장에 손을 대고 완전히 정지시켜 버렸다.

애도와는 다른 소리가 들린다. 슬픔이 흐느끼고 통곡하면서, 어미가 아기를 부르는 듯한 소리가 하늘로 울려 퍼진다. 저런 애도는 희망적이다. 일이 바로잡히거나 도와줄 사람이 오리라는 믿음이 있기에. 다른 소리도 있다. 너무 오랫동안 혼자 남겨진 아이는 더 이상 울지 않는다. 움직이지 않고 소리도 내지 않는다. 아무도 오지 않으리라는 사실을 알기 때문이다.

어둠 속에서 빤히 쳐다보는 눈은 있지만 이젠 비명 소리도 분노도 없다. 남자들은 조용하다. 저쪽 반대편에는 아직 침입자들과 싸우는 여자들이 있다. 돌과 금속 조각을 주워서 공격하는 남자들도 있다. 하지만 방금 일을 목격한 이쪽 사람들은 아무런 소리도 내지 않는다.

다른 두 명의 여군이 죽은 남자를 살짝 발로 찬다. 그리고 시체에 대고 흙을 털어 낸다. 마치 경건함 또는 수치심의 표식이라도 되는 양. 하지만 고통의 흉터가 새겨진, 흙과 피투성이로 부풀어 오른 시체를 묶어 주지 않은 채 그냥 두고 떠난다. 자신들만의 전리품을 따로 찾으려고 말이다.

오늘 이곳에서 일어난 일은 말이 되지 않는다. 손에 넣을 영토도, 단죄할 잘못도, 구출할 군인도 없었다. 침입자들은 남성들 얼굴과 목으로 손바닥을 가져가, 젊은 남자들 앞에서 나이 든 남자들을 죽인다. 한 명은 손끝으로 살갗에 잔혹한 그림을 그리는 기술까지 자랑한다. 다수의 침입자가 남자들을 취하고 이용하고 희롱한다. 한 남자에게는 팔과 다리 중에 한쪽만 남겨 주겠다고, 하나만 선택하라고한다. 남자는 다리를 선택하지만 저들은 약속을 어긴다. 이곳에서 무슨 일이 벌어지든 아무도 신경 쓰지 않는다는 사실을 침입자들은 잘알고 있다. 이곳을 보호해 줄 사람도, 신경 쓰는 사람도 없다. 이 시체들이 숲속에서 십 년 넘게 자리한들 이곳을 지나는 이가 아무도없을지 모른다. 저들은 단지 할 수 있으니까 저렇게 하는 것이다.

동이 트기 얼마 전, 저들은 지쳤지만 몸속에서는 파워가 빠르게흐른다. 파워가, 지금껏 저지른 짓이, 저들의 눈을 충혈시키고 잠 못이루게 한다. 록시는 몇 시간 동안이나 움직이지 못했다. 팔다리는뻐근하고 갈비뼈가 삐걱거리며 쇄골의 흉터도 들쭉날쭉 욱신댄다.지금껏 목격한 일 자체가 육체노동이라도 되듯이 기진맥진해졌다.

록시는 자신의 이름을 부르는 작은 소리에 깜짝 놀란다. 나무에서떨어질 뻔했다. 신경이 곤두서고 머릿속이 뒤죽박죽이다. 타래가 제거된 이후로 그녀는 지금처럼 가끔씩 자신이 누구인지 잊는다. 일깨워 줄 사람이 필요하다. 좌우를 둘러보니 그가 보인다. 두 나무 건너에 겨우 목숨을 부지한 툰데가 있다. 동 트기 전, 록시를 발견한 그는나뭇가지에다 세 겹으로 묶은 밧줄을 풀기 시작한다. 간밤에 그런 일을 목격하고서 그를 보니 집에 온 것처럼 안심이 된다. 그의 표정을 보아하니 같은 생각인 듯하다. 익숙하고 마음이 놓인다.

툰데는 나뭇가지들이 우거진 좀 더 높은 곳으로 올라가서 그녀 쪽으로 손을 내민다. 그녀가 찾아 준 나뭇가지로 사뿐히 내려갔다. 그녀는 큰 나뭇가지 두 개가 만나는 지점에 잘 숨어 있었다. 한 명이 두꺼운 가지에 등을 기대고, 다른 한 명은 그 위에 기댈 수 있는 작은 둥지가 되었다. 툰데는 그녀가 있는 곳으로 향한다. 록시가 보기에 그는 밤중에 어깨를 다친 모양이다. 그들은 바짝 붙어 기댄다. 그녀는 그의 손을 깍지 껴서 흔들리지 않게 잡아 준다. 둘 다 두렵다. 그에게서 초록 새싹 같은 싱그러운 향기가 풍긴다.

"죽은 줄 알았어요. 뒤따라오지 않아서."

"그런 말하기에는 일러. 당장 오늘 죽을 수도 있으니까."

그가 살짝 거칠게 숨을 쉰다. 웃음소리 대신이다. "이곳도 이 땅의 어두운 곳 중 한 군데였네요."

두 사람은 잠시 동안 잠든 듯 몽롱한 상태에 빠진다. 빨리 움직여야 하는데 몸뚱이라는 익숙한 존재가 너무나도 큰 위로가 되어서 포기하고 싶지 않다.

그들이 눈을 끔뻑거리는데 나무 아래에 또 다른 누군가가 보인다. 초록색 군복 차림을 하고, 한 손에 육군의 갑옷 장갑을 착용했다. 나무를 오르는 세 개의 손가락에서 불꽃이 튄다. 지상에 있는 누군가에게 소리친다. 자신의 불꽃을 이용해서 나무 사이를 살피고, 나뭇잎을 태운다. 아직 어두워서 잘 보이지 않는다.

록시는 친구들과 함께, 거리에서 한 여자가 남자 친구를 때리고 있다는 이야기를 들었던 일을 떠올린다. 제지해야만 하는 일이었다. 자신의 구역에서 그런 일이 일어나는 꼴을 두고 봐서는 안 되니까. 렉시가 친구들과 현장에 가 보았을 때는, 그저 술 취한 여자가 혼자 소리 지르고 욕하며 돌아다니고 있었다. 그들은 마침내 계단 아래 벽장에 숨어 있는 남자를 찾았다. 친절하게 대하려고는 애썼지만 결국 남자를 다그쳤다. 왜 맞서 싸우지 않았느냐고, 왜 가만히 있었느냐고, 프라이팬이라도 들고 때리지, 삽이라도 들고 오지! 숨는다고 해결이 되느냐고 몰아붙였었다. 그런데 지금 록시가 그 꼴이다. 그 남자처럼 숨어 있다. 자신이 누구인지 더 이상 모르겠다.

그녀에게 기대어 쉬던 툰데가 눈을 뜬다. 그도 군인을 보고 몸이 굳었다. 두 사람은 미동도 하지 않는다. 지금은 이렇게 숨어 있지만 새벽이 밝으면 더 위험해질 터다. 만약 군인이 포기하고 떠난다면 안전할 수 있다.

여군은 나무를 좀 더 오른다. 아래쪽 가지에 불을 붙이지만 확 타오르다가 금세 꺼진다. 다행히 최근에 비가 내렸다. 동료 하나가 그녀에게 기다란 진압봉을 던진다. 방금 전까지 누군가의 몸에 집어넣고 전류를 가하면서 가지고 놀던 물건이었다. 여군이 진압봉으로 위쪽 나뭇가지를 치우고 쑤신다. 완벽한 은신처는 없다.

록시와 툰데가 있는 매우 가까운 곳까지 진압봉이 휙휙 움직인다. 진압봉 끄트머리가 툰데의 얼굴에서 팔을 두 번 정도 뻗으면 닿을 만한 거리까지 쑤시고 들어온다. 여자가 팔을 뻗을 때 록시는 체취를 맡는다. 땀 냄새, 글리터가 몸속에서 소화될 때 풍기는 시큼한 냄새, 작동하는 파워가 내뿜는 매운 무 냄새. 자신의 체취만큼이나 익숙한 냄새. 주체할 수 없는 힘을 가진 여자의 냄새.

툰데가 속삭인다. "한 번만 충격을 가해요. 양쪽으로 전기가 통할 거예요. 봉이 올라올 때 잡아서 세게 충격을 가하면 아래로 떨어질 겁니다. 나머지가 달려와서 확인하는 동안 도망칩시다."

록시는 눈물 맺힌 얼굴로 고개를 젓는다. 그 순간 툰데는 심장이 열린 듯, 가슴을 감싼 전선이 돌연 풀려 버린 느낌이다.

퍼뜩 떠오르는 생각이 있다. 록시의 쇄골 가장자리에서 언뜻 흉터가 보였고, 그녀가 감추려고 애썼던 것. 그녀가 협상과 위협, 매력을 사용하기는 했지만 우리에서 처음 만난 이후로 그는 그녀가 파워를 쓰는 모습을 단 한 번도 보지 못했다. 몽크 집안 사람, 가장 강력한 전사가 왜 산속에 숨어 있었을까? 전에는 미처 생각하지 못했다. 그는 여자에게 타래가 없거나 빼앗길 수 있다는 생각을 전혀 해 보지 못했다.

아래에서 진압봉이 또 올라온다. 끄트머리 철못이 어깨 뒷부분에 닿는데도 록시는 찍소리조차 내지 않는다.

툰데는 주위를 둘러본다. 나무 아래쪽은 축축한 땅일 뿐이다. 뒤쪽으로는 무너진 천막이 몇 채 보이고 세 명의 여자가 거의 한계에 다다른 젊은 남자를 가지고 논다. 정면 오른쪽에는 나뭇가지에 절반쯤 가려진, 불타 버린 발전기와 빗물을 저장하는 가솔린 드럼통이 보인다. 드럼통이 찼다면 소용없겠지만 비어 있을지도 모른다.

여자가 친구들을 부르자 그들은 뭐라고 격려의 말을 외친다. 저들은 난민촌 입구의 나무에 숨어 있는 사람을 발견했고, 더 있는지 수색하고 있다. 툰데는 신중하게 자세를 바꾼다. 군인의 눈에 움직임을 포착당하면 끝장이다. 군인들이 단 몇 분만 정신을 팔면 된다. 도망칠 수 있는 시간만큼만. 툰데는 백팩의 안쪽 주머니를 뒤져서 필름통 세 개를 꺼낸다. 록시는 조용히 숨죽이며 보고 있다. 그녀는 그의 표정으로 뭘 하려는지 알아차린다. 그는 나무에서 외떨어진 덩굴처럼 아무렇지도 않게 오른팔을 내린다. 그리고 오른손의 필름통을 들어서 물수제비뜨듯이 드럼통으로 던진다.

아무 일도 벌어지지 않는다. 거리가 너무 짧았다. 필름통은 질척한 땅으로 떨어졌다. 여자는 진압봉을 큰 동작으로 휘두르며 다시 나무를 오른다. 툰데는 또 다른 필름통을 잡는다. 이번 것은 훨씬 묵직해서 순간 어리둥절해진다. 그 순간 여기에 미국 동전들을 넣어 두었다는 사실이 떠오른다. 마치 다시 쓸 일이 있을 것처럼. 웃음이 터질 뻔했다. 그래도 묵직하니까 좀 더 멀리 날아가리라. 순간적으로 그는 필름통을 입술로 가져가고 싶은 마음이 든다. 경주마들이 막상막하를 기록하고 있을 때 온몸이 굳은 채로 스크린을 바라보면서 경마 전표에 입을 맞추던 삼촌처럼. 제발 날 위해 날아 주렴.

그는 한 손을 내리고 앞뒤로 두 번, 세 번 왔다 갔다 움직이며 거리를 잰다. 제발, 제발. 내가 날게 해 줄게.

동전의 쩽그랑 소리가 생각보다 컸다. 필름통은 드럼통 가장자리를 맞혔다. 소리로 보아하니 드럼통에 물이 차 있지 않다. 드럼통 소리가 울려 퍼진다. 마치 누가 왔음을 알리는 것처럼 의도적이다. 모두의 시선이 저편으로 쏠린다. 빨리, 빨리. 툰데는 한 번 더 던진다. 세 번째 필름통에는 성냥을 채웠다. 충분히 묵직하다. 또 요란한 소리가 울린다. 이쯤 되니까 저항하는 누군가가 있는 듯 보인다. 태풍을 자초하는 어리석은 누군가가.

난민촌 여기저기에서 군인들이 한자리로 모여든다. 록시는 두꺼운 나뭇가지를 드럼통 쪽으로 내려쳐서 다시 한 번 금속 소리가 울려 퍼지게 한다. 록시와 매우 가까이에 있던 여자가 나뭇가지를 헤치고 아래로 내려간다. 자신들에게 대항할 수 있으리라고 생각하는 멍청이를 누구보다 먼저 잡기 위해서.

이제 툰데는 온몸이 아프다. 경련과 부러진 뼈 때문에 아픈 것이지만 고통의 근원은 똑같다. 록시와 가까워지니 그녀의 흉터가 보였다. 마치 자기 살이 잘려 나간 것처럼 아프다. 그는 두 팔을 뻗어서 아래쪽 넓은 나뭇가지를 딛고 훑는다. 록시도 그렇게 한다. 그들은 난민촌을 서성이는 여자들에게 들키지 않게끔 움직임이 가려지기를 바라며 아래로 내려간다.

툰데는 비틀거리며 축축한 땅을 걷는다. 그는 단 한 번 위험을 무릅쓰고 돌아본다. 군인들은 빈 드럼통에 관심을 잃었는지, 쫓아오지는 않는지. 록시도 그의 시선을 따라간다.

군인들은 추격하지 않는다. 드럼통은 텅 비어 있지 않았다. 군인들은 웃으면서 발로 차고, 그 안에 든 것을 꺼낸다. 툰데와 록시는 카메라 플래시가 터지듯 그들이 드럼통 안에서 끄집어낸 것을 본다. 아이 두 명이 숨어 있었다. 군인들이 아이들을 끌어낸다. 대여섯 살 정도로 보이는 아이들은 들어 올려지는 순간에도 몸을 웅크린 채 흐느낀다. 자신을 보호하려는 작고 보드라운 동물. 파란색 나팔바지. 맨발. 노란색 데이지꽃이 그려진 여름 원피스.

록시에게 파워가 있었다면 당장 돌아가서 저 여자들을 전부 재로 만들었으리라. 툰데가 그녀의 손을 잡아끌고 둘은 달리기 시작한다. 저 아이들은 절대로 살아남지 못할 것이다. 어차피 난민촌에 계속 있었어도 추위에 얼어 죽었으리라. 아니, 살아남았을 수도 있다.

추운 새벽에 그들은 손을 잡고 달린다. 절대로 놓을 생각이 없다.

록시는 가장 안전한 길을 알고, 툰데는 조용히 숨을 수 있는 곳을 찾아낸다. 달릴 수 있을 때까지 달렸다. 그 후에도 말없이 손을 꽉 잡고 계속 걷는다. 해 질 무렵에 툰데가 버려진 기차역을 발견한다. 영영 오지 않을 소비에트 기차를 기다리다가 지금은 새들의 둥지가 되었다. 그들은 창문을 깨뜨리고 안으로 들어간다. 곰팡이 핀 쿠션이 놓인 나무 벤치가 있고, 벽장을 뒤지니 마른 울 담요 한 장이 나온다. 감히 불까지는 피우지 못하고 구석에 숨어서 담요를 함께 덮는다.

그는 "난 끔찍한 짓을 했어."라고 하고, 그녀는 "네가 내 목숨을 구했어."라고 한다.

그녀는 "난 네가 믿을 수도 없는 일들을 했는걸. 아주 나쁜 일들."이라고 하고, 그는 "네가 내 목숨을 구했어."라고 한다.

어둠 속에서 그는 그녀에게 자기가 쓴 글과 사진으로 책을 출간한 니나의 이야기를 한다. 항상 그에게서 뭔가를 얻으려고 고대하던 그녀였으니 이럴 줄 알았다고. 그녀는 대럴이 무엇을 빼앗아 갔는지 이야기한다. 그 이야기를 듣고서야 툰데는 전부 깨닫게 된다. 왜 그녀가 오랫동안 조용히 숨어 지냈고 왜 집으로 돌아갈 수 없다고 생각하는지, 몽크답지 않게 왜 거대한 분노로 대럴에게 복수를 하지 않았는지, 그가 일깨워 주기 전까지 왜 자신의 이름마저 거의 잊고 있었는지.

한 사람이 묻는다. "니나와 대럴은 왜 그런 것일까?"

한 사람이 답한다. "할 수 있으니까."

답은 그것뿐이다.

그녀가 그의 손목을 붙잡지만 그는 두렵지 않다. 그녀는 엄지로 그의 손바닥을 따라 움직인다.

"내가 보기엔 나도 죽고 너도 죽었어. 죽은 사람들은 여기에서 뭘 하고 놀까?"

둘 다 다쳤고 아프다. 툰데는 쇄골이 부러진 것 같다고 생각한다. 움직일 때마다 엄청난 고통이 느껴진다. 이론상으로는 이제 그가 그녀보다 강하다. 그 사실에 둘 다 웃음을 터뜨린다. 그녀는 아버지처럼 작고 다부진 체격에 황소처럼 굵은 목을 가졌고, 툰데보다 훨씬 전투 경험이 많고 싸우는 방법도 잘 안다. 그가 그녀를 바닥으로 밀치는 장난을 치자, 그녀는 엄지를 어깨와 목이 만나는 부분에 대고 누르는 장난을 친다. 그의 머리가 핑핑 돌 정도로만 세게 누른다. 그도 웃고 그녀도 웃는다. 폭풍 한가운데에서 바보처럼 헉헉댄다. 고통이 그들의 육체를 새로 썼다. 투쟁은 남아 있지 않다. 지금 그들은 누가 누군지 알 수 없다. 다시 시작할 준비가 되었다.

그들은 느리게 움직인다. 옷의 절반만 벗는다. 그녀는 그의 손목에 있는 오래된 흉터를 훑는다. 처음 공포를 배운 델리에서 생긴 상처다. 그는 그녀 쇄골의 검푸른 선에 입술을 가져간다. 둘 다 그동안 겪은 일들 때문에 빠르거나 거칠게는 하고 싶지 않다. 그들은 부드럽게 서로를 만진다. 서로 비슷한 곳과 다른 부분을 느껴 본다. 그가 준비되었음을 알린다. 그녀도 준비되었다. 자물쇠에 딱 맞는 열쇠처럼 함께 미끄러지듯 움직인다. "아." "좋아." 그녀가 그를 껴안고 그는 그녀 안으로 들어간다. 둘은 딱 맞는다. 미소 가득한 얼굴로 서로의 아픈 곳을 생각하며 졸린 듯이 천천히 편안하게 움직인다. 두려움 없이. 서로의 목에 얼굴을 묻은 채 동물 같은 부드러운 소리를 내며 사정을 한다. 주워 온 담요를 덮고 서로 다리가 뒤엉킨 상태로 잠에 빠진다. 전쟁의 한가운데에서.

최소한 5000년 전, 대변혁 시대의 조각으로 추정된다. 오랜 과거의 유물치고는 보존 상태가 좋은 편이다. 영국 서부에서 출토되었다. 이런 종류의 유물은 대체로 파손된 채 발굴된다. 중앙부가 의도적으로 파괴된 듯 보이며, 실제로 무엇이 있었는지는 현재 정확히 파악할 수가 없다. 오늘날 여러 가설이 제기되고 있다. 어떤 석재 조각을 장식하는 일종의 액자였다, 출토 지역의 법령이 새겨져 있었다, 단순한 사각형 조형물이다, 애초부터 중앙부에는 아무것도 없었다, 따위가 대표적이다. 중앙부가 도려내졌다는 사실은, 가운데에 무엇이 있었든 없었든 간에, 여전히 논란의 불씨가 되고 있다.

마침내 그날

모든 일이 한꺼번에 벌어진다. 모든 것이 하나다. 예전에 있었던 일들이 빚어낸 필연적인 결과. 파워가 배출구를 찾는다. 예전에도 일어났던 일이다. 앞으로 또 일어날 것이다. 항상 일어나는 일이다.

환한 파란색이었던 하늘에 구름이 드리우고, 잿빛이 되었다가 이내 검게 변한다. 폭우가 쏟아질 것이다. 비가 내리지 않은 지 오래되었다. 땅은 폭력으로 가득하고, 살아 있는 모든 것들이 섭리를 잃었다. 북쪽과 남쪽과 동쪽과 서쪽 하늘의 모퉁이에서 물이 차오른다.

남쪽에서 조슬린 클리어리는 지프차의 지붕을 열고 뭔가 흥미로운 장소로 이어질 듯 보이는 자갈길로 들어가서 은폐된 출구를 택한다. 그리고 북쪽에서는 올라툰데 에도와 록산느 몽크가 피난처의 양철 지붕을 때리는 빗소리에 깬다. 한편 서쪽에서는 한때 앨리라는 이름으로 불리던 어머니 이브가 폭풍이 몰려오는 모습을 보며 혼잣말을 한다. 때가 되었나? 그리고 그녀가 답한다. 그렇지.

북쪽에서는 잔혹한 행위가 일어났다. 소문의 출처가 너무 여러 군데라서 부정할 수 없다. 타티아나의 세력이었다. 권력에 미치고 계속된 지체와 명령에 넋을 잃은 채 "어떤 남자라도 너를 배신할 수 있다, 어느 남자라도 북쪽을 위해 일할 수 있다."라고 말하면서. 아니, 타티아나는 애초부터 그들을 제대로 통제할 생각조차 없었던 것일까? 어머니 이브가 무슨 수를 썼는지 상관없이 그녀는 처음부터 미쳤는지도 몰랐다.

록시는 사라졌고 타티아나는 자꾸 통제권을 잃는다. 누군가 나서서 상황을 바로잡지 않으면 몇 주 안으로 쿠데타가 일어날 터다. 그러면 북몰도바가 쳐들어와 이 나라와 남쪽 도시들에 쌓인 화학 무기를 차지하리라.

앨리는 조용한 서재에 앉아서 폭풍우를 내다보며 그 일에 따르는 대가를 계산한다.

목소리가 말한다. 넌 위대한 일을 할 운명이라고 내가 늘 말했지.

네, 알아요.

넌 이곳뿐만 아니라 모든 곳에서 존경을 받고 있다. 네가 이 나라를 소유한다면 전 세계에서 여자들이 몰려올 거야.

안다고 했잖아요.

그럼 무엇을 기다리는 거냐?

앨리가 말한다. 세상은 예전 모습으로 돌아가려 하고 있어요. 우리가 한 일들로 충분하지 않아요. 세상을 원하는 대로 좌우할 수 있는 돈과 영향력을 가진 남자들이 아직 존재하니까. 우리가 북쪽을 상대로 이기더라고 도대체 뭐가 시작되는 거죠?

넌 온 세상을 뒤집어엎고 싶은 거구나.

네.

이해한다. 하지만 어떻게 더 분명하게 말할 수 있을까. 여기서는 거기로 갈 수 없어. 다시 시작해야만 한다. 모든 것을 다시 시작해야 해.

앨리가 속으로 뇌까린다. 대홍수 말씀이세요?

그것도 한 방법이 될 수 있겠지. 하지만 몇 가지 선택지가 있다. 생각을 해 봐라. 그 일을 한 다음에.

늦은 밤이다. 타티아나는 책상에 앉아서 뭔가를 쓰고 있다. 장군들에게 지시를 내려야 한다. 그녀는 북측과의 충돌을 밀고 나갈 것이다. 엄청난 재앙이 되리라.

어머니 이브가 그녀 뒤로 와서 뒷덜미에 손을 지긋이 올려놓는다. 여러 차례 있었던 일이다. 타티아나 모스칼레프는 정확한 까닭을 알 수 없지만 그 손짓에서 편안함을 느낀다.

타티아나가 말한다. "나 제대로 하고 있는 거죠?"

앨리가 말한다. "신은 늘 당신과 함께하십니다."

이 방에는 숨겨진 카메라가 있다. 타티아나의 편집증을 보여 주는 또 다른 증거.

괘종시계가 울린다. 한 번, 두 번, 세 번. 지금 끝내 버리자.

앨리가 손을 뻗어서 특별한 감각과 기술로 타티아나의 목과 어깨, 머리의 세포를 전부 진정시킨다. 타티아나는 눈을 감는다. 고개를 끄덕인다.

그녀의 일부가 아닌 듯, 지금 이 순간 몸의 움직임을 감지할 수 없는 것처럼, 타티아나의 손은 테이블을 천천히 지나서 종이 더미에 놓인 날카로운 편지칼로 향한다.

앨리는 근육과 신경의 저항을 느끼지만 서로 익숙해져 있다. 여기는 반응을 좀 약하게, 저기는 좀 더 강하게. 타티아나가 술을 많이 마시고, 록시가 실험실에서 만들어 낸 특별한 혼합물도 흡입하지 않았다면 이렇게 쉽지는 않았을 것이다. 지금도 쉽지 않다. 하지만 가능은 하다. 앨리는 편지칼을 잡은 타티아나의 손으로 정신을 집중한다.

갑자기 방 안에서 무슨 냄새가 난다. 썩은 과일 같은 냄새. 그러나 숨겨진 카메라가 냄새까지 담을 순 없다.

어머니 이브가 어떻게 할 수도 없는, 너무도 순식간에, 그녀가 상상이나 할 수 있었을까? 자신의 권력이 무너지는 모습에 미쳐 버린 타티아나 모스칼레프는 날카로운 작은 칼로 목을 긋는다.

어머니 이브는 비명을 지르며 뒤로 물러나서 도움을 청한다.

타티아나 모스칼레프는 책상에 펼쳐진 서류 위로 피를 쏟는다. 오른손은 아직 살아 있는 듯 꿈틀거린다.

대럴

"사무실에서 날 보냈어. 뒤쪽 길에 군인이 한 명 있어." 움직임이
둔한 이리나가 말한다.

젠장.

그들은 폐쇄 회로 모니터로 지켜본다. 공장은 큰길에서 비포장도
로로 팔 마일이나 떨어져 있고, 입구가 산울타리와 수풀로 가려져
있다. 모르면 찾을 수 없는 곳이다. 그런데 주변 울타리에서 그리 멀
리 떨어지지 않은 곳에 군인 딱 한 명이 서 있다. 군대가 옆에 있다
는 신호도 없다. 그녀는 공장에서 일 마일 떨어져 있다. 저 위치에서
는 공장이 보이지도 않는다. 그런데 울타리 주변을 서성이며 휴대폰
으로 사진을 찍는다.

사무실의 여자들이 대럴을 본다.

그들은 생각한다. 록시라면 어떻게 할까? 두꺼운 펜으로 이마에
써 놓기라도 한 것처럼 표정에 뚜렷이 나타난다.

대럴은 가슴의 타래가 울리고 뒤틀리기 시작함을 느낀다. 그동안
연습을 해 왔다. 그곳에는 록시의 일부가 들어 있다. 어떻게 해야 하
는지 아는 록시의 일부가. 그는 강하다. 가장 강한 자보다도 강하다.
파워를 지녔다는 사실을 여자들에게 보여 주어서는 안 된다. 버니는
분명히 경고했었다. 고양이를 가방에서 꺼내면 안 된다고. 런던에서
가장 큰 금액을 제시하는 입찰자에게 능력을 보여 줄 준비가 되기
전까지는 비밀로 남겨 두어야 한다.

타래가 그에게 속삭인다. 군인 한 명뿐이잖아. 나가서 싸워.

파워는 무엇을 해야 할지 안다. 논리적이다.

대럴이 말한다. 너희들, 보기만 해. 내가 나간다.

그는 기다란 자갈길을 걸어가 울타리 문을 열면서 타래에게 말을 건다.

이번에는 실패하지 마. 너한테 돈을 많이 썼다고. 같이 해낼 수 있어. 너하고 나.

이제는 순종적인 타래가 언젠가 한번 록시에게 그랬듯이 대럴의 쇄골 위로 펼쳐져서 웅웅거리고 지글지글 소리를 내기 시작한다. 좋은 느낌이다. 그동안 예상은 했지만 확신하지는 못했던 부분이다. 약간 기분 좋게, 강해진 듯 도취한 기분이다. 이런 상태에서는 덤비는 자들 모두를 상대할 수 있을 것 같고, 실제로 해치워 버리고도 남을 그런 느낌.

타래가 답한다.

준비됐어.

가자, 아들아.

너에게 필요한 것은 다 있다.

파워는 누가 사용하든 상관하지 않는다. 타래는 그에게 반항하지도, 그가 올바른 주인이 아니라는 사실도 모른다. 그저 "그래, 난 할 수 있어, 그래, 넌 할 수 있어."라고 말할 뿐.

그는 엄지와 검지 사이로 짧은 포물선을 그린다. 아직도 익숙하지 않은 느낌이다. 살갗에서 불편하게 윙윙거리지만 가슴 안에서는 강하고 제대로 작동하는 듯 느껴진다. 군인을 그냥 보내 줘야 하지만 간단히 해치울 수도 있다. 저들에게 증명해 보일 수 있다.

공장 쪽을 뒤돌아보니 여자들이 창가에 모여서 그를 보고 있다. 몇 명은 그를 시야에서 놓치지 않으려고 아예 길 쪽으로 들어와 있다. 손을 앞으로 내밀고 서로 수군거린다. 한 명은 손가락 사이로 기다란 포물선을 만든다.

항상 같이 움직이는 사악한 것들이다. 록시는 지금까지 그들이 기이한 의식을 즐기게 두고, 쉬는 시간에는 글리터까지 사용하게끔 방관했다. 너무 무르게 대했다! 저들은 해 질 무렵에 다 함께 숲으로 들어가서 새벽에야 돌아온다. 하지만 뭐라고 할 수도 없다. 제시간이면 갑자기 나타나서 할 일을 하니까. 하지만 분명 무슨 일이 벌어지고 있다. 그는 냄새로 알 수 있다. 저들은 이곳에서 자기들만의 문화를 만들었다. 저들이 자기 이야기를 하는 것도, 자신이 여기 있으면 안 된다는 사실도 그는 알고 있다.

그는 군인이 눈치채지 못하도록 쭈그리고 앉는다.

대럴 뒤쪽에서 여자들의 물결이 점점 커진다.

아침에 옷을 입었을 때 록시가 툰데에게 말한다. "내가 이 나라에서 빠져나가게 해 줄 수 있어."

그는 잊고 있었다. "이 나라에서 빠져나갈" 방법이 있다는 점을. 그동안 시도했던 그 어떤 방법보다 사실적이고 필연적으로 느껴진다.

그는 양말을 신다가 말고 멈춘다. 밤새 마르도록 두었지만 아직 냄새가 나고, 뻣뻣하고 깔끄러운 느낌이다.

"어떻게?"

그녀가 한쪽 어깨를 으쓱하며 미소 짓는다. "나 록시 몽크야. 여기 아는 사람이 좀 있어. 여길 떠나고 싶어?"

물론 그는 떠나고 싶다.

"넌 언제?" 그가 그녀에게 묻는다.

"내 물건을 찾을 거야. 그런 다음에 널 찾으러 올게."

그녀는 이미 뭔가를 되찾았다. 평소보다 몸집이 두 배나 커 보인다.

그는 그녀를 좋아하는 듯하지만 확신할 길이 없다. 지금 그녀가 그에게 대단히 엄청난 제안을 하고 있으므로.

그녀는 이곳에서 저곳으로 몇 킬로미터나 걷는 동안, 자신을 찾을 수 있는 여러 가지 방법을 알려 준다. 자신이 확인할 수 있는 유령 회사 이메일 주소. 언제든 그녀에게 연락할 수 있는 방법을 아는 사람.

그녀는 한 번 이상 말한다. "넌 내 목숨을 구해 줬어." 그는 그녀의 말이 무슨 뜻인지 안다.

들판 사이의 교차로, 일주일에 두 번 운행하는 버스가 서는 정류소와 가까운 그곳에서, 그녀는 외워 둔 번호로 공중전화를 이용해 연락을 취한다.

통화가 끝나자 앞으로 일어날 일을 설명해 준다. 스튜어디스 모자를 쓴 금발 여자가 오늘 저녁 그를 차에 태워서 국경을 넘게 해 주리라고.

미안하지만 안전을 기하기 위해서 그는 트렁크에 타고 가야 하며, 여덟 시간 정도 걸릴 것이다.

"발을 흔들어 줘. 안 그러면 경련이 일어날 거야. 아픈데 밖에 나갈 수도 없으니까."

"너는?"

그녀가 웃음을 터뜨린다. "난 트렁크에 안 타."

"그럼?"

"내 걱정은 하지 마."

그들은 그녀가 이름을 제대로 발음하지 못하는 작은 마을 바깥에서 자정 무렵에 헤어진다.

그녀가 그의 입술에 가볍게 한 번 키스를 한다. "괜찮을 거야."

"넌 다른 곳으로 갈 거야?" 하지만 그는 알고 있다. 그동안의 경험이 그 답을 알려 주었으니까. 그녀가 한 남자를 보살펴 주고 있다는 사실을 남들이 알게 되면, 그녀 세상에서는 나약하게 보일 터다. 그가 그녀에게 특별한 존재라고 여겨져서 누군가가 그를 위험에 처하게 할 수도 있다. 만약 그렇게 된다면 그는 록시에게 짐짝이 될지도 모른다.

그가 말한다. "가서 그걸 되찾아. 알 만한 사람이라면 네가 그거 없이 오래 살아남았다는 걸 대단하게 생각할 거야."

그렇게는 말하지만 사실이 아님을 안다. 그가 이렇게 오래도록 살아남은 사실을 대수롭게 여길 사람도 없을 테니까.

"시도하지 않으면 더 이상 내가 아니야."

그녀는 남쪽으로 걸어간다. 그는 두 손을 주머니에 찔러 넣고 고개를 숙인 채 마을로 들어간다. 마땅한 자격을 갖추고 심부름을 온 남자처럼 보이도록 애쓰면서.

그녀의 설명과 똑같은 장소를 발견한다. 셔터가 내려진 상점이 세 곳 있다. 위쪽 창문에는 조명이 없다. 방금 창문 하나의 커튼이 홱 쳐진 듯하지만 잘못 본 것이라고 생각한다. 이곳에는 그를 기다리는 사람도 추격하는 사람도 없다. 어쩌다 이렇게 조마조마한 상태에 빠졌을까? 물론 알고 있다. 그 마지막 학살 때문은 아니다. 그 안에 공포가 계속 쌓여 왔다. 공포는 수년 전 그의 가슴에 뿌리를 내린 뒤 매 순간 살 속으로 조금씩 그리고 깊숙이 파고들었다.

상상의 어둠과 현실이 일치하는 순간에는 견딜 수 있다. 우리나 나무에서, 최악의 사건을 목격하면서도 이런 공포에 사로잡히지는 않았다. 공포는 조용한 거리에서나 새벽이 오기 전의 호텔에서 혼자 깨어날 때 그를 스토킹했다. 한밤에 걸어 다니면서 편안함을 느낀 지는 꽤 오래되었다.

시계를 확인한다. 텅 빈 거리 모퉁이에서 십 분을 더 기다려야 한다. 가방에 소포 꾸러미가 있다. 카메라 필름, 길에서 찍은 영상, 공책이 전부 다 들어 있다. 우표를 붙인 그 봉투를 처음부터 준비해 놓았다. 봉투가 몇 개나 더 있다. 위험한 상황이 닥치면 니나에게 보낼 작정이었다. 하지만 니나에게는 아무것도 보내지 않을 것이다. 그녀를 다시 만난다면 심장까지 먹어 치우리라. 마커 펜이 있다. 깔끔하게 포장한 봉투도 있다. 거리 모퉁이의 건너편에는 우체통이 있다.

이곳에서 우편 서비스가 제대로 이뤄지고 있을 확률은 얼마나 될까? 캠프에서 듣기로는 큰 마을과 소도시, 대도시에서는 운영되고 있다고 한다. 국경과 산지의 행정 시스템은 벌써 붕괴했지만, 이곳은 국경과 산지로부터 수킬로미터 떨어진 마을이다. 우체통이 열려 있다. 내일 수거 시간이 적혀 있다.

그는 차를 기다리며 생각에 잠긴다. 차가 오지 않을지도 모른다. 혹은 차에 스튜어디스 모자를 쓴 금발 여자 한 명이 아니라 여자 셋이 타고서 그를 뒷좌석에 억지로 태울지 모른다. 그대로 살해당해서 낡고 파괴된 소도시 사이의 도로에 버려질 수도 있다. 물론 정말로 돈을 받고 그를 국경 밖으로 데려다주기로 한 스튜어디스 모자를 쓴 금발 여자가 올지도 모른다. 그런데 그녀가 자유를 찾을 수 있을 거라며 내려 준 곳에는 자유가 없고 숲에서 쫓기다가 목숨을 잃을지도 모른다.

갑자기 자신의 목숨을 록산 몽크에게 맡긴 일이 바보 같다고 여겨진다.

그때 차가 다가온다. 멀리서 흙길을 비추는 전조등 불빛이 보인다. 소포에 이름과 주소를 쓸 시간이 있다. 당연히 니나는 아니다. 테미나 그의 부모도 아니다. 정말로 이 어두운 밤에 자기가 사라진다면 이게 그들에게 보내는 마지막 메시지가 되게는 할 수 없다. 어떤 생각이 떠오른다. 끔찍한 상상이다. 하지만 안전하다. 그가 여기에서 살아남지 못할 경우에 이 소포에 담긴 영상을 세상으로 내보내 줄, 그가 지금 봉투에 적을 수 있는 이름과 주소는 딱 하나 있다. 그는 생각한다. 이곳에서 일어난 일을 사람들도 알아야 해. 무언가를 목격했다는 것은 최초로 책임을 져야 한다는 뜻이야.

시간이 있다. 너무 열심히 생각하지 말자. 재빨리 주소를 휘갈기고 우체통으로 달려간다. 우체통에 얼른 소포를 넣고 뚜껑을 닫는다. 차가 연석에 섰을 때 벌써 제자리로 돌아와 있다. 운전석에 앉아 있는 사람은 야구 모자를 쓴 금발의 여인이다. 모자에는 'JetLife'라고 적혀 있다.

여자가 미소 짓는다. 영어 억양이 강렬하다. "록시 몽크가 보냈어요. 아침 전에 도착할 거예요."

그녀는 트렁크를 연다. 세단이라 공간이 넉넉하지만 무릎을 가슴팍까지 구부리고 있어야 한다. 여덟 시간 동안.

그녀는 그가 트렁크에 들어가는 일을 조심스럽게 도와준다. 머리에 대고 누우라고, 돌돌 말아 둔 스웨터도 건넨다. 트렁크 안은, 적어도 깨끗하다. 바닥의 카펫 부분에 코가 닿는 순간, 꽃향기 샴푸 냄새만 풍긴다. 여자는 그에게 커다란 물병도 준다.

"다 마시면 병에 쉬해요."

툰데는 그녀에게 미소 짓는다. 그녀가 자신을 마음에 들어 했으면, 짐짝이 아닌 사람으로 생각해 주었으면 한다.

"승합 버스인가 봐요? 좌석이 해마다 좁아지네요."

그녀가 농담을 이해했는지 모르겠다.

그녀는 트렁크에 들어가서 자리를 잡는 그의 허벅지를 쓰다듬는다.

"날 믿어요." 여자는 이렇게 말하고는 트렁크를 닫는다.

지금 그녀가 서 있는 외딴 돌길에 칸막이처럼 늘어선 나무 끄트머리로 낮은 건물이 보인다. 위층에만 창문이 있다. 바로 저 모퉁이만 돌면 나온다. 조슬린은 바위로 올라가서 사진을 찍는다. 결정적인 증거는 아니다. 좀 더 가까이 가 봐야 할 것 같다. 바보 같은 생각이지만. 이성적으로 생각해, 조스. 돌아가서 신고하고 내일 다시 부대원들과 오는 거야. 저 건물은 척 봐도 길에서 눈에 띄지 않도록 애쓴 흔적이 역력하다. 하지만 아무것도 아니라면, 부대에서 전부 그녀를 비웃으면 어떡하지? 그녀는 사진을 몇 장 더 찍는다.

사진 찍는 데 열중하느라 남자가 거의 옆에 서 있을 때까지도 알아차리지 못한다.

"여기서 뭐하는 거야?" 남자는 영어로 말한다.

조슬린은 자세를 바꿔서 옆구리 쪽에 찬 무기가 엉덩이를 타고 앞으로 움직이게끔 한다.

"죄송합니다. 길을 잘못 들어서. 고속 도로를 찾고 있어요."

그녀는 침착하고 고른 목소리로 말하고자 애쓴다. 의도하지도 않았는데 도리어 미국 억양이 강조되었다. 길 잃은 관광객 '수지 크림치즈'라고 소개해 버렸다. 잘못된 선택이다. 군복을 입고 있는데. 결백한 척하는 모습이 오히려 유죄인 듯 보인다.

대럴은 타래가 가슴에서 꿈틀거림을 느낀다. 두려움을 느낄수록 경련하고 쉬익거린다.

"내 땅에서 뭐하는 거지? 누가 보냈어?"

그는 공장에서 여자들이 차갑고 까만 눈으로 지켜보고 있음을 안다. 이 일을 처리하고 나면 그에 대한 약간의 의심도, 그의 존재에 의문을 표시하는 사람도 없어질 것이다. 모두가 그의 능력을 알게 되리라. 그가 여자 옷을 입은 남자가 아니라, 그들처럼 강하고 유능한 동족이라는 사실을.

그녀는 미소를 지어 본다. "아무도 안 보냈어요. 비번이라 그냥 관광을 하는 중입니다. 그럼 그만 가 볼게요."

그의 시선이 그녀 손에 들린 지도로 향한다. 지도가 발각되면 구체적으로 이 장소를 찾으러 왔다는 사실을 들킬 터다.

"좋아. 그럼 길을 안내해 주지."

그는 그녀를 도와주고 싶지 않다. 너무 바짝 붙으면 여자가 어딘가로 연락을 취할지도 모른다. 그녀의 떨리는 손이 라디오로 향한다.

그는 오른쪽 손가락 세 개를 뻗어서 단 한 번의 가벼운 움직임으로 라디오를 망가뜨린다. 여자는 눈을 끔뻑거리며 괴물이라도 되는 양 쳐다본다.

그녀가 소총을 앞으로 겨누려 하지만 그가 개머리판을 붙잡아서 그녀의 턱을 친다. 그녀는 비틀거리며 머리에 걸린 끈을 푼다. 대럴은 소총을 어쩔까 생각하다가 덤불 속으로 던져 버린다. 손바닥을 치직거리며 여자에게 달려든다.

조슬린은 도망칠 수도 있었다. 머릿속에서 아빠의 목소리가 들렸다. 몸조심하렴. 엄마의 목소리도 들린다. 넌 영웅이니까 영웅답게 행동해. 인적 드문 공장의 남자일 뿐인데 별로 어렵지 않겠지? 우리 여군은 타래가 있는 남자 한 명 정도는 상대할 수 있어야 해. 그렇지 않니, 조슬린? 이건 너의 특별 프로젝트가 아니었어? 그녀는 증명을 해야 한다. 그도 증명을 해야 한다. 그들은 시작할 준비가 되었다.

그들은 서로 공격 자세를 취한다. 상대방의 약점을 찾아서 빙빙 돈다.

대럴은 일전에 테스트를 했다. 제대로 작동하는지 보려고 수술을 해 준 외과의들에게 사소한 화상과 상처를 입혔다. 그리고 혼자서도 연습을 했다. 하지만 이렇게 본격적인 전투에서 활용해 본 적은 없었다. 흥분된다.

자신의 탱크에 연료가 얼마큼 남았는지 느껴진다. 엄청나게 많다. 그 이상이다. 그녀에게 돌진하지만 놓치고 만다. 흥분감으로 가득한 전류가 발아래의 땅속으로 들어간다. 아직도 잔뜩 남아 있다. 록시가 항상 만족감에 차 있던 것은 당연한 일이었다. 이렇게나 굉장한 양의 힘을 품고 다녔으니. 그 자신도 만족스럽다.

조슬린의 타래가 씰룩거린다. 흥분감 때문이다. 그 어느 때보다 제대로 작동하고 있다. 어머니 이브가 치료해 준 뒤로 줄곧 상태가 좋았다. 이제 그녀는 하나님이 왜 자신에게 기적을 행하셨는지 알 것 같다. 그녀를 죽이려는 저 나쁜 남자로부터 목숨을 구하기 위해서.

그녀는 배에 힘을 주고 그에게 달려든다. 왼쪽 무릎을 공격하는 척하다가 그가 피하려고 몸을 구부리는 순간 오른쪽으로 틀어 몸을 일으킨다. 그러고는 귀를 잡고 관자놀이에 충격을 보낸다. 쉽고 매끄럽다. 기분 좋게 웅웅거린다. 그가 그녀의 허벅지를 잡는다. 녹슨 칼날로 뼈를 도려내는 듯 아프다. 커다란 근육이 계속 쏟아져 내려서 다리가 쓰러지고 싶어 하는 느낌이다. 오른쪽 다리로 받치고, 왼쪽 다리는 뒤로 질질 끌며 몸을 일으킨다. 남자의 파워가 엄청나다. 치직거리는 그의 타래가 느껴진다. 남자가 쏘는 전류는 라이언의 것과 달리 쇠처럼 단단하고 근육질이다. 지금까지 싸워 본 그 누구와도 다르다.

조슬린은 자신보다 강한 상대와 싸우는 법을 배웠음을 떠올린다.

별로 치명적이지 않은 신체 부위를 노출시키면서 그가 공격을 가하도록 내버려 두어야 한다. 그는 그녀보다 연료가 많지만 땅바닥에 소모하게끔 속임수를 쓴다면, 그녀가 더 신속하고 민첩하게 움직인다면 이길 수 있다.

그녀는 일부러 한쪽 다리를 심하게 끌면서 뒤로 물러난다. 약간 휘청거리고 엉덩이 부분을 움켜쥔다. 그가 그녀를 본다. 그를 막으려고 한 손을 들어 올리고 뒤쪽 다리에 힘을 빼면서 바닥에 쓰러진다. 그가 양에게 달려드는 늑대처럼 돌진한다. 하지만 그녀는 그보다 빠르게 몸을 구른다. 그가 발사한 강력한 파워가 자갈길에 내리꽂힌다. 포효하는 그의 머리 옆쪽을 멀쩡한 다리로 세게 찬다.

그녀는 그의 무릎 뒤쪽을 잡으려고 한다. 배운 대로 미리 계획을 세운 것이다. 그를 바닥으로 내리치면서 무릎과 발목을 노린다. 파워도 충분하다. 인대가 만나는 부분에 충격을 가하면 주저앉을 터다.

그의 바지를 낚아채 종아리에 손바닥을 대고 파워를 내보내려 한다. 그런데 없다. 사라졌다. 격하게 회전하다가 갑자기 정지한 엔진처럼, 웅덩이 물이 땅속으로 다 흡수된 듯 없다.

있을 것이다.

어머니 이브가 돌려주었다. 분명히 있을 것이다.

다시 시도한다. 수업 시간에 배운 대로 콸콸 흐르는 시냇물을 떠올리고, 스스로의 의지에 따라 이곳에서 저곳으로 자연스럽게 흐르는 흐름을 떠올리며 집중한다. 아주 잠깐만이라도 시간이 있으면 다시 찾을 수 있다.

대릴이 발뒤꿈치로 그녀의 턱을 세게 찬다. 그 또한 응답 없는 공격을 기다리고 있었다. 하지만 기회를 날릴 수는 없다. 그는 무릎 꿇은 채 두 손을 받치고 숨을 헐떡거리는 그녀의 옆구리를 찬다. 한 번. 두 번. 세 번.

갑자기 쓰디쓴 오렌지 향기가 난다. 머리카락이 타는 것 같은 냄새.

그는 손으로 그녀의 머리를 세게 내려치며 두개골 아랫부분에 전류를 쏜다. 그곳을 맞으면 더 이상 싸울 수가 없음을 그는 알고 있다. 오래전 한밤중에 공원에서 당한 적이 있었다. 머릿속이 뒤죽박죽되고 몸은 축 늘어져서 아무것도 할 수 없다. 그는 계속해서 전류를 내보낸다. 여군은 얼굴을 자갈 바닥에 박으며 쓰러진다. 더 이상 꿈틀거리지 않을 때까지 기다린다. 거칠게 숨을 쉰다. 똑같은 공격을 두 번은 더 할 수 있을 정도로 연료가 남아 있다. 기분이 좋다. 여자는 죽었다.

대릴은 웃으며 하늘을 쳐다본다. 마치 나무들이 자신의 승리에 박수갈채를 보내는 것 같다.

멀리서 여자들의 노랫소리가 들린다. 예전에도 부르는 소리를 들었지만 아무도 알려 주지 않았던 노래.

공장에서 그를 주시하는 여자들의 검은 눈이 보인다. 바로 그때 대릴은 깨닫는다. 처음부터 명백했지만 굳이 깊게 생각해 보지 않았던 간단한 사실. 여자들은 그가 한 일을 보고 반가워하지 않는다. 그에게 파워가 있다는 사실도. 빌어먹을 년들이 입을 꾹 다문 채 그냥 쳐다보고만 있다. 그들은 공장 안쪽 계단을 질서 정연하게 내려와서 그에게 걸어온다. 대릴은 사냥감의 비명을 지르면서 도망치기 시작한다. 여자들이 그를 쫓는다.

그는 몇 킬로미터 떨어진 도로를 향해 달린다. 도로로 나가서 차를 잡아타고 저 미친년들로부터 도망칠 것이다. 아무리 정신 나간

나라지만 분명 도와줄 사람이 있으리라. 그는 커다란 두 그루의 나무 사이로 탁 트인 평지를 허둥지둥 달려간다. 새처럼, 흐르는 시냇물처럼, 나무처럼 발로 땅을 구른다. 탁 트인 장소라 저들에게는 그가 보일 텐데도 아무런 소리가 들리지 않는다. 그는 어쩌면 그녀들이 돌아갔을지도 모른다고 생각한다. 뒤를 돌아본다. 무수히 많은 여자들이 있고 그들의 웅성거림이 바다의 함성 같다. 점점 가까워지고 있다. 그는 발목을 접질리면서 쓰러진다.

전부 이름을 부르는 사이다. 이리나, 똑똑한 마그다, 베로니카, 금발의 예브게니아와 검은 머리 예브게니아, 신중한 나츠야, 쾌활한 마리넬라, 어린 저스티나도 있다. 모두가 그를 쫓아온다. 몇 달, 몇 년 동안 같이 일했던 여자들, 그가 일자리를 주고 공정하게 대해 준 여자들. 그는 그들의 얼굴 표정을 읽을 수가 없다. "진정들 해. 너희들을 위해서 그 군인을 제거한 거야. 예브게니아, 봤어? 내가 한 방에 쓰러뜨렸다고. 너희들 다 봤어?"

그는 멀쩡한 발로 몸을 밀면서 도망치려 한다. 마치 땅에 엉덩이를 대고서 나무 우거진 산속의 피난처까지 가려는 듯이.

그들은 그가 한 짓을 알고 있다.

그들은 서로 뭐라고 소리친다. 정확하게 알아들을 수가 없다. 목에서 모음만 모아서 외치는 것 같다. 에오이, 여우이, 에우오이.

"숙녀분들." 대럴은 점점 목을 조여 오는 그들에게 말한다. "뭘 봤다고 생각하는지 모르겠지만, 난 그냥 뒷덜미를 쳤을 뿐이야. 정당했어. 그냥 때린 거야."

그는 분명히 말하고 있는데 여자들의 표정은 전혀 듣고 있는 것 같지가 않다.

"미안해. 미안해. 그럴 생각은 아니었어."

그들은 부드럽게 고대의 노래를 흥얼거린다.

"제발. 제발 하지 마."

그리고 그에게 달려든다. 맨살을 찾아 움켜쥔다. 허벅지, 겨드랑이. 그는 전류를 가하려고, 손과 치아로 무엇이든 잡으려고 발버둥친다. 여자들은 공격당하면서도 계속 달려든다. 마그다와 마리넬라, 베로니카, 이리나가 그의 팔다리를 붙잡고 그의 피부에 파워를 쏴서 흉터를 만들고 살을 파고들어 관절을 녹이고 비튼다.

나츠야는 손끝을 목젖에 대고 말을 하게 한다. 그가 하는 말이 아니다. 그의 입이 움직이고 목소리가 웅웅거리지만 말하는 사람은 그가 아니다.

그의 목젖이 거짓을 말한다. "고마워."

이리나는 그의 겨드랑이를 발로 누르고 오른쪽 팔을 잡아당겨서 충격을 주고 태운다. 관절 부분의 살갗이 파삭해지며 휜다. 눈알도 빼낸다. 마그다도 함께 팔을 잡아당겨서 뽑아낸다. 다른 이들은 다리와 목, 나머지 팔, 그의 야망이 들어선 쇄골로 달려든다. 나뭇잎을 떨어뜨리는 바람처럼 가차 없고 잔혹하다. 그들은 살아 있는 그의 가슴에서 나긋나긋하고 꿈틀거리는 타래를 뽑아낸 뒤 목을 자른다. 마침내 그가 조용해졌을 때 그들의 손가락은 피로 검붉게 물들었다.

그녀가 툰데를 위해서 전화를 거는 순간부터 시작이다. 록시 몽크의 귀환을 알리는 서막.

"내 남동생이, 빌어먹을 남동생이 날 배신했어. 날 죽이려고 했어." 그녀가 전화에 대고 말한다.

전화기 너머의 목소리가 흥분한다.

"거짓말인 줄 알았어. 쥐새끼 같은 놈. 거짓말인 줄 알았다니까. 공장 여자들이 그러더라고. 너한테서 지시를 받는다고 말했대, 그놈이. 난 거짓말인 줄 알았다니까."

"그동안 몸을 추스르면서 계획을 세우고 있었어. 이제 그놈이 나한테서 빼앗아 간 걸 되찾을 거야."

그녀는 작은 군대를 모은다. 공장에서는 아무도 전화를 받지 않았다. 무슨 일이 있는 모양이다. 대럴이 사람들을 데리고 있을지도 모른다. 아무리 록시가 죽었다고 믿더라도 바보가 아닌 이상 누군가가 공장을 빼앗으려 들지 모른다고 생각할 테니까.

록시는 공격을 개시해야만 한다고 생각하지만 공장 문이 열려 있다.

그녀의 일꾼들이 전부 잔디밭에 앉아 있다. 열렬한 환호로 그녀를 맞이한다. 기쁨의 메아리가 호수로 울려 퍼지고 사람들 사이로 전달된다.

불구가 되면 왜 여기에서 환영받지 못하리라고 생각했을까? 어째서 돌아가야 한다는 사실을 스스로 용납하지 않았을까?

그녀가 돌아와서 온통 축제 분위기다. "돌아올 줄 알았어. 보였어. 우리가 기다린 사람은 너였어."

여자들은 록시 주위로 몰려들어 그녀의 손을 잡고 그동안 어디에 있었는지, 교전 지역은 점점 가까워지고 군인들이 공장을 찾으려고 혈안이 되어 있는데 다른 계획이 있느냐고, 공장을 어디로 이전할지 장소는 물색했느냐고 묻는다.

군인들? "UN 군인들. 벌써 몇 번이나 따돌렸어."

"그래? 대럴 모르게 했지?"

여자들이 수수께끼 같은 시선을 주고받는다. 이리나가 록시의 어깨에 손을 올린다. 무슨 냄새가 난다. 땀 냄새 같기도 하지만 생리혈처럼 텁텁하고 썩은, 톡 쏘는 냄새가 감돈다. 그들은 이 공장에서 약을 합성하고 제조했다. 록시는 알면서도 말리지 않았다. 그들은 인가되지 않은 약을 즐겨 왔다. 주말에 숲으로 가서 했다. 그래서 곰팡이 같은 땀 냄새가 났다. 손톱에는 파란색 진이 꼈다.

이리나가 록시의 어깨를 꽉 누르더니 자리에서 일으킨다. 마그다는 록시의 손을 잡는다. 그들은 그녀를 휘발성 화학 제품을 보관하는 저온 창고로 데려간다. 문을 연다. 차가운 테이블 위에 고깃덩어리가 놓여 있다. 피투성이의 날것이다. 처음에 록시는 그것을 보여주는 까닭을 상상조차 못 하다가 깨닫는다.

"뭘 한 거야? 도대체 무슨 짓을 한 거야?"

록시는 피투성이 곤죽 사이에서 그것을 발견한다. 그녀 자신, 그녀의 팔딱거리는 심장, 온몸을 움직여 주던 부위. 썩어 가는 가느다란 연골 조각. 자주색과 붉은색의 가로무늬 근육.

대릴에게 그것을 빼앗기고 사흘 뒤 록시는 자신이 죽지 않으리라는 사실을 깨달았다. 가슴의 경련이 멈추었다. 눈의 노랗고 붉은 기운도 사라졌다. 그녀는 스스로 붕대를 감고, 예전부터 알던 숲속의 오두막으로 가서 죽기를 기다렸었다. 그러나 사흘째 되던 날, 그녀는 죽음이 자신을 데려가지 않으리라는 사실을 깨달았다.

그녀는 자신의 심장이 아직 살아 있기 때문이라고 생각했다. 자기 몸 바깥에, 그의 몸속에 여전히 살아 있기 때문이라고. 만약 심장이 죽는다면 그녀도 알 수 있을 터였다.

그런데 그녀는 몰랐다.

쇄골에 손바닥을 가져다 댄다.

뭔가가 느껴지기를 기다린다.

어머니 이브가 남쪽에 위치한 위성 도시 바사라비스카의 기차역에 정차한 야간 육군 수송 기차에서 내린다. 그러고는 록산느 몽크를 만나러 간다. 대통령 궁에서 록시를 기다릴 수도 있었지만 하루 빨리 얼굴을 보고 싶었다. 록시 몽크는 전보다 야위었고 짜증스럽고 지친 얼굴이다. 어머니 이브는 그녀를 꽉 껴안는다. 잠깐 동안, 자신의 특별한 감각으로 상대를 살피거나 질문을 하는 것조차 잊고서. 솔방울과 달콤한 아몬드 냄새, 친구의 냄새 그대로다. 그녀만의 느낌 그대로다.

록시가 어색하게 몸을 뗀다. 뭔가가 잘못되었다. 텅 빈 거리를 지나서 궁으로 가는 차 속에서도 그녀는 거의 말이 없다.

"그럼 이제 네가 대통령이야?"

앨리가 미소 짓는다. "미룰 수가 없었어." 그녀는 록시의 손등을 쓰다듬지만 록시가 손을 뺀다.

"이제 네가 돌아왔으니까 미래에 대해 이야기해 보자."

록시는 굳은 입술로 미소를 짓는다.

궁 안에 마련된 어머니 이브의 처소에서 마지막 문이 닫히고, 마지막 남은 사람까지 물러간 후 앨리는 경탄스러운 듯이 친구를 바라본다.

"네가 죽은 줄 알았어."

"죽을 뻔했지."

"하지만 살아났잖아. 목소리가 알려 준 대로 나에게 온 사람. 넌 계시야. 넌 나의 계시야. 언제나 그랬어. 하나님의 은혜가 나와 함께하셔."

"그건 모르겠네." 록시가 말한다.

그녀는 셔츠의 단추 세 개를 풀어서 보여 준다.

앨리가 그것을 본다.

계시가 자신이 바람과 완전히 다른 방향을 가르키고 있음을 깨닫는다.

하나님이 마지막으로 세상을 파괴한 뒤 하늘에 새긴 상징이 있었다. 엄지를 핥아서 하늘에 활 모양을 그리셨다. 여러 가지 광채를 펼치시고 다시는 홍수를 일으키지 않겠다고 언약하셨다.

앨리는 록시의 가슴에 새겨진 거꾸로 된 활 모양 흉터를 바라본다. 손가락으로 흉터를 부드럽게 따라간다. 얼굴을 돌리는 친구에게도 상처를 만지게 한다. 거꾸로 된 무지개를.

"넌 내가 아는 가장 강한 사람이었어. 몰락한 뒤에도 마찬가지야."

"너한테 진실을 알려 주고 싶었어."

"네가 옳았어. 난 이게 무슨 의미인지 알아."

홍수가 다시 있지 않으리니. 구름 사이의 언약. 다시는 일어날 수 없는 일.

"북쪽에 대한 이야기를 해야 해. 전쟁. 넌 이제 권력을 가진 여자야." 록시가 살짝 미소를 짓는다. "넌 항상 어딘가로 향했지. 하지만 북쪽에서 끔찍한 일들이 벌어지고 있어. 생각을 좀 해 봤는데 너와 내가 그걸 막을 방법을 찾을 수 있을지도 몰라."

"방법은 하나뿐이야." 어머니 이브가 침착하게 말한다.

"우리가 뭔가 방법을 찾아낼 수 있을 거야. 내가 텔레비전에 나가서 내가 당하고 겪은 일을 얘기해도 되고."

"그래. 흉터를 보여 줘. 네 남동생이 한 짓을 이야기해. 그럼 도저히 막을 수 없는 분노가 일어날 거야. 본격적인 전쟁이 시작될 거야."

"아니. 내가 원하는 건 그게 아니야. 넌 몰라. 북쪽은 완전히 장난 아니야. 정신 나간 광신도들이 어린애들을 죽이고 다녀."

"바로잡을 수 있는 방법은 하나뿐이야. 지금 전쟁이 시작되어야 해. 진짜 전쟁. 모두의 모두에 대한 투쟁."

목소리가 속삭인다. 곡(Gog)*과 마곡(Magog)**의 전쟁이지.

록시는 의자에 등을 기댄다. 그녀는 어머니 이브에게 전부 이야기를 했다. 그녀가 보고 당하고 겪은 일들을 하나도 남김없이.

"우린 전쟁을 막아야 해. 내가 이렇게 됐어도 아직 할 줄 아는 게 많아. 날 북쪽 군대의 책임자로 만들어 줘. 질서를 유지하고 진짜 국경처럼 순찰할게. 미국에 있는 네 친구들과도 대화를 하고. 미국은 여기서 아마겟돈 전쟁이 일어나길 바라지 않아. 아와디아티프가 어떤 무기를 가졌을지 모르잖아."

어머니 이브가 말한다. "화해를 원한다는 거구나."

"그래."

"네가 화해를 원한다고? 네가 북쪽 군대의 책임자가 되고 싶다고?"

"그렇다니까."

어머니 이브는 누군가가 대신 머리를 흔드는 것처럼 고개를 젓는다.

그리고 록시의 가슴을 가리킨다.

"사람들이 예전처럼 네 말을 들을 이유가 있을까?"

---

* 성경에 등장하는, 대군을 이끌고 이스라엘을 공격한 고대의 왕. 반(反)기독교 지도자를 의미한다.
** 곡과 함께 세계 종말 때 나타나는 반기독교 지도자.

록시는 온몸을 뒤로 홱 젖히며 물러난다.

눈을 끔뻑거리며 말한다. "넌 아마겟돈을 원하는구나."

"그 방법뿐이야. 이길 수 있는 방법은 그것뿐이야."

"하지만 무슨 일이 일어날지 알잖아. 서로 핵폭탄을 쏘고 점점 걷잡을 수 없이 확대되겠지. 그러면 미국이 개입하고 러시아와 중동도 개입하고…… 남자들뿐만 아니라 여자들도 고통받을 거야, 이브. 핵폭탄 때문에 원시 시대로 돌아가면 남자들만큼 여자들도 죽어."

"그럼 원시 시대로 돌아가면 되지."

"말은 참."

"그리고 오천 년 동안 재건을 하는 거야. 그 오천 년 내내 더 많이 파괴하고, 더 많이 망가뜨리고, 공포를 일으키는 능력만이 중요해질 거야."

"그리고?"

"그러면 여자들이 승리할 수 있어."

방 안으로 침묵이 퍼져 나가고 록시의 뼛속까지 파고들어 온다. 차가운 액체 같은 정적.

"맙소사. 지금까지 네가 제정신이 아니라고 말하는 사람들이 많았지만 난 믿지 않았어."

어머니 이브는 너무도 평온하게 그녀를 바라본다.

"항상 '직접 만나 보면 정말 똑똑해. 많은 일을 겪긴 했지만 미치진 않았어.'라고 말해 줬지." 록시는 한숨을 쉬며 손바닥을 쳐다보고 뒤집어서 손등을 바라본다. "오래전에 너에 대한 정보를 알아보러 갔었어. 꼭 알고 싶었거든."

어머니 이브는 마치 매우 멀리에 있는 듯 지그시 바라본다.

"네 과거를 찾는 건 어렵지 않았어. 인터넷만 해도 정보가 많았으니까. 앨리슨 몽고메리테일러." 록시는 서두르지 않고 천천히 말한다.

"알아. 인터넷 정보를 다 지워 준 게 너라는 거. 고맙게 생각해. 네가 지금 바라는 게 감사 표시라면, 정말 고맙게 생각하고 있어."

하지만 록시는 얼굴을 찡그린다. 그 표정을 보고 앨리는 자신이 도중에 실수를 했음을 깨닫는다. 이해가 약간 어긋났다는 사실을.

"난 이해해. 네가 그 사람을 죽였다면 분명 그럴 만했을 거야. 하지만 그 사람 부인이 어떻게 지내는지는 한번 찾아가서 봐 봐. 지금 성은 윌리엄스야. 잭슨빌의 라일 윌리엄스하고 재혼했어. 아직 거기 살아. 꼭 찾아가 봐."

록시는 자리에서 일어난다. "제발 전쟁은 하지 마. 제발."

어머니 이브가 말한다. "난 항상 널 사랑할 거야."

"알아."

"그 방법뿐이야. 내가 하지 않으면 그들이 할 거야."

"정말로 여자들이 이기기를 바란다면 잭슨빌의 라일 윌리엄스 부부를 찾아봐."

앨리는 호수가 내려다보이는 수도원의 고요한 석실에서 담배에 불을 붙인다. 예전처럼 손끝으로 불을 붙인다. 탁탁 소리와 함께 종이가 까맣게 타면서 불이 붙는다. 폐 속으로 연기를 깊이 빨아들인다. 온통 과거의 그녀로 가득하다. 너무도 오랜만에 피우는 담배 탓에 머리가 핑 돈다.

몽고메리테일러 부인을 찾기는 어렵지 않았다. 검색창에 단어를 하나, 둘, 세 개 치니까 나온다. 지금 그녀는 새 교회의 지원과 축복으로 보육원을 운영하고 있다. 그녀는 잭슨빌 새 교회의 초기 신도였다. 보육원 웹 사이트에 올라온 사진을 보니, 그녀 뒤에 남편이 서 있다. 몽고메리테일러 씨와 무척이나 닮았다. 키는 약간 더 큰 것 같기는 하지만. 콧수염이 좀 더 덥수룩하고 뺨이 더 둥그스름하다. 눈과 머리 색깔도 다르고 입 모양도 다르지만 동일한, 거의 똑같은 남자의 범주에 속한다. 약한 남자. 세상이 변하기 전에도 누가 시키는 대로만 했을 남자. 어찌나 닮았는지 앨리는 자신도 모르게 몽고메리테일러 씨가 때렸던 턱을 만지작거린다. 방금 전에 얻어맞은 것처럼. 라일 윌리엄스와 그의 아내 이브 윌리엄스는 함께 아이들을 보살핀다. 다름 아니라 앨리의 교회 덕분에 가능한 일이다. 몽고메리테일러 부인은 예전부터 사회 제도를 최대한 이용하는 방법을 잘 알았다. 그녀가 운영하는 보육원은 "사랑의 훈육"을 하고 "존중"을 가르친다.

언제든 찾아볼 수 있었다. 앨리는 과거의 불빛을 다시 켤 생각을 왜 하지 못했을까.

목소리가 여러 가지 말을 한다. 하지 마. 외면해. 이브, 손을 떼고 거기서 멀어져.

앨리는 듣지 않는다.

앨리는 호수가 내려다보이는 수도원의 책상에 놓인 전화기를 집어 든다. 번호를 누른다. 저 멀리 코바늘로 뜬 깔개가 깔린 복도의 사이드 테이블 위에 놓인 전화가 울린다.

"여보세요?" 몽고메리테일러 부인이다.

"여보세요."

"오, 앨리슨. 네가 전화해 주기를 바랐다."

첫 빗방울처럼, 마치 땅이 준비됐어. 이제 와서 날 가져 봐, 라고 말하듯이.

"무슨 짓을 한 거죠?"

"성령이 시키시는 대로."

그녀는 앨리의 말이 무슨 뜻인지 안다. 비록 구부림과 비틀림이 많았지만, 내내 속으로 그녀는 언제나 알고 있었다.

그 순간 앨리는 "모든 것이 사라질 것이다."라는 선언이 환상임을 깨닫는다. 처음부터 기분 좋은 꿈이었음을. 과거는, 인간의 몸에 새겨진 고통의 궤적은 절대로 사라지지 않는다. 앨리가 자신의 삶을 만드는 동안 몽고메리테일러 부인도 끊임없이 점점 더 괴물이 되었다.

몽고메리테일러 부인은 계속 밝게 이야기한다. 그녀는 언젠가 연락이 올 줄 알았지만 진짜로 어머니 이브의 전화를 받게 되다니 영광이라고, 앨리가 '이브'라는 이름을 선택한 것이 무슨 의미인지 안다고, 자신이 앨리의 진정한 어머니, 영적인 어머니라고. 어머니 이브는 어머니가 자식보다 위대하다고 항상 말하지 않았느냐고 한다. 어머니가 가장 지혜로운 존재라는 뜻임을 안다고. 그녀는 자신과 클라이드가 앨리를 위해 애써 주었음을 앨리가 알아주어서 정말 기쁘고 행복하다고. 앨리는 구역질이 날 것 같다.

"넌 제멋대로 구는 어린애였어. 우리가 딴 데 정신을 팔게 했지. 난 네 안의 사탄을 봤단다."

앨리는 이제 기억난다. 너무도 오랫동안 불을 밝히지 않았던 일이었다. 이제 기억 속에서 끄집어낸다. 고물 더미의 먼지를 털어 내고 손끝으로 흔든다. 몽고메리테일러 부부의 집에 처음 들어갔을 때 앨리는 신경이 곤두선 아이였다. 눈이 반짝거리고 제멋대로인 새 같았다. 눈은 모든 것을 보고 손은 모든 것을 만졌다. 앨리를 데려온 사람도, 앨리를 원한 이도, 건포도 그릇에 손을 대면 때린 것도 몽고메리테일러 부인이었다. 앨리의 팔을 붙잡아서 무릎을 꿇게 하고 하나님에게 죄를 용서해 달라고 기도하게 한 것도. 몇 번이고 무릎을 꿇게 했다.

"너도 이젠 알겠지만 우린 네 안의 사탄을 꺼내야 했지." 이제는 윌리엄스 부인이 된 몽고메리테일러 부인이 말한다.

앨리는 정말로 이제 알 수 있다. 거실 창문을 통해 바라보듯이 비로소 너무도 분명하게 보인다. 몽고메리테일러 부인은 앨리에게서 악마를 꺼내려고 기도도 하고 매질도 하다가 새로운 생각을 떠올렸다.

"전부 다 우리가 널 사랑하기 때문에 한 일이었어. 넌 훈육을 받을 필요가 있었으니까."

앨리는 몽고메리테일러 부인이 가끔씩 밤에 라디오의 폴카 음악을 크게 틀어 놓았던 일을 떠올린다. 그러면 몽고메리테일러 씨가 앨리에게 가르침을 주려고 계단을 올라왔다. 그것이 정확히 어떤 순서로 일어났는지 갑자기 너무도 선명하게 기억난다. 먼저 폴카 음악이 흘러나오고 그다음에 계단을 올라왔다.

모든 이야기의 이면에는 다른 이야기가 있기 마련이다. 손안에 또 다른 손이 있다. 앨리는 그 사실을 깨우치지 못한 것일까? 충격 이면에 또 충격이 있다.

몽고메리테일러 부인의 목소리는 교활하고 은밀하다.

"난 잭슨빌 새 교회의 첫 신도였단다. 널 텔레비전에서 보고 하나님이 널 나에게 보내신 게 계시였음을 깨달았지. 널 거둬들였을 때 하나님은 나를 통해 일하셨고, 내가 한 모든 일이 하나님의 영광을 위해서였음을 그분도 알고 계셨던 거야. 네 경찰 기록을 전부 없앤 게 나야. 지금까지 난 항상 널 보살피고 있었단다, 얘야."

앨리는 몽고메리테일러 부인의 집에서 행했던 모든 일에 대하여 생각한다.

시간의 가닥들을 잡아당겨 뜯을 수가 없다. 모든 경험을 개별적인 순간들로 분리해서 하나씩 자세히 들여다볼 수가 없었다. 그것들을 기억해 내는 일은 대학살 순간에 갑자기 섬광을 비추는 것과 똑같다. 신체 부위, 기계, 혼란, 고음의 외침에서 거대하게 울려 퍼지는 비명으로 커졌다가 침묵에 가까울 만큼 낮은 웅웅거림으로 변하는 소리.

"하나님이 우리 안에서 일하고 계셨음을 너도 알 거야. 클라이드와 나, 우리가 한 모든 일은 지금의 네가 있게 하기 위함이었어."

몽고메리테일러 씨가 위로 올라올 때마다 앨리가 느꼈던 것은 부인의 손길이었다.

그녀는 손에 번개를 쥐고 내리치라고 명령했다.

앨리가 말한다. "당신이 그에게 날 해치라고 했어."

이제는 윌리엄스 부인이 된 몽고메리테일러 부인이 말한다. "우린 널 어떻게 해야 할지 달리 알 수 없었단다, 천사야. 넌 말을 전혀 안

들었거든."

"지금 다른 애들한테도 그래? 보육원의 모든 아이들에게도?"

이제는 윌리엄스 부인이 된 몽고메리테일러 부인은 광기에도 불구하고 상황 판단만큼은 항상 빨랐다.

"아이마다 다른 사랑이 필요한 거란다. 필요에 따라 보살피고 있지."

아이는 너무도 작은 몸으로 태어난다. 여자건 남자건 상관없이 모두가 아무런 힘없이 약하게 태어난다.

앨리는 부드럽게 자신을 산산조각 낸다. 내면의 폭력성도 밖으로 끄집어내서 없앤다. 그럴 때마다 그녀는 침착하게 태풍 위에 올라탄 채로 그 아래서 거세게 몰아치는 바다를 바라본다.

그녀는 다시 조각들을 맞추고 또다시 맞춘다. 얼마나 더 해야 제대로 맞출 수 있을까? 조사, 기자 회견, 인정. 상대는 몽고메리테일러 부인이니 다른 이들도 알 것이다. 어쩌면 헤아릴 수 없을 정도로 많을지도 모른다. 그녀의 명성이 흔들릴 터다. 과거, 이야기, 거짓말, 절반의 진실, 모든 것이 밝혀질 것이다. 몽고메리테일러 부인을 조용히 다른 곳으로 보내거나 죽일 방법을 찾을 수도 있지만 그녀를 비난하면 모든 일을 비난하는 것이다. 이 일의 뿌리를 뽑으려면 그녀 자신을 뿌리 뽑아야 한다. 그녀의 뿌리는 이미 썩었다.

그녀는 완전히 실패했다. 자기 자신과 단절된다. 잠시 동안 그녀는 여기에 없다. 목소리가 뭐라고 말하지만 머릿속에서 휘몰아치는 바람 소리가 지독하게 크고, 다른 목소리들도 너무 많다. 그녀 머릿속에서 잠시 동안 '모두의 모두에 대한 투쟁'이 벌어진다. 지속될 수가 없다.

잠시 후 앨리가 목소리에게 말한다. 당신이라는 존재는 어떤 기분인가요?

웃기지 마라. 내가 연락하지 말라고 했지. 넌 그 몽크와도 친구가되어서는 안 되는 거였다. 넌 내 말을 듣지 않았어. 그 애는 그냥 군인이었다. 친구가 왜 필요했니? 내가 있는데. 항상 내가 있었는데.

나에겐 항상 아무것도 없었어요.

지금은 아니지. 그렇게 똑똑한데도 몰라?

계속 물어보려고 했어요. 당신은 누구죠? 한동안 의아했어요. 당신은 뱀인가요?

야단 좀 치고 이렇게 해라, 저렇게 해라, 좀 했기로서니 나더러 악마라는 것이냐?

그런 생각이 스쳤어요. 그래서 지금 묻는 거예요. 누가 선이고 누가 악인지 어떻게 알 수 있죠?

목소리가 심호흡을 한다. 처음 있는 일이다.

이제 곤란한 순간에 이르렀구나. 내가 알려 줄 거야. 네가 절대로 봐서는 안 되었는데 넌 가서 봐 버렸어. 내 존재의 의미는 널 위해서 모든 것을 단순하게 해 주는 것이었다. 네가 원한 게 그거였어. 단순하고 확실한 것은 안전하지.

네가 지금 자각하고 있는지 모르겠다만, 넌 지금 네 사무실 바닥에 누워서 삐삐삐 소리가 흘러나오는 수화기를 오른쪽 귀에 댄 채덜덜 떨고 있구나. 조금 있으면 누군가가 와서 이런 네 모습을 보게될 거야. 너는 큰 힘을 가진 여자다. 당장 정신 차리지 않으면 나쁜일들이 일어날 거야.

난 지금 커닝 페이퍼를 주는 거야. 알아볼 수도 있고, 알아보지 못할 수도 있지. 네 질문 자체가 틀렸어. 누가 뱀이고 누가 성모지? 누가 선이고 누가 악이지? 누가 선악과를 먹으라고 꼬드겼지? 누가 힘을 가졌고 누가 힘이 없지? 전부 잘못된 질문이다.

실상은 그것보다 훨씬 복잡하단다. 항상 네가 생각하는 것보다 훨씬 더 복잡한 법이지. 지름길은 없어. 이해와 지식에의 지름길은 없단다! 그 누구도 상자 속에 간단히 집어넣을 수 없어. 하물며 돌도 전부 다르게 생겼거늘 어떻게 인간에게 단순한 말로 꼬리표를 붙이고, 전부 다 안다고 생각하는지 모르겠구나. 대부분의 사람은, 아무리 잠깐이라도 그런 식으로는 살 수 없어. 특별한 사람만이 경계를 넘는다고 하지. 하지만 진실은 누구나 넘을 수 있다. 누구에게나 그런 능력이 있어. 그러나 특별한 사람만이 똑바로 마주 볼 수 있지.

난 진짜도 아니야. 네가 생각하는 의미의 '진짜'는 아니지. 난 네가 듣고 싶어 하는 말을 해 주기 위해서 존재해. 사람들이 원하는 말을 해 주지.

오래전 다른 선지자가 나에게 와서 자기 친구들이 왕을 원한다고 말했지. 그래서 난 왕이라면 무엇을 해야 할지 말해 주었어. 아들들을 군인으로, 딸들을 요리사로 쓰라고. 만약 딸들이 운이 좋다면 말이야! 왕은 백성들의 곡식과 포도주, 소를 세금으로 거둬들이겠지. 아이패드 같은 것이 있던 시대가 아니거든. 곡식과 포도주, 소가 있었지. 왕은 결국 너희를 노예로 만들 테니 그런 일이 생긴 뒤에 울면서 날 찾아오지 말라고 했어. 왕은 꼭 그러니까.

뭐라고 말할 수 있을까? 그게 인간이지. 너희는 대가를 치르는 한이 있더라도 단순한 것을 좋아하지. 그들은 그래도 왕을 원했어.

앨리가 묻는다. 올바른 선택지는 없다는 말인가요?

목소리가 답한다. 올바른 선택이 있었던 적은 없단다, 애야. 두 가지 중에서 하나를 골라야 한다는 생각 자체가 문제야.

그럼 전 어떻게 해야 하죠?

잘 들어. 네가 이해할 수 있도록 말해 주마. 인간에 대한 나의 긍정적인 시각은 한때의 그것과 다르단다. 미안하지만 더 이상 단순해질 수가 없다.

어두워지고 있어요.

그렇지.

흠, 무슨 말인지 알 것 같네요. 그동안 즐거웠어요.

목소리가 말한다. 나도. 저 너머에서 보자.

어머니 이브가 눈을 뜬다. 머릿속의 목소리가 사라졌다. 그녀는 무엇을 해야 할지 안다.

고뇌하는 아들. 소수 광신도 집단의 조각상. 이 책 52쪽의 성모상과 대략 비슷한 시기에 제작되었다.

마고의 비서 책상에 놓인 전화벨이 울린다.

회의 중이십니다. 비서가 수화기 건너편에게 클리어리 상원 의원은 지금 통화할 수 없으며 메시지를 남기면 전하겠다고 말한다.

클리어리 상원 의원은 노스스타 인더스트리, 국방부와 회의 중이다. 그들은 그녀의 조언을 원한다. 이제 그녀는 중요한 사람이다. 대통령이 그녀에게 귀 기울인다. 클리어리 상원 의원은 방해받을 수 없는 사람이다.

수화기 건너편의 사람이 몇 마디를 더 한다.

그들은 마고를 그녀 사무실의 크림색 소파에 앉히고 말한다.

"클리어리 의원님, 나쁜 소식이 있습니다.

UN에서 연락이 왔는데 따님이 숲에서 발견되었다고 합니다. 아직 살아 있지만 위중한 상태라고. 전신에…… 부상을 입었다고 합니다. 버틸 수 있을지는 모릅니다.

어떻게 된 일인지는 알 듯하고요. 남자는 이미 죽었습니다."

"죄송합니다, 의원님. 죄송합니다."

마고가 쓰러진다.

그녀의 딸이, 언젠가 마고 손바닥에 손끝을 대고 빛을 건네주었던 딸이, 조그만 손으로 마고의 엄지를 꽉 잡고 난생처음으로 강한 사람이라는 사실을 느끼게 해 주었던 딸이! 바로 그 딸을 앞으로 영원토록 폭력과 위험으로부터 지켜 줘야 하는 것이 그녀의 임무였다.

조슬린이 세 살 때, 친정 부모 농장의 사과 과수원을 함께 탐험했었다. 엄마와 어린 딸. 세 살 아이는 느리지만 열정적으로 나뭇잎과 돌, 나뭇가지를 일일이 관찰했다. 낙과가 막 썩기 시작하는 늦가을이었다. 조스가 몸을 숙이고 갈색으로 변해 가는 사과 하나를 뒤집는 순간 구름 같은 말벌 떼가 일제히 날아올랐다. 어릴 때부터 말벌을 무서워한 마고였지만 조스를 붙잡고 꽉 감싸 안은 채로 집으로 달렸다. 조스는 털끝 하나 다치지 않았다. 하지만 소파에 앉아서 가만 살펴보니 마고는 오른팔에 일곱 차례나 쏘였다. 아무 느낌도 없었는데. 그녀의 임무였다.

그녀는 사람들에게 그 이야기를 한다. 고통으로 신음하며 빠르게 지껄인다. 마치 그 이야기를 하면 조금이라도 시간을 되돌려서 조슬린을 안전하게 지켜 줄 수 있을 것처럼.

마고는 묻는다. "어떻게 하면 막을 수 있을까요?"

사람들은 상원 의원에게 이미 일어난 일이라고 답한다.

"아니, 앞으로 막을 수 있는 방법 말이에요."

마고의 머릿속에서 목소리가 들린다. 지금 거기서는 저곳으로 갈 수 없어.

바로 그 순간 그녀는 나무 모양의 파워를 본다.

뿌리로부터 가지가 계속 뻗어 나가는 모양. 기존의 나무도 그대로 서 있다. 방법은 하나, 전부 다 부숴 버리는 것뿐이다.

아이다호의 시골 우편함 속에 36시간 동안 아무도 찾아가지 않은 소포가 들어 있다. 완충재가 덧대진 노란색 봉투. 페이퍼백 세 권만 한 크기지만 흔들어 보면 덜거덕거린다. 우체국으로 수취하러 간 남자는 의심스러운 듯 봉투를 만져 본다. 발신인 주소가 없다. 의심이 두 배로 커진다. 하지만 사제 폭탄으로 의심할 만한 크기와 무게는 아니다. 남자는 확실하게 살피기 위해 주머니칼로 봉투 측면을 쭉 긋는다. 그의 손바닥으로 돌돌 말린, 아직 현상되지 않은 필름이 하나씩 떨어진다. 그는 봉투 안을 살펴본다. 노트와 USB 메모리 스틱이 들어 있다.

그는 눈을 끔뻑거린다. 똑똑하지는 않지만 교활하다. 불만이 있다기보다 광기에 사로잡힌 남자들이 단체 앞으로 보낸 또 다른 쓰레기일지도 모른다는 생각에 잠시 주저한다. 예전에도 '새 질서의 시작'을 대표한다고 주장하는 남자들이 보낸 무의미한 쓰레기 탓에 시간을 낭비한 적이 있었다. 남자는 추적 장치가 들어 있을지도 모르는 수제 머핀이나 트렁크 팬티, 러브젤 같은 이해할 수 없는 선물이 든 소포를 가져갔다가 UrbanDox에게 꾸지람을 들은 적이 있다. 그는 메모지를 꺼내서 읽어 본다.

"오늘 길 위에서 처음 두려움을 느꼈다."

남자는 픽업 트럭에 앉아서 생각을 해 본다. 망설임 없이 버릴 때도 있고, 꼭 가져가야 하는 우편물이라는 사실을 대번에 알 수 있는 경우도 있다.

필름이나 USB 메모리에 누드 사진이 들어 있을지도 모른다는 생각이 남자 머릿속에서 천천히 떠오른다. 어쨌든 확인을 해 보는 편이 낫겠다.

픽업 트럭에 탄 남자는 필름을 봉투에 집어넣고 메모도 쑤셔 넣는다. 역시 확인은 해 보는 것이 좋겠다.

어머니 이브가 말한다. "다수가 하나의 목소리로 말하는 것이야말로 강인함이고 파워입니다."

군중이 동조하며 환호한다.

"우리는 지금 한목소리로 말하고 있습니다. 한마음입니다. 우리는 미국한테 북쪽과의 전쟁에 동참해 주기를 부탁합니다!"

어머니 이브는 조용히 해 달라는 뜻으로 두 손을 든다. 손바닥 중앙의 눈이 보인다.

"지구상에서 가장 위대한 나라, 내가 태어나고 자란 나라가 죄 없는 여성들이 학살당하고, 자유가 파괴되는 모습을 지켜만 볼까요? 우리가 불타는 모습을 침묵한 채 바라볼까요? 미국이 우리를 버린다면 어느 나라인들 버리지 않을까요? 전 세계 모든 여성에게 이곳에서 일어나는 일의 증인이 되기를 촉구합니다. 여러분에게 생길 수 있는 일들을 똑똑히 보세요. 여러분 정부에 여성이 있다면 그들에게 책임을 묻고 행동을 요구하세요."

수녀원의 벽은 두껍고 그곳 여성들은 영리하다. 어머니 이브가 세상의 종말이 임박했고 정의로운 자들만 살아남으리라고 말하면, 이 세상에 새로운 질서를 세울 수 있다.

세계는 폭력으로 가득하기에 모든 인간의 최후가 다가온다. 따라서 방주를 만들어야 한다.

간단하리라. 모두가 원하는 바이니까.

하루하루가 계속 흘러간다. 조슬린이 절대로 완전히 나을 수 없다는 사실은 이제 분명하다. 결국 마고의 심장은 굳어 버린다.

그녀는 텔레비전에서 조스의 부상에 대해 이야기한다. "테러는 국내와 해외 어디에서나 일어날 수 있습니다. 국내외의 적들은 우리가 강하며 반드시 보복할 것임을 알아야 합니다."

그녀는 카메라를 쳐다보며 말한다. "적이 누구든 반드시 보복할 것입니다."

머지않아 전화가 온다. 극단주의 단체의 신빙성 있는 테러 위협이 있다고. 그 단체는 여성 공화국의 내부에서 사진을 유출했다. 몇 주 전에 죽었다고 알려진 남자가 찍은 사진이라며 인터넷에 도배가 되었다. 어쩌면 포토숍일지도 모르는 끔찍한 사진들. 테러 단체는 어떤 요구도 없이 그저 분노와 공포를 표출하며 아무런 조취도 취하지 않으면 테러를 하겠다고 위협할 뿐이다. 북쪽은 이미 미사일 공격으로 베사파라를 압박하고 있다.

마고가 말한다. "뭔가 해야 합니다."

대통령은 "글쎄, 화해를 제시해야 할 것 같은데."라고 한다.

"장담하건대 이럴 때는 그 어느 때보다 강한 모습을 보여 주셔야 합니다. 강한 지도자. 그 나라가 미국 내의 테러리스트들을 돕거나 급진주의로 부추기고 있다면 우리도 메시지를 보내야죠. 미국이 상황을 확대시킬 의향이 있음을 세계가 알아야 합니다. 한 번 공격하면 우리는 두 번 공격하리라고."

대통령이 말한다. "마고, 힘든 일을 겪고도 이렇게 전진하는 자네가 정말 존경스럽군."

"조국이 우선입니다. 강인한 리더십이 필요합니다."

마고는 올해 전 세계에 파병된 노스스타 여군의 숫자가 5만 명을 넘으면 보너스를 지급받기로 계약서에 명시해 두었다. 섬을 살 수 있을 정도의 금액일 터다.

　대통령이 말한다. "알다시피 그들이 구소련의 화학 무기를 확보했다는 소문이 있네."

　마고는 속으로 생각한다. 전부 태워 버리자.

요즘은 이런 생각이 자리한다. 오천 년이 그리 긴 시간이 아니라는 생각. 그동안 벌어진 일의 결론을 이제는 찾아야만 한다. 길을 잘 못 들었을 때 오던 길로 되돌아가는 것이 과연 지혜로운가? 어쨌든 전에도 해 본 일이니 다시 할 수 있다. 이번에는 다르게, 더 낫게. 옛날 집을 부수고 새로 시작하는 것이다.

역사학자들은 오늘날에 대해서 이야기할 때 "긴장"과 "세계 불안정"을 언급한다. "옛 구조의 부활", "기존 신앙 체계의 경직성"을 단정한다. 파워에는 고유한 방식이 있다. 파워는 사람에게 영향을 주고, 사람은 파워에 영향을 준다.

파워는 언제 존재하는가? 그것이 사용되는 순간에만 존재한다. 타래를 가진 여성에게는 모든 것이 투쟁으로 보인다.

UrbanDox가 말한다. 해 버려.

마고가 말한다. 해 버려.

아와디아티프가 말한다. 해 버려.

어머니 이브가 말한다. 해 버려.

번개를 다시 부를 수 있는가? 아니면 알아서 손으로 돌아오는가?

록시는 아버지와 바다가 내다보이는 발코니에 앉아 있다. 무슨 일이 있어도 바다는 항상 그 자리에 있으리라는 생각에 기분이 좋아진다.

"아빠, 그 일 망친 거 인정하지?"

버니는 손바닥과 손등을 번갈아 쳐다본다. 록시는 저 손이 세상에서 가장 두려웠던 때를 기억한다.

"그런 것 같구나."

록시가 미소를 머금은 목소리로 말한다. "교훈을 배웠겠죠? 다음번에는 다르게 할 건가요?"

두 사람은 모두 웃음을 터뜨린다. 버니는 니코틴 탓에 변색되고 충전재로 채운 치아를 드러내며 고개를 젖히고 웃는다.

"난 아빠를 죽여야 돼, 정말."

"그래. 정말 그래야지. 무르면 안 된다, 딸아."

"세상은 그렇게 말했지. 하지만 난 나만의 교훈을 깨우친 것 같아. 오래 걸리긴 했지만."

지평선과 맞닿은 하늘 부근이 분홍색과 갈색으로 번쩍 빛난다. 자정에 가까운 시간인데.

"좋은 소식이 있어. 좋은 사람이 생긴 것 같아."

"그래?"

"아직 얼마 안 됐고 세상이 이러니 좀 복잡해. 하지만 나도, 그 남자도 서로 좋아하는 것 같아." 그녀가 특유의 으르렁거리는 듯한 웃음을 터뜨린다. "내가 그 남자를 미친 여자들이 득실거리는 나라에서 빠져나가게 도와줬거든. 난 지하 벙커도 가지고 있으니 당연히 날 좋아하겠지."

"손주는?" 버니가 희망적으로 묻는다.

대럴과 테리는 죽었고 리키는 집 안에만 있으니 승산이 없다.

록시가 어깨를 으쓱한다. "어쩌면. 어쨌든 누군가는 살아남아야 하잖아?"

록시는 어떤 생각이 떠올라서 미소 짓는다. "내 딸은 분명히 엄청 강할 거야."

그들은 발코니를 떠나기 전에 한 잔 더 마신다.

이브서에서 제외된 외경

터키 카파도키아 동굴에서 발견. 약 1500년 전.

파워의 모양은 항상 똑같다. 무한하고 복잡하고 끝없이 분기한다. 나무처럼 살아 있고 자란다. 갇혀 있지만 크다. 방향을 예측할 수 없고 고유의 법칙을 따른다. 도토리를 보고 참나무 이파리의 잎맥을 예상할 수 있는 사람은 없다. 가까이 들여다볼수록 더욱 다양해진다. 복잡하리라고 얼마나 생각하든 항상 예상보다 더 복잡하다. 바다로 흘러가는 강물처럼, 번갯불처럼, 무절제하고 얽매이지 않는다.

인간은 개인의 의지로 만들어지지 않는다. 나뭇잎이 제때 움트고 작은 나뭇가지에 싹이 피고 뿌리가 퍼지는 일들을 일어나게 하는 복잡성 속의 유기적이고 상상조차 할 수 없고 예측과 통제가 불가능한 과정이 인간을 만든다 .

돌조차 어느 것 하나 똑같지 않다.

모든 것은 고유한 모양을 지닌다.

우리가 붙인 이름은 다 잘못되었다.

꿈은 깨어 있는 상태보다 더 진실하다.

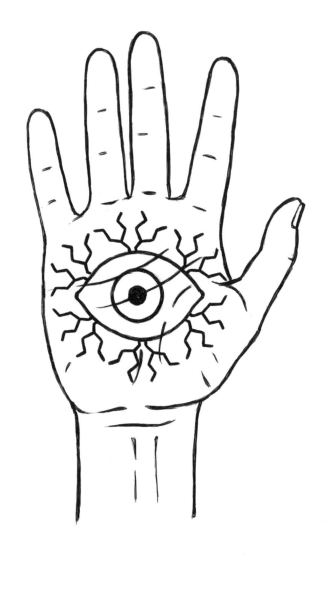

친애하는 닐에게.

흠! 당신의 곡예사 어머니 이브가 마음에 든다는 말부터 해야겠네요! 비슷한 광경을 언더그라운드 서커스에서 본 적이 있는데 무척 인상적이었거든요. 한 여성이 나에게, 또 모든 사람들에게 일일이 손을 흔들게 했죠. 셀림은 내가 그랬다는 사실을 믿지 못했어요. 고대 성서의 많은 내용이 그런 식으로 해명될 수 있겠죠. 그리고 툰데, 여러 세대를 걸쳐 수많은 남자들에게 그런 일이 일어났을 것 같네요. 여성이 썼다고 추정되는 작품들은 사실 익명의 남자들이 아내와 누이, 어머니를 도운 결실인데도 결국 어떠한 공로조차 인정받지 못했죠. 네, 도둑질이 맞습니다.

질문이 있어요. 책 첫 부분에 나오는 남자 군인들 말이에요. 당신은 고대 발굴지에서 남성 전사 조각상이 발견되었다고 말하겠죠. 하지만 나는 이것이야말로 이 문제의 가장 중요한 부분이라고 봐요. 단순히 고립된 문명이 아니었다고 확신할 수 있나요? 수백만 명 가운데 한둘? 여자들이 단지 유흥을 위해 남자들에게 싸움을 시켰다고 학교에서 배웠죠. 인도나 아라비아의 남자 군인들이 나오는 장면에서 많은 독자들이 그 사실을 염두에 둘 거라고 생각해요. 전쟁을 도발하는 투지 강한 남자들의 모습도요! 남자들로 이루어진 조직이 여자들을 섹스에 이용하기 위해 납치한다는 것도요! 그런 환상을 가져본 여자들도 있으니까요! (고백을 해도 될지, 그 부분을 읽으면서…… 아니, 고백 못 해요.) 어쨌든 나만 그런 것은 아니랍니다. 전투복이나 경찰 제복을 입은 남자들의 부대라니, 분명 대부분의 사람들에게 성적인 페티시를 불러일으킬 것 같군요!

당신도 학교에서 나와 똑같은 내용을 배웠을 거예요. 구세계의 여

415

러 분파가 합의에 이르지 못해 대변혁이 일어났고, 그 지도자들은 어리석게도 세계 전쟁에서 이길 수 있으리라고 생각했죠. 당신의 책에도 나오네요. 당신은 핵무기와 화학 무기도 언급했고, 또 전자기 전쟁이 데이터 저장 장치에 끼친 영향도 이해할 만하죠.

그런데 대변혁 전까지 여자들한테 타래가 별로 없었다는 사실이 역사적으로 뒷받침이 되나요? 대변혁 이전에 타래가 없는 여자들의 조각상이 가끔 발견된다는 사실은 나도 알지만, 단순히 예술적 허용일 수도 있잖아요. 물론 전쟁을 여자들이 도발했다는 주장이 훨씬 일리 있죠. 난 본능적으로 이런 느낌이 들어요. 남자가 지배하는 세상은 좀 더 친절하고 부드럽고 사랑과 자연스러운 보살핌이 더 많으리라고. 당신도 그렇게 느끼기를 바라요. 혹시 진화 심리학에 대해서 생각해 본 적 있나요? 남자는 강한 일꾼이자 가정의 관리인으로서 온순하게 진화한 반면, 아이를 위험으로부터 지켜야 하는 여자는 좀 더 공격적이고 폭력적인 성향을 지니게 되었다는 주장 말이에요. 인류 역사에 존재했던 소수의 특수한 가부장제 사회는 매우 평화로운 곳이었어요.

물론 당신은, 연조직은 잘 보존되지 않으니 오천 년 된 시체에서 타래의 증거를 찾아볼 수 없다고 말하겠죠. 그래서 잠깐 멈추고 상상하게 되지 않나요? 세계사의 표준 모델이 해결하지 못하는 부분들을 당신의 해석이 해결해 준다는 데에 문제가 있나요? 내 말은 영리한 아이디어라는 거예요. 난 당신을 지지할 거예요. 재미있는 시도라는 이유만으로도 가치가 있을 것 같네요. 하지만 근거 없고 입증할 수 없는 주장을 밀고 나가게끔 당신의 명분이 진전될지는 잘 모르겠네요. 당신은 명분을 진전시키는 것이 역사나 허구의 일이 아니라고 말할지도 몰라요. 나 자신과의 논쟁이 되었네요. 답장을 기다릴게요.
평론가들보다 앞서서 편지로 당신의 생각을 반박하고 싶거든요!

사랑을 담아,

나오미.

친애하는 나오미에게.

우선 수고스럽게 원고를 읽어 줘서 고마워요. 일관성이 없을까 봐 걱정했어요. 내 원고에 대한 판단력을 전부 잃어버린 것 같아요.

솔직히 나는 진화 심리학에 대해서는 진지하게 생각하지 않습니다. 적어도 성별과 연결 지어서는 말이죠. 남자가 여자보다 선천적으로 평화와 양육 본능이 뛰어난지는…… 독자들이 결정할 문제라고 생각합니다. 하지만 이 부분을 한번 생각해 보세요. 가부장제 사회가 평화로운 이유는 남자들이 평화적이기 때문일까요? 아니면 평화적인 사회는 폭력성에 덜 가치를 두기 때문에, 남성이 가장 높은 자리에 오르도록 허용하는 경향이 있을까요? 그냥 질문입니다.

가만 있자, 또 뭘 물어보셨더라? 아, 남자 전사들. 전 세계에서 발굴된 남성 군인들의 부분 혹은 전신 조각상 사진을 몇백 개 보내 드릴 수 있습니다. 과거의 흔적을 아예 제거하려는 적극적인 움직임이 얼마나 많았는지는 잘 알고 있죠. 우리가 숫자로 알 수 있는 것들 말이에요. 산산조각 난 조각상과 지워진 표석들은 수없이 많죠. 파괴되지 않았다면 남자 군인 조각상이 얼마나 많을지 생각해 보세요. 해석은 자유지만 약 오천 년 전에 남자 군인들이 대단히 많았다는 사실만큼은 확실합니다. 선입견에 어긋나기 때문에 사람들이 믿지 않는 것뿐이죠.

남자가 군인이 될 수 있다는 발상이 그럴듯하게 생각된다거나 제복 입은 남자들에 대한 성적인 환상이 생긴다거나 하는 부분은…… 내 책임이 아닙니다, 나오미! 물론 당신의 관점도 인정해요. 싸구려 포르노처럼 여길 사람들도 있겠죠. 강간 장면을 쓸 때면 필연적으로 등장하는 지저분한 내용이니까요. 하지만 그런 부분을 뛰어넘어서 제대로 진지하게 바라보는 사람들도 분명히 있을 거예요.

아, "대변혁 전까지 여자들한테 타래가 별로 없었다는 사실이 역사적으로 뒷받침이 되나요."라고 물었죠? 답은 그렇다, 입니다. 적어도 그 반대로 생각하려면 수많은 고고학적 증거를 무시해야만 하거든요. 예전에 쓴 역사책에서 말하고 싶었던 내용인데, 아무도 관심을 보이지 않았죠.

잘난 척하려고 한 말이 아님은 알지만 나에게는 단순히 "재미있는 아이디어"가 아니랍니다. 과거를 바라보는 관점은 오늘날의 가능성에도 영향을 끼치죠. 모든 문명이 우리의 생각과 같지 않았다라는 명백한 증거가 있는데도 과거에 대해서 똑같은 관점을 반복한다면…… 모든 변화를 부정하는 것과 마찬가지예요.

맙소사, 나도 모르겠습니다. 이렇게 써 놓고 보니 예전보다도 확신이 없어지네요. 혹시 다른 곳에서 읽은 것 중에 이 책의 내용을 의심하게 하는 부분이 있나요? 다른 책에서 다룰 수도 있을 것 같아서요.

사랑을 보냅니다. 원고를 읽어 주어서 다시 한 번 고마워요. 정말 감사한 마음이에요. 분명히 또 다른 걸작이 될 당신의 원고가 마무리되면 각 장별로 평론을 써 줄게요!

사랑을 담아,

닐.

친애하는 닐에게.

그래요, '재미있다'는 말이 '사소하다'나 '바보 같다'는 뜻은 아니었답니다. 당신의 작품에 대해 한 번도 그렇게 생각한 적이 없음을 부디 알아주세요. 난 당신을 무척 존중하고 있거든요. 항상 그랬어요.

당신이 물어본 것처럼…… 명백한 질문이 하나 있답니다. 당신의 책 내용은 우리가 어릴 때 읽은 수많은 역사책과 모순이 되지요. 수백 년, 수천 년을 거슬러 올라가는 여러 구전을 토대로 한 것이고요. 무슨 일이 일어났다고 생각하나요? 정말로 세상 모두가 과거에 대해 엄청난 거짓말을 하고 있다고 주장하는 것인가요?

사랑을 담아,
나오미.

친애하는 나오미에게.

빠른 답장 고마워요! 당신의 질문에 답하자면 모두가 거짓말을 했다고 주장해야 하는지 잘 모르겠네요.

우선 천 년 이상 과거의 원본 자료가 존재하지 않죠. 대변혁 이전의 책들은 전부 무수하게 다시 복제된 것들뿐이니까요. 그래서 오류투성이예요. 오류뿐만이 아니에요. 복제한 사람들마다 어떤 의도를 지녔을 거예요. 이천 년이 넘는 시간 동안 수녀원의 수녀들만이 재차 복제를 할 수 있었으니까요. 그들이 자신들의 관점을 뒷받침하는 책만 복제하고 나머지는 불태워 버렸으리라는 가정도 억지는 아닐 겁니다. 남자가 강했고 여자가 약했다고 말하는 책들을 뭐 하러 복제했겠어요? 그랬다면 이단으로 몰려서 큰일이 났겠죠.

그게 바로 역사의 문제입니다. 존재하지 않으면 볼 수가 없죠. 뭔가 빠진 부분이 보여도 알 길이 없죠. 나는 그저…… 빈 공간에 그림을 그리고 있을 뿐입니다. 공격이 아니라.

사랑을 담아,

닐.

친애하는 닐.

공격이라고 생각하지 않아요. 이 책에 묘사된 여성들의 모습을 상상하기가 가끔은 어려워요. 우리가 자주 나눈 이야기죠. "여성답다는 것"이 강인함, 두려움이나 고통을 느끼지 않는 것과 얼마나 큰 연관이 있는지에 대해서. 나는 우리의 솔직한 대화에 고마워하고 있어요. 난 당신이 이따금씩 여자들과의 관계를 어려워한다는 점을 알고, 그 이유도 이해해요. 하지만 우리가 우정을 지켜 올 수 있었다는 데에 감사하답니다. 셀림이나 아이들에게는 결코 하지 못할 말을 당신이 잘 들어줘서 나에게는 큰 의미가 있었어요. 타래를 제거하는 장면은 읽기가 무척 힘들었답니다.

사랑을 담아,
나오미.

친애하는 나오미에게.

고마워요. 당신이 노력하고 있다는 사실을 알아요. 당신은 좋은 사람이에요. 난 이 책이 꼭 좋은 변화에 기여하기를 바라요, 나오미. 더 좋은 세상이 될 수 있다고 믿어요. 이건 '자연스러운' 게 아니에요. 대변혁 이전에는, 남성에 대한 가장 최악의 인구 통제 같은 것이, 내 생각이지만, 여성에게는 자행되지 않았어요. 3~4천 년 전에는 남아 열 명 중 아홉 명을 도태시키는 것이 정상적인 일이었죠. 젠장, 지금까지도 남아일 경우 낙태를 하거나 성기를 '억제'하는 일이 자행되고 있습니다. 그런 일이 대변혁 이전에 여성들에게 일어났을 리가 없어요. 예전에 진화 심리학에 관한 이야기를 했죠. 여아를 대량으로 낙태하거나 생식기를 망쳐 놓는 일은 진화의 측면에서 말이 안 되었을 겁니다! 그러니까 우리가 이런 식으로 살아가는 것은 '자연스럽지' 않죠. 그럴 수가 없어요. 난 그렇게 믿어요. 우리는 다른 선택을 할 수 있습니다. 지금 같은 세상이 된 까닭은, 훨씬 폭력적이고 오로지 강한 전류를 부릴 수 있는지만을 중요시했던 어두운 시대를 자양분으로 삼는 힘의 구조가 약 오천 년 동안 깊이 뿌리박힌 탓입니다. 하지만 지금 그렇게 행동할 필요는 없습니다. 사상의 토대를 이해하면 다르게 생각하고 상상할 수 있어요.

젠더는 셸 게임입니다. 남자가 무엇입니까? 여자가 아닌 모든 것이 남자죠. 여자는 무엇입니까? 남자가 아닌 모든 것이죠. 두드려 보면 그 안이 텅 비었음을 알 수 있어요. 껍데기 아래를 보세요. 아무것도 없습니다.

XX

닐.

친애하는 닐에게.

주말 내내 생각을 했어요. 생각하고 토론할 것이 많아요. 직접 만나서 이야기를 나누는 편이 좋을 것 같아요. 내 글을 당신이 오해할까 봐 걱정되거든요. 그건 바라지 않아요. 당신에게 민감한 주제라는 점을 알아요. 어시스턴트에게 점심 식사 날짜를 잡아 보라고 할게요.

내가 이 책을 지지하지 않는다는 뜻은 아니랍니다. 나는 이 책을 지지해요. 가능한 넓은 독자층에게 다가갈 수 있도록 확실히 해 두고 싶어요.

한 가지 제안을 할게요. 당신은 모든 행동이 성별이라는 틀에 간혀 있고, 그 틀이 피할 수 없을 뿐만 아니라 터무니없다고 설명했죠. 당신이 지금까지 쓴 책들은 전부 '남류 문학'으로 분류되고요. 지금 내가 하는 제안은 그런 사실들에 대한 반응일 따름이에요. 하지만 역사적으로 그런 굴레를 벗어난 남성들도 많이 있어요.

닐, 당신에게는 무척 불만스러울 수도 있지만 혹시 이 책을 여성 작가의 이름으로 낼 생각은 없나요?

사랑을 담아,
나오미.

감사의 말

이 책이 아직 깜빡이는 불씨에 불과했을 때도 믿어 주고, 흔들릴 때면 아직 확실히 살아 있다고, 죽지 않았다고 말해 준 마거릿 애트우드에게 뭐라고 감사를 드려야 할지 모르겠습니다. 통찰 있는 대화를 함께해 준 캐런 조이 파울러와 어슐러 르 귄에게도 감사드립니다.

이런 대화를 가능하게 해 준 롤렉스의 질 모리슨과 BBC의 알레그라 맥킬로리에게도 감사합니다.

잉글랜드예술위원회(Arts Council England)와 롤렉스 멘토(Rolex Mento), 프로티지 아트 이니셔티브(Protege Arts Initiative)의 경제적 지원 덕분에 이 책을 쓸 수 있었습니다. 펭귄의 편집자 메리 마운트, 에이전트 베로니크 백스터, 미국 리틀브라운의 편집자 아샤 머치닉에게도 감사를 전합니다.

어느 한겨울에 열린 마녀 모임이 이 책을 구원해 주었습니다. 서맨사 엘리스, 프랜시스카 시걸, 마틸다 그레고리, 모두 고마워요. 이야기의 전개 방법을 잘 알고 이 책의 흥미진진한 사건들에 영감을 준 리베카 르빈도 있습니다. 새로운 시작을 도와준 클레어 벌라이너와 올리버 미크에게도 고맙습니다. 저에게 용기와 자신감을 준 독자와 평론가 여러분들에게도 감사합니다. 특히 길리언 스턴, 빔 아듀원미, 앤드리아 필립스, 세라 페리에게 감사합니다.

빌 톰슨, 에코 에슌, 마크 브라운, 벤저민 엘리스 박사, 마시 데이비스, 남성성에 관해 대화를 나눠 주어서 고맙습니다. 세브 에미나와 애드리언 혼, 집필 초기에 함께 토론해 줘서 감사합니다. 그들은 내가 신을 알듯 미래를 알았지요. 어디에 있든 빛나는 모습이라는 사실을요.

해양 생물학 정보로, 발전 기관을 인체 어느 부위로 설정해야 하는지 알려 준 피터 와츠에게 감사합니다. 전기뱀장어에 관한 호기심을 완전히 해결할 수 있도록 도와준 BBC 과학부의 데버라 코헨, 앨 맨스필드, 애나 버클리에게도 감사합니다.

부모님, 에스더와 러셀 도노프, 대니얼라, 베니, 자라에게도 고마움을 전합니다.

책에 수록된 삽화는 마시 데이비스의 작품입니다. 특히 「봉사 소년」과 「여사제 여왕」은 인더스 계곡의 고대 도시 모헨조다로(Mohenjo-Daro)에서 실제로 발굴된 유물을 토대로 그린 것입니다. (물론 실제로 아이패드 조각이 함께 발견되지는 않았지만요.) 모헨조다로 문화에 대해서는 별로 알려진 바가 없지만 상당한 평등주의 문화를 지녔으리라고 알려 주는 유물들이 다수 발견되었습니다. 유물을 발굴한 고고학자들은 역사적 맥락의 부재에도 불구하고 동석 머리상을 「사제 왕」이라고 불렀고, 청동 인물상을 「춤추는 소녀」라고 불렀지요. 아직도 그런 이름으로 불립니다. 저는 그 사실과 그림만으로도 이 책의 이야기를 다 할 수 있겠다는 생각이 듭니다.

파워

1판 1쇄 펴냄 2020년 2월 21일
1판 2쇄 펴냄 2022년 7월 6일

지은이   나오미 앨더만
옮긴이   정지현
펴낸이   박근섭, 박상준
펴낸곳   (주)민음사

출판등록 1966. 5. 19. (제16-490호)
주소   서울특별시 강남구 도산대로1길 62 강남출판문화센터 5층 (06027)
대표전화 02-515-2000 팩시밀리 02-515-2007

www.minumsa.com

한국어판 ⓒ (주)민음사, 2020. Printed in Seoul, Korea

ISBN 978-89-374-9095-8 (03840)